文學菁選 11

傲慢與偏見

作者／珍・奧斯汀
（Jane Austen）

目錄

作品導讀

珍・奧斯汀及作品分析

珍・奧斯汀（Jane Austen），於一七七五年十二月十六日出生於英格蘭漢普郡一個叫史蒂文頓的村莊。她的父親是當地教區的牧師，很喜歡讀書。在父親的影響之下，珍・奧斯汀從小就熱愛文學，並在父母的指導下閱讀了大量的文學作品。她最崇拜的作家是克拉伯，因為克拉伯的小說沒有傳奇文學的色彩，刻劃的都是眞眞切切的現實生活。她曾說過，如果要嫁人的話，一定要嫁給克拉伯。除了克拉伯以外，她欣賞的作家還有強生、司各特以及拜倫等人。

珍・奧斯汀沒有受過正統的教育，但是她卻精通法文、義大利文，並且熟讀英國歷史。而充滿文學氛圍的家庭環境，也對珍・奧斯汀發生重要的影響。她和兄弟姊妹們經常在父親的帶領下，在自己家裡表演戲劇。這些劇本不僅不是父親挑選的，有些甚至是由孩子們自己創作的。珍・奧斯汀也創作過幾部劇本，由此培養出了寫作興趣。十六歲左右，她就開始寫作，第一部小說是《理性與感性》。這是一本以愛情和婚姻為題材的小說，故事的主角是兩姊妹，姊姊埃莉諾頭腦冷靜、謹言愼行，妹妹瑪麗安則滿腦子浪漫幻想，多愁善感。當她們的父親去世後，大部分財產被異母的哥哥繼承，妹妹們則變成了沒有嫁妝的姑娘。埃莉諾和瑪麗安都已屆婚齡，因此挑選一個適合的結婚對象就成了生活中的頭等大事。理智的姊姊平淡而幸福地跟心上人結合，而感性的妹妹卻被愛人拋棄，在痛苦之後終於放棄了從前那些不切實際的浪漫幻想，嫁給了跟浪漫沒有半點聯繫的上校。這本書花費珍・奧斯汀四年的時間才完成，可惜沒有獲得出版的機會。

但是珍．奧斯汀並沒有因此放棄寫作，她又再接再厲，於二十一歲那年完成了《第一次印象》，也就是《傲慢與偏見》的初稿。他父親曾嘗試幫助她出版《第一次印象》，卻被出版商拒絕。接連的失敗並沒有摧毀珍．奧斯汀的信心，因爲她寫作的目的，並不是爲了賺錢，也不是爲了出名，而是在一種熱愛的驅使之下，堅持筆耕不輟。在這段時間，她對《理性與感性》做了修改，並完成了《諾桑覺寺》。

從一七九八年開始，到一八〇八年的十年時間裡，珍．奧斯汀生活動盪不安，先後遷移到了巴思、桑普頓以及漢普的喬登村。在這十年的時間裡，珍．奧斯汀幾乎沒有辦法進行創作，只完成了《華青家史》的部分稿件。一八〇九年，珍．奧斯汀定居喬登村以後，才恢復了寫作，先後完成了《曼斯費爾莊園》、《艾瑪》和《好事多磨》。一八一一年，她早期的作品《理性與感性》出版。緊接著，一八一三年，《第一次印象》也出版，並重新定名爲《傲慢與偏見》。

一八一四年，《曼斯費爾莊園》出版。這同樣是一部以中產階級青年男女的戀愛婚姻爲主題的小說，女主角芬妮是一位寄人籬下的姑娘，但是她卻拒絕了有財產、有地位的亨利先生的求婚，因爲她覺得亨利人品不端。她愛的是亨利的弟弟，聰明而正直的艾德蒙。可惜的是，艾德蒙愛的卻是美麗而富有的貴族小姐克勞福德，但一段時間之後，他終於看出克勞福德是個冷酷、自私的姑娘，同時也發現了芬妮的善良美麗。最終，芬妮與艾德蒙幸福地結合。作者在這部小說中，不厭其煩地表達了這樣一個觀點：愛情要以理智爲基礎，心靈的美好和靈魂的契合，才是婚姻最重要的條件。

一八一五年，《艾瑪》出版。這時珍·奧斯汀的文筆已經歷練得爐火純青，直到這時，她才引起了人們的注意，當時的名作家司各特也撰文推薦她。

不久，珍·奧斯汀的健康惡化，但是她仍然堅持寫作。一八一七年，她的身體已經接近衰竭，在家人的再三勸說之下，她到曼徹斯特修養。當年七月十八日，珍·奧斯汀不幸去世，終年四十一歲。她死後第二年，《好事多磨》和《諾桑覺寺》兩部小說才得以出版。

珍·奧斯汀終身沒有結婚。她的大部分人生，都居住在鄉村小鎮，因此她的所有作品，也都是以這樣的環境作爲背景的。作品裡，有的只是恬靜而舒適的鄉村生活，彬彬有禮的紳士和淑女，平靜而柔和的愛情和婚姻，而沒有任何重大的社會矛盾和歷史事件的出現。她的作品中，充滿了輕鬆和幽默，機智與詼諧，所有的衝突也都是戲劇性的。這在當時被感傷主義小說和哥德主義小說充斥著的英國文壇而言，的確就像一股清流，讓人耳目一新。

珍·奧斯汀的作品，對人物和事件的刻劃都十分細膩，正如她自己所形容的那樣：「我的作品就好比是一件三英吋大的象牙雕刻品。」她的取材雖然不夠廣泛，著重於描寫中產階級的生活，但是細膩而獨到的筆觸，卻彌補了這一缺點。她確實擔當得起司各特對她的評價和讚美：「這位年輕的小姐，在描寫人們的日常生活、內心感受以及複雜的瑣事方面，的確具有一種非凡的才能。就我自己來說，寫些規規矩矩的文章，我也能動動筆。但是要我像這位小姐這樣，用如此細緻的筆法，來刻劃那些平凡的人和平凡的事，我的確做不到。」

關於珍．奧斯汀在文學史上的地位，很多人都稱讚她在英國文學中具有承上啓下的作用，也有人說她的作品與那些眞正的文學大師相比，缺乏深度和廣度。

珍．奧斯汀借用《艾瑪》中女主角艾瑪所說的一句話，也許能成爲這個問題最好的解答：「這個世界上，總有一半人無法理解另一半人的樂趣。」這話彷彿是在預言自己的作品在讀者和評論家中的口碑，人們對她的作品的看法，的確是千差萬別、褒貶不一。有人認爲她的作品中，充滿了深邃無比的觀察力和道德觀，也有人認爲她的小說充斥著白馬王子、灰姑娘一般的庸俗童話；有人認爲她的小說犀利幽默、韻味十足，也有人認爲她的情節安排沒有波瀾起伏，單調乏味。在崇拜者的眼中，她是一位眼光犀利、情感豐富、機智幽默的女性，而在反對者的眼中，她則只有一個形象，那就是一個膚淺、狹隘、言情、胡鬧、瑣碎的老處女。

然而不管怎麼樣，她的小說能讓感性和理性的人們，業餘的讀者和專業的評論家同時感興趣，就算被人們閱讀討論了幾個世紀，依然經久不衰，這就足以證明珍．奧斯汀小說的魅力。在二〇〇〇年英國ＢＢＣ電台所做的一次名爲「千年作家」的評選活動中，珍．奧斯汀將狄更斯、托爾金等人遠遠地甩開，排名第二，在人們心目中成爲僅次於莎士比亞的偉大作家，也是前十名中唯一的一位女作家。人們之所以如此推崇她，也許是因爲她的作品中，永遠充滿了幽默和啓發、快樂和解脫，讓人們能夠將那些平凡的人物和平凡的事件反覆咀嚼、回味無窮。

珍．奧斯汀所生活的時代，是一個動盪不安的時代，美國獨立戰爭、法國大革命、英國與法國長達二十年的交戰等等，都發生在那個時代。珍．奧斯汀的作品，同樣也是以她生活的時代作爲背景的，然而在她的作品中，卻沒有絲毫的火藥味，沒有一個歷史人物的影子，也沒有牽涉任何歷史時間。在她所有的作品裡，我們能看到的，都是一群中產階級的人物，自在悠閒地生活，從容不迫地談情說愛，享受著酒宴、舞會，談論著衣飾、旅行。

當時英國流行的是一種叫做「哥德式傳奇」的小說。這種文學風潮始於一七六四年，由一本名爲《奧特蘭托城堡》所引起的。這本書出版以後，立即引起了巨大的反響，一時之間跟風者四起。這類傳奇小說所描寫的都是荒誕不經的奇思異想，若不是英雄佳人的奇遇，就是堡壘中的鬼怪，或是密道中的幻術等等。但是珍．奧斯汀的小說卻猶如出現在這種陳腔濫調中的一股清流，描寫的都是瑣碎而眞實的現實生活。她的小說是有意識的對「哥德式傳奇」的挑戰，「對於唯心主義小說傾向給予了斷然的打擊，使小說從幻想轉爲現實。」

《傲慢與偏見》就是一部這種風格的作品。有人認爲，它並不是珍．奧斯汀最成功的作品，但它毫無疑問是她的代表作。《傲慢與偏見》原名《第一次印象》，主要描寫的是中產階級的生活和婚姻問題，反映了作者對婚姻的見解。小說中一共描寫了四門婚姻，分別是伊莉莎白和達西的婚姻、珍和賓里的婚姻、夏綠蒂和柯林斯的婚姻、莉蒂亞跟韋翰的婚姻。很顯然，在這幾門婚姻中，當事人結婚的目的和婚姻的結果都是不相同的。

莉蒂亞跟韋翰的婚姻，是情慾和貪婪的產物。莉蒂亞對韋翰的感情是盲目的、膚淺的，在作者眼中，這根本算不上愛情，只能算是情慾；而韋翰對莉蒂亞，除了情慾之外，還希望通過婚姻來撈取財產。他們兩人的結合，是無奈的、輕率的，不可能獲得幸福的婚姻。作者通過伊莉莎白的思想對這門婚姻做了評價：「莉蒂亞婚後的生活不可能好的到哪裡去，但是也不至於糟糕到不可收拾的地步。當然，結婚之後，她很可能在財產上面臨困難，而且在感情上多半也沒有什麼幸福可言，但這至少能讓她避免身敗名裂的下場。」

夏綠蒂和柯林斯的婚姻，表現出了當時社會裡，一個女子迫於無奈，只得把嫁人當作出路的辛酸命運。顯然，像柯林斯這樣又愚蠢又滑稽的人，夏綠蒂是不可能眞心愛他的，因爲她是一位有頭腦有見識的女子。然而她卻毫不猶豫地答應了他的求婚，這似乎讓人覺得難以理解。但是作者在這裡爲我們做了解答：「雖然柯林斯先生既古板又討厭，跟他相處絕不會是一件愉快的事情，並且他對她的愛情也毫無基礎，但是她還是決定要嫁給他。一般來說，家境不好而又受過教育的年輕女子，總是把結婚當作唯一一條體面的退路，夏綠蒂也是如此。她雖然一向對婚姻和夫婦生活沒有什麼過高的期望，也不指望能從中獲得多大的快樂，但是結婚終究是她一貫的目標。通過結婚，她能夠給自己安排一張長期飯票，使她不至於有朝一日要忍饑挨餓。她很幸運，她現在就得到了一張這樣的長期飯票。她今年已經二十七歲，人長得並不漂亮，因此對她而言，這張飯票雖然有許多缺陷，但是也已經讓她心滿意足了。」

珍和賓里的婚姻，在作者心目中，雖然算不上十分理想，但是至少也得到了作者的認同。珍和賓里是一見鍾情，賓里所傾心的，主要是珍的美貌，正如當有人問起他對舞會的感受時，他毫不猶豫地說道：「毫無疑問，最漂亮的要數班奈特家的大小姐！我想任何人都會同意我的意見。」那麼珍呢？她愛上賓里，是因爲賓里具有一切讓人愛慕他的理由⋯⋯富有、斯文、英俊。他們兩人之間，的確有愛情基礎，但是否相互了解？作者借伊莉莎白之口回答了這個問題：「是的，這四個晚上讓他們摸清了他們兩人都喜歡玩二十一點，而不喜歡玩『康梅司』。但說到其他方面那些更爲重要的性格，我可不認爲他們已經有了多少了解。」

伊莉莎白和達西的婚姻，是作者最爲推崇，認爲是最幸福、最美滿的婚姻。他們兩人是通過不斷的接觸，逐漸深入了解對方，在了解的基礎上產生共鳴，又由共鳴產生感情，最後完美地結合在一起。達西對伊莉莎白的感情，絕對不是基於愛慕她的美貌，因爲剛開始他只覺得她的容貌一般。但後來他卻漸漸地愛上了她，是因爲他發現她頭腦靈活、見識卓越，也因爲她非常特別，跟那些刻意在他面前賣弄風情的女人不同。但是，他顧慮到門第懸殊，加上伊莉莎白的家庭中有許多有失體統之處，因此便一再壓抑自己的感情，直到實在無法忍受相思之苦的時候，才大膽向她表白。在他看來，他向她求婚是抬舉了她，認爲她一定會接受他的求婚，甚至認爲她在期待著他的求婚。出人意料的是，伊莉莎白卻毫不留情地拒絕了他的求婚。她之所以拒絕他，不僅僅是因爲他破壞了她姊姊的婚事，也不僅僅是因爲他損害了韋翰的利益，最主要的，還是因爲他的傲慢。他的傲慢，在她看來就是一種不平等、不尊重，而沒有平等和尊重的婚姻，她認爲是不可能幸福的。她對他說：「從我認識你開始，我就覺得你這個人的一言一行，都表現出了你那十足的傲慢和狂妄。在你眼裡，除了你自己，其他所有人你都看不起⋯⋯我早就下定決心，哪怕這世界上只剩下你一個男人，我也絕對不會嫁給你的。」後來，兩人又透過不斷的相處，相互之間的了解和體諒越來越深，伊莉莎白漸漸發現「不管是在個性上，還是在才能上，他都是一個最爲適合她的男人。雖然他的性格和對一些事情的看法，跟自己並不是完全吻合，但是她相信，他們要是能結合的話，一定能互補得天衣無縫：自己大方活潑，可以讓達西的性情變得更柔和詼諧；而達西精明穩重，一定也能讓自己變得更加優雅成熟。」很顯然，雙方是彼此欣賞、彼此理解的，這種感情是他們結合的基礎，也是他們婚姻幸福的前提。

整部作品沒有滂沱的氣勢，也沒有曲折跌宕的情節，但是簡單而精緻的描寫，卻充分體現了作者的匠心和才能。小說在平淡無奇的故事當中，刻劃了許多性格鮮明的人物，不管是伊莉莎白、達西，還是班奈特太太、柯林斯先生，抑或是韋翰、莉蒂亞，都寫得眞實動人。

伊莉莎白是作者塑造的一個具有反抗意識和抗爭精神的女性。她聰明伶俐、知書達理、善良活潑。她對愛情和婚姻，都有著自己的見解。她父親的遺產要由外人來繼承，這在當時社會來說，對她的婚姻確實是一個非常不利的條件。但是她並沒有因此就像夏綠蒂那樣妥協，當有身分有地位、將來還將繼承大筆遺產的柯林斯向她求婚的時候，她果斷地拒絕了，因爲他們並不相愛，這樣的結合不可能會有幸福；當更加富有、更加尊貴的達西向她求婚的時候，她也同樣毫不猶豫地拒絕了，理由同樣是因爲她覺得他們之間沒有愛情。

伊莉莎白這個人物的另一個特點是幽默機智，尤其是在她與達西的對話當中，充分地體現了她的這一特點。她在尼日斐花園小住的時候，有一次達西邀請她跳舞。她說：「我知道你希望我回答一聲是的，那樣的話，你就正好可以逮住機會嘲弄我。只可惜，我一向喜歡拆穿這種把戲，好好治治那些存心想要嘲弄我的人。因此我要告訴你，我壓根就不想跳什麼舞，這下你可不敢嘲弄我了吧。」在尼日斐花園舉行的舞會上，當她跟達西跳舞的時候，兩人之間也有一段針鋒相對的對話——

達西：「這麼說來，你跳舞的時候總是要說上點什麼吧？」

伊莉莎白：「有時候要吧。你知道，一個人總得要說些什麼才好。要是待在一起連續半個鐘頭都一聲不吭的話，好像有點彆扭。不過對那些巴不得說話越少越好的人來說，爲了照顧他們的情緒，還是少安排點談話比較好吧。」

達西：「那麼在目前這樣的情況下，你是在照顧你自己的情緒呢，還是在照顧我的情緒？」

伊莉莎白：「一舉兩得，」伊莉莎白回答地很巧妙，「因爲我始終覺得我們的想法很相似，我們的性格跟人家都不怎麼合得來，也不願意多說話，除非偶爾想說兩句一鳴驚人的話，能夠當作格言流傳給子孫後代。」

即使在兩人結婚之後，伊莉莎白還是非常調皮。她問達西爲什麼會愛上她，達西說是愛她的頭腦靈活，她說：「與其說是靈活，還不如說是唐突，十足的唐突……老實說，你完全沒有想過我究竟有什麼優點，不過，這也很正常，因爲戀愛中的人大都頭腦發昏，根本不會去想這種事情。」

除了伊莉莎白之外，作品中還有一些性格鮮明的人物，如傲慢自大的凱薩琳夫人、無知粗俗的班奈特太太、輕浮放縱的莉蒂亞等，都爲小說增色不少，也讓珍．奧斯汀以其一流的人物刻劃手法，在世界文學大師之中贏得了一席之地。

傲慢與偏見

1

一個有錢的單身漢，就一定想要娶個老婆，這是一則放諸四海皆準的眞理。

這則眞理在人們心中是如此的根深柢固，以至於每當這樣的單身漢搬到一個新的地方，儘管左鄰右舍對他知之甚少，也會不約而同地把他當作自己女兒應得的一筆財產。

有一天，班奈特太太對他的丈夫說：「我的好老爺，你聽說了嗎？尼日斐花園終於租出去了！」

班奈特先生說他沒有聽說這件事。

「的確是租出去了，」班奈特太太說：「朗格太太剛剛才來過，把這事的始末一五一十地告訴我啦！」

班奈特先生沒發表意見。

他的太太不耐煩了：「你難道不想知道是誰租這房子嗎？」

「你要是想說的話，我也不反對。」班奈特先生答道。

這句話對班奈特太太來說，已經是足夠的鼓勵。

「哦，親愛的，你得知道，朗格太太說租尼日斐花園的，是個從英格蘭北部來的闊少爺。他星期一乘著一輛四輪馬車來這裡看房子，滿意的不得了，當場就跟莫里斯先生定了下來。他打算在米迦勒節前就搬過來，下週末先讓幾個傭人過來住著。」

「他叫什麼名字?」

「賓里。」

「他結婚了嗎?」

「哦,沒有,我的老爺,他是個單身漢,千眞萬確,一個有錢的單身漢!每年有四、五千磅的收入。哦,這眞是女兒們的福分!」

「怎麼?跟女兒扯上什麼關係了?」

「我的老爺,」班奈特太太叫了起來:「你眞讓人討厭!我正在盤算把一個女兒嫁給他呢!」

「他搬到這裡來,就是爲了這個嗎?」

「胡扯!你這是哪兒的話?不過,他倒是很可能看上我們其中一個女兒。他一到這裡來,你就得去拜訪他。」

「我不用去,你和女兒們去就行了。要不,你乾脆打發她們自己去也行。我看哪個女兒的美貌都比不上你,說不定賓里先生把你給挑中了。」

「哦,親愛的,你太抬舉我了。年輕的時候倒是有人稱讚過我的美貌,不過現在我可不敢說還有什麼出眾的地方了。一個女人有了四個成年女兒的時候,她就不能再對自己的美貌抱什麼希望啦!」

「這麼說,女人對自己的美貌抱不了多久的希望嘛!」

「不過,我的老爺,賓里先生搬到我們這兒來,你眞的應該去拜訪拜訪他。」

「說實話，那不是我該做的事。」

「看在女兒的份上，你就去一次吧！你想想看，不管她們其中哪一個，只要能攀上這門親事，那可就不得了了！威廉爵士夫婦也決定要去拜訪他，你知道他們平常是不會去拜訪新鄰居的，他們肯定也是這個目的。你得去一次，不然，我們怎麼去呢？」

「你擔心得太多了。我想賓里先生一定很高興見到你的。你可以帶一封我的信過去，信上就說不管選中我的哪個女兒，我都願意接受他做我的女婿。對了，我得替我的麗茲（伊莉莎白的暱稱）多說幾句好話！」

「千萬別這麼做，麗茲可沒有什麼出眾的地方。說漂亮吧，她比不上珍的一半；論個性吧，她比不上莉蒂亞的一半，可是你總是護著她。」

「你說的那幾個女兒沒有哪一個是值得誇耀的。」班奈特先生說道：「她們跟別的姑娘一樣無知。倒是麗茲比她的幾個姊妹要伶俐得多。」

「哦，我的老爺，你怎麼能這麼貶低自己的女兒呢？你是故意氣我的吧？你一點也不體諒我可憐的心情！」

「不，親愛的，你可錯怪我了。我非常尊重你的心情，它們可是我的老朋友了。這二十多年來，我一直聽你這樣鄭重其事地提起它們。」

「哼！你不知道我受的是什麼苦呢！」

「但願你的心情能好起來，這樣，你就能眼睜睜地看著像這種年收入四千英鎊的闊少爺，一個一個搬來做你的鄰居。」

「你甚至不願意去拜訪他們，就算搬來二十個，對我們又有什麼好處？」

「放心吧！親愛的，等真來了二十個，我一定全都拜訪，一個也不漏。」

班奈特先生是個怪人，他很有幽默感，喜歡挖苦別人，但又很沉穩內斂，讓人覺得高深莫測。他太太跟他一起生活了二十三年，還是摸不清他的脾氣。班奈特太太是個頭腦簡單、知識貧乏、喜怒無常的女人，一遇到不順心的事，她就幻想自己神經衰弱。她生活中最重要的事就是嫁女兒，最大的樂趣就是拜訪親友和打聽消息。

2

儘管班奈特先生在太太面前說他不會去拜訪賓里先生，事實不然，相反地，第一批客人去尼日斐花園的時候，班奈特先生就是其中一個。不過，他太太是當天晚上才知道實情的。

這個消息是這樣透露出來的：班奈特先生看二女兒伊莉莎白在整理帽子，就對她說道：「麗茲，我希望賓里先生會喜歡你這頂帽子。」

他太太聽了，憤憤地說：「我們不去拜訪人家，怎麼知道人家喜歡什麼！」

「你忘了，媽媽，」伊莉莎白說：「我們會在舞會上遇到賓里先生的，朗格太太不是答應要介紹他給我們認識的嗎？」

「我可不相信她會這麼做，她自己就有兩個親侄女。她這個人很自私，而且裝模作樣，我瞧不起她！」

「我也瞧不起她，」班奈特先生說：「不過聽你說不指望她來替你介紹，我倒是很高興。」

班奈特太太沒搭理他，但是實在又忍不住生氣，只好拿女兒出氣。

「別老咳個不停，凱蒂（凱薩琳的暱稱）！看在老天的份上，體諒一下我的神經吧，你再咳下去，我簡直就要神經崩潰啦！」

「凱蒂也眞是的，」班奈特先生說：「咳嗽也不挑個好時候。」

「我又不是咳好玩的！」凱蒂不滿地抗議。

「麗茲，你們下一次舞會是什麼時候？」

「從明天開始算，還有兩個星期。」

「啊，這樣的話，」班奈特太太叫了起來：「朗格太太要到舞會的前一天才能回來，她自己都還來不及認識賓里先生，怎麼可能給你們介紹？」

「那麼，親愛的，你可以搶搶你朋友的風頭，反過來給她介紹。」

「辦不到，我的老爺，我辦不到！我自己都還不認識他呢！」

「你眞是的，兩個星期的認識當然太微不足道了，光是兩個星期的認識我們不可能了解一個人。可是即使我們不去試試，別人也會去做的。話說回來，朗格太太和她的侄女一定不願意錯過這個機會。我們要是幫她介紹賓里先生，她一定會感謝我們的好意的。你如果不想管這件事，我就只好自己親自來辦了。」

女兒們都睜大眼睛瞪著班奈特先生。他的太太只說了一句：「眞荒唐！」

「你那麼大驚小怪地做什麼？」班奈特先生不滿地說道：「難道你認爲費點工夫給別人介紹介紹就是荒唐的事情嗎？我可不能同意這種看法。你呢，瑪莉？我知道你是個見解獨到的少女，讀了不少巨著，還做了很多筆記。」

瑪莉很想說幾句有深度的話，但又不知道怎麼說才好。

「讓瑪莉想好了再告訴我們她的意見吧，」班奈特先生接著說：「我們還是把話題回到賓里先生身上。」

「我討厭賓里先生！」班奈特太太叫起來了。

「哦？聽你這麼說我感到很遺憾。你怎麼不早說呢？要是你今天早上就這麼跟我說，那我就不必去拜訪他啦。眞要命！不過現在既然都已經拜訪過了，我想今後還是免不了要結交這個朋友。」

不出他所料，他的太太和女兒們一聽他這麼說，都大吃一驚。當然，最吃驚的要數班奈特太太。不過，歡天喜地地鬧了一陣之後，班奈特太太便大聲宣佈，說她早就料到他的丈夫會這麼做。

「你眞是太好啦，我的老爺！我早就知道你會聽我的！你那麼疼愛自己的女兒，當然不會不把賓里先生這樣的朋友放在心上。我眞太高興了！你這個玩笑太有趣啦，你竟然上午就去拜訪了他，而且還一點口風也不漏！」

班奈特先生看到太太得意忘形，不由得有些反感。他站起來，一邊說著：「凱蒂，你現在可以大聲地咳嗽啦！」一邊朝外面走去。

「你們的父親眞是太好了！我的孩子們！」門剛一關上，班奈特太太興高采烈地對幾個女兒說：「不知道你們該怎麼報答你們的爸爸呢！當然，你們也該好好慰勞慰勞我。可以告訴你們，像我們老倆口這麼一把年紀了，天天去交朋結友的可不是一件省心的事。還不都是爲了你們，什麼事也都樂意去做。莉蒂亞，我的乖寶貝，別看你年紀最小，在舞會上說不定賓里先生偏要跟你跳舞呢。」

「哈！」莉蒂亞滿不在乎地說：「我才不擔心呢！年紀是我最小，可是個頭算我最高。」

班奈特太太和她的姑娘們，不停地猜測著那位有錢的公子什麼時候會來回訪他們，討論什麼時候請他來家裡吃飯比較合適。這個晚上就在閒談中度過了。

3

儘管有了女兒們的幫助，但班奈特太太向丈夫打聽賓里先生的情況時，得到的回答總不能讓她滿意。她和女兒們用盡了一切辦法——厚著臉皮地提問，自作聰明地設想，還有不著邊際地猜測，可是班奈特先生就是不上當。沒辦法，她們只好找鄰居盧卡斯太太打聽二手消息。盧卡斯太太說的全是動聽的話：賓里先生不但很年輕，而且相貌堂堂，為人謙和，連威廉爵士都很喜歡他。

最重要的是，據說他打算請一大批客人來參加下次的舞會。沒有比這更讓人高興的了！要知道，男女雙方要墜入愛河，不可缺少的步驟之一就是跳舞。看來，要擄獲賓里先生的心是有希望的了。

「只要能有一個女兒在尼日斐花園幸福地成了家，其他幾個也能嫁給像這樣的人家，那我這輩子就別無所求了。」班奈特太太對他的丈夫說。

沒過幾天，賓里先生就上門來回訪班奈特先生，並在書房裡待了十分鐘左右。他早就聽說過班奈特府上幾位小姐的美貌，很希望能夠見見她們。可惜的是，他沒有如願以償。還是班奈特府上的小姐們比較幸運，她們從樓上的窗戶對他審視了一番，看見他穿的是一件藍色的外套，騎著一匹黑馬。

不久，班奈特府上就向賓里先生發出了請帖，請他來家裡吃飯。班奈特太太已經計畫了好了，如何在賓里先生來作客的時候，顯示出她是個賢慧持家的主婦。不巧的是，賓里先生第二天要進城一趟，沒有辦法領受他們的盛情邀請，於是就回信說遲一些再說。

接到信之後，班奈特太太非常不安。她想像不出，這位先生才到哈福德郡就急著進城，究竟有什麼事。她開始擔心，難道他要一直這樣東奔西走、漂浮不定？他不是應該在尼日斐花園安安定定地住下來？幸好，盧卡斯太太的話打消了她的疑慮，說他是到倫敦去，可能是為了邀請一大批客人來參加舞會。很快，又有消息紛紛傳說賓里先生只帶來六個女士參加舞會，其中五個是他的姊妹，另一個是表姊妹。這個消息使小姐們也放了心。

當賓里一行走進舞場的時候，卻一共只有五個人——賓里先生、他的兩個姊妹、姊夫，另外還有一個年輕男子。

賓里先生相貌英俊、和顏悅色，很有紳士風度，而且平易近人。他的姊妹也都美麗而優雅。姊夫赫斯特看起來是個普通紳士，不算很出眾，但是他的朋友達西卻引起了全場的注意。達西先生身材高大，儀表堂堂，舉止高貴，進場不到五分鐘，大家就紛紛傳說他每年有一萬磅的收入。無論男賓還是女賓，都紛紛稱讚他一表人才。這個晚上差不多有一半的時間，人們都用傾慕的目光看著他，直到大家發現他態度高傲，難以接近，才轉移了對他的關注。不管他在德比郡有多少財產，也不能讓人們忍受他那副讓人討厭的嘴臉。再說，和他那惹人喜愛的朋友相比，他實在沒有什麼大不了的。

賓里先生很快就熟悉舞會上大部分的人了。他精力充沛，又不拘束，一支舞也沒有漏掉。他不滿意的是舞會散場得太早了，他說要在尼日斐花園再開一次舞會。他這麼可愛，人們自然很喜歡他。

他的朋友達西跟他形成鮮明的對照。他只分別跟赫斯特太太和賓里小姐跳了一次舞，人家介紹別的小姐跟他跳舞，他總是拒絕。整個晚上，他只在房裡走來走去，要不就是偶爾跟自己人說上兩句。從這些事情上，就可以看出他的性格，無疑是世界上最高傲，最讓人討厭的，大家都希望他不要出現在這裡了。最討厭他的，要數班奈特太太了。她本來對他整個的言行舉止厭惡得很，再加上他得罪了自己的女兒，她就更加怒不可遏了。

由於男賓比較少，伊莉莎白．班奈特有兩支舞都沒人邀請，於是就坐在一旁休息。當時，達西先生正好站在她的身旁。賓里先生特地抽出幾分鐘時間，走到達西面前，硬要拉他去跳舞。他們的談話讓伊莉莎白聽到了。

「來吧，達西，」賓里說：「你一定得跳。我不想看到一個人傻裡傻氣地站在這兒。還是去跳舞吧。」

「我不跳。你也知道我不喜歡跳舞。跟很熟的人跳還勉強，要在這種舞會上跳，那眞是讓人難以忍受。你的姊妹們都被人邀請了，要叫舞池裡其他的女人跟我跳，對我來說簡直是活受罪。」

「我可不像你那樣挑三揀四，」賓里嚷道：「說實話，我還從來沒有像今天晚上這樣，見到這麼多美麗的姑娘。你看，有幾位簡直是絕色美人！」

「當然了，舞會上唯一的美女就跟你共舞！」達西先生說著，一邊望著班奈特府上的長女。

「哦！我從來沒有見過像她那麼美麗動人的小姐！對了，她的妹妹也很漂亮，就坐在你後面，而且我敢說她也很討人喜歡。請我的舞伴爲你們介紹一下如何？」

「你說的是哪一位？」達西轉過身來，朝著伊莉莎白望了一會兒，等她也把目光投了過來，他才收回自己的目光，冷冷地說：「她還過得去，不過還不至於能打動我。目前我沒有興致去抬舉那些被別的男士冷落的小姐。你趕快回到你的舞伴身邊去欣賞她的笑容吧，別待在我這裡浪費時間。」

於是，賓里先生就回舞池去了，達西也走開了，而伊莉莎白仍然坐在原處。她是個活潑調皮的姑娘，對任何可笑的事情都有興趣。因此，雖然她對達西先生沒有一點好感，但她還是興致勃勃地把偷聽到的話講給朋友們聽。

對班奈特一家來說，這個夜晚基本上過得還算開心。班奈特太太很得意，因爲在這場舞會上，她的大女兒珍不但被賓里先生邀請跳了兩支次舞，並且還讓他的姊妹們也對她另眼相看。珍和她母親一樣喜不自勝，只是不像母親那麼張揚。伊莉莎白也由衷地爲珍感到高興。瑪莉聽到人家在賓里小姐的面前提起她，稱讚她是附近最有才華的姑娘。凱薩琳和莉蒂亞非常幸運，每一支舞都有人邀請，這是她們到目前爲止唯一學會的一件在舞會中關心的事。

母女們興高采烈地回到她們所住的浪博恩——他們一家是當地的望族。儘管時間已經很晚了，班奈特先生仍未就寢，手裡還捧著一本書。他非常好奇地想知道，今晚這場被寄予了厚望的盛會，究竟進行得怎麼樣。他希望太太會對那位貴客感到失望，但從他聽到的情形來看，顯然並非如此。

「哦！親愛的，」班奈特太太走進房間：「今晚過得眞是太愉快了，舞會實在太棒了！要是你也在那兒就好了。珍受到的歡迎簡直無法形容，大家都誇她長得漂亮，賓里先生也覺得她很美，跟她跳了兩支舞！你想想看，親愛的，他眞的跟她跳了兩支！在場有那麼多小姐，能被他邀請兩次的，就只有珍。第一支舞，他邀請的是盧卡斯小姐。我一看到他站到她身邊去，就氣得不得了！不過還好，他一點也不喜歡她。事實上，你知道也沒有誰會喜歡她的。但珍一走入舞池，他似乎立刻迷上了她，又是打聽又是介紹的，然後再邀她跳了一支舞。第三支舞他是跟金小姐跳的，第四支跟瑪莉亞．盧卡斯跳，第五支又跟珍跳，第六支是跟麗茲跳，還有布朗歌小姐……」

「他要是稍微體諒我一下，」班奈特先生不耐煩地叫了起來：「他就不會跳這麼多支了！看在上帝的份上，不要再提他那些舞伴了。哦！他要是一出場就扭到腳就好了！」

「哦！親愛的，」班奈特太太接著說：「我很喜歡他，他眞是一表人才！他的姊妹也都很迷人，我這輩子從來沒有看過什麼東西能像她們的衣服那麼精緻的。我敢說，赫斯特太太衣服上的花邊……」

班奈特先生最討厭聽人家談論服飾，因此他又打斷了他太太的話。班奈特太太不得不找別的話題。於是，她用刻薄而誇張的語氣，提起了達西先生那不可一世的傲慢無禮。

「不過我可以告訴你，」她補充道：「麗茲沒討得他的歡心並不是什麼損失，因爲他是個討人厭的傢伙，根本不值得去討好他。那麼高傲自大，眞教人受不了！他一直在舞池裡走來走去，以爲自己很了不起呢！說什麼人家不夠漂亮，不配跟他跳舞！你要是在場就好了，我的老爺，你就可以給他點顏色瞧瞧。哦，這個人眞讓我厭惡透了！」

4

當珍和伊莉莎白兩個人單獨相處的時候，本來不輕易讚揚賓里先生的珍，向妹妹表達了自己對賓里先生的愛慕之情。

「他具備了一個青年應該具有的一切優點，」珍說：「有見識、有幽默感、活潑有趣，我從沒見過言行舉止像他那樣得體的人，既有教養，又平易近人！」

「而且他還長得很英俊，」伊莉莎白回答道：「一個年輕男人，就該盡量把自己弄得好看些。他的確是個完美的人。」

「他第二次來請我跳舞時，我簡直受寵若驚。沒想到他這麼看得起我。」

「你沒想到嗎？我倒替你想到了。這也正是我和你最大的不同之處。人家的讚美和抬舉總讓你喜出望外，可是我從來不會這樣。你比在場的任何一位小姐都要漂亮不知多少倍，他長了眼睛不可能看不出來，所以，他又來邀請你跳舞不是再正常不過的事情嗎？你用不著感激他的殷勤。當然，他確實很討人喜歡，我也不反對你喜歡他。不過，你以前也喜歡過很多笨蛋呢！」

「麗茲！」

「哦！你很容易喜歡一個人，你也從來看不到任何人的缺點。在你看來，所有的人都那麼討人喜歡。我從來沒有聽你說過別人的不是。」

「我不想武斷地去批評任何人，我只是想到什麼就說什麼的。」

「我知道，這也正是讓我感到奇怪的地方。你這麼聰明，卻竟然連別人的愚蠢和荒謬都看不出來！世界上到處都是僞裝的好人，但是能夠發自內心去讚美別人的優點，並且從不說別人的壞話，我看只有你才能做到。話說回來，賓里先生的姊妹們你也喜歡嗎？她們的風度可沒辦法跟他相提並論。」

「初看好像是有差距，不過要是跟她們攀談起來，你就會覺得她們也很討人喜歡。賓里小姐很快就要搬來跟她的兄弟一起住，還要幫他料理家務。要是我們覺得她不好，那肯定是誤會。」

伊莉莎白一聲不吭地聽著，並不覺得姊姊的話是對的。她的觀察力比她姊姊敏銳，也不像姊姊那樣容易受人影響，而且她很有主見，從不因爲人家對她好就改變自己的主張，她對賓里先生的姊妹們沒有多大好感，因爲從她們在舞會上的表現，很明顯地可以看出她們並不打算討好一般人。

事實上賓里家的小姐確實也不錯。她們要是高興的話，也不乏幽默風趣；她們要是願意的話，也能平易近人。可惜她們驕傲自大，未必樂意去討好別人。她們長得很漂亮，在一流的貴族學校受過教育，有兩萬鎊的財產，習慣了揮霍無度的生活，結交的都是有身分、有地位的人。這一切造就了她們過於自負，從不把別人放在眼裡。她們只記得自己出生於英格蘭北部的一個豪門望族，卻幾乎忘記了她們的財產都是父祖輩們做生意賺來的。

賓里先生的父親生前本來打算購置些房產，卻還沒來得及實現就離開了人世，只給兒子留下了一筆將近十萬鎊的遺產。賓里先生本想完成他父親的遺願，一度打算在故鄉購置房產。但是現在他有了一幢這樣豪華而漂亮的房子，那些了解他性格的人都紛紛猜測，他下半輩子恐怕就會在尼日斐花園裡度過，購置房產的事只好又交給下一代了。賓里先生的姊妹們倒是急切地希望他購置些產業。不過雖然現在尼日斐花園只是他租下來的，賓里小姐還是非常樂意幫他料理家務。還有，那位嫁給了窮趕時髦的男人的赫斯特太太，也把弟弟這裡當成自己的家一樣，從來不見外。

賓里先生才二十歲出頭，偶然聽到人家推薦尼日斐花園，就過來這裡看看。他裡裡外外看了半個鐘頭，房子的地段和幾個主要的房間都很不錯，再加上房東又大大地將那幢房子吹噓了一番，使他非常滿意，當場就租了下來。

賓里和達西之間交情不淺，儘管他們的性格大不相同。達西之所以喜歡賓里，是因爲賓里爲人坦誠開朗、溫柔爽朗，和自己的個性正好相反，但他也從不覺得自己的個性有什麼不好。賓里也不辜負達西對他的器重，他非常信賴達西，也非常推崇他的見解。在領悟力方面，兩人相比達西要更勝一籌。但這並不是說賓里笨，只是達西要更聰明一些。但在爲人處世方面，賓里可比他的朋友要高明得多，他無論到哪兒都受人歡迎和喜愛，而達西卻總是得罪人。這主要是因爲他爲人既傲慢又不開朗，而且吹毛求疵，雖然受過良好的教養，但他的言行舉止總是不受人歡迎。

從他們談論梅列敦舞會的態度，就充分地表現出兩人的性格。賓里說，這裡的人比哪兒的人都討人喜歡，這裡的姑娘比哪裡的姑娘都漂亮。在他看來，這裡的每個人都和顏悅色、禮貌周全，而且又不生硬拘禮，他很快就覺得和全場的人都處得很熟。提到班奈特小姐，他想像不出世間還能有比她更美麗的天使。而達西正好相反，他認爲這裡的人既說不上漂亮，也談不上風度，沒有一個人能讓他感興趣，也沒有一個人能吸引他，討他的歡心。他承認班奈特小姐算得上漂亮，可惜她笑得太多了。

賓里先生的姊妹們同意他的看法，不過她們仍然喜歡班奈特小姐，說她是個可愛的姑娘。她們也不反對自己的兄弟跟這樣一位小姐深交。賓里聽到她們這樣讚美珍，就覺得自己得到了許可，以後便可以爲所欲爲了。

5

在距離浪博恩不遠的地方，住著一戶與班特納一家關係匪淺的人家，這就是威廉·盧卡斯爵士府上。威廉爵士從前是在梅列敦做生意的，發了財以後擔任了當地的鎮長，並給國王寫信，獲得了一個爵士頭銜。這個顯要的身分讓他自鳴得意，此後就開始討厭做生意，討厭住在小鎮上。於是，他結束了這一切，帶著全家搬遷到離開梅列敦大約一英哩的一幢房子裡，並以他的姓來給這片地方命名。威廉爵士在這裡大可以以顯要自居，而且在擺脫了生意的糾纏以後，他可以一心一意地從事社交活動。雖然他一直爲自己的地位而欣然自得，卻並沒有因此而目中無人，相反的，對誰都應酬得很周到。他生來就和藹可親，從來不得罪人，而且對人熱心體貼。自從被國王召見以後，就更加謙和有禮。

盧卡斯太太是個善良的女人，並且也沒什麼頭腦，正好可以做班奈特太太的芳鄰。盧卡斯府上有好幾個孩子。大女兒是個聰明伶俐、明白事理的年輕小姐，大約二十七歲，跟伊莉莎白很要好。

盧卡斯家的小姐們非要跟班奈特府上的幾位小姐見見面，一起討論一下這次舞會不可。於是，舞會結束後的第二天早上，盧卡斯家的小姐們就來到浪博恩的班府上串門子。

「夏綠蒂，那天晚上全靠你開場開得好哇！」班奈特太太客客氣氣、不疾不徐地對盧卡斯小姐說：「你是賓里先生選擇的第一個對象。」

「沒錯，但他好像更喜歡第二個對象。」

「哦，我想你是說的是珍吧，因爲他跟她跳了兩次。看起來，他是眞的很傾慕她呢！說實話，我相信他確實是愛上她啦！我聽到了一些傳言，是關於魯賓遜先生的，不過我弄不清楚。」

「莫非你指的是偷聽到他和魯賓遜先生的談話？我不是跟你說過了嗎，魯賓遜先生問他喜歡不喜歡我們梅列敦的舞會，問他覺不覺得在場的許多女士都很漂亮，還問他覺得誰最漂亮，他立刻回答了最後一個問題：『毫無疑問，最漂亮的要數班奈特家的大小姐！我想任何人都會同意我的意見。』」

「我不就是這個意思？……好像眞的是那麼回事呢！不過，誰知道呢，搞不好會全部落空的。」

「我偷聽到的話就更有意思了，伊莉莎白，」夏綠蒂說：「達西先生的話就沒有他朋友的那麼中聽了吧？可憐的伊莉莎白！他說她長得只是還過得去！」

「我求你別再讓麗茲想起他那些讓人氣憤的話。他那個人就是那麼討人厭，要是被他看上了才倒楣呢！郎格太太告訴我說，昨天晚上他在她旁邊坐了半個多鐘頭，可是連嘴皮子都沒有動一下。」

「你確定嗎，媽媽？是不是說錯了？」珍說：「我明明看到達西先生跟她說話來著。」

「哈！那是後來朗格太太問他喜歡不喜歡尼日斐花園，他才不得已敷衍了一下。據她說，他好像很不高興，怪她不應該跟他說話。」

「賓里小姐告訴我，」珍說：「除非是跟自己很熟的朋友，不然達西先生是從來不多說話的。他對很熟的人倒是和藹可親的。」

「哦，我才不相信呢！他要是和藹可親的話，就不會不跟郎格太太說話啦。我猜得出他爲什麼這樣，大家都說他高傲得不得了，他肯定是聽說朗格太太連一輛馬車也沒有，來參加舞會還是臨時雇的車子，所以才不跟郎格太太說話的吧。」

「我倒不在乎他跟不跟郎格太太說話，」盧卡斯小姐說：「但他不跟伊莉莎白跳舞，就眞是太不應該了。」

「麗茲，要是我是你，下次我就偏不跟他跳。」班奈特太太說。

「放心吧，媽媽，我可以發誓，我絕對不會跟他跳舞的。」

「他的驕傲倒是不怎麼讓我反感，」盧卡斯小姐說：「因爲他確實是有理由驕傲。可以想像這麼優秀的一個青年，家世、財產，樣樣都比人家強，也難怪他會目中無人。就這麼說吧，他有權利驕傲。」

「這倒是眞的，」伊莉莎白回答說：「如果他沒有觸犯我的驕傲，我也能輕而易舉地原諒他的驕傲。」

「我認爲，」瑪莉來了興致：「驕傲是很多人身上都存在的毛病。從我讀過的書來看，我相信那是一種非常普遍的通病，人性特別容易陷入驕傲之中，只要一具備了某種品質，就會自視甚高。很少有人能免俗。虛榮與驕傲經常混用，但它們的意思是截然不同的。一個人可以驕傲，但不能虛榮。驕傲多半是我們自己對自己的評價，但虛榮卻還牽涉到我們希望別人怎麼評價我們。」

「要是我像達西先生那麼有錢，」盧卡斯家一個跟姊姊們一起來的小男孩忽然喊道：「那我才不在乎什麼驕傲不驕傲呢！我要養一群獵狗，還要每天喝一瓶酒。」

班奈特太太說道：「那你就喝得太過分啦，要是讓我看見了，我就馬上搶走你的酒瓶！」孩子抗議說她不能那麼做，她馬上又宣佈了一遍她一定要那麼做。這場辯論一直持續到客人告辭才結束。

6

班奈特家的小姐們不久就去尼日斐花園作客，對方也照例來回訪了她們。珍・班奈特那種討人喜愛的舉止，讓賓里姊妹們越來越喜歡她。雖然她的媽媽讓人無法忍受，幾個小妹妹也不值得攀談，但她們倒是願意與珍和伊莉莎白兩位小姐進一步深交。對於對方能如此看重自己，珍感到很高興。伊莉莎白卻還是不喜歡她們，因爲她看出她們對待任何人態度都很高傲，甚至對珍也不例外。

賓里姊妹之所以對珍好，多半還是受到了她們兄弟的影響，任何人看到他們倆在一起，都能感覺到他確實是愛慕她的。伊莉莎白很清楚，她姊姊珍從一開始就喜歡上了賓里先生，而且不由自主地向他屈服，希望能討他歡心。但幸好，珍仍然保持著鎮定的情緒，對賓里先生的態度也沒有什麼特別，這就能夠避免引起旁人無謂的猜疑。這讓伊莉莎白感到很欣慰，並曾經跟自己的朋友夏綠蒂・盧卡斯小姐談到過這一點。

夏綠蒂當時說道：「這種事要是能瞞過大家，倒是不錯，不過這麼謹言慎行，有時候反而不是什麼好事。如果用這種遮遮掩掩的伎倆對待自己心儀的人，不表達出自己的心意，她可能會失去得到他的機會。如果是那樣，那麼即使全世界都被蒙在鼓裡，也沒有多大的意義。戀愛總免不了要有一些感激之情和虛榮之心，才能促成兩人的結合，所以順其自然未必是件好事。一段戀愛的開始都是很容易的，一個人暗戀另一個人，那是夠自然的。問題是有幾個人願意在沒有對方鼓勵的情況之下，一味地去喜歡對方？因此，女人最好有九分喜歡就要表現出十分喜歡來。毫無疑問，賓里是喜歡你姊姊，但要是你姊姊不幫他一把的話，他也許就止步不前了。」

「她已經竭盡全力在幫他的忙了。連我都能看出她對他的好感，要是他還察覺不到的話，那未免也太蠢了。」

「伊莉莎白，你得記住，他可不像你那麼了解珍。」

「要是一個女人愛上了一個男人，只要她不故意隱瞞，對方就一定會看得出來的。」

「要是雙方見面的機會很多的話，或許他遲早能看出來。但是賓里和珍見面的次數雖然不少，每次時間卻都不長。再說他們每次見面的時候，總有一大堆閒人在場，彼此不可能暢所欲言。所以，珍必須善用每個能進一步吸引他的機會。等到把他安全地掌握在手裡之後，有的是時間和精力去談情說愛。」

伊莉莎白答道：「要是只嫁得好，其他什麼都不在乎的話，這倒也是個好主意。如果我下定決心要找個有錢的丈夫，或者其他有身分、有地位的男人，我肯定會照你說的去做。可惜珍並不是抱著這種想法，她從不喜歡做作表演。再說，她自己都還弄不清她到底對賓里先生喜歡到什麼程度，更不知道是否應該喜歡他。畢竟，她和他才認識了兩個星期，在梅列敦跟他跳了四次舞，在他家裡跟他見過一次面，此後又跟他吃過四次晚飯。這麼少的來往，根本不夠讓她了解他的性格。」

「你說得不對。要是她只是跟他吃吃晚飯，那充其量只能看得出他的胃口好不好。你可不要忘了，他們在一起吃了四頓飯，也就是在一起度過了四個晚上——四個晚上說不定能起很大的作用呢！」

「是的，這四個晚上讓他們摸清了他們兩人都喜歡玩二十一點，而不喜歡玩『康梅司』。但說到其他那些更爲重要的個性方面，我不認爲他們能有多少了解。」

「好吧，」夏綠蒂說：「我眞心希望珍能夠成功。我認爲，就算她明天就跟他結婚，與她花上一年的時間去仔細研究他的個性，然後再跟他結婚相比，所能獲得的幸福其實都差不多。婚姻生活是否幸福，完全是個機會問題。夫妻倆即使在結婚前把對方的脾氣摸到非常清楚，甚至兩個人的脾氣非常相同，這也不能保證他們倆在一起就能幸福。他們總是設法地找出彼此的差距，相互討厭和煩惱。你要和這個人過一輩子，你就最好盡量少了解他的缺點。」

「說得好，夏綠蒂！不過這種說法並不正確。你自己也知道不正確，而且你自己肯定就不會照你說的那麼做。」

伊莉莎白的整個心思都放在了賓里先生和他姊姊的事上面，一點都沒想到自己已經成了賓里那位朋友關注的對象。達西先生開始時確實認爲她不怎麼漂亮，在舞會上見到她的時候，也對她沒有一點愛慕之情。第二次見面的時候，他也用挑三揀四的眼光去看待她。本來不管是在他的心裡，還是在他的朋友們面前，他都毫不含糊地說她的容貌實在沒什麼可取之處，可是沒過多久，他就發覺她的臉蛋在那雙美麗的黑眼睛襯托之下，顯得聰慧非凡。有此發現之後，接著又有了幾個讓他同樣懊惱的發現。雖然挑剔的眼光使他認爲她的身材一點也不勻稱，但是他還是不得不承認她體態輕盈，討人喜歡；雖然他一口咬定她的言行舉止沒有上流社會的那種時尚和風雅，卻又著迷於她的幽默風趣。達西先生的這些想法，伊莉莎白毫不知情。對她而言，達西只是個四處不討好的男人，何況他還認爲她不漂亮，不配跟他跳舞呢。

達西希望能更進一步地了解伊莉莎白。爲了能和她攀談，首先要做的第一步，就是留神傾聽她與旁人的談話。有一次在威廉．盧卡斯爵士府邸舉行的宴會上，達西的這種做法引起了伊莉莎白的注意。

「達西先生是什麼意思呢？」伊莉莎白對夏綠蒂說：「爲什麼要聽我跟弗斯托上校的談話？」

「這個問題只有達西先生自己才能回答。」

「要是他再這麼做，我一定要讓他知道我的厲害。他眼睛長到頭頂上，就喜歡挖苦人，我要是再對他這麼客氣，就更助長他的威風啦！」

不一會兒，達西故意走到兩位小姐的身邊，表面上仍然裝出一副拒人於千里之外的樣子。夏綠蒂慫恿伊莉莎白當面問問他剛才那個問題。伊莉莎白給她這樣一激，立刻轉過臉來對他說：「達西先生，我剛剛取笑弗斯托上校，說要他在梅列敦給我們開一次舞會。你覺得我說得怎麼樣？」

「說得投入極了，不過小姐們不就是對這些事情感興趣而已嗎？」

「你說得太過分了吧！」伊莉莎白說道。

「這下被取笑的人反而是你了，」夏綠蒂說：「我去打開鋼琴，伊莉莎白，接下來就看你的啦！」

「像你這樣的朋友眞是世間少有！不管在什麼人面前，總想讓我彈琴唱歌！如果我眞的想藉此滿足虛榮心，那我對你的建議可眞是求之不得。不過我實在不願意在這些聽慣一流演奏家彈奏而把耳朵寵壞了的人面前獻醜。」

在夏綠蒂的再三要求下，伊莉莎白只好說：「好吧，既然非得要獻醜不可，只好獻醜了。」她板著臉瞥了達西一眼，又說：「在場的人肯定都知道一句俗話：『留口氣把稀飯吹涼』，那麼我也就留口氣唱我的歌吧。」

她的表演雖然稱不上是曼妙絕倫，但還算娓娓動聽。彈唱了一兩首曲子以後，大家要求她再唱幾首。她還沒來得及回答，妹妹瑪莉就迫不及待地接替了她的位置。

瑪莉是班奈特家幾個姊妹中唯一長得不好看的，她發奮鑽研學問和各種才藝，並總是急著想要賣弄自己。可惜的是，她既沒有才華，又沒有品味，雖然在虛榮心的驅使之下，她刻苦用功並獲得了一點成就，但這也造成她迂腐可笑的氣質和自視甚高的態度，即使她彈奏得再好，也同樣讓人討厭。而伊莉莎白雖然彈得沒有她好，可是她落落大方，沒有絲毫的矯揉造作，大家聽起來就舒服多了。

瑪莉在彈奏完一首很長的協奏曲之後，她的妹妹們——此刻她們正在房間那頭跟盧卡斯小姐們以及幾個軍官一起跳舞——要求她再彈幾首蘇格蘭和愛爾蘭小調。瑪莉高高興興地照辦了，她很樂意博得別人的讚美和肯定。

達西先生就站在她們附近。他看到那些小姐們就這樣無聊地度過一個晚上，心裡暗自生氣，一句話也不想說。他完全陷入了沉思之中，就連威廉・盧卡斯爵士站到他身邊來也不知道。直到威廉爵士開口跟他說話，他才回過神來。

「對年輕人來說，跳舞是一種多麼誘人的娛樂啊！是吧，達西先生？什麼都比不上跳舞，我看這是上流社會裡最高雅的活動。」

「沒錯，先生，更妙的是，在下流社會裡跳舞也很流行，哪個野蠻人不會跳舞？」

威廉先生笑了笑。頓了一下，他看見賓里也加入了跳舞的人當中，便說：「你的朋友跳得很棒，毫無疑問你對此也是駕輕就熟吧，達西先生。」

「我想你在梅列敦看過我跳舞吧，先生。」

「當然看過，而且，說實話，看你跳舞還眞是件賞心悅目的事。你經常到宮裡去跳舞嗎？」

「不，從來沒跳過。」

「你連在宮裡都不肯賞臉嗎？」

「只要能避免，不管在什麼地方，我都不願意賞這種臉。」

「我想，你在城裡一定有房子吧？」

達西先生點了點頭。

「我以前一直有在城裡定居的念頭，因爲我喜歡上流社會。不過我不知道倫敦的空氣是不是適合盧卡斯太太。」威廉爵士說道。

說到這裡，他停頓了一下，本來希望對方回答，可是達西先生根本就沒打算回答。這時，正好伊莉莎白朝他們走來，威廉爵士突然想要乘機獻殷勤，便對伊莉莎白高聲叫道：「親愛的伊莉莎白小姐，你怎麼不跳舞？達西先生，請允許我把這位年輕的小姐介紹給你，這可是位理想的舞伴。有了這麼一位漂亮小姐做你的舞伴，你再不跳舞，那可就說不過去了！」他將伊莉莎白的手拉到達西面前。達西很是驚訝，但也不是不願意接受。誰知道伊莉莎白立刻把手縮了回去，略為慌張地對威廉爵士說：「先生，我確實一點兒也不想跳舞。請你千萬不要以為我是專程到這邊來找舞伴的。」

達西先生很有禮貌地請她賞臉，跟自己跳一支舞，但他白費力氣了。伊莉莎白已經下定決心不跳，不管威廉爵士怎麼勸說，她也不動搖。

「伊莉莎白小姐，你的舞跳得那麼好，卻不肯讓我看你跳一支大飽眼福，這未免也太說不過去了吧。達西先生平時也不怎麼喜歡這種娛樂，但是賞臉跳一支兩支，我想他也不會拒絕吧。」

「達西先生太客氣啦！」伊莉莎白笑著說。

「他是太客氣了……可是，親愛的伊莉莎白小姐，誰能拒絕像你這樣一個舞伴的誘惑呢？我們可不能責怪他向你獻殷勤。」

伊莉莎白笑著看了他們一眼，就轉身走開了。達西並沒有因為她的拒絕而感到難過，反而自得其樂地想著她。這時賓里小姐走過來跟他搭訕：「我能猜得出你現在在想什麼。」

「是嗎？」

「你正在想，好幾個晚上都在這種環境，跟這些人一起度過，眞是讓人難以想像，對嗎？老實說，我有同感，從來沒有這麼煩悶過！這個地方既無聊乏味又吵鬧不堪，所有的人既一無所長又驕傲自大！我多想聽聽你指責他們幾句啊！」

「我可以保證，你完全猜錯。我心裡正在想著更讓人愉快的事！思考著：爲何一個漂亮女人美麗的眼睛，竟然能給人這麼大的快樂。」

賓里小姐立刻注視著他的臉，並且非要他說出，究竟是哪位小姐讓他有此聯想。

達西先生鼓起勇氣回答：「是伊莉莎白．班奈特小姐。」

「伊莉莎白．班奈特小姐！」賓里小姐重複了一遍：「眞讓我吃驚。你看上她多久了？我該什麼時候向你道喜呢？」

「我早料到你會問出這樣的問題來。女人的想像力太可怕了，可以從仰慕一下子跳到愛情，一下子又從愛情跳到結婚。我就知道你要來向我道喜了。」

「喏，你這麼一本正經的，我當然就認爲這事八成就這麼定下來了。你將會擁有一位可愛至極的岳母大人，當然啦，她還會在彭伯里跟你一直住在一起。」

她自顧自地說得津津有味，他根本充耳不聞。看到他那麼鎭定自若，她越發肆無忌憚，說得越起勁，簡直就是滔滔不絕了。

7

班奈特先生的全部財產，幾乎都在一宗產業上，他們每年可以從中獲得兩千磅的收入。很不幸，由於班奈特先生沒有兒子，他的產業必須要由一個遠親來繼承。班奈特太太的父親給她留下了四千鎊的遺產，在班奈特這樣的人家，這也不是一筆小數目，但相對於產業要被遠親繼承的損失來說，這簡直是微不足道的。

班奈特太太的父親曾經是梅列敦的一個律師。她有一個兄弟，住在倫敦，生意做得不錯。還有個妹妹，嫁給了她爸爸的書記菲力浦。妹夫後來繼承了她爸爸的行業，現在他們一家就住在梅列敦。

浪博恩這個村子離梅列敦只有一英哩，這麼短的一段距離，對於班特納家那幾位年輕的小姐來說，是再方便不過了。每個星期她們都要到梅列敦三、四次，去那裡看看她們的姨媽，路上還可以順便逛逛那邊一家女帽店。年紀最小的兩位姑娘——凱薩琳和莉蒂亞對這方面特別感興趣，她們的腦子比她們的姊姊們還要簡單，只要沒什麼事情可做，她們就非到梅列敦去逛一逛不可，既打發了早上的時間，又增加了晚上閒聊的內容。儘管這個村子裡實在沒什麼新鮮事，但她們還是千方百計地想從她們姨媽那兒打聽出什麼。最近，附近來了一個民兵團，要在這裡紮營度過整個冬天，而軍團的司令部就在梅列敦。這下可好了，她們不但大大豐富了消息來源，還能從中得到不少的樂趣。

此後，她們每次去拜訪菲力浦太太，都能獲得最有趣的消息。每天她們的腦子裡都會增加幾個軍官的名字以及他們的社會關係。沒多久，軍官們的住址也不再是秘密，後來小姐們則是乾脆直接和軍官本人打成一片。菲力浦先生一一拜訪了那些軍官，這眞是替他的侄女們開闢了一條前所未有的幸福大道。她們現在開口閉口談論的都是那些軍官。在她們看來，讓她們母親爲之神魂顚倒的賓里先生的巨大財產，跟軍官們的制服比起來，簡直就是一文不值了。

一天早晨，班奈特先生聽到她們沒完沒了地談論著這些東西，便冷冷地說：「看看你們說話的神氣，我敢說你們兩個恐怕是世界上最愚蠢的女孩了。我對此本來只是半信半疑，現在可是完全相信了。」

凱薩琳聽父親這麼說，感到很不安，便不再接腔。莉蒂亞卻完全沒有把爸爸的話當一回事，仍然滔滔不絕地表達著她有多麼愛慕卡特爾上尉，說他明天就要動身到倫敦去，眞希望今天能再跟他見見面。

「你眞讓我吃驚，我的老爺，」班奈特太太對她的丈夫說：「你怎麼老覺得自己的孩子蠢？如果是我，什麼人的孩子我都可以看不起，就是不會看不起自己的孩子。」

「要是我的孩子的確很蠢的話，我絕不願意沒有自知之明。」

「說得沒錯，事實上她們一個個都很聰明。」

「還好我們兩個在這一點的看法上有所不同。我本來是希望我們在各個方面的意見都能一致，但這次我實在不能同意你的意見，我確實認爲我們的這兩個小女兒不是一般的蠢。」

「我的老爺，你總不能指望這些孩子有跟她們的父母一樣的見識啊。我敢說，等她們到了我們這麼大年紀，就會跟我們一樣，不會再把什麼軍官放在心上了。我還記得我以前有段時間也對紅制服著迷得不得了呢！而且老實說，到現在我心裡也還喜歡紅制服。要是有位年輕英俊的上校，每年有五、六千磅的收入，隨便想娶我的哪個女兒，我都不會對他說不的。對了，那天晚上在威廉爵士家裡，我看見弗斯托上校穿著一身制服，真是一表人材！」

「媽媽，」莉蒂亞嚷道：「姨媽說，弗斯托上校跟卡特爾上尉到華森小姐家去的次數越來越少。最近她常常看到他們出現在克拉克圖書館外面。」

班奈特太太正要答話，一個送信的人來了，帶來了一封從尼日斐花園的來信。他把信交給珍，並等著取回信。

班奈特太太高興得兩眼發光。珍讀信的時候，她心急地叫了起來：「珍，是誰來的信？信上說什麼事？他說些什麼？哎呀，你快點看，看完了好告訴我們！快點了，我的心肝！」

「是賓里小姐的來信，」珍說著，大聲地把信讀了出來：

「我親愛的朋友，今天晚上你要是不賞臉到舍下來，跟露易莎和我一起吃飯，恐怕我和她兩個人就要有結下冤仇的危險了。兩個女人成天在一塊閒聊，到頭來沒有不吵架的。我哥哥和他的幾位朋友今晚都要到軍官們那兒去吃飯。請你收到信後盡快前來。你永遠的朋友卡洛琳·賓里。」

「到軍官那兒去吃飯？」莉蒂亞又嚷了起來：「姨媽怎麼沒有告訴我們這事呢？」

「出去吃飯了？」班奈特太太說：「這眞是太不巧啦！」

「我能坐馬車去嗎？」珍問道。

「不能，親愛的，你最好騎馬去。看起來好像就要下雨了，這樣你就可以在那兒過夜。」

「這個計畫倒是不錯，」伊莉莎白說：「只要你保證他們不會把她送回來。」

「哦！賓里先生的馬車要送他的朋友到梅列敦去，赫斯特夫婦的車子又沒有馬。」

「我還是想坐馬車去。」珍說。

「可是，親愛的，我敢肯定你爸爸挪不出拖車的馬來。農場上正需要用馬呢，我的好老爺，我說得對不對？」

「馬在農場上的時間，要比馬在我手裡的時間多得多。」

「可是如果牠們恰好今天在你手裡，就不能讓媽媽如願了。」伊莉莎白說道。

在太太的逼迫下，班奈特先生最後不得不承認，那幾匹拉車子的馬都忙不過來了，於是珍只得騎著馬去尼日斐花園。母親送她到門口，興高采烈地說了許多預祝天氣會變壞的話。她的願望很快就實現了，珍剛走沒多久，天就下起大雨來。妹妹們都很擔心她，她母親卻反而喜不自勝。整個晚上大雨都一直沒有停過，珍當然沒有辦法回來了。

「我出這個點子實在太妙啦！」班奈特太太反覆地嘮叨著，彷彿老天下雨都是她一手造成的。不過，直到第二天早上她才眞正清楚她的功勞到底給珍帶來了多大的幸福。班奈特家還沒吃完早飯，就有人從尼日斐花園送來了一封信給伊莉莎白：

「親愛的麗茲，今天早上我覺得很不舒服，我想這多半是由於昨天淋了雨的關係。這裡的朋友都很關切我的身體，要我等到身體舒適一點再回家。他們堅持要請鍾斯醫生來替我看病，因此，你們如果聽說他到我這兒來過，千萬不要大驚小怪。我其實只是嗓子痛和頭有點痛，並沒有什麼大不了的毛病……」

在伊莉莎白讀信的時候，班奈特先生對他太太說：「我的好太太，要是你的女兒得了什麼重病，或是因爲病重而送了命，倒也値得安慰。因爲她知道那都是爲了去追求賓里先生，而且還是在你的命令下才去的。」

「哦，我才不擔心她會送命呢！哪有這點傷風感冒就會送命的道理。人家會把她伺候得好好的，只要她乖乖地待在那兒，什麼事都不會有。我倒是想去看看她，可惜沒有車子。」

眞正著急和擔心的是伊莉莎白，她決定親自去尼日斐花園看看。沒有車，她又不會騎馬，那麼唯一的選擇就只有步行了。她對大家說了自己的打算。

「你怎麼這麼蠢！」她媽媽叫了起來：「眞虧你想得出來！路上這麼泥濘，等你走到那兒，你那副樣子怎麼見人！」

「只要能見到珍就行了，我的目的也就是這個。」

「麗茲，」她的父親說：「你的意思是讓我去弄幾匹馬來駕車嗎？」

「我一點這個意思也沒有。步行也沒什麼關係，才不過三英哩的路，只要存心要去，這點兒路實在算不上什麼。我可以趕回來吃晚飯。」

「我很敬佩你能這麼做。」瑪莉說道：「但是所有衝動的感情都需要由理智來引導。我認爲，盡力也要適可而止，不能太過火。」

凱薩琳和莉蒂亞一起說道：「我們陪你走到梅列敦吧。」伊莉莎白表示同意，於是這三位年輕的小姐就一起動身了。

「我們得走快點，」莉蒂亞邊走邊說：「也許我們還能趕在卡特爾上尉臨走之前再見他一面。」

到了梅列敦，她們便分道揚鑣了。兩位妹妹到一個軍官太太的家裡去了，而伊莉莎白則獨自繼續往前走。她行色匆匆地穿過了一片片田野，跨過了一道道圍柵，跳過了一個個水坑，終於來到了尼日斐花園。這時候，她已經雙腳無力，襪子上滿是污泥，臉蛋上也呈現出運動過後的緋紅。

伊莉莎白被僕人領進了餐廳。賓里全家人都在場，只有珍不在。一進餐廳，她的樣子果然引起了大家的驚訝。這麼一大清早的，路上又這麼泥濘，她竟然趕了三英哩路，而且還是獨自趕來的，這對於赫斯特太太和賓里小姐來說，根本是無法想像的事。伊莉莎白也早就想到她們肯定無法理解她的舉動。不過，他們對她倒是非常客氣，尤其是賓里先生，不只是客客氣氣，而且還和顏悅色、殷勤多禮。達西先生幾乎不發一語，他一方面喜歡她那步行之後紅撲撲的臉蛋，一方面又覺得她不值得爲了這麼點小事就大老遠地獨自趕來。赫斯特先生也不怎麼說話，他一心一意只想著他的早飯。

伊莉莎白問起姊姊的病情，得到的回答可不是什麼好消息。珍昨晚根本沒睡好，雖然現在已經起床，卻還在發燒，而且也不能出房門。讓伊莉莎白欣慰的是，他們很快就帶她到姊姊那兒去。珍本來就希望能有個親人來看看她的，但是又怕他們擔心和麻煩，所以就沒有在信裡提出要求，因此，當她看到伊莉莎白的時候非常高興。不過，她沒有力氣多說話，因此當賓里小姐走開以後，她只表達了一下自己對賓里一家的感激之情而已。伊莉莎白靜靜地陪著她。吃過早飯以後，賓里姊妹也來陪伴珍。看到她們這麼熱切關心珍，伊莉莎白便逐漸對她們產生好感。

醫生到了，他檢查了病人的症狀，說她是重感冒，需要小心照顧。開了藥，並建議珍回床上休息。過了一會，珍的發燒似乎更加嚴重了，而且頭痛得很厲害，只得遵照醫生的話立刻上床休息。伊莉莎白一刻也沒有離開珍的房間，賓里姊妹也沒怎麼離開。男士們都出去了，其實他們也幫不上忙。

當鐘響三下時，伊莉莎白覺得應該告辭。雖然她很放心不下珍，還是不情願地向主人道別。賓里小姐要她乘馬車回去，她打算客氣地推辭一番，然後再接受她們的好意。正打算要走的時候，珍說希望她留下，於是賓里小姐不得不打消了讓她坐馬車回去的主意，請她暫居尼日斐花園一陣。伊莉莎白感激地答應了，並派人到浪博恩通知家人一聲，順便也幫她帶些衣服過來。

8

五點的時候，賓里兩姊妹出去更衣。六點半，她們派人來請伊莉莎白去吃晚飯。在飯桌上，大家紛紛詢問珍的病情，其中，賓里先生顯得尤爲關切，這讓伊莉莎白感到非常窩心。不過她的回答可不是什麼好消息，因爲珍的病情一點也沒有起色。賓里姊妹倆聽到這話，便三番幾次地說她們有多擔心珍的病情，說得了重感冒是多麼可怕，又說自己是多麼討厭生病等等，然後就再也不關心了。看到她們在珍的背後態度這麼冷淡，伊莉莎白原先對她們的厭惡之情又重新滋長起來。

的確，在伊莉莎白看來，這家人之中能讓她感到滿意的就只有賓里先生，只有他是眞誠地擔憂珍，對伊莉莎白的態度也是和顏悅色，這讓她不再感到自己是一個不速之客。除了他之外，別人都不怎麼把她放在心上。賓里小姐全心全意關注的是達西先生，赫斯特太太也差不多。而挨著伊莉莎白坐的赫斯特先生，是個不折不扣的懶漢，活在世上就是爲了吃、喝、玩牌。他一聽到伊莉莎白說比起燴肉來她更喜歡吃一盤普通的菜，就對她無話可說了。

吃過晚飯，伊莉莎白就逕自回到珍的房裡去。她剛一走出餐廳，賓里小姐就詆毀她，說她的言行舉止糟糕透頂，爲人傲慢又不懂禮貌，也不懂得跟人家攀談，既沒有儀表，又沒有品味，也沒有美貌。

「總之，她除了有跑路的本領之外，沒有別的什麼值得稱讚的地方。她今天早上那副尊容眞令我永生難忘，簡直就像個瘋子。」

「的確像個瘋子，露易莎，我眞是要忍不住笑出聲來！她跑這一趟整個就是一件荒謬透頂的事。姊姊得了點小感冒，哪值得她大驚小怪地跑遍整個村子？瞧她的頭髮，像個蓬頭鬼似的，眞是邋遢！」

「對，對，還有她的襯裙，眞希望你看到她的襯裙了。我敢肯定，那上面足足糊上了六英吋的泥！她把外面的裙子拉低，想把襯裙蓋住，可是怎麼蓋得住！」

「你的描述可能沒錯，露易莎，」賓里先生說：「可是我一點也不贊成。我倒是覺得伊莉莎白·班奈特小姐今天早上走進屋子的時候，看起來相當不錯呢！我可沒有注意到你說的髒兮兮的襯裙。」

「達西先生，我敢肯定說你一定看到了，」賓里小姐說：「我想，你肯定不願意看到你自己的姊妹弄成那副模樣吧。」

「當然不願意。」

「趕了三英哩路、也可能是四英哩、五英哩，誰知道是多少英哩呢！弄了滿腿的泥漿，而且還是獨自一個人，就她一個人！她這究竟是什麼意思？我看，她不折不扣地表現出了毫無教養的目中無人，完全是個不懂禮數的鄉下人。」

「那正體現了她對姊姊的眞摯感情，這不是很好嗎？」賓里先生說。

「達西先生，我擔心她這次的可笑舉動，會影響你對她那雙美妙雙目的愛慕吧？」賓里小姐用半高不低的聲音說道。

「一點也沒影響。」達西回答道：「在接連跑了三英哩路後，她那雙眼睛更加明亮了。」

屋子裡沉默了一會兒，然後赫斯特太太又說：「我倒是非常關心珍・班奈特，她的確是位可愛的姑娘，我衷心地祝福她能攀上門好親事。不過，遇到那樣的父母，還有那些低俗的親戚，恐怕她是沒什麼機會了。」

「我好像聽你說過，她有個姨父在梅列敦當律師？」

「沒錯，她還有個舅舅，好像住在齊普賽附近的哪個地方。」

「那眞是太妙了！」賓里小姐補充道。姊妹倆都放聲大笑起來。

賓里先生叫了起來：「就算她們的叔叔舅舅多得可以把整個齊普賽都塞滿，也絲毫無損於她們那些討人喜愛的地方。」

「但是這肯定會大大地降低她們嫁給有地位男人的機會。」達西說道。

賓里先生沒對這句話做出任何反應，他的姊妹們卻打心眼裡贊成。她們更加肆無忌憚地拿班奈特小姐那些卑賤的親戚取樂，興奮了好半天。

不過，她們一離開了餐廳，就馬上重新擺出溫柔體貼的模樣，到珍的房間來陪伴她，一直坐到喝咖啡的時候。珍的病還是沒有起色，伊莉莎白一刻也沒有離開她。到了晚上，珍終於睡著了，伊莉莎白這才放心。雖然她並不願意，但她還是覺得自己應該到樓下一趟。

大家正在客廳裡玩牌，一見她進來立刻邀請她加入。伊莉莎白擔心他們賭得很大，便推說放心不下姊姊，婉言謝絕了他們的邀請。她說這一小段閒暇的時間，她可以拿本書來消遣消遣。

赫斯特先生萬分驚訝地看著她，說：「你喜歡看書，而不喜歡玩牌？這眞是少有！」

賓里小姐說：「伊莉莎白．班奈特小姐看不起玩牌，她是個了不起的讀書人，除了讀書，別的事情都不樂意做。」

「不管你這是誇獎還是奚落，我都擔當不起。我可不是什麼了不起的讀書人，我樂意做的事情可多著呢！」伊莉莎白說道。

「我敢肯定你很樂意照顧自己的姊姊，我希望她能早日康復，那樣你肯定就更開心了。」賓里先生說。

伊莉莎白由衷感激他，隨即走向一張桌子，上面放了幾本書。賓里先生立刻要再拿些書過來，只要他的書房裡有的，都要拿來給她。

「眞希望我的藏書再多一些，這樣你就能有更多的書可看，我也有面子。可惜我生性懶散，藏書本來就不多，看過的就更少了。」

伊莉莎白對他說，房間裡的這些書就已經夠她消遣的了。

「眞奇怪，」賓里小姐說：「爸爸留下來的書怎麼就這麼一點。達西先生，你在彭伯里的那個藏書室裡書可眞多啊！」

「能不多嗎？那可是好幾代人的努力。」達西說道。

「你自己也添置了不少啊，你經常都在買書。」

「我是過這樣的日子，總不好意思疏忽家裡的藏書室吧。」

「疏忽？我敢肯定只要是能為你那高貴的宅子增光的東西，你一項也沒疏漏掉。查理斯，你在建造住宅的時候，希望能有彭伯里一半美妙就好了。」

「但願如此。」

「要是你要購買房產的話，我勸你還是就在那附近買，彭伯里就很不錯。整個英國沒有哪個地方能比德比郡更好了。」

「我希望能買在那裡。要是達西願意賣，我肯定會把彭伯里買下來。」

「我們討論的是有可能辦到的事，查理斯。」

「在我看來，卡洛琳，直接買下彭伯里要比仿照彭伯里造一座房子的可能性更大。」

伊莉莎白留意聽著他們的談話，沒有心思再看書。她乾脆把書放下，走到牌桌前，在賓里先生和他姊姊赫斯特太太之間坐了下來，看他們玩牌。

那邊，賓里小姐又問達西：「達西小姐又長高了吧？她以後能長到我這麼高吧？」

「我想能的。她現在大概就有伊莉莎白．班奈特小姐那麼高了，也許還要再高一點。」

「真想再見見她！我從來沒見過這麼討人喜歡的人，長得可愛，又懂禮貌，小小年紀還多才多藝！她的鋼琴彈得妙極了！」

「真讓人吃驚，」賓里先生說：「年輕的小姐們怎麼都有那麼大的能耐，一個個都把自己弄得多才多藝！」

「一個個都把自己弄得多才多藝？親愛的查理斯，你這話是什麼意思？」

「是的，一個個都多才多藝！裝飾餐桌、點綴屏風、編織錢袋……哪個姑娘不是樣樣都會？每次聽人家談起一個年輕姑娘，沒有一個不是這麼說的。」

達西說：「要是你說的多才多藝就是指這些的話，確實沒有一個姑娘不是多才多藝的。很多女人也就只會編織編織錢袋、點綴點綴屏風，就享有了多才多藝的美名。不過，你對女人的評價我可不敢苟同。我不敢吹噓我認識多少多才多藝的女人，在所有我認識的女人中，眞正算得上多才多藝的，最多不過半打。」

「我認識的確實也不多。」賓里小姐說。

「這麼說來，」伊莉莎白說：「你認為一個女人應該具備很多條件才能算得上多才多藝了？」

「沒錯，我的確認為應該具備很多條件。」

「哦，當然啦，」他那忠實的助手又叫了起來：「一個女人要是不能比普通人出眾許多，那她就算不上是多才多藝。她必須精通音樂、歌唱、繪畫、跳舞以及時髦語言，才能對這個稱號當之無愧。此外，她的步態、儀表、聲調、談吐和表情，都得可圈可點，不然她就不夠資格談什麼多才多藝。」

「這些條件她都得具備，」達西接著說：「此外還得多讀點書，長長見識，有點眞才實學才行。」

「怪不得你只認識六個多才多藝的女人，現在我簡直懷疑你一個也不認識。」

「你就對女人這麼沒信心嗎，你竟然懷疑沒有人能具備這些條件？」

「我從來沒見過這樣的女人。我從來沒見過哪個女人像你說的那樣又有才能，又有品味，又勤奮好學，又那麼儀態優雅。」

赫斯特太太和賓里小姐齊聲叫起來了，對伊莉莎白的懷疑表示抗議。她們還一致提出反證，說她們知道有很多女人都符合這些條件。赫斯特先生責怪她們不該對打牌那麼漫不經心，並要她們把注意力放回到牌桌上來，她們這才住嘴。談話就此告一段落，不一會，伊莉莎白離開了客廳。

門關上之後，賓里小姐說：「有些年輕女人爲了顯現自己，不惜在男人面前貶低女人，伊莉莎白·班奈特就是這種人。我敢說，很多男人都吃這一套。但我覺得這些雕蟲小技都是些很卑鄙的手段。」

達西當然聽得出這幾句話是故意說給他聽的，便回答：「沒錯，小姐們爲了勾引男子所使用的手段和伎倆的確卑鄙無恥。任何只要跟狡詐扯上關係的做法都是可鄙的。」

賓里小姐不太滿意他的回答，因此也就沒有繼續談論下去。

伊莉莎白又到他們這兒來，告訴他們姊姊的病更加嚴重了，因此她不能離開她。賓里強烈要求應該立刻請鍾斯大夫來，他的姊妹們卻都認爲鄉下大夫無濟於事，主張立刻到城裡去請一位最有名的醫生來。伊莉莎白沒把她們的話當回事，倒是願意聽從賓里先生的建議。經過討論，大家協商出一個辦法：要是明天一早珍的身體還是不見好轉，他們就馬上去請鍾斯大夫來。

賓里先生心裡很不好受，他的姊妹們也宣稱自己十分難過。吃過晚飯以後，她們倆一起演奏了幾首曲子來解悶。而對賓里先生來說，只有關照他的管家全心全意地照顧好病人和她的妹妹，才能讓他的心裡稍感安慰。

9

這個晚上大部分時間，伊莉莎白都是在她姊姊房裡度過的。第二天早上，珍的病情有了起色，伊莉莎白終於可以稍微放心。並把這個還算不錯的消息告訴了一大早就受賓里先生差遣來詢問病情的女傭，以及賓里姊妹打發來探病的兩個侍女。

雖然珍的病情有所好轉，伊莉莎白還是差人送了封信到浪博恩去，讓班奈特太太親自來看看珍的病情。信很快就送達了浪博恩，並且照信上所說的，賓里一家剛剛吃過早飯，班奈特太太就帶著兩個最小的女兒來到了尼日斐花園。

要是班奈特太太發現珍有什麼危險的話，她肯定也會傷心欲絕。但是情況倒是讓她很滿意，珍的病情並不嚴重。這麼一來，她非但不傷心，反而不希望珍太快好起來，因爲珍的身體一康復，就得離開尼日斐花園回家去。珍倒是對班奈特太太表示想回家去了，可是她根本不理睬。而且，差不多跟她同時到達的醫生，也認爲現在搬回去不是明智之舉。

班奈特太太陪著珍坐了一會兒，賓里小姐便來請她和班奈特小姐們到餐廳裡吃早飯。賓里先生前來迎接她們，並說希望班奈特太太覺得珍的病情沒有她想像的那麼嚴重。

「她倒是比我想像的還要嚴重呢！」班奈特太太回答：「先生，她病得太重了，根本不能移動。鍾斯大夫也叫我們千萬不要讓她移動。承蒙照顧，我們只得再多打擾幾天了。」

「移動！」賓里了起來：「我想都沒有想過。我想我的妹妹也從來沒有過這樣的想法。」

「您大可以放寬心，」賓里小姐冷淡而禮貌地說：「班奈特太太，尊小姐在寒舍期間，我們一定會竭盡所能地把她照顧好。」

班奈特太太連聲道謝說：「要不是靠著你們這些朋友的照顧，我眞不知道她會怎麼樣了。她眞的病得很嚴重，忍受著很大的痛苦，不過幸好她的忍耐力很強——這是她一貫以來的優點，她溫柔甜美的性格眞是世間少有！我常常跟另外幾個女兒們說，跟珍比起來，她們實在差得太遠了。賓里先生，你這棟房子漂亮極了，從那條石頭小路上看過去，景致可眞美啊。我從來沒見過這村子裡有哪個地方比得上尼日斐花園。雖然你租這個房子的時間不長，我勸你可別急著搬走。」

「我幹什麼事情都是一時衝動，」賓里先生說：「要是我打定主意要離開尼日斐花園，可能要不了五分鐘就搬走了。不過，目前我是不打算搬了。」

「我猜也是這樣的。」伊莉莎白說道。

「那你是開始了解我啦，對嗎？」賓里立刻轉過身去對她大聲說道。

「哦，對，完全了解。」

「希望你這是在稱讚我。不過，這麼容易就讓人給看透了，恐怕也不是件好事吧。」

「也不一定。一個性格深沉複雜的人，不見得就比你這樣的性格更難以捉摸。」

「麗茲，」她的母親喊道：「別忘了你這是在哪兒，你在家裡像個野丫頭，可別也在這裡胡鬧。」

「我以前不知道你還喜歡研究人的性格。那一定是一門趣味無窮的學問。」賓里接著說。

「沒錯。複雜的性格至少有這樣的好處，能讓人研究起來覺得分外有趣。」

「一般來說，鄉下人當中很少有人具有這樣性格能供你研究。因爲鄉下的環境多半是封閉且缺乏變化的。」達西說。

「可是人們自身的變化卻很多，他們身上永遠有新鮮的東西值得你去發掘。」伊莉莎白說。

班奈特太太很聽不慣達西提到鄉下時的口氣，便叫了起來：「麗茲說得沒錯，我敢說，城裡有的，鄉下也都有。」

她的話音一落，大家都吃了一驚。達西看了她一眼，什麼也沒說就走開了。班奈特太太還自以爲自己占了上風，便接著說：「除了商店和公共場所之外，我實在看不出倫敦有什麼了不起的好處，還是鄉下舒服，是不是，賓里先生？」

賓里先生回答道：「我到了鄉下就不想離開，到了城裡也是這樣。鄉下和城裡各有優點，不管住在哪兒我都一樣開心。」

「啊，那是因爲你的性情好。但是那位先生，」她望了達西一眼：「好像就覺得鄉下一無可取。」

伊莉莎白感到難堪，趕快說：「媽媽，你根本弄錯了。你完全誤會了達西先生的意思。他的意思只是說鄉下不像城裡那樣能碰到各色各樣的人，你也得承認這是個事實。」

「那當然了，親愛的，誰也沒有說這裡比得上城裡。不過要說這個村子裡碰不到多少人，我可就不相信了。比我們這這更大的村子也沒幾個了，就是平時跟我們吃飯的人家，就有二十四戶。」

要不是爲了顧全伊莉莎白的面子，賓里先生忍不住就要放聲大笑了。賓里小姐可就沒有他那麼細心，帶著不懷好意的笑容望著達西先生。

爲了轉移母親的注意力，伊莉莎白隨口問了母親，自己離家之後，夏綠蒂·盧卡斯有沒有來過浪博恩。

「來過，昨天晚上和她父親一起過來的。威廉爵士眞是個和藹可親的人，賓里先生，你說是嗎？那麼時髦、溫和，又那麼平易近人！他跟什麼人都能說上兩句，我認爲這才是良好的教養。那些自以爲了不起的人，對誰都不肯多說幾句話，眞是大錯特錯啦！」

「夏綠蒂在我們家吃飯了嗎？」

「沒有，她說她得回去。我猜八成是家裡等著她回去做肉餅呢。賓里先生，在我家裡，這些事情都是交給傭人去做的，我的女兒不像別人家的小姐那樣還得動手做那些粗活。不過這全看自己怎麼想吧！我跟你說，盧卡斯家的幾個小姐都很不錯的，可惜就是長得不夠漂亮！當然我並不是要認爲夏綠蒂長得不好看，她畢竟跟我們是很好的朋友。」

「她看起來倒是很可愛。」賓里說。

「哦，你說得沒錯，可是你也得承認她的確長得不好看。盧卡斯太太自己也那麼說，她還羨慕我的珍長得漂亮呢！我不喜歡吹噓自己的孩子，可是說到珍，確實也很難見到有比她更漂亮的女孩。這可不是我自我陶醉，每個人都是這麼說的。她十五歲的時候，有位先生到我城裡那位弟弟嘉丁納的家裡來小住，一見到珍就愛上了她。我弟媳看準了那位先生一定會在我們離開之前向珍求婚，後來他卻沒有開口，大概是他認爲她年紀太小了吧。不過，他爲珍寫了好多詩歌，寫得漂亮極了。」

伊莉莎白不耐煩地說：「他的愛情就這樣結束了。我想，還有很多人也是用這種辦法來結束愛情的。到底是誰第一個發現了詩竟然還有這樣的作用，能夠把愛情攆走！」

「我倒是一直認爲，詩是愛情的糧食。」達西說。

「如果必須得是美好、堅貞、健康的愛情的話，那可能像你說的那樣。愛情本身強壯、穩定了，詩才能錦上添花。如果僅僅只有一點蛛絲馬跡，那麼我相信，一首十四行詩準會把它斷送掉。」

達西微笑了一下，大家都不說話了。伊莉莎白很擔心，生怕母親又要說出什麼不適宜的話來。她想找點什麼話題來說，但是又想不出來。

一陣沉默之後，班奈特太太又再次向賓里先生道謝，感謝他對珍的照顧，同時也向他表示歉意，說麗茲也來打擾了他。賓里先生的回答非常懇切有禮，使賓里小姐也只好客客氣氣，說了很多不得已的話，她說話就像是在表演，沒有什麼誠意。但是班奈特太太已經夠滿意了，沒一會她就叫馬車準備離開。

他們在尼日斐花園作客的整個過程中，班奈特太太帶來的兩個小女兒一直都在交頭接耳，最後兩人商量出的結果是，由莉蒂亞去向賓里先生提出，要求他兌現他剛來鄉下時許下的諾言，在尼日斐花園舉辦一次舞會。

莉蒂亞才十五歲，是個豐滿的、發育得很好的姑娘，臉色紅潤，笑容滿面。她是母親最寵愛的孩子，正由於過分的嬌寵，她很小就進入了社交圈。她生性狂野，又沒什麼分寸，加上舉止輕浮，讓她姨父盛情宴請的那些軍官們都對她有幾分意思。這就更讓她恃寵而驕、肆無忌憚了。她理所當然地對賓里先生提起開舞會的事，冒冒失失地提醒他履行先前的諾言，而且還說，要是他不履行諾言，那可眞是最可恥的事。

對這一番突如其來的挑釁，賓里先生回答：「我向你保證，我一定會遵守自己的諾言。等你姊姊的身體康復以後，你隨便排哪天都可以。你總不願意在你姊姊生病的時候跳舞吧？」

他的回答讓班奈特太太很高興，莉蒂亞也表示滿意：「哦，沒錯，最好還是等珍好了以後再開舞會吧，到那時候，卡特爾上尉也許又回到梅列敦了。你開過舞會以後，我一定也要他們開一次不可。我會跟弗斯托上校說，要是他不開一次舞會的話可就太丟人啦！」

班奈特太太帶著兩個女兒走了，伊莉莎白立刻回到珍身邊去。她一走，她和家人的行爲就成了兩位賓里小姐茶餘飯後的笑料。不過，不管賓里小姐怎麼調侃伊莉莎白那雙「美麗的眼睛」，達西卻始終不肯附和她們一起去非議她。

10

這一天過得和前一天沒什麼兩樣。雖然康復得很慢，但珍的身體確實正在逐漸康復。赫斯特太太和賓里小姐上午過來陪了珍幾個鐘頭，晚上伊莉莎白跟她們一塊待在客廳裡。不過，今天晚上沒有人再打「祿牌」，赫斯特先生和賓里先生玩「皮克牌」，赫斯特太太在一旁觀看。達西先生在寫信，賓里小姐坐在他旁邊，一邊看他寫，一邊反覆要求他在信中附上她對他妹妹的問候。

伊莉莎白一邊做針線，一面留心地聽著達西跟賓里小姐的談話。賓里小姐不停地恭維達西，一會說他的字寫得很漂亮，一會說他的信寫得很整齊，不然就是說他的信寫得夠長。而達西對賓里小姐的稱讚卻完全不當一回事。兩個人之間形成了奇怪的對白，這和伊莉莎白之前對他們兩人的看法基本一致。

「達西小姐收到了這樣的一封信，不知道會有多高興的呢！」

達西沒有回答。

「你寫信的速度可不是普通地快。」

「不對吧，我寫得相當慢。」

「你一年到頭得寫多少信啊，還得寫工作上的書信！要是我，不知道有多厭煩！」

「這麼說，幸好這些信落在我的手上，而不是落在你的手上。」

「請你告訴令妹，我很想和她見見面。」

「遵照你的吩咐，我已經告訴過她了。」

「恐怕你的筆不太好用吧？讓我來幫你修一修，我修筆可是相當厲害的。」

「謝謝，不過我習慣自己修。」

「你怎麼能寫得那麼整齊？」

他沒有理會她。

「請告訴令妹，說我很高興聽說她彈奏豎琴有進步了。告訴她，我非常喜歡她那裝飾桌子的漂亮圖案，我覺得比格蘭特小姐的那個要好多了。」

「可否讓我把你的喜歡放到下一封信裡再說？現在我的信裡寫不下那麼多了。」

「哦，不要緊，反正我一月就可以見到她了。不過，達西先生，你總是給她寫那麼長、那麼美妙的信嗎？」

「一般我的信都寫得很長，但是不是都那麼美妙，這就不是由我自己來說了。」

「在我看來，這麼長的一封信都能一揮而就，不可能寫得不好。」

「這種恭維用在達西身上可不合適，卡洛琳！」賓里先生嚷道：「他寫信可不是一揮而就的，只要是有四個音節的字，他都得推敲半天。是不是，達西？」

「我寫信的風格和你很不相同。」

「哦，」賓里小姐叫起來了：「查理斯寫的信潦草得要命，簡直難以想像。他不是漏掉字，就是塗得一團糟。」

「我的腦子轉得太快，根本來不及寫，因此，看信的人往往看不懂我到底在說些什麼。」

伊莉莎白說：「賓里先生，你這麼謙虛，眞可以讓原想責備你的人自動繳械投降。」

「沒有什麼比僞裝謙虛更能欺騙人了。」達西說：「假裝謙虛往往不是信口開河，就是轉彎抹角的自吹自擂。」

「那麼你說，我剛剛那幾句謙虛的話，是屬於哪一種？」

「是轉彎抹角的自誇。你對你自己寫信方面的缺點感到很得意，因爲你覺得這正體現了自己思維敏捷，因此根本不必去注意書寫的問題。你認爲這思維敏捷即使不是什麼了不起的優點，至少也相當有趣。做事敏捷迅速的人總是對這個進行的過程引以爲傲，而從來不考慮做出來的結果有多糟糕。今天早上你還跟班奈特太太說，如果你決定要離開尼日斐花園，你五分鐘之內就可以搬走。說這種話的目的無非是爲了褒揚自己、誇讚自己。急躁只會導致很多該做的事情都做不好，對別人對自己都沒有什麼眞正的好處，這還有什麼値得稱讚呢？」

「眞是的，」賓里先生叫了起來：「都晚上了還記得早上那些蠢事，也太小題大作了吧。而且，說實話我堅信我對自己的看法眞的就是如此，到現在我還是堅信。至少，我沒必要在小姐們面前故意假裝急躁來炫耀自己。」

「你也許是眞的相信自己就是那樣，但我怎麼也不相信你做事會那麼當機立斷。你跟我認識的其他人一樣，做事情都是見機行事。比如說，你已經跨上了你的馬準備走了，突然一個朋友對你說，賓里，你最好待到下個星期再走吧！你可能就不走了。他要是再跟你說句什麼，說不定你就會再待上一個月。」

「你的話只不過證明了賓里先生不會率性而爲。你這麼一說，比他自己剛才說的那番話還要誇耀得更厲害。」伊莉莎白說道。

「我眞高興，」賓里說：「經你這麼一說，我朋友所說的話，反而成了對我性情溫和的恭維啦！不過，恐怕你的這種說法並不符合我這位朋友的本意。要是眞出現他剛才說的那種情況，我若是不猶豫地謝絕那位朋友的好意，騎上馬有多快跑多快的話，達西先生一定會更看得起我。」

「難道達西先生認爲，不管你原本的決定是多麼魯莽，只要你堅持下去，就情有可原了嗎？」

「這我可說不清楚，要讓達西自己來說明。」

「你非要把這種意見強加於我，我可從來沒承認過。不過，以你的假設而言，班奈特小姐，你可別忘了，那個朋友建議他回到屋子裡不要離開，不過僅僅是一種期望而已。你不認爲他因此就不離開，是隨便聽從別人意見的表現嗎？」

「說到隨便地聽從別人的意見，你的身上可找不出這樣的優點。」

「不經考慮就隨便聽從對方的意見，這對雙方來說都不是什麼優點吧！」

「你似乎不承認友誼和感情對一個人的影響，達西先生。一個人如果尊重別人的意見和要求，通常是主動而用不著爭論的。我不是想就你對賓里先生的評價而借題發揮，或許我們可以等到這種情形發生的時候，再來討論他的處理是否明智。但通常朋友之間，一件無關緊要的小事，一個人要求另一個人改變主意，對方毫無異議地聽從了他的意見，你認爲這有什麼不對嗎？」

「那個朋友提出的要求究竟重要到什麼程度，兩人之間的交情又深到什麼程度？在許多問題沒有弄清楚之前，我們的討論是不明智的。」

「我們一定得聽聽達西先生的詳盡分析！」賓里先生大聲說：「他們兩人的身材高矮和尺寸大小也千萬別忘了分析。班奈特小姐，你一定想像不到，這在兩人的辯論中有多重要。實話告訴你，要是達西這個傢伙不是比我高大那麼多的話，我才不會這麼忌憚他呢！有些時候，有些場合，我眞是再也找不到比達西這個傢伙更討厭的人了。尤其是星期天晚上他在自己家裡，又無事可做的時候。」

達西笑了起來。伊莉莎白本來也要笑，但又覺得他好像有點生氣了，便忍住沒笑。賓里小姐非常不滿人家這樣調侃達西，便責怪他哥哥不應該談論這麼沒意思的話題。

「我明白你的用意，賓里，」達西對他的朋友說：「你不喜歡辯論，希望趕快把辯論結束掉。」

「或許是吧，辯論往往跟爭論沒什麼分別。要是你和班奈特小姐能夠容我離開房間以後再繼續你們的辯論，我就要感激不盡了。到那時，你們愛怎麼說我就怎麼說吧。」賓里先生說。

「這對我來說倒是沒什麼損失，不過達西先生最好還是趕快去寫他的信吧。」伊莉莎白說。

達西聽從了他的建議，繼續去完成他的信。

信寫好之後，達西請賓里小姐和伊莉莎白小姐彈奏幾首曲子。賓里小姐立刻走到鋼琴跟前，先假意客氣了一番，要伊莉莎白先彈，伊莉莎白也客客氣氣、誠心誠意地推辭了。於是賓里小姐就在琴旁坐了下來。

賓里小姐演奏的時候，赫斯特太太跟著一起唱了起來。伊莉莎白翻閱著鋼琴上的幾本琴譜，卻發現達西先生的眼睛始終望著她。她當然不會想到，這位自視甚高的先生他的眼神是出於愛慕之意，但也不會認爲達西是因爲討厭她所以才盯著她。最後，她得出結論，達西之所以這麼注意她，是因爲和在座的其他人比起來，她最讓他看不順眼。這個假設並不會讓她感到不舒服，因爲她根本不喜歡他，所以根本不在乎他的看法。

彈了幾首義大利歌曲以後，賓里小姐又彈起了輕鬆活潑的蘇格蘭曲子。達西先生走到伊莉莎白跟前，對她說：「班奈特小姐，你難道不想趁此機會跳支舞嗎？」

伊莉莎白只是笑了笑，沒有回答他的問題。他對她的沉默感到奇怪，於是又問了一遍。

「哦，」她說：「我聽到了，只是一時之間還沒想好該怎麼回答你。我知道你希望我回答一聲是的，那樣的話你就可以興致勃勃地嘲弄我的品味。只可惜，我一向喜歡拆穿這種把戲，好好治治那些存心想要嘲弄我的人。因此我要告訴你，我壓根就不想跳什麼舞，這下你可不敢嘲弄我了吧。」

「確實不敢。」

本想給他點顏色看看的伊莉莎白，見他竟然如此溫順，反倒感到奇怪。不過，伊莉莎白為人溫和靈巧，也不輕易得罪什麼人，因此也就點到為止，不再繼續揶揄他。達西以前對任何女人都沒有像對伊莉莎白這樣著迷過，他一本正經地想道，要不是她的親戚過分卑賤，那他可就危險了。

賓里小姐見此光景，很是嫉妒。她巴不得她的好朋友珍快點痊癒起來，這樣她就能把伊莉莎白從這裡趕出去了。

為了挑起達西對伊莉莎白的厭惡，賓里小姐常常不停地跟他談論起他和伊莉莎白的「良緣」，而且嘮叨著假設攀上這門親事能帶給達西多大的幸福。

「我希望當你終於如願以償的時候，」第二天兩人在灌木叢中散散步的時候，賓里小姐說：「你得好好奉勸你那位岳母，要她管好自己那張嘴。要是可以的話，你還得治治你那幾位小姨子追逐軍官的毛病。還有，我有點不好意思說出口，尊夫人有點小脾氣，自負又不懂禮貌，你得盡力幫她糾正糾正。」

「對於促進我的家庭幸福，你還有什麼別的建議？」

「哦，當然有。一定要記得把你菲力浦姨父姨母的畫像掛到彭伯里的長廊裡，就掛在你那位當法官的伯祖父的畫像旁邊。你知道，他們的職業都差不多，只是分工不同罷了。至於尊夫人伊莉莎白，你最好別找人給她畫像，哪個畫家能夠把她那雙美麗的眼睛畫得惟妙惟肖呢？」

「眼神確實不容易畫出來，但是眼睛的顏色、形狀，還有她的睫毛，也都妙不可言，這也許能畫得出來。」

就在這時，他們看見赫斯特太太和伊莉莎白從另外一條路走過來。

「我不知道你們也打算出來散步。」賓里小姐說道，有點慌亂不安，唯恐剛才的話被她們聽見了。

「你們也太可恨了，」赫斯特太太說：「招呼都不打一聲，就自己跑出去了。」說著她就挽起達西的另一隻手臂，把伊莉莎白丟在一邊。

這條路只能容下三個人並排走。達西覺得她們太沒禮貌了，馬上說：「這條路太窄，容不下我們大家一塊走。我們還是到那邊的大路上去吧。」

伊莉莎白本來就不想跟他們待在一起，便笑著回答道：「不用不用，你們就待在這裡吧！你們三個在一起眞是一幅迷人的畫面。要是加上第四個人，那畫面就毀了。再見。」

說著，她笑嘻嘻地跑開了。她一邊閒逛，一邊想到這一兩天內就可以回家，不由得加倍高興起來。

11

珍的身體已經好得差不多了，當天晚上就想出去玩幾個鐘頭。吃過晚飯，伊莉莎白就上樓到她姊姊的房間裡，看她穿戴整齊，確認不會著涼後，便陪她一起到客廳去。

賓里姊妹們對珍的到來表示歡迎，並紛紛表達自己很高興看到她康復。在男士們沒有進來之前，她們那麼和藹可親，這是伊莉莎白從來沒有見過的。她們非常健談，描繪起宴會來有聲有色，說起故事來趣味盎然，嘲笑起朋友來也是興致勃勃。

可是男士們一進來，珍就不再是賓里姊妹關注的核心了。賓里小姐立刻就把眼睛轉到達西身上去，想要跟他談話。達西首先向珍問好，很有禮貌地祝賀她身體康復；赫斯特先生也對她微微鞠了一躬，說是見到她「非常高興」。但說到熱情周到、情真意切，還是賓里先生的問候更勝一籌。他滿心喜悅和關懷，用了半個小時的時間來把壁爐的火生得更旺些，生怕屋裡的溫度會讓珍覺得冷。他再三要求珍移坐到火爐的另一邊去，這樣她就能離門遠一點。隨後，他自己也在她身旁坐下來，對其他人都不理不睬。伊莉莎白就坐在他們對面的角落，把這一切都看在眼裡，感到非常高興。

喝過茶以後，赫斯特先生提醒他的小姨子把牌桌擺好，賓里小姐卻沒有照辦，因爲她早就已經看出達西先生並不想打牌。過了一會，赫斯特先生公開提出要打牌，賓里小姐拒絕了他，肯定地對他說沒有一個人想玩牌。赫斯特先生看到在場的人都對此默不做聲，知道她確實說得不錯，但是他實在又無事可做，只好躺在沙發上打瞌睡。

賓里小姐見達西拿起一本書來讀，就趕緊依樣畫葫蘆，也拿起一本書來看。赫斯特太太玩弄著自己的手鐲和戒指，偶爾也在她弟弟跟珍的對話中插上幾句。

賓里小姐的注意力一半用在看達西讀書上，一半用在自己讀書上。她不斷地向他問問題，或者是看看他讀到哪一頁。不過，不管她怎麼費心，達西始終都不怎麼說話，基本上是她問一句他就答一句，然後便繼續看自己的書。

賓里小姐試著對手上這本特意挑選的書產生興趣，卻很快就感到乏味了。她之所以要選這本書，不過就因爲這是達西所讀的書的第二冊。她打了個呵欠，說道：「這樣度過一個夜晚眞是太愉快啦！我認爲沒有什麼比得上讀書的樂趣。除了讀書，做其他的事都是一上手就厭倦了。等我有了自己的房子，要是沒有個很出色的書房，那我可會很難過的。」

沒人搭理她，於是她又打了個呵欠，把書拋到一邊去，把整個房間都掃視了一遍，希望能找出點什麼東西讓她消遣消遣。這時，她聽到她哥哥跟珍提起要開一次舞會，就立刻轉過頭來對他說：「這麼說，查理斯，你是眞的打算要在尼日斐花園開一次舞會了？我建議你再做這個決定之前，還是先徵求一下在場各位的意見吧。這中間要是沒有人覺得跳舞不是娛樂而是受罪的話，那我就肯定弄錯啦！」

「如果你說的是達西，」她的哥哥大聲說：「那麼，要是他高興的話，可以在舞會開始之前就上床去睡覺。這件事情已經定下來了，等尼古拉斯準備就緒，我就發請帖。」

「要是舞會能換換花樣，」賓里小姐說：「我就更喜歡了。通常舞會上總是老掉牙的一套，實在沉悶得讓人難以忍受。你要是能把舞會的安排由跳舞改爲談話，肯定要有意思得多。」

「可能會有意思得多吧，但是，卡洛琳，那還像什麼舞會呢！」

賓里小姐沒有回答，她站起來，在房間裡走來走去。她的體態很優美，步履也很輕快，可惜她的獵物達西，仍然一心一意地埋頭看書，絲毫沒有注意他。她在失望之餘，決定再次努力，於是她轉過身來對伊莉莎白說：「伊莉莎白．班奈特小姐，我建議你也像我這樣，在房間裡走動走動吧。我可以保證，久坐之後，走動走動可以讓人重新打起精神。」

伊莉莎白有點驚訝，但還是接受了她的建議。賓里小姐此舉的眞正目的達到了，達西先生果然抬起頭來。達西也和伊莉莎白一樣，看出賓里小姐是故意想引起注意，便不知不覺地合上了書。賓里小姐立刻邀請他加入他們，可是他謝絕了。他認爲，她們倆在屋裡走來走去無非有兩個目的，要是他加入她們的行列，對她們任何一個目的都會有所妨礙。

「他是什麼意思？」賓里小姐很想知道這話是什麼意思，就問伊莉莎白。

「完全不懂。」伊莉莎白回答：「不過可以肯定的是，他一定是在揶揄我們。最好的辦法是根本不理睬他，讓他失望。」

可惜賓里小姐從來都不忍心讓達西失望，於是堅持要他解釋他所說的那兩個目的。

「我不介意解釋一下。」她話音一落，達西馬上就接著說：「你們一起在屋裡散步，要嘛是因爲你們是知己，因此選擇這個方式來談談各自的私事，消磨消磨時間；要嘛就是因爲你們覺得自己散步的體態特別好看，所以要在屋裡走來走去。如果你們的目的是前者，那麼我的加入肯定會妨礙你們談話；而如果你們的目的是後者的話，那麼我坐在壁爐旁邊更可以好好欣賞你們。」

「哦，眞可怕！」賓里小姐叫起來了：「我從來沒有聽過這樣惡毒的話。我們該怎麼懲罰他？」

「要是你眞的想懲罰他，那還不容易！」伊莉莎白說：「我們每個人都有折磨和懲罰別人的辦法，捉弄他、嘲笑他，什麼都行。你們這麼熟，你肯定知道該怎麼對付他。」

「可是說實話，我眞的不知道。不瞞你說，我們雖然很熟，但卻一點也不知道該怎麼對付他。去捉弄這樣一個性格冷靜和頭腦清醒的人？不行，不行，我想他會反過來對付我們的。至於譏笑他，我們何必無緣無故地去嘲笑別人，結果反而讓自己被嘲笑？讓達西先生去自鳴得意吧。」

「原來達西先生不能讓別人嘲笑！」伊莉莎白說：「這種優越的條件眞是少見，我可不希望一直都這樣。要是這樣的朋友多了，對我來說可是很大的損失。我特別喜歡嘲弄人。」

達西說：「賓里小姐太過獎了。如果一個人把開玩笑當作人生中的一等大事，那麼，最聰明、最優秀的人……不，是最聰明、最優秀的行爲，也會變得非常可笑。」

「那當然，」伊莉莎白回答：「你說的這種人也有，不過我希望我不是其中之一。我希望我從來不會去笑話那些聰明和優秀的行爲，但是愚蠢和荒唐，異想天開和前後矛盾，讓我不得不去嘲弄。我承認，只要可以的話，我總是要嘲笑這些行爲的。不過我想，我所說的那些可笑行爲你正好沒有。」

「誰都難免有缺點。不過，我一輩子都在研究如何避免在無知的嘲笑面前顯現出過人的頭腦這一缺點。」

「虛榮和傲慢就是這種缺點。」

「沒錯，虛榮確實是個缺點。但是傲慢……只要果眞擁有過人的思想，即使傲慢也會傲慢得很有分寸。」

伊莉莎白轉過頭去，以免人家看到她發笑。

「我想，你對達西先生的盤問結束了吧，」賓里小姐說：「請問結果如何？」

「我完全相信達西先生沒有任何缺點。他自己也毫不掩飾地承認了這一點。」

「不，」達西說：「我可沒有這麼自命不凡。我的缺點可不少，不過我相信這些缺點跟頭腦沒什麼關係。至於我的脾氣，我就不敢擔保了，我知道我這個人一點也不能委屈求全，對別人一點也不能遷就。別人的愚蠢和過錯，或者別人冒犯了我，我本來應該迅速拋到腦後的，可是就是忘不掉。我的情緒不是想趕走就可以像吹氣一樣一溜煙消失的。我的脾氣可以稱得上是憤恨記仇，一旦對一個人失去了好感，那就永遠也沒有好感了。」

「這確實是個很大的毛病！」伊莉莎白說：「難以化解的憤恨記仇，的確是人格上的一大陰影。不過既然你自己對你的缺點已經認識得很清楚，我就不能再嘲笑你啦，你大可以放寬心。」

「我相信無論什麼樣的性格中都免不了有某種缺陷，一種天生的缺陷，即使受到的教育再好，也無法加以克服。」

「你的缺陷就是去憎恨所有的人。」

「而你的缺陷，」達西笑著回答：「就是故意去誤解別人。」

賓里小姐見這場談話中沒有自己插嘴的餘地，不由得深感厭煩，於是大聲叫道：「我們來聽幾首曲子吧！路易莎，你不介意我吵醒赫斯特先生吧？」

她的姊姊沒有意見，於是賓里小姐便打開了鋼琴蓋子。達西並沒有因此而感到不快，因為他仔細想了一想，覺得自己對伊莉莎白似乎過分關注了一些，這讓他開始感到危險。

12

班奈特姊妹倆商量妥當之後，第二天早上，伊莉莎白就給她母親寫信，請她當天就派馬車過來接她們。可是，班奈特太太精心盤算著，非要讓她的女兒在尼日斐花園待到下星期二，這樣一來珍就正好住滿了一個星期。她可不樂意提前把她們接回家。她在回信中說，在下星期二之前，家裡不可能弄得出馬車來。她還在信末補充幾句，要是賓里一家挽留她們多住幾天的話，她很願意讓她們在尼日斐花園繼續待下去。

這封信讓伊莉莎白很不滿，她就是不願意繼續再留下來，她不但不指望人家挽留她們，反而還害怕人家以爲她們賴在那裡不肯走呢。下定決心以後，她便催促珍立刻去向賓里借馬車。她們商量過後，就向主人表示當天上午就要離開尼日斐花園，另外借馬車的事也一併提出來。

主人一家再三挽留她們，賓里小姐也假意關切，說希望她們至少待到明天再走。珍被說服了，只好把行程再往後延遲一天。這麼一來，賓里小姐又後悔自己挽留她們。她對伊莉莎白又嫉妒又討厭，也顧不得對珍的感情了。

只有賓里先生才是眞正地不開心。他反覆地勸說珍，說她身體還沒有完全康復，明天就趕路對她來說很不妥當。可是珍認爲無論如何明天都應該離開了，因此堅持要走。

達西倒覺得這是個不錯的消息，因爲他覺得伊莉莎白在尼日斐花園待的時間夠長了。儘管如此，但是她確實很吸引他，再說賓里小姐對她很不客氣，而且不斷拿自己開玩笑，因此他認爲她不應該繼續待下去。他暗自做出了一個自以爲是的決定，要自己特別當心，目前絕不能露出一點點愛慕她的蛛絲馬跡，免得她知道了以後，就會來操縱他的終身幸福。他意識到，如果她果眞已有這種想法，那他的態度就相當重要，要嘛進一步堅定了她那種想法，要嘛就是讓她完全摒棄了那種想法。

達西打定了主意，於是星期六一整天跟她說的話加起來不到十句。雖然當天有一次他跟她單獨相處了半小時，他卻依然專心地埋頭看書，看也沒看她一眼。

星期天早上做過晨禱以後，珍和伊莉莎白便向主人提出告辭，對方也幾乎人人都樂意。賓里小姐對伊莉莎白忽然變得客氣起來了，對珍一下子也變得親熱了。告別的時候，她說非常希望以後有機會在浪博恩或尼日斐花園跟她們再見面，而後又深情萬分地擁抱了珍，甚至還跟伊莉莎白握了握手。

伊莉莎白愉快地離開了這裡，但她的母親卻並不怎麼歡迎她們回來。班奈特太太沒想到她們竟然會提前回來，埋怨她們不該給家裡招來那麼多麻煩，又斷言珍八成要感冒了。倒是她們的父親，見到兩個女兒回來，雖然表面上淡淡的沒表現出多大的高興，心裡卻是真心感到欣慰。他體會到這兩個女兒在家裡的重要性，晚上一家子聚在一起聊天的時候，要是珍和伊莉莎白不在場，那麼談話就毫無生氣，而且也毫無意義。

瑪莉跟以往一樣，仍然埋頭在聲樂的學習和人性的研究上。她又做了很多新的筆記，而且又有很多對陳規舊習的新見解要發表。和瑪莉一樣，凱薩琳和莉蒂亞也告訴了她們許多消息，但是性質卻完全不同，說來說去無非就是民兵團自上星期三以來發生的新鮮事：最近幾個軍官跟她們的姨父一起吃過飯，一個士兵挨了鞭打，弗斯托上校確實快要結婚了等等。

13

第二天吃早飯的時候，班奈特先生對他的太太說：「親愛的，你今天中午得準備一頓豐盛的午餐，因爲我相信今天會有客人來拜訪我們。」

「你指的是哪位客人呢，我的老爺？我不知道有誰會來，除非是夏綠蒂．盧卡斯碰巧會來看看我們。不過用我們的飯菜招待她也夠好了，我不信她平時在家裡也能吃得這麼好。」

「我說的客人是位男士，而且是個生客。」

班奈特太太的眼睛亮了起來：「一位男士又是一位生客！那肯定是賓里先生。怎麼，珍，你半點風聲也沒透露啊，你這個狡猾的東西！賓里先生要來，我眞是太高興啦！可是，老天爺啊！運氣眞不好，今天連一條魚也沒有。莉蒂亞，我的寶貝，快按按鈴，我要馬上對希爾交代一下。」

「要來的不是賓里先生，」班奈特先生說：「而是一位我這輩子還從來沒有見過的人。」

這句話令在場的人都驚訝萬分。班奈特先生很得意，因爲他的太太和五個女兒都迫不及待地追問他。

拿她們的好奇心打趣了一陣以後，他解釋說：「大約一個月以前我收到了一封信，半個月以前我寫了回信，因爲我覺得這是件很微妙的事情，最好趁早留意。信是我的表侄柯林斯先生寫來的。等我死了以後，我這位表侄只要高興，就隨時能把你們從這間房子裡趕出去。」

「哦，天啊，」他的太太叫了起來：「你一提起這件事我就受不了，求求你別再跟我提那個讓人討厭的傢伙！這眞是世界上最沒天理的事，自己的產業居然不能由自己的孩子來繼承！我敢肯定，要是我是你，一定早就想出點什麼辦法來解決這事了。」

珍和伊莉莎白試圖跟她解釋繼承權的問題。之前她們也嘗試跟她解釋過，但班奈特太太的理解力實在不足以使她明白這個問題。她不斷地破口大罵，說所謂的繼承權簡直毫無道理，自己的產業不能由五個親生女兒繼承，卻白白便宜一個不相干的人。

「這的確是一件不公道的事，」班奈特先生說：「而且沒有什麼能洗清柯林斯先生繼承浪博恩產業的這樁罪過。不過，你要是聽聽他在這封信裡所說的話，說不定你會被他這番表白稍稍打動！」

「不，我相信我絕對不會。我認爲他給你寫信這種行爲既野蠻又虛僞。我討厭這種不誠懇的朋友。他爲什麼不像他爸爸那樣跟你爭吵不休？」

「對啊，眞的，他怎麼不跟我吵鬧？看來他是做小輩的也有做小輩的顧慮吧。你們來聽聽這封信……」

「尊敬的先生：

你與先父之前存在的某些芥蒂，我一直深感不安。自先父不幸辭世，我在悲痛之中，經常想起要彌補這個裂痕。但出於自身的顧慮，我又躊躇不前，因爲先父生前與閣下結怨匪淺，而我卻與閣下修好，這對先父而言未免有所不敬。——注意聽啊，我的好太太！——不過，目前我對此事已經下定決心，因爲我已在復活節那天受了聖職。承蒙勒維斯·德·包爾公爵的孀妻凱薩琳·德·包爾夫人的恩惠，提拔我擔任該教區的教士。此後我將盡心盡力，恭侍夫人左右，並奉行英國教會的一切儀式。身爲一名教士，我覺得有責任盡一己之力，讓家家戶戶都和睦融洽。我自信閣下會重視我這一番心意，我將繼承浪博恩產權一事，也請閣下毋須存有芥蒂，接受我獻上的這一枝橄欖枝。我對侵犯令媛利益深感不安，並爲此承請閣下的寬恕。我保證將給予她們一切可能的補償，不過此事容待以後詳談。如果你不反對我上門拜訪，我將於十一月十八日星期一下午四點鐘登門造訪，也許會在府上打擾至下星期六。對此我並無不便之處，因爲只要有另一個教士來主持這一星期諸事宜，凱薩琳夫人是絕不會反對我偶爾離開教堂的。最後，敬向尊夫人及令媛致候。

你的祝福者和朋友

威廉·柯林斯

十月十五日於威斯特漢附近肯德郡漢斯福村

「四點鐘的時候，這位帶著橄欖枝的先生就要來啦，」班奈特說著，一邊把信折好：「照我看來，他還算是個有良心、有禮貌的小伙子。相信他一定能成爲有意思的朋友，只要凱薩琳夫人能夠多開開恩，允許他以後再上我們這兒來。」

「他提到我們女兒的那幾句話還有點意思。要是果眞打算設法補償她們，我可不忍心違背他的一片好意。」

「雖然猜不出他說的補償我們究竟是什麼意思，」班奈特說：「但是他的一片好意確實也讓人敬佩。」

伊莉莎白感到很不可思議，他竟然對凱薩琳夫人尊敬得那麼出奇，而且居然那麼好心，隨時爲自己教區裡的居民洗禮、主持婚禮和喪禮。她說：「我看他一定是個怪人，眞讓人難以捉摸。他的文風好像有點誇張。他說因爲繼承了我們的產權而感到萬分抱歉，這話是什麼意思？就算他可以取消這事，我們也不相信他會那麼做的。他是個有頭腦的人嗎，爸爸？」

「不，我的寶貝，我認爲他不是，而且我相信他恰恰相反，因爲他在信裡的口氣既謙卑又自大。我迫不及待想見見他！」

「就文筆來說，他的信好像沒什麼毛病。」瑪莉說：「橄欖枝這種說法並不新鮮，但我覺得用在這裡來表達他的意思，倒是再合適不過了。」

對凱薩琳和莉蒂亞來說，不管是那封信還是寫信的人，都沒有半點讓人感興趣的地方，因爲她們的表兄絕對不可能穿著「紅制服」來。而這幾個星期以來，穿其他顏色衣服的人，她們都不感興趣。

至於她們的母親，原本的一腔怒火被柯林斯先生的信打消了不少，反而心平氣和地等待他的到來。班奈特先生和女兒們對此都感到很意外。

柯林斯先生準時到達了，全家上下都非常客氣地接待了他。班奈特先生話說得很少，倒是在場的女士們準備好好暢談一番。柯林斯似乎既不打算保持緘默，也不需要別人鼓勵他多說話。他今年二十五歲，高高的個子，看起來有點胖。他的氣質沉穩莊重，禮儀周全正式。他剛一坐下來，就恭維班奈特有這麼一家子的好女兒，說對她們的美貌仰慕已久，現在才知道果然是名不虛傳。他還說，相信不久就可以看到小姐們都結下美滿良緣。

這些獻殷勤的話在場沒有幾個人當作一回事，只有班奈特太太，句句都聽在耳裡，甜在心上。她乾脆自己直截了當地回答：「我相信你是個好心腸的人，先生，我衷心希望你能履行你的諾言。否則，她們可就要窮困潦倒啦！這事實在是太莫名其妙啦！」

「您指的是產業繼承權的問題吧？」

「哎，先生，就是這個問題。你得承認，這對我那些可憐的孩子們眞是件非常不幸的事。當然，我並不是在怪你，我也知道，這些事情還不都是命！產業一旦要限定繼承人，那就不知道會落到誰的手裡去。」

「我非常理解，太太，這對表妹們來說確實很艱難。這個問題上我有很多意見，但我不敢冒失莽撞。不過我可以向年輕的小姐們保證，我來這裡就是爲了來表達我的仰慕。目前我也不打算多說，等我們相處得更熟一點的時候也許……」

他說到這裡就被打斷，因爲有人來請他們吃飯了。幾個女孩彼此相視而笑，她們知道自己並不是柯林斯先生唯一傾慕的對象，客廳、飯廳、屋子裡所有的傢俱，都被他上上下下地打量和稱讚了一番。這些稱讚本該正好說到班奈特太太心坎裡，讓她得意萬分的，可是她也猜到他是把這些東西都看作是他未來的財產，因此又感到火冒三丈。就連一頓午飯也成了讚不絕口的對象，他請求讓他知道，到底是哪位表妹能燒得這一手好菜。這話正好讓班奈特太太發洩她的怒氣，於是她毫不客氣地跟他說，家裡還雇得起一個像樣的廚子，根本用不著女兒們去過問廚房裡的事。柯林斯請求她原諒自己的冒昧讓她感到不愉快，班奈特太太隨即也語氣溫和地答道，這也算不上什麼冒犯。可是他卻滔滔不絕地道歉了整整一刻鍾。

14

吃飯的時候，班奈特先生幾乎沒怎麼說話，可是等傭人們都走開以後，他認為現在該是和這位客人好好談談的時候了。他選擇了凱薩琳夫人作為他的開場白，因為他猜想這個話題肯定會讓柯林斯眉開顏笑。於是，他便說能遇到這樣一位夫人眞是太幸運了，而且凱薩琳・德・包爾夫人對他的願望這麼關注，又這麼體貼周到地把他照顧得舒舒服服，眞是十分難得。

這個話題實在是選得太好了，柯林斯先生果然對那位夫人讚不絕口。一談到這個問題，他本身的那種嚴肅態度就更加莊重了。他非常自負地說，這輩子從來沒有見過其他有如此身分地位的人，能夠像凱薩琳夫人那樣和藹可親、平易近人。他很榮幸曾在夫人面前講過兩次道，夫人也對此讚賞有加。夫人還曾經邀請他到羅新斯去吃過兩次飯，上星期六晚上還請他到府上去打過「誇錐」（一種四人牌戲）。據他所知，很多人都認為凱薩琳夫人為人高傲，但他絲毫不覺得，只感到她親切有加。平時跟他談話的時候，她把他當作一位紳士來對待。她絲毫不反對他和周圍鄰居們交往，也不反對他偶爾離開教區一、兩個星期去探望親戚朋友。她甚至親自操心他的婚事，建議他盡早結婚，但是一定要謹慎選擇對象。她還光臨過一次他家，對他之前在房子裡做的一切修整都表示贊許，甚至親自給予指示，要他在樓上的壁櫥上多添置幾層隔板。

「相信這一切都很得體，而且也很彬彬有禮。」班奈特太太說：「我敢肯定她一定是位和藹可親的女士。只可惜一般貴夫人們都不像她這樣。她住的地方離你近嗎，先生？」

「寒舍的後院跟夫人下榻的羅新斯花園，僅僅一條小路相隔。」

「我記得你說她是個寡婦，先生？她還有其他的家屬嗎？」

「她只有一個女兒，將來也是羅新斯以及一筆巨額財產的繼承人。」

「唉，」班奈特太太嘆了一聲，一邊搖了搖頭：「那她可比很多女孩都要幸運得多啦！她是位什麼樣的小姐？長得漂亮嗎？」

「她是位非常迷人的女孩。凱薩琳夫人自己也說過，要說真正的漂亮，德·包爾小姐比其他任何女孩都要美貌得多，一看她的容貌就知道她是名門之後。可惜的是，她身體不大好，不能學習什麼才藝，不然的話她就更加出色了……這話是她的女教師告訴我的，那位教師現在還跟她們母女倆住在一起。她真是和藹可親，經常乘著她那輛小馬車屈尊光臨寒舍。」

「她進過宮嗎？在宮中的女士當中，我好像沒有聽過她的名字。」

「她的身體狀況不允許她去，正如我有一天跟凱薩琳夫人所說的那樣，這實在是英國宮廷的一大損失，看起來夫人對我這種說法很滿意。你們可以想像得到，在任何場合下，我都樂意說幾句讓太太小姐們聽了會高興的恭維話。我不只一次地跟凱薩琳夫人說過，她那可愛至極的女兒是一位天生的公爵夫人，不管她將來嫁給多麼地位顯赫的貴人，都是對方高攀了小姐。夫人聽到這些話別提有多高興了，我認爲自己在這方面應該多下點功夫。」

「你說的沒錯。」班奈特先生說：「你具有這種能夠巧妙恭維別人的才能，是一件值得高興的事。我是否可以請教你一下，你這些討人喜歡的奉承話，是臨時想出來的呢，還是早就考慮好的呢？」

「大部分都是急中生智臨場發揮的，不過有時候閒著沒事我也會排練幾句巧妙的恭維話，一般的場合都能用得上，而且在說的時候我盡可能說得自然，不露痕跡。」

班奈特先生的猜測完全正確，他這位表侄的確和他想像的一樣荒唐。他津津有味地聽著，表面上卻裝作若無其事。除了偶爾朝伊莉莎白看一眼之外，他不需要別人來分享他的這份快樂。

下午茶的時間到了，班奈特先生也打趣夠了，高高興興地把客人帶到了客廳裡。喝完茶，他又高高興興地邀請客人朗誦點什麼給他太太女兒們聽，柯林斯先生立刻答應了。於是，她們就拿了一本書給他，可是一看到那本書，他就吃驚地連連後退（因爲那本書一看就是從公眾圖書館借來的），並求她們原諒他從來不讀小說。聽了他的話，凱蒂對他瞪大了眼睛，莉蒂亞叫起來了。她們又另外拿了幾本書來，經過愼重地考慮之後，他選了一本弗迪斯的《講道集》。他一攤開那本書，莉蒂亞就倒吸了一口冷氣。他沉悶無味而又一本正經地讀了兩三頁，莉蒂亞就打斷了他：「媽媽，你知不知道菲力浦姨父說他要解雇理查？要是他眞的解雇他的話，弗斯托上校就要雇他。這是星期六那天姨媽親自告訴我的。我打算明天去梅列敦打聽情況，順便再問問丹尼先生什麼時候從城裡回來。」

珍和伊莉莎白都吩咐莉蒂亞住嘴。柯林斯先生非常生氣，他放下書說：「我經常見到年輕的小姐們對正經書不感興趣，可是這些書恰恰對她們大有裨益。坦白地說，對此我感到很吃驚，因爲對她們而言，沒有什麼比聖訓更讓人受益匪淺的了。不過我也不願意勉強我年輕的表妹。」

說完他就轉過身來，要求班奈特先生陪他玩「百加夢」（一種擲骰子的遊戲）。班奈特先生答應了，並說這是個很聰明的辦法，還是讓這些女孩子們自己去搞她們那些小玩意吧。

班奈特太太和小姐們都客客氣氣地跟他道歉，請他原諒莉蒂亞打斷了他的朗誦，並且保證他要是繼續讀下去的話，絕不會再發生同樣的事情。柯林斯先生解釋說，他毫無責怪表妹的意思，也不會對她耿耿於懷。然後，他就跟班奈特先生坐到另一張桌子上去，準備玩「百加夢」。

15

柯林斯先生並不是什麼有頭腦的人，他雖然受過教育，在社會上也有些歷練，但先天的缺陷卻沒有得到多大的彌補。他的大半生，都是在他那既沒文化又視財如命的父親教導下度過的。雖然名義上他也讀過大學，但實際也只不過是白白在那住了幾個學期而已，連一個有用的朋友也沒結交到。在父親的嚴厲管教之下，他本來為人相當謙遜，但是由於他天生是個蠢材，現在生活又過得悠哉自在，再加上年紀輕輕就發了意外之財，因此驕傲自大的心理就漸漸滋長起來。當時漢斯福教區正好有個空缺的牧師職位，他機緣巧合地得到了凱薩琳·德·包爾夫人的提拔。一方面，他看到夫人地位頗高，就非常尊敬和崇拜她，而另一方面，他又因自己當上了教士而自命不凡，覺得自己好歹也有點權力。這樣一來，就形成了他驕傲自大和謙卑順從的雙重性格。

現在他擁有了一幢相當不錯的房子，而且收入相當可觀，因此有了結婚的念頭。他這次前來和浪博恩這家人講和修好的目的，就是為了在班奈特府上找個太太。他打定主意，如果府上的幾位千金真像傳聞中那麼美麗可愛，他就一定要在當中挑選一個。這就是他所謂的補償計畫、贖罪計畫。他自己對這個計畫相當得意，認為既妥善得體，又公正慷慨。

見到幾位小姐們之後，他覺得自己這趟總算是沒有白來。珍那張可愛的臉蛋，使他拿了主意要照原計畫進行，而且他更加確定了他那長幼有序的迂腐想法。頭一個晚上，他就選中了她，但是第二天早上，在和班奈特太太親熱地交談了一刻之後，又改變主意了。他先談了談他那幢牧師住宅，然後自然而然地提到，說是希望能在浪博恩給房子找位女主人，而且就要在她的女兒中挑選一位。他在說這話的時候，班奈特太太一直親切地微笑著鼓勵他，不過當他談到他已經選定了珍的時候，她提醒他注意：「要是我那幾個小女兒，我都沒有什麼意見——當然我也不能一口答應——不過我知道她們都還沒有對象。但至於我的大女兒，我有責任提醒你一下，她可能很快就要訂婚了。」

柯林斯先生只好不提珍，而改選伊莉莎白。他在班奈特太太提醒的那一刻，就做出這個決定。無論是年齡、美貌，伊莉莎白都只比珍差一點點，因此毫無疑問第二個人選就是她了。這個昨天得到這個暗示之後，班奈特太太如獲至寶，相信自己很快就可以嫁出兩個女兒。這個昨天她連提都不願意提到的人，現在卻成了她無比重視的貴客。

莉蒂亞要去梅列敦走走的念頭到現在還沒有打消。除了瑪莉之外，她的姊姊們都願意跟她一起去。應班奈特先生的要求，柯林斯先生也要跟她們一起去。因爲自早上吃過早飯以後，柯林斯就跟著班奈特先生到他的書房來，一直待著不肯離開，說是來看班府的那本大型對開本收藏，事實上卻不停地大談他自己在漢斯福的房子和花園，使班奈特先生不勝其擾。他平時待在書房裡就是爲了圖個清靜，就像他曾經跟伊莉莎白說的那樣，他願意在其他任何一間房間裡接見那些愚蠢至極、驕傲自大的傢伙，但書房可就是個例外了。因此，他非常客氣地請他也跟著小姐們一起到梅列敦去，而柯林斯先生確實更適合做一個步行家，而不是一個讀書人，於是他就高高興興地合上那本大型的對開書，跟著表妹們一起出發了。

柯林斯一路廢話連篇，表妹們只得客客氣氣地附和敷衍。很快，他們就到了梅列敦。一到那裡，兩位年紀較小的表妹就再也不理會他，她們的眼睛不斷望著街邊，看看有沒有軍官出現。此外還能吸引她們注意的，就只有商店櫥窗裡的漂亮女帽，或者最新式的花布了。

可是不一會，小姐們的注意力就被一位年輕人吸引住了。那位年輕人她們從來沒見過，有著一副道地的紳士氣派，正和一位軍官在街道那邊散步。那位軍官就是莉蒂亞昨天提到要打聽他是否從倫敦回來了的丹尼先生。看到班奈特府的小姐們從對面走過，丹尼先生向她們鞠了一躬。

大家都爲他身邊那位陌生人的翩翩風度而震驚不已，紛紛猜測他到底是誰。凱蒂和莉蒂亞決定想辦法打聽清楚，便藉口要到對面舖子裡去買點東西，帶頭走到對街去了。她們剛一走上人行道，兩位男士正巧轉過身走到她們站的地方。丹尼先生立刻跟她們打招呼，並獲得她們的同意將朋友韋翰先生介紹給她們認識。他告訴女孩，韋翰是昨天跟他一起從城裡回來的，而且已經被任命爲他們團裡的軍官。這眞是太合適了，因爲韋翰這位青年，只要穿上一身軍裝，便會十全十美、魅力無窮。他的容貌確實很討人喜歡，五官英俊、身材矯健，談吐得體，沒有一處不讓人著迷。一經介紹之後，他就愉快而懇切地和小姐們交談起來，言談舉止顯得正派而有分寸。

正當一夥人談興正濃的時候，一陣馬蹄聲打斷了他們的談話。他們循聲望去，只見達西和賓里騎著馬從那邊過來。這兩位先生從人群裡看見這幾位小姐，就毫不猶豫地來到她們面前，照常寒暄一番。說話的主要是賓里，而他大部分的話都是對珍說的。他告訴她說，他正打算到浪博恩去拜訪她。達西向她們鞠了個躬，同時證明了賓里說的是實話。他正打算把目光從伊莉莎白身上移開，這時他突然看到了那個陌生人韋翰先生。

兩人的目光一接觸，不由得都大驚失色，臉色大變，一個面色慘白，一個滿臉通紅。愣了好一陣，韋翰先生才按了按帽子向對方行禮，達西也勉強回禮。伊莉莎白恰好看到這個一幕，感到非常奇怪。這是什麼意思？她想不出個所以然來，又不知道應該如何去打聽個究竟。

賓里先生顯然不像伊莉莎白那麼細心，他似乎什麼也沒有注意到。過了一會，他就和達西跟大家告別，騎上馬走了。

丹尼先生和韋翰先生陪著幾位年輕的小姐，走到菲力浦家的大門前。莉蒂亞非要讓他們進去坐坐，菲力浦太太也打開了窗戶大聲幫著她邀請，他們卻禮貌地謝絕，鞠個躬便離去了。

菲力浦太太一向都樂意見到她的侄女們，尤其是兩個大侄女，由於最近很少見到，因此格外歡迎她們。她熱切地說，看到她們突然回家，非常驚訝，因為家裡並沒有派馬車去接她們。要不是碰巧在街上遇到鍾斯醫生舖子裡的夥計，告訴她說已經不再送藥到尼日斐花園，說是班奈特小姐們已經回家去了，她到現在都還被蒙在鼓裡呢！

正說著，珍向她介紹了柯林斯先生，因此她只好對這位客人寒暄幾句，客氣地表示非常歡迎他的到來。對方也加倍客氣地向她道歉，說是素昧平生，自己不該冒失前來打擾，又說幸好自己與介紹他的那幾位年輕小姐畢竟有點親戚關係，想必夫人一定會因此而原諒他的冒昧。菲力浦太太從未見過客氣得如此過火的人，因此不免有些吃驚，便上上下下地打量起這位生客來。不過，她的思緒很快就被兩位小侄女對另一位陌生人的驚歎和詢問打斷了，只得告訴她們一些已知的消息。她說韋翰先生是丹尼從倫敦帶回來的，將要在某郡擔任中尉；又說剛剛的整整一個小時內，她都看到他在街上走來走去。

凱蒂和莉蒂亞聽說後便繼續到窗前張望，希望能再看到韋翰先生。可惜，這時韋翰先生沒有再出現，只有幾位軍官從窗前走過。而這些軍官們和韋翰先生一比較，都變成一些「愚蠢而讓人討厭的傢伙」了。

她們的姨媽告訴她們，有幾個軍官明天要來家裡吃飯。她答應要是她們一家明天晚上能從浪博恩趕來這裡的話，那她就讓丈夫去拜訪韋翰先生，把他也邀請過來。大家都同意了。

菲力浦太太還說，明天他們一定要熱熱鬧鬧地玩一番，玩玩抓彩票的遊戲，然後再好好吃頓晚飯。一想到明天那愉快的場面，大家就興奮不已，因此告別的時候也格外高興。柯林斯先生一邊告辭，一邊又再三重複爲打擾主人而道歉，聽到對方也客客氣氣地說不必介意，他才放下心來。

在回家的路上，伊莉莎白把自己看到的韋翰和達西之間的那幕情景告訴了珍。珍很想爲他們兩人辯護，澄清他們之間的誤會，只可惜她跟她妹妹一樣，對這件事完全摸不著頭緒。

回到浪博恩之後，柯林斯先生大大地稱讚了菲力浦太太的殷勤好客，把班奈特太太說得飄飄然。他說，除了凱薩琳夫人母女之外，他生平還從來沒有見過比菲力浦太太更優雅的女人，不僅對他禮貌殷勤，還指明要邀請他明天一起去吃飯。他說這肯定得益於他和她們的親戚關係，但是這麼殷勤周到的事，他這輩子還是第一次遇到呢！

16

班奈特太太不但不反對女兒們跟她們姨媽的約會，而且還熱切地鼓勵。反倒是柯林斯先生覺得，自己來人家家裡作客，卻把主人夫婦整晚丟在家裡，難免有點過意不去。不過，班奈特先生和太太都叫他千萬不要把這點小事放在心上，於是，他和五個表妹便一起乘著馬車，準時到了梅列敦。

小姐們一走進客廳，就聽說韋翰先生接受了她們姨父的邀請，一會就要大駕光臨。聽到這個消息，小姐們不由得滿心歡喜。大家都在客廳裡坐了下來。柯林斯先生悠然自得地四處打量，屋子的大小和陳設讓他讚歎不已，說自己好像走進了凱瑟琳夫人羅新斯豪宅裡的那間小飯廳。主人剛開始對這個比喻不怎麼高興，但當菲利普太太弄明白羅新斯是個什麼樣的地方，它的主人是誰，又聽他說起凱瑟琳夫人的客廳裡，光是一隻壁爐架就要值八百英鎊的時候，她這才覺得那個比喻實在太恭維她了。現在，就算把她的房子比作羅新斯宅子裡一個管家的房間，她也不會反對。

在講述凱瑟琳夫人和她那富麗堂皇的豪宅時，柯林斯不時地還要在中間穿插幾句話，誇耀他自己的房子，說他的住宅也正在裝璜之中等等。在男客們進來之前，他就一直這樣自得其樂地侃侃而談。菲利普太太很留心聽著他的話，而且越聽就越覺得他了不起，打定主意一有機會就把他的話到處廣播。不過小姐們就不願意聽表哥的閒扯，她們覺得實在等得太久了，又無事可做，想彈彈琴也不行，就只好百般無聊地畫一畫壁爐架上那些瓷器。漫長的等待終於結束了，男士們終於進來了。

韋翰先生一走進來，伊莉莎白就覺得，他的確是一個非常出色的人，怪不得所有女孩，包括她自己，都對他一見傾心。事實上，這個郡的軍官們都是一批紳士派頭十足的菁英人物，參加這次宴會的更是菁英中的菁英，但是無論在人品、相貌、風度或地位上，他們都比韋翰先生要遜色得多。至於那位肥頭大耳、滿嘴酒氣的菲利普姨父，就更是沒法跟他相提並論了。

韋翰先生是當天最得意的男子，因爲幾乎每個女人的眼睛都瞄住他不放；而伊莉莎白是當天最得意的女子，因爲韋翰最後在她的身旁坐了下來。他熱情而得體地跟她攀談，儘管談的只是天氣之類的閒話，但是他那和顏悅色、討人喜歡的態度，讓她感覺到即便最平凡、最無聊、最陳舊的話題，只要說話的人有技巧，一樣可以說得有趣動聽。

比起韋翰先生和軍官們所得到的青睞，柯林斯先生簡直顯得無足輕重了。在小姐們的眼裡，他實在算不上什麼。幸虧好心的菲利普太太不時地聽著他吹吹牛，並且十分細心地給他倒咖啡，又拿鬆餅給他吃。

牌桌擺好以後，柯林斯總算有機會報答菲利普太太的好心，坐下來和她一起玩「惠斯脫」（一種四人牌戲）。他說：「我玩這個可不在行，不過我倒是很願意切磋切磋，因為以我的身分來說……」菲利普太太很感激他陪她玩牌，不過可不願意聽他說什麼身分地位的。

韋翰先生沒有玩「惠斯脫」，小姐們邀請他到另一張桌子上去玩牌，坐在伊莉莎白和莉蒂亞當中。剛開始的時候情況不太妙，因為莉蒂亞非常健談，說起話來就沒完沒了，大有要獨占韋翰之勢。幸好她對摸獎券的遊戲也同樣感興趣，一股勁兒地下注，得獎之後歡天喜地，就轉移開對韋翰的注意力了。

韋翰先生一面跟大家玩著遊戲，一面從容地跟伊莉莎白說話。伊莉莎白很樂意跟他交談，也很想把他和達西過去的關係了解清楚，但是她擔心他不一定願意講，因此沒敢提到達西。不過，她的好奇心終究還是得到了滿足，因為韋翰竟然自己把話題扯到那裡去。

韋翰先生問尼日斐花園距離梅列敦有多遠。她回答了以後，他略微有點猶豫地問起達西先生已經到那裡多久了。

「大概一個月吧。」伊莉莎白答道。她不想就這樣把這個話題一筆帶過，於是接著說：「據我所知，他是德比郡一個大財主。」

「沒錯，」韋翰回答：「他在那兒的財富很可觀，每年大概有一萬鎊的淨收入。關於這方面，你再也遇不到一個比我的消息還要確切的人了，因為我從小就和他家裡有著特別的關係。」

伊莉莎白不禁顯出驚訝的神氣。

「你昨天或許看到了我們見面時那種冷冰冰的態度了吧？難怪你聽了我的話會覺得詫異。班奈特小姐，你和達西先生很熟嗎？」

「我還不願意跟他這麼熟呢，」伊莉莎白氣惱地說：「我和他在一起待了四天，他可不是個討人喜歡的人。」

韋翰說：「我沒有權利去評價他究竟是否討人喜歡，沒有資格對一個人下結論。我認識他太久，跟他也處得太熟，不可能做到大公無私，很難得到公正的意見。不過我相信，你對他的評價會令許多人都感到吃驚的，或許你在別的地方措詞就不會這麼激烈吧。這兒畢竟都是自己人。」

「除了尼日斐花園，在任何人家裡我都會這麼說。哈福德郡根本就沒有人喜歡他，人人都看不慣他那副目中無人的模樣。你絕不會從別人那裡聽到一句讚美他的話。」

短暫的沉默之後，韋翰說道：「不管怎樣，他也好，別人也好，都不應該受到言過其實的詆毀。不過這種情況倒是不容易在他身上發生，他的有錢有勢蒙蔽了人們的耳目，他那驕傲自大和盛氣淩人的架勢又把人們給震攝住了，只能順著他的心意去看待他。」

「雖然我跟他並不熟，但是在我看來，他是個脾氣很壞的人。」伊莉莎白說。

韋翰聽了只是搖頭。輪到他說話的時候，他說：「我不知道他是不是打算在這個村莊裡多住一段時間？」

「我也不清楚，不過我在尼日斐花園的時候，沒有聽他說過要走。你既然打算在這裡工作，我希望你不要因爲他在附近就影響了你原本的計畫。」

「啊，不會，我不會讓達西先生把我趕走的。如果他不想見到我，那他就自己走好了。雖然我和他之間沒有交情了，每次見到他我都很難受，不過我沒有理由要避開他。我只是要讓大家都知道，以前他是怎麼對待我的，他的爲人是怎樣地讓我痛心。班奈特小姐，你知道嗎，他那位去世的父親，是我遇見過最好的人，也是我最眞摯的朋友。每次我跟達西先生在一起的時候，我的心裡就充滿了千絲萬縷的回憶，讓我的內心備受煎熬。他對待我的行爲實在是太惡劣，不過我發誓，這一切我都可以原諒，只是不能容忍他辜負了他父親的期望，讓他的父親蒙羞。」

伊莉莎白對這件事的興趣越來越濃厚，專心地聽著韋翰的話。不過她也知道這件事情很微妙，不便進一步追根究柢。

韋翰先生又談了一些其他的事情，像是梅列敦、鄰里關係和社交之類的事。他對他到目前爲止見到的一切都讚賞不已，尤其是談到社交問題的時候，他的談吐更加溫和殷勤：「這兒社交圈子不錯，人也特別好，是我喜歡這個郡的主要原因。我知道這支部隊很有聲望，也很受到大家的喜愛，加上我的朋友丹尼極力勸我到這裡來，說他們的營房有多好，梅列敦的人對他們多麼殷勤，他們在梅列敦結交了多少朋友等等。我得承認，社交生活對我來說是必不可少的，因爲我是個失意的人，受不了孤獨和寂寞，一定得有事業和社交生活。這種軍事生活原來不是我的本意，不過環境所迫，也沒有辦法。我本來是要當一名牧師的，家裡也希望我能成爲一位牧師。只可惜，我沒能博得我們剛剛談到的這位先生的歡心，不然我現在就有一份很可觀的牧師俸祿。」

「眞的嗎？」

「可不是嗎！老達西先生在遺囑上說得很清楚，只要牧師的職位一有空缺，就馬上讓我接任。他是我的教父，對我非常好，我簡直沒有辦法形容他的善意。他盡力想讓我衣食豐裕，過上美滿的生活，而且他自認已經做到這一點了。但是，等到牧師職位眞有了空缺，卻又落到別人的名下去了。」

「天哪！」伊莉莎白叫道：「竟然會有這樣的事！怎麼能不依照他的遺囑辦事？按法律規定，你可以申訴，你爲什麼不申訴呢？」

「遺囑上許多部分措辭很含混，我不見得能夠申訴成功。按理說，一個上等人是絕對不會懷疑先父的意圖，但是達西先生卻偏偏要懷疑。要不然就是他認爲遺囑上說明的是，在符合某些條件的情況下，才能讓我接受那個職位，因此硬要說我奢侈，說我荒唐，要取消我一切的權利。總而言之，不說也罷，什麼話到了他的嘴裡，都不是什麼好話了。那個牧師位置其實在兩年前就空出來了，那個時候我剛好能夠就任那個職位，但是他卻把這個位置給了別人。我實在不明白，自己到底犯了什麼過錯，非得要我丟掉那份俸祿不可，只不過我這人性子急躁，心直口快，有時候難免在別人面前說幾句不順他心意的話，甚至還當面頂撞過他。他可能因此就懷恨在心吧。」

「這簡直太沒道理！應該把這事公開，讓他好好地丟一下臉。」

「遲早總會有人來讓他丟臉的，不過我希望這個人不是我。只要我沒有對他的父親忘恩負義，我就絕不會揭發他的那些行徑，也不會去跟他作對的。」

他的話讓伊莉莎白十分欽佩，而且她覺得，當他說完這句話之後，顯得更加英俊迷人了。

頓了一頓，她又說道：「可是他究竟是何居心？爲什麼他一定要這麼做呢？」

「他這麼做無非是由於怨恨我。在我看來，他的怨恨是出於某種程度上的嫉妒。要是老達西先生不對我這麼好的話，我相信他的兒子自然也不會對我這麼差。就是因爲他的父親太疼愛我了，使他從小就感到氣惱和嫉妒。他是個肚量狹窄的人，不能容忍我跟他競爭，也不能容忍我比他強。」

「想不到達西先生居然是這種人！雖然我以前對他沒什麼好感，但是也還不至於反感。我原本只以爲他目中無人，沒想到他竟然卑鄙到這樣的地步，竟然懷著這樣惡毒的報復心，這麼不講理，這麼無情！」

她想了一下，接著說：「我想起來了，有一回在尼日斐花園的時候，他還自鳴得意地說，他生性就愛記仇，跟人家結下了怨恨就難以消解。他的性格一定很讓人討厭。」

「在這個問題上，我的意見不一定靠得住，因爲說實話，我對他難免抱有成見。」韋翰答道。

伊莉莎白思索了一會兒，然後大聲地說道：「你是他父親的教子、朋友，也是他父親器重的人，他怎麼能夠這麼對待你！」她情緒激動，差點把下面的話也脫口而出：「他怎麼能這麼對待像你這樣可愛的青年，光是看看你的一副臉蛋，就一定會讓人喜愛萬分。」不過，話到嘴邊，她還是改口了：「何況你們從小就一起長大，就像你所說的那樣，關係那麼密切！」

韋翰說：「我們是在同一個教區，同一個花園裡長大的。大部分的少年時期，我們是一起度過的，在同一幢房子裡居住，一同遊戲玩耍，並且都受到老達西先生的疼愛。我父親所幹的行業，和你姨父菲利普先生一樣，因爲先父在這方面頗有成績，讓老達西先生受益匪淺，因此在先父臨終的時候，老達西先生自動提出要負擔我的一切生活費用。他這麼做，一方面是出於對先父的感激，另一方面也是出於對我的疼愛。」

「眞讓人費解！」伊莉莎白叫道：「我實在不明白，達西先生既然那麼自尊自傲，又爲什麼要那麼對待你！除非有什麼特別的理由，要不然，他既然這麼驕傲，就應該不屑於這樣陰險。我一定得用上『陰險』這個詞！」

「確實很令人費解。」韋翰回答道：「他的一切行爲，歸根究柢都是出於傲慢，傲慢成了他最好的夥伴。就像你剛才說得的那樣，他既然這麼傲慢，就應該最講究道德。不過，人有時候總免不了自相矛盾，他在對我的態度上，就是衝動多於傲慢。」

「他這種讓人憎恨討厭的傲慢，對他自己又有什麼好處呢？」

「怎麼會沒有好處！他的傲慢，讓他做人慷慨豪爽——花錢大方，待人殷勤，資助佃戶，救濟窮人。他之所以會做這些事情，都是因爲門第的高貴榮耀和祖輩們的顯赫名聲讓他感到無比自豪，讓他覺得自己不能辱沒家族的聲望，違背先輩們的期望。哥哥的身分也讓他驕傲，這種驕傲再加上一些手足之情，使他成為妹妹親切而細心的保護人。你經常都會聽到大家一致稱讚他是位最體貼入微的好哥哥。」

「達西小姐為人如何呢？」

韋翰搖搖頭，回答說：「我倒是希望自己能夠說她一聲可愛。因為只要是達西家裡的人，我都不忍心說他們一句壞話。可是，她的確太像她哥哥了，一樣地傲慢無禮。她小時候倒是很可愛，很討人喜歡，而且她特別喜歡我，常常要我陪她接連玩上幾個鐘頭。可是，現在她可不把我放在眼裡了。她現在大約十五、六歲，是個漂亮女孩，而且據我所知，她也很有才幹。她父親去世以後，她就一直住在倫敦，跟一位教她讀書的太太住在一起。」

他們接著又談論了很多別的事情。過了一會，伊莉莎白又把話題扯了回來說：「我還是不明白，像他那樣一個人，怎麼會和賓里先生成為知已呢！賓里先生性情那麼討人喜愛，為人也那麼和藹可親，怎麼會跟這樣一個人交起朋友來？他們怎麼能夠相處呢？對了，你認識賓里先生嗎？」

「不認識。」

「他的確是位和藹可親的先生。我想他肯定不清楚達西究竟是怎樣的一個人。」

「可能是不清楚。不過達西先生要是想討人喜歡，自然是有辦法的。他的手段可是高明得很，只要他認為這個人值得攀談，就會談笑風生。在那些地位跟他相等的人面前，和那些比不上他的人面前，他的表現完全是兩個人。平常他處處傲慢，可是一跟有錢有地位的人在一起，看在人家的身價地位份上，他就會表現得大大方方、誠實公道、通情達理，也許還會和藹可親呢。」

那邊的「惠斯脫」牌打完了，玩牌的人都圍到這邊這張桌子來。柯林斯先生站在伊莉莎白和菲利普太太當中。菲利普太太問他有沒有贏錢，聽到他完全輸了的時候，她為他表示惋惜。柯林斯先生鄭重其事地安慰她，請她不要把這點小事放在心上，不必因此而內心不安，因為他根本不在乎那點錢。他說：「太太，我很明白，只要一上牌桌，一切就得靠運氣了。不過還好，我並沒有把那五個先令當回事。當然，不是每個人都能像我這樣，我也是多虧凱瑟琳·德·包爾夫人的提拔，才不必為這點小數目心痛。」

這話引起了韋翰的注意。他朝柯林斯先生看了幾眼，低聲問伊莉莎白，她這位表哥是不是與德·包爾家很熟。

伊莉莎白回答：「凱瑟琳·德·包爾夫人最近給了他一個牧師的職位。我簡直弄不明白那位夫人為什麼會那麼賞識他，不過我想，他們一定還認識不久。」

韋翰說：「恐怕你還不知道凱瑟琳·德·包爾夫人和安妮·達西夫人是姊妹吧。這位凱瑟琳夫人正是達西先生的姨媽呢。」

「我的確不知道。我從來沒聽說過有關凱瑟琳夫人親戚的事情，就是她本人，我也是前天才第一次聽說。」伊莉莎白道。

「她的女兒德．包爾小姐將來會繼承一筆很豐厚的財產。大家都相信，她和她的表兄達西先生會把兩份家產合併起來。」

伊莉莎白聽了這話，不禁笑了起來。她想起了可憐的賓里小姐，如果達西眞的已經有了鍾情的對象，那麼不管她如何獻殷勤也是枉費心機。她對達西妹妹的關懷和讚美，也全都白費了。

過了一會，伊莉莎白又說：「柯林斯先生一提起凱瑟琳夫人母女倆，就讚不絕口。不過我不得不懷疑他對那位夫人的讚美有點言過其實，我看他是對她感激得不知所以了。雖然她是有恩於他，但看得出來，她仍然是個狂妄自大的女人。」

韋翰答：「你說得不錯，這些毛病在她身上確實很嚴重。我很多年沒見過她了，不過我自己一直都很討厭她。雖然大家都說她通情達理，但是我覺得她這個人是既專橫又無禮。我想，人家之所以稱讚她，一方面是因爲她有錢有勢，另一方面是因爲她盛氣淩人，再加上她又有一個那麼不可一世、難以高攀的侄子。」

伊莉莎白覺得他分析得很有道理。兩人都覺得彼此投緣，於是就繼續暢談下去，一直到吃晚飯的時候，別的小姐們才有機會跟韋翰搭訕。菲利普太太宴請的這些客人喧嘩吵鬧，讓人根本不能好好地談話，但是好在韋翰也毋須多言，只憑他的那溫柔風趣的表情舉止，也足以博得每個人的好感。

在回家的路上，伊莉莎白滿腦子裡想的都是韋翰，還有他跟她說過的那些話。但是她連提起韋翰名字的機會都沒有，因爲一路上莉蒂亞和柯林斯先生幾乎都沒有住過嘴。莉蒂亞不停地談論抓彩票的事情，說她哪一次輸了哪一次贏了。而柯林斯先生呢，不斷地嘮叨菲利普先生和太太的如何殷勤款待自己，又說自己對打「惠斯脫」輸的那幾個錢如何毫不在意。他還把晚餐的菜餚一道道地背了出來，並三番兩次地道歉，說怕自己會擠到表妹們。他一開口就滔滔不絕，當馬車在浪博恩的房子門口停下來的時候，他的話都還沒有說完。

17

第二天，伊莉莎白把韋翰跟她說的那些話對珍和盤托出。珍非常驚訝，她不相信達西竟然是這樣一個不値得賓里先生器重的人。但是像韋翰這樣一個年輕而英俊的男子，她又實在難以對他的誠實產生懷疑，她甚至還爲韋翰可能受到的那些不公正待遇起了憐憫之心。最後，她只能得出這樣一個結論，認爲達西和韋翰兩位先生都是好人，兩人之間一定是有著某種意外和誤會，才會把一切事情都弄得難以解釋。

珍說：「我看他們兩個肯定是受到了別人的蒙蔽，當然，我們不知道人家到底是如何蒙蔽他們的，也許是哪一個有關的人從中挑撥是非。總而言之，除非我們有確鑿的證據，證明究竟誰是誰非，否則我們不能憑空猜測他們究竟是如何弄成這樣的。」

「哦？要是這樣的話，親愛的珍，你是不是還得替這個挑撥是非的人也說幾句好話？你也得替這種人辨白一下呀，否則我們就免不了要去責怪這個挑撥是非的人了。」

「隨便你怎麼取笑吧，反正我認爲就是這樣。親愛的麗茲，你想一想，既然達西先生的父親生前那麼疼愛這個人，而且明確答應要負擔他的生活，要是達西先生本人這樣虧待他的話，簡直就太說不過去了。我覺得這是不可能的，一個人只要還有點起碼的良心，只要尊重自己的人格，就肯定不會做出這種事來的。何況，他最要好的朋友可能會被他蒙蔽到這樣的地步嗎？根本是不可能的。」

「我還是堅持認爲賓里先生的確是受了他的蒙蔽。我不相信韋翰先生昨天晚上跟我說的那些話是編造的。他把一個個的人名，一樁樁的事實，都說得有根有據，一點也不虛僞做作。你只要看看他說話的表情，就知道他沒有撒謊。」

「這的確讓人費解，而且也讓人難過。哎，眞不知道該怎麼想才對。」

「我看除了你，恐怕別人都知道該怎麼想。」

只有一件事情珍是十拿九穩的，那就是，如果賓里先生眞的是受到了達西的欺騙，那一旦眞相大白，他一定會萬分痛心。

珍和伊莉莎白在灌木叢裡正談得起勁，家裡派了人過來叫她們回去，說有客人來了。眞是說曹操曹操就到，來的正是她們剛剛才談論到的人。賓里先生和他的姊妹們特地前來邀請她們參加下星期二尼日斐花園舉行的舞會。兩位賓里小姐看到珍，表現得非常高興。她們說自從跟珍分別之後時刻都記掛著她，又不斷地問珍這段時間都在忙些什麼。除了珍之外，她們幾乎是毫不理睬班奈特府上其餘的人，只是偶爾應付一下班奈特太太的糾纏，也沒怎麼跟伊莉莎白說話，對其他的人就更是一句話也不說了。

沒過一會，她們要告辭了。只見她們迫不及待地從座位上站了起來，拔腿就走，急於避開班奈特太太那些嘮嘮叨叨的陳詞濫調。

尼日斐花園要舉行舞會的消息對班奈特府上的太太小姐們來說，就如同一劑興奮劑一樣，讓每個人都高興到了極點。班奈特太太認爲這次舞會是特意爲了她的大女兒而舉辦的，而且賓里先生不發請帖而是親自上門來邀請，更讓她萬分得意。珍一心想的是，到了開舞會那天晚上，可以和兩個好朋友促膝談心，還可以受到賓里先生的殷勤對待。伊莉莎白也很高興，她想到自己到時候可以跟韋翰先生跳個夠，還可以從達西身上把那件事情弄個水落石出。至於凱瑟琳和莉蒂亞，雖然也跟伊莉莎白一樣，想跟韋翰先生跳上大半個晚上，但是她們可絕不會把快樂寄託在一個人身上，因爲舞會上能使她們跳得盡興的舞伴絕不只他一個人。就連瑪莉也對大家說，她對這次舞會很有興趣。

「只要每天上午的時間能夠讓我支配就行了，」瑪莉說：「偶爾參加舞會並不是浪費時間。我認爲每個人都得有社交生活，誰也少不了娛樂和消遣。」

伊莉莎白興奮過了頭，禁不住主動問起她一向不願意搭理的柯林斯先生，問他是否願意跟她們一起到賓里先生那兒去作客，又問他覺得參加舞會是否合適。柯林斯先生的回答完全出乎伊莉莎白的意料，他不僅毫不猶豫地說他打算去尼日斐花園作客，而且對跳舞也絲毫沒有忌諱，一點不擔心大主教和凱瑟琳．德．包爾夫人的指責。

「說實話，」他說道：「像這樣的舞會，主人是這麼一個有口皆碑的青年，賓客們又都是些有頭有臉的人，絕不會有什麼不合適的理由讓我拒絕參加。我不但不排斥跳舞，而且還希望當天晚上表妹們都賞賞臉。伊莉莎白小姐，我就趁這個機會請你陪我跳頭兩支舞。我相信珍表妹會認為我這麼做有正當的理由，不會認為我不邀請她是對她的失禮！」

伊莉莎白本來一心打算跟韋翰跳開頭幾支舞的，沒想到半路卻殺出個柯林斯先生從中作梗。她後悔自己不該多嘴問他，感到十分掃興。不過，事已至此，只好暫時先耽擱韋翰先生和她自己的幸福了。於是，她和顏悅色地答應了柯林斯的請求，但一想到他對自己別有用心，心裡就不舒服。她第一反應就是，覺得他肯定在幾個姊妹中看上了自己，認為她配得上做漢斯福牧師家裡的女主人。而且，要是羅新斯沒有賓客的時候，打起牌來三缺一，她也可以湊個數。

很快，她就證實了自己的猜測是對的，因為她發現他對她越來越殷勤，不斷地恭維她聰明伶俐。照理來說這件事情倒也能證明她的魅力，可是她根本無法引以為傲，反而感到非常反感。沒多久，她的母親自鳴得意地漏出風聲，說他們倆有可能會結婚的。這話伊莉莎白只當作沒有聽見，也不跟母親辯解。她很明白，自己一跟母親爭論就免不了要大吵一場，而柯林斯也未必會真的提出求婚，所以現在還沒有必要為了他跟母親爭吵。

從這天開始雨就一直下個不停。要是沒有舞會的事能拿來談論談論、準備準備，凱瑟琳和莉蒂亞可就要無聊死了，因為在這樣的天氣裡，她們沒有辦法到梅列敦去拜訪她們的姨媽，也沒有辦法去看望軍官、打聽新聞，就連舞鞋上要用的玫瑰花都得讓人代買。伊莉莎白也對這種天氣抱怨不已，因爲要不是雨下個不停，她和韋翰先生的友誼也不會毫無進展。就這樣，在對舞會的盼望中，小姐們熬過了星期五、星期六、星期日和星期一。

18

伊莉莎白原本以爲一定能在舞會上見到韋翰，雖然韋翰告訴她的那些話有點令她擔心，但是她的信心卻並沒有因此而動搖。她比平常更費心思地刻意打扮了一番，興致勃勃地準備要完全征服他那顆還沒被征服的心。她相信就在今晚的舞會上，一定能贏得他的心。

因此，伊莉莎白一走進尼日斐花園的客廳，就在一群「紅制服」中尋找韋翰的身影，找了好一會都沒有找到。這時候，她才起了一種可怕的懷疑，難道賓里先生爲了顧全達西的面子，在邀請軍官們的時候故意不請韋翰？她正在猜測的時候，莉蒂亞已經迫不及待地問韋翰的朋友丹尼先生韋翰爲什麼不來，於是丹尼就宣佈了他缺席的原因，說韋翰前一天有事進城去了，還沒有回來。說完，他又意味深長地微笑著補充道：「我想他要不是爲了要迴避這兒的某位先生，絕不會這麼湊巧偏偏在這時候缺席。」

這句話莉蒂亞沒有聽見，但是伊莉莎白卻聽得很清楚。她由此斷定，雖然韋翰缺席並不是因爲賓里故意不邀請他，但是現在事實證明了達西依然是罪魁禍首。她覺得十分掃興，於是就加倍地討厭起達西來，以至於當達西走上前來向她問好的時候，她甚至都不能和顏悅色地對他。她認爲對達西寬容和忍耐，就等於是對韋翰的傷害。她一句話也不跟他說，臉色陰沉地掉頭就走，甚至在跟賓里先生說話的時候，她也不能心平氣和，因爲她非常不滿他對達西的盲目偏愛。

不過伊莉莎白是天生的好脾氣，雖然她覺得整個晚上都黯然失色，還是很快就打起精神來了。她先是把一肚子的不滿告訴了一星期沒有見面的夏綠蒂·盧卡斯，過了一會兒又主動把她表兄那些荒謬的行爲講給她聽，一邊說一邊還特地指給她看。

在跳頭兩支舞的時候，伊莉莎白又重新煩惱了起來，因爲她不得不遵照自己的諾言，陪柯林斯先生跳這兩支舞。這兩支舞簡直是活受罪，柯林斯先生又笨又呆，不斷地弄錯腳步，只知道一味地道歉，卻不知道細心一些。伊莉莎白覺得跟這樣一個讓人討厭的舞伴跳舞，實在是讓她丟盡了臉。好不容易等到這兩支舞跳完，她才如釋重負。

接著，她跟一位軍官跳，一邊跳一邊談起韋翰的事。這位軍官說韋翰不管在哪裡都非常討人喜歡，這話讓伊莉莎白高興了許多。跳過這幾支舞之後，她就回到夏綠蒂·盧卡斯身邊跟她說話。

這時候，達西先生突然過來叫她，出人意料地要請她跳舞。伊莉莎白雖然很驚訝，卻不由自主地答應了他。一支舞跳完之後，達西便立刻走開，伊莉莎白後悔自己不該這麼沒主見。

夏綠蒂安慰她說：「說不定你將來會覺得他很討人喜歡呢。」

「絕對不可能！去喜歡一個自己看不順眼的人，那肯定是天底下最不幸的事了！你可別咒我！」

過了一會，達西又過來請伊莉莎白跳舞。夏綠蒂跟她咬了咬耳朵，提醒她不要爲了韋翰而去得罪一個身價比他高上十倍的人。伊莉莎白沒有回答，便跟著達西步下舞池。身旁的人看到她跟達西跳舞，不禁露出了驚奇的目光，這倒是讓伊莉莎白意想不到——他居然這麼體面！

他們跳了一會兒，一句話也沒有交談。伊莉莎白覺得他多半要一直沉默到底了，也打定主意不去打破這種沉默。但是後來，她念頭一轉，覺得要讓她的舞伴多受受罪，還是逼他說幾句話更好。於是，她就說了幾句跟跳舞有關的話。他回答了她的話，然後又是沉默。

過了幾分鐘，伊莉莎白又說道：「達西先生，現在該輪到你談談啦。我談了跳舞，你總得談談舞池的大小之類的問題吧。」

達西笑了笑說，她要他說什麼他就說什麼。

「好極了，這個回答也還過的去。過一會我說不定還會談談私人舞會比公共場所的舞會更好。不過現在，我們可以不必作聲了。」

「這麼說來，你跳舞的時候總是要說些什麼嗎？」

「有時候要吧。你知道，一個人總要說些什麼才好。要是待在一起連續半個鐘頭都一聲不吭的話，好像有點彆扭。不過對那些巴不得說話越少越好的人來說，爲了照顧他們的情緒，還是少安排點談話比較好吧。」

「那麼在目前這樣的情況下，你是在照顧你自己的情緒呢，還是在照顧我的情緒？」

「一舉兩得，」伊莉莎白回答地很巧妙，「因爲我始終覺得我們的想法很相似，我們的性格跟人家都不怎麼合得來，也不願意多說話，除非偶爾想說兩句一鳴驚人的話，能夠當作格言流傳給子孫後代。」

達西說：「我覺得你的性格並不是這樣，至於我的性格是否接近於你說的那樣，我也不敢確定。你肯定覺得你自己形容得非常恰當吧？」

「恰不恰當不是由我說了算。」

他沒有回答，於是他們兩人又陷入了沉默當中。等到又下舞池去跳舞時，他才又開口問她是不經常和姊妹們到梅列敦去。她回答說是。說到這裡，她忍不住接著說：「那天，你在那兒碰到我們的時候，我們正在結交一個新朋友呢。」

這句話的效果眞是立竿見影，他的臉上迅速籠罩了一層傲慢的陰影，但他一句話也沒有說。伊莉莎白見此光景就說不下去了，不過心裡卻又不斷埋怨自己心軟。

後來達西還是勉強地回答：「韋翰先生彬彬有禮、滿面春風，交起朋友來自然得心應手。但至於他是否能長期保持和朋友的友誼，那就不一定了。」

「他眞不幸，竟然失去了您的友誼！」伊莉莎白加重語氣說：「說不定這會令他抱憾終身呢。」

達西沒有回答，正想換個話題，這時候，威廉．盧卡斯爵士朝這邊走過來，打算穿過舞池走到屋子那邊去。他一看到達西就停了下來，彬彬有禮地向他鞠了一躬，並不停地稱讚他舞跳得好，舞伴又找得好：「我真是高興，我親愛的先生，像你舞跳得這麼出色的人真是少見。毫無疑問，你肯定屬於一流的人才。請允許我再嘮叨一句，你這位漂亮的舞伴也眞配得上你。我希望自己常常都能看到這麼讓人高興的事，尤其是將來某一樁美事發生的時候。」他說著朝著珍和賓里望了一眼：「親愛的伊莉莎白小姐，到時候將會有怎樣熱鬧的祝賀啊！我還是別打攪你吧，先生，要是我耽誤了你跟這位小姐美妙的談話，我想你是不會感激我的。她那雙明亮的眼睛也在責備我呢。」

後面幾句話達西幾乎沒有聽見，因爲威廉爵士一提起賓里和珍，他就大受震動，一本正經向正在跳舞的兩人望過去。不過他很快就鎮定了下來，轉過頭來對他自己的舞伴說道：「威廉爵士打斷了我們的話，我們剛才正在談什麼來著？」

「照我看來，我們根本就沒有談什麼，這屋子裡隨便哪兩個人談話都比我們多，因此威廉爵士也沒打斷什麼。我們已經換過好幾次話題了，但總是話不投機。我實在想不出來還有什麼可談的了。」

「談談書怎樣？」他笑著說。

「書！啊，還是不要吧。我相信我們讀的書肯定不一樣，體會也各有不同。」

「我很遺憾你竟然會這麼認爲。不過就算眞是那樣，也不見得就無話可談。我們可以比較一下各自的見解。」

「算了，我不能在舞會上談什麼書，我腦子裡老是想著別的事。」

「這種場合你老是分心，是嗎？」他疑惑地問。

「是的，老是這樣。」她回答道，其實她根本不知道自己在說些什麼，她的思想已經游移到很遠的地方去了。過了一會她突然說：「達西先生，我記得你曾說過，你從來不會原諒別人，一旦跟別人結下冤仇就永遠也消除不掉。我想，你在跟人家結怨的時候應該是很愼重的吧？」

「沒錯。」達西肯定地答道。

「你從來不會受到偏見的蒙蔽嗎？」

「我想不會的。」

「對於某些固執己見的人來說，在做一個決定之前，應該特別愼重地考慮清楚。」

「請允許我請教一下，你問我這些話用意何在？」

「只是爲了要解釋一下你的性格，」伊莉莎白若無其事地說：「我想弄清楚你的性格。」

「那麼你現在弄清楚沒有呢？」

她搖搖頭說：「一點也沒有。我聽到過很多關於你的事，可是都不一致，讓我不知道哪個才是眞的。」

「我相信人家對我的議論各不相同。」他嚴肅的說：「班奈特小姐，我希望你現在最好還是不要試圖去刻劃我的性格。恐怕你這麼做對你我都沒有好處。」

「可是要是我現在不嘗試去了解你的話，恐怕以後就沒機會了。」

「那就悉聽尊便吧！」他冷冷地回答道。伊莉莎白沒有再說下去。兩人又跳了一支舞，然後沉默地各自走開了。雙方都怏怏不樂，只是程度不同。達西對她頗有好感，因此很快就原諒了她，把怒氣全都發洩到其他人身上去了。

沒過一會兒，賓里小姐走到伊莉莎白面前，輕藐而又故作禮貌地對她說：「伊莉莎白小姐，你姊姊剛才跟我談到喬治．韋翰先生，問了我一大堆關於他的問題。據說你對他頗有好感？那位年輕的軍官似乎什麼都告訴你了，但偏偏忘了說他自己是老達西先生的賬房老韋翰的兒子。他說達西先生虧待了他，那簡直就是一派胡言。站在朋友的立場上，我奉勸你不要盲目相信他的話。達西先生一直都對他恩重如山，但是喬治．韋翰居然用卑鄙的手段去對待他的恩人。雖然我不清楚具體情形，但至少我可以肯定，這件事一點兒也不應該責怪達西先生。一聽見人家提到喬治．韋翰，達西就無法忍受。我哥哥這次邀請軍官們來參加舞會，本來也難把他摒除在外的，不過讓我哥哥高興的是，他自己知趣主動避開了。他眞是荒謬透頂，竟然還好意思跑到這個村裡來，我簡直不明白他怎麼敢這樣做。啊，伊莉莎白小姐，眞是不好意思，我拆穿了你心上人的西洋鏡。不過，你只要看看他那種出身，就知道他肯定幹不出什麼好事來。」

伊莉莎白生氣地說：「照你這麼說，他的出身就決定了一定是他的過錯了？你說了半天，也沒說到他究竟有什麼過錯，只是不斷地強調他是賬房的兒子。老實告訴你吧，這一點他早就親口跟我說過了。」

「對不起，請原諒我的多管閒事，不過我可是一片好意。」賓里小姐說完，冷笑著走開了。

「無禮的小姐！」伊莉莎白自言自語：「你以爲你這樣卑鄙地攻擊人家，就會影響我對他的看法嗎？那你就錯了！除了你自己的頑固無知和達西先生的陰險卑鄙之外，我什麼也沒看到。」

接著，她便去找她姊姊，因爲珍也向賓里問起過這件事。此刻，只見珍她容光煥發，足以說明舞會上的種種情景都令她喜不自勝。伊莉莎白明白了她的心情，隨即便將對韋翰的掛念、對敵人的不滿以及其他的一切都置之腦後，全心全意地關心起珍的幸福來。

「我想問問，有關韋翰先生的事，你聽說了些什麼？」她臉上的笑容也絕不亞於珍：「也許你太開心了，把其他人都忘得一乾二淨了吧？這我也是完全可以諒解的。」

「我沒忘記他，」珍回答道：「只可惜我沒有什麼滿意的消息可以告訴你。賓里先生對他完全不了解，更不知道他究竟怎麼得罪了達西。不過，他可以擔保達西是個行爲正派，正直可信的人。而且，他還認爲達西過去對韋翰好得有點過分了。從賓里和她妹妹的話來看，韋翰先生似乎不是一個正派的青年。恐怕確實是他太過魯莽，難怪會讓達西討厭他。」

「賓里先生並不認識韋翰先生，對嗎？」

「不認識，那天上午在梅列敦他還是第一次和他見面。」

「那這些話是從達西那裡聽來的了！我很滿意。那麼，關於那個牧師職位的問題，他又是怎麼說的？」

「他只是聽達西提起過幾次，詳細情況也記不清楚。不過他相信，那個職位並不是說無條件給韋翰的。」

「賓里先生的正直我當然是信得過啦，」伊莉莎白激動地說：「可是請原諒，他袒護著自己朋友說的那些話實在很難讓人信服。雖然他言之鑿鑿，但是這件事情有關的細節，他要嘛就是根本不清楚，要嘛就是聽朋友說的，那麼我還是不能因此改變我之前對達西和韋翰的看法。」

隨即，她換了一個能讓兩人談話更舒服的話題，這也正合珍的心意。珍對賓里抱有幸福而謙虛的指望，伊莉莎白很爲她感到高興，盡可能地說了很多鼓勵她的話。

過了一會，賓里先生到她們這邊來了，伊莉莎白便迴避到盧卡斯小姐身邊去。盧卡斯小姐問起她跟剛才那位舞伴跳得是否愉快，她還沒有來得及回答，就看到柯林斯朝這邊走過來，欣喜若狂地告訴她們，說他非常幸運地有了一個重大發現。

「這眞是出人意料！」他說：「我發現這裡有一位客人竟然是德·包爾夫人的至親。剛才我碰巧聽到一位先生跟主人家的小姐說，他自己的表妹德·包爾小姐和他的姨母凱瑟琳夫人。這實在是太湊巧了，誰能想到我竟然會在這次舞會上碰到凱瑟琳·德·包爾夫人的侄子！謝天謝地，我發現得還不算晚，還來得及去問候他。我想我他一定不會責怪我的失禮，因爲我實在不知道夫人還有這門親戚。」

「你打算去向達西先生做自我介紹嗎？」

「沒錯。我一定得去請求他的原諒，希望他不要責怪我沒有早點去問候他。我相信他是凱瑟琳夫人的侄子。我將義不容辭跟他彙報，夫人她老人家身體安康。」

伊莉莎白極力奉勸他不要這麼做，說他如果不經人家介紹就自己跑去跟達西先生打招呼的話，達西先生一定會覺得他冒昧唐突，而不會認為他是出於對他姨媽的尊重。她還說其實雙方其實根本沒有必要打交道，要是非要打交道不可，也應該由地位比較高的達西先生先來問候他。

柯林斯先生聽她說完，堅決表示非要照著他自己的意思去做不可。他回答：「親愛的伊莉莎白小姐，我非常敬佩你對許多問題的卓越見解。但是，請允許我說幾句，教士的禮節和普通人有所不同，就尊嚴方面而言，我認為一個教士的地位可以比得上一個君王，當然同時你必須得保持適當的謙遜。所以，請你讓我按照我自己良心的吩咐，去做我認為應該做的事情。原諒我不能接受你的建議，要是在其他問題上，我肯定會把你的意見當作我的指南，但是對於當前這個問題，我自信我也算是知書達理，因此我認為我的決定恐怕比你這樣一位年輕的小姐來決定，要更加合適一些。」說完，他深深鞠了一躬，便向達西先生走去。

伊莉莎白望著達西先生，看他如何對待柯林斯的這種冒失行為，她敢肯定達西對這種問候方式一定會感到萬分詫異。只見她這位表兄先恭恭敬敬地對達西鞠了一躬，然後才開口跟他說話。伊莉莎白雖然聽不到他在說什麼，卻能猜到他無非就是說些「道歉」、「漢斯福」、「凱瑟琳．德．包爾夫人」之類的話。眼看自己的表兄在這樣的一個人面前丟人現眼，伊莉莎白心裡氣憤難平。

達西先生毫不掩飾自己的驚奇和輕蔑，他斜睨著柯林斯，等他說夠了，達西才敷衍地應付了他幾句。但是這卻沒有讓柯林斯灰心，他又開口嘮叨起來。這時，達西先生的輕蔑就更加露骨了，對方話音一落，他就隨便鞠了一躬，然後立即走開了。

柯林斯回到伊莉莎白這邊來，對她說：「說實話，我沒有理由對達西先生的態度感到不滿意，他對我的問候和關心也十分高興，彬彬有禮地回答了我的話，甚至還誇獎我說非常佩服凱瑟琳夫人的眼光，沒有提拔錯人。這個看法確實相當有見地。整體而言，我對他非常滿意。」

伊莉莎白對整個舞會感到索然無味，只好把全部注意力都放在她的姊姊和賓里先生身上。所有的情景她都看在眼裡，並由此產生了很多愉快的想像，甚至比珍自己還要愉快。她想像著姊姊做了這幢房子的主婦，夫婦之間感情和睦，幸福美滿。要是眞有這樣一天，那麼即使是賓里那兩個不討人喜歡的姊妹，她也會盡量去培養對她們的好感。

她知道她母親這時肯定也在轉著同樣的念頭，因此決定盡量避開母親，否則又得聽她的喋喋不休的嘮叨。不幸的是，當大家坐下來吃飯的時候，她的座位偏偏離母親很近。她對母親一直跟盧卡斯太太毫無忌諱地信口開河感到相當反感，說的無非都是她盼望珍馬上跟賓里結婚一類的話，而且越說越起勁，一個勁地數著攀上這門親事有什麼樣的好處：首先，賓里先生的條件簡直好得沒法說，他模樣英俊，又那麼有錢，而且住的地方又離她們那麼近，只有三英哩路；而且，他的兩個姊妹也非常喜歡珍，肯定也希望能夠結成這門親事，這一點同樣讓人高興；另外，珍攀上了這門親事，那麼她幾個小女兒就有機會遇到別的貴人。說到她那幾個沒有出嫁的女兒，以後就可以把她們的婚姻大事委託給大女兒，而不必自己再出去應酬交際了。班奈特太太這話說得倒是有兩分道理，只可惜她根本不可能安分地守在家裡。最後，她還祝福盧卡斯太太馬上也能有同樣的幸運，雖然她料定了盧卡斯太太不可能有這個福分。

伊莉莎白見達西先生就坐在她們對面，便奉勸母親談起得意的事情時聲音稍微低一點，否則他就會聽到她說的話。但是令她生氣的是，母親不僅不聽從她的勸告，還罵她廢話：「你倒說說看，達西先生跟我有什麼關係，我爲什麼就得怕他？我看不出來我們有什麼理由要在他面前特別斯文，他不愛聽的話，我就不能說嗎？」

「看在老天的份上，媽媽，你小聲點吧。得罪了達西先生對你有什麼好處？你這麼做，他的朋友也會瞧不起你的！」

但是不管她怎麼說都沒有用，她的母親偏偏要大聲發表高見。伊莉莎白臉紅了又紅，羞愧難當，不時地向達西先生偷偷瞄兩眼，達西雖然並沒有老是看著她的母親，可是卻一直目不轉睛地盯著伊莉莎白，臉上的表情由開始的輕蔑和厭惡，慢慢轉變成爲冷靜和嚴肅。這更加劇了伊莉莎白心裡的不安。

班奈特太太終於住嘴了。盧卡斯太太聽她說得那麼得意洋洋，又沒自己的份，早就已經呵欠連連，現在總算可以來享用些殘羹冷湯。伊莉莎白也鬆了口氣，終於可以清靜一會了。

只可惜這種情況並沒有維持多久，因爲一吃過晚飯，大家就提議說要唱歌。瑪莉經不起人家的慫恿，就迫不及待地答應了大家的請求。伊莉莎白看在眼裡，覺得很難受，頻頻向瑪莉遞眼色，暗示她不要這樣去討好別人。可惜的是瑪莉沒有理會她的用意，也根本不接受她的建議，因爲這種出風頭的機會正是她求之不得的。伊莉莎白痛苦地看著她，憂慮地聽著她的演唱。好不容易等她唱完了，伊莉莎白本以為她的出醜會到此為止，沒想到瑪莉聽到大家對她表示讚賞，還隱約聽見有人要求她再賞一次臉的，就又唱起了另一首歌。伊莉莎白著急地要命，她知道瑪莉的嗓子細弱、態度忸怩，根本不適合這種表演。她看了看珍，不知道她是否能忍受，但珍正在安安靜靜地在跟賓里先生聊天，似乎根本沒有留意到這些情況。她又看見賓里先生的兩位姊妹一邊擠眼弄眉，一邊對達西打著手勢，而達西仍然板著臉。

最後，伊莉莎白只得向自己的父親望了一眼，示意他能干涉一下，以免瑪莉繼續出醜。父親明白了她的暗示，等瑪莉唱完第二首歌的時候，他便大聲說：「行了，孩子，你已經讓我們開心得夠久啦！還是留點時間給別的小姐們表演吧。」

瑪莉裝作沒有聽見，但心裡卻覺得很不好受。伊莉莎白也為她難過，但是還是希望自己一片苦心沒有白費。幸好，輪到別人來唱歌了。伊莉莎白這才放下心來。

緊接著，柯林斯先生說：「要是我也會唱歌的話，我一定樂意給大家唱幾首。在我看來，音樂是一種很高尚的娛樂，和牧師的職業沒有絲毫的牴觸。當然，我的意思並不是說我們應該在音樂上花上太多的時間，畢竟我們還有許多別的事情要做。你們知道，負責一個教區的主管牧師，他要做的事情可真的太多啦。首先，他得用合適的稅法條例，既要對自己有利，又不能侵犯地主的利益。其次，他還要撰寫講道辭，這樣一來剩下的時間就沒有多少了。在這些有限的時間裡，他還得安排好教區裡的各種事務，收拾好自己的住宅——千萬不能忽略，把自己住宅收拾得舒舒服服的，這非常重要。另外，他還必須對每一個人都和顏悅色，尤其是對那些提拔他的人，這是他應盡的責任。還有，遇到提拔他的親友，就應該毫不猶豫地向對方表示尊敬，否則那簡直就不像話。」說到這裡，他深深地向達西先生鞠了一躬。

柯林斯說這一席話的時候聲音非常洪亮，幾乎整個屋子裡的人都聽得清清楚楚，聽的人不是一片茫然，就是暗自發笑，其中聽得最津津有味的還要數班奈特先生。班奈特太太卻一本正經地誇獎柯林斯，她湊近了盧卡斯太太說，他顯然是個聰明優秀的青年。

伊莉莎白覺得，今天晚上她家裡人彷彿是約好了要一起到這裡來出醜的，而且出醜得極爲起勁，出醜地極爲成功。她覺得珍和賓里先生非常幸運地錯過了很多出醜的場面，而且即使賓里先生看到了一些可笑的情節，看在珍的面子上，也不會感到怎麼難受。但是他的姊妹們和達西就不一樣了，他們是絕不會放棄這個機會來嘲笑班奈特一家人的。伊莉莎白覺得非常難堪，而且她已經分辨不出，達西先生無聲的蔑視和兩位小姐無禮的嘲笑，究竟哪一個更叫她難堪。

在舞會的後半段時間，柯林斯先生還是一直糾纏著她，對她獻殷勤，弄得伊莉莎白沒有辦法去跟別人跳舞。但即便如此，她也不會再跟他跳的。她建議他去跟別的小姐跳舞，並自告奮勇地要給他介紹一位小姐，但是柯林斯拒絕了。他說，他對跳舞完全沒有興趣，他打算整個晚上都待在她身邊，小心地伺候她，讓她感到滿意開心。伊莉莎白跟他解釋了很多次，但都是對牛彈琴。幸好，她的朋友盧卡斯小姐不時地到他們身邊來轉一轉，並勉爲其難地跟柯林斯先生應付幾句，才讓伊莉莎白稍微解脫一下。

唯一令伊莉莎白高興的，就是達西再也不會來惹她生氣了。他雖然站得離她很近，周圍也沒什麼人，但是卻一直沒有走過來跟她說話。伊莉莎白覺得可能是因爲她提起了韋翰的緣故，不由得暗自得意。

舞會散了以後，班奈特太太藉口等馬車，賴到最後才走。等所有賓客都走完了，他們一家人還在這裡多坐了十多分鐘。主人一家，除了賓里之外，其餘的人都迫切地希望他們趕快離開，尤其是兩位賓里小姐，幾乎不開口說話，只是不停地喊著疲倦，很明顯是在下逐客令了。但是班奈特太太不知趣，還想跟她們攀談，結果遭到她們冷漠地敷衍。柯林斯還在繼續發表他的長篇大論，又是恭維賓里先生和他的姊妹，又是讚歎他們家精緻的宴席，可是他的話不但沒能給大家增加一些生氣，反而讓氣氛更加沉悶。

達西依然沉默，班奈特先生也不做聲，在一旁冷眼旁觀。賓里和珍在離大家稍微遠一點的地方親密地交談著。伊莉莎白也像賓里姊妹一樣，始終不開口。就連莉蒂亞也沒有說話，只是偶然叫一聲：「天啦，我眞累死了！」接著便大聲打了一個呵欠。

過了一會，班奈特一家終於起身告辭了。班奈特太太懇切地邀請賓里全家都到浪博恩去玩，又特別對賓里先生本人說，要是哪天不用正式給他下請帖就能來浪博恩吃頓便飯，那眞是他們一家的榮幸。賓里先生聽了非常高興，連忙說，他明天要去倫敦，可能會在那邊耽擱幾天，他回來以後一有機會就馬上去拜訪她。

這個回答讓班奈特太太滿意極了。在回家的路上，她一直都在打著如意算盤。她相信，要不了三、四個月，她就可以看到自己的大女兒成爲尼日斐花園的女主人，她這個做母親的得趕快爲她準備些嫁妝、馬車什麼的。班奈特太太還相信，另一個女兒也肯定會嫁給柯林斯先生。這門親事雖然不如頭一門那麼讓她高興，但是她也相當滿意了。因爲在所有的女兒裡面，她最不喜歡的就是伊莉莎白，柯林斯的人品和門第，配自己的這個女兒已經綽綽有餘。當然，比起賓里先生和他的尼日斐花園來說，柯林斯先生就要黯然失色了。

19

第二天一大早，柯林斯先生就正式向伊莉莎白提出求婚了。他的假期到星期六就要結束，因此他決定不再拖延時間，速戰速決。而且，他對於求婚一事，並沒有感到絲毫的不好意思，認爲這是理所當然的一個步驟。因此，剛吃過早飯，他看到班奈特太太、伊莉莎白和一個小妹妹在一起，就對班奈特太太說：「夫人，我想請伊莉莎白小姐賞臉跟我作一次私人談話，你同意嗎？」

伊莉莎白還沒反應過來，班奈特太太就回答：「哦，當然可以。我相信麗茲也很樂意，她不會反對的。來，凱蒂，跟我上樓去。」她匆匆忙忙地收拾好針線，便帶著凱瑟琳走開了。

伊莉莎白臉紅了，她站起來叫著：「親愛的媽媽，你別走！我求求你別走！柯林斯先生一定會原諒我。他要說的話要是別人不能聽的。我也要走了！」

「不，不，胡鬧！麗茲，你就待在這裡別動。」她見伊莉莎白又氣惱又尷尬，似乎當眞就要逃走的樣子，就加重語氣：「我非要你待在這兒聽柯林斯先生說話不可。」

母親既然下了命令，伊莉莎白只得留了下來。她想了想，覺得這樣也不錯，至少能夠把事情盡快地解決掉。於是，她重新坐了下來，並小心翼翼地不讓哭笑不得的心情流露出來。

班奈特太太和凱瑟琳一走開，柯林斯便開口說：「說實話，伊莉莎白小姐，你的羞怯不但無損於你的風姿，反而讓你顯得更加迷人。你要是不這樣半推半就，說不定我就不會覺得你這麼可愛了。不過，請允許我告訴你一聲，我此次跟你求婚，是獲得了你母親的允許的。相信你也早已經看出我對你的百般殷勤，我差不多一進這屋子，就挑中了你做我的終身伴侶。關於這個問題，或許我應該趁現在還能控制住自己感情的時候，先來談一談我要結婚的理由。」

看到柯林斯先生如此一本正經，伊莉莎白不禁覺得非常好笑。她一分心，就沒有來得及打斷他的話。於是他接著說了下去：「我之所以要結婚，有這樣幾點理由：第一，我認爲像我這樣經濟寬裕、頗有地位的牧師，應當給全教區都樹立一個婚姻的好榜樣；其次，我堅信結婚會大大地促進我的幸福；第三，或許我該把這一點放到前面說的，那就是我非常榮幸地能遇上高貴的凱瑟琳夫人，她對我提出了結婚的建議。承蒙她費心，在這件事情上曾兩次替我提出了意見。就在我離開漢斯福的前一個星期六晚上，傑克森太太在替德·包爾小姐安放腳蹬，我正陪夫人玩牌，夫人對我說：『柯林斯先生，你必須結婚。像你這樣一個牧師，必須結婚。爲了我，也爲了你自己，去好好地挑選一個好人家的姑娘。出身倒是不必高貴，但要活潑、能幹、會算計，能把一筆小小的收入安排得妥妥貼貼。這就是我的意見。去找一個這樣的女人來做你的太太吧，把她帶到漢斯福來，我會好好照料她。』我的好表妹，我跟你說，凱瑟琳·德·包爾夫人對我的體貼和照顧，簡直無法形容，這也算是我的一個優越條件。我想，你這麼聰明活潑一定會討她喜歡，但在像她那樣身分高貴的人面前，你還要稍微再端莊些，她才會特別喜歡你。整體而言，我要結婚就是基於以上三點目的。現在，我還得再解釋一下，漢斯福那邊多的是年輕漂亮的女孩，我為什麼偏偏要到浪博恩來挑選我的終身伴侶呢？我是這麼想的，因為令尊過世之後，由我繼承這裡的財產，因此我打算娶他的女兒，這樣一來，將來這件不愉快的事情發生的時候，你們的損失就可以盡量減輕一些，否則的話我實在過意不去。當然，我也說過，這件事情也許要在很多年以後才會發生。這就是我為什麼選擇你的理由。我的好表妹，恕我冒昧地問一句，你不至於因此責怪我吧？另外，說到嫁妝的問題，我是完全無所謂，絕不會在這方面向你父親提出什麼要求。我很了解，你名下應得的財產，不過是一筆年息四厘的一千鎊存款，還得等你媽媽過世之後才歸你所得。因此，關於那個問題我絕不會多說什麼的，而且你放心，我們結婚以後我也絕不會說一句小氣話。」

伊莉莎白認為現在非打斷他不可了：「先生，你扯得太遠了吧！你忘了我根本沒有答應你的求婚呢！請不要再浪費時間，讓我跟你說清楚吧。你的讚美和你的求婚讓我感到無比榮幸，只可惜我只能謝絕。對此，我感到很遺憾，但是沒有辦法。」

柯林斯先生鄭重其事地揮了揮手：「年輕的姑娘們第一次遇到人家跟自己求婚的時候，雖然心裡明明答應，口頭上卻非要故意拒絕，有時候甚至會拒絕兩次三次。這些我都非常了解。

你剛才所說的話，絕不會讓我灰心，我相信不久之後就能把你領到神壇面前去。」

伊莉莎白叫了起來：「先生，我已經明確表示拒絕了，你卻還存著那種指望，這可眞太奇怪了！老實跟你說吧，就算世上眞有你說的那種膽大的年輕小姐，願意拿自己的幸福去冒險，非等人家第二次、第三次求婚才答應，我也不屬於她們中的一個。我的拒絕是認眞的，你不能帶給我幸福，而我也相信我同樣不能讓你幸福。對了，要是你的朋友凱瑟琳夫人認識我的話，我相信她也一定會認爲，不管從哪方面來說，我都配不上做你的太太。」

柯林斯先生嚴肅地說：「即便凱瑟琳夫人眞有那樣的想法，我想她老人家也不會反對你的。你放心好了，我下次見到她的時候，一定會在她面前把你的賢淑、聰明和其他所有可愛之處，都好好地誇獎一番！」

「柯林斯先生，不管你怎麼誇獎我也是白費唇舌。對於我自己的事，我有自己的主張。你要是相信我的話，就是賞我的臉了。我之所以允許你向我求婚，是爲了趁早解決這件事情，免得大家尷尬。現在你既然已經向我提出了求婚，你對於繼承遺產一事，也不必再感到不好意思了。等到將來你成爲浪博恩主人的時候，你大可以當之無愧。就這樣一言爲定，這件事到此爲止吧。」說完，她站了起來，準備向門口走去。

柯林斯繼續說：「下次如果我有幸再跟你談論這個問題的話，我希望到時候你能給我一個滿意的回答。當然。我並不責怪你這次的拒絕，因爲我知道，你們姑娘們對於男人第一次的求婚，照例總是要拒絕的。剛剛你跟我說的那一番話，也許正是符合了姑娘們的這種微妙性格。

我相信這對我而言是一個鼓勵，讓我繼續追求下去。」

伊莉莎白聽了這話，實在啼笑皆非，加重語氣說：「柯林斯先生，你眞是太莫名其妙了。我的話已經說到這個地步，要是你還覺得這是種鼓勵，那我實在不知道究竟應該如何才能讓你死心了。」

「我的好表妹，不是我自不量力，但是我相信你拒絕我的求婚，也不過是欲擒故縱而已。我之所以會這麼想，簡單說來，有這樣幾點理由：我相信自己的條件是值得你考慮的，我的家產你絕不會不放在眼裡，還有我的社會地位，我跟德．包爾府上的關係，以及跟你的親戚關係，都是我的優越條件。我得提醒你注意一下，雖然你有很多吸引人的地方，但不幸的是你的財產太少，你的許多可愛之處都抵消了，我相信不會再有別人來向你求婚了。基於以上理由，我不得不認爲，你並不是誠心誠意地拒絕我，而只不過是模仿那些高貴的女性，半推半就，希望能加倍博得我的愛慕。」

「先生，我向你保證，我絕不像你所說的那樣去故作高雅，故意去作弄一位有面子的紳士。你要是能相信我所說的話，我就感激不盡了。我再說一次，我很榮幸能得到你的青睞，但是要我接受你的求婚是絕對不可能的，因爲我的感情不允許我這麼做。我的話說地夠清楚了吧，請你不要把我當作一個言不由衷的高貴女子，只要把我當作一個說眞心話的平凡人就行了。」

她的話讓柯林斯十分狼狽，但他仍然生硬地繼續獻殷勤：「你眞是太迷人了！我相信你的母親和父親都同意的話，你就再也不會拒絕我了。」

他明顯是在自欺欺人，伊莉莎白不再搭理他，一聲不響地走開了。她打定主意，要是他再這樣糾纏不休的話，那麼她只好去向父親求助，讓他斬釘截鐵地回絕他。不管如何，柯林斯總不至於把她父親的拒絕，也看作是一個高貴女子的半推半就和裝腔作勢了吧。

20

伊莉莎白走後，柯林斯獨自一個人沉醉於對美滿姻緣的幻想之中。班奈特太太一直急切不安地待在走廊裡，等待求婚的結果。她一見伊莉莎白開門出來，便立刻走進飯廳，高高興興地對柯林斯先生表示熱烈的祝賀，說他們能夠親上加親實在是太好了。柯林斯先生也同樣快樂地接受了她的祝賀，同時也祝賀了她一番。接著，他把他跟伊莉莎白剛才的那場談話和盤托出，並說他有充分的理由相信，此次的求婚是非常成功的，雖然表妹再三拒絕，但是他相信那種拒絕，是她溫柔羞怯和賢淑端莊的自然流露。

班奈特太太嚇了一跳，她可不敢苟同柯林斯先生的意見，也不認爲伊莉莎白的拒絕只是裝腔作勢。她忍不住把自己的意見照實說了出來。她說：「你放心吧，柯林斯先生，我馬上就去跟麗茲談談，讓她懂事一些。你知道，她是個固執的傻女孩，不知道好壞。不過你放心，我會讓她明白的。」

「對不起，我得打斷你一下，夫人！」柯林斯先生叫著：「要是她果眞如你所說，是個固執的傻女孩的話，那我就不得不懷疑她是否能成爲我理想的妻子了。你知道，像我這樣地位的人，結婚當然是爲了要得到幸福。如果她是認眞的拒絕了我的求婚，那我看也不必再勉強她了。不然，我想她絕不會給我帶來任何幸福的。」

班奈特太太誠惶誠恐地說：「先生，你完全誤會我的意思了，麗茲只不過是在這件事情上固執了些，在別的事情上她的脾氣是再好不過了。你先別急，我馬上就去找班奈特先生，我有把握我們很快就能給你一個滿意答覆的。」

不等他回答，她就急忙跑進丈夫的書房裡，大聲喊著：「天啦，我的好老爺，你快出來一下，我們這裡鬧得天翻地覆了呢！你快去勸勸麗茲，讓她一定得跟柯林斯先生結婚，她竟然不識抬舉，拒絕了人家的一片好意！你要是不趕緊來打個圓場，柯林斯先生也要改變主意，反過來不要她了！」

班奈特先生見她急匆匆地從外面闖進來，便從書裡抬起頭來，漠不關心地望著她，並不動聲色地聽著她的話，等她說完後，不慌不忙地問道：「對不起，你究竟在說些什麼？我沒怎麼聽明白。」

「我說的是柯林斯先生和麗茲的事。麗茲說她絕不嫁給柯林斯先生，現在柯林斯先生也開始說他不要麗茲了！」

「這種事我有什麼辦法？這事看起來是沒有希望了。」

「你去勸勸麗茲吧！你就跟她說，她非得跟柯林斯先生結婚不可。」

「你叫她下來吧，讓我來跟她說。」

班奈特太太拉下了鈴，伊莉莎白不一會兒就到書房裡來了。

「到這邊來，孩子，我要跟你談一件很重要的事。」班奈特先生一見她進來，便大聲對她說：「我聽說柯林斯先生向你求婚了，有這回事？」

伊莉莎白回答說眞有這回事。

「很好。聽說你拒絕了？」

「是的，爸爸，我拒絕了。」

「很好。現在讓我們來談談重點。你拒絕了柯林斯先生，但是你媽媽卻非要你答應不可。是這樣嗎，我的好太太？」

「沒錯。她要是不嫁給柯林斯先生，我就再也不想看見她了。」

班奈特先生聳聳肩，說道：「你聽到了吧，擺在你面前的是個很不幸的難題，你得自己去選擇，伊莉莎白。從現在開始，你要不是和你父親成爲陌路人，就是和你母親成爲陌路人。你知道，要是你不嫁給柯林斯先生，你媽媽就再也不想見你；可要是你嫁給他的話，我就再也不想見你了。」

伊莉莎白聽到這話，不由得如釋重負地笑了起來。但是班奈特太太就沒那麼高興了，她本來以爲丈夫在這件事情上的意見跟自己一樣，誰知道他最後居然說出這樣讓她失望的話來了。她抱怨道：「你這話是什麼意思，我的好老爺？你剛才不是答應我說一定會讓麗茲嫁給柯林斯先生嗎？」

「我親愛的太太，」班奈納先生回答：「有兩件事我希望你幫幫忙。第一，請你允許我憑自己的主意來處理這件事；第二，請你允許我自由運用我自己的書房。我請求你讓我待在書房裡的時候，至少讓我耳根清靜一會吧！」

班奈特太太碰了一鼻子灰，卻不善罷甘休。她仍然嘗試要說服伊莉莎白，軟硬兼施，並想盡辦法拉珍幫忙，但珍不願意介入這件事情，委婉地拒絕了。伊莉莎白極有耐心地應付著母親，一會兒情意懇切地講道理，一會兒又嘻皮笑臉地轉移話題。她決心已定，任由母親如何哄騙、威脅，也絲毫不鬆口。

在這段時間當中，柯林斯先生把剛才的那一幕仔細回想了一番，仍然弄不清楚自己究竟爲何會遭到表妹的拒絕，因爲在他看來，自己的條件根本就是無可挑剔的。不過，伊莉莎白的拒絕，也僅僅是讓他的自尊心受到了傷害而已，讓他並沒有半分失戀的痛苦，因爲他對她的好感完全是憑空想像的。而且，他一想到伊莉莎白這會一定受到母親的責備，心裡就更加快慰，因爲她這麼不識抬舉，算是活該挨罵。

正當這一家子鬧得不可開交的時候，夏綠蒂．盧卡斯來了。莉蒂亞在大門口見到她，就立刻奔上前笑嘻嘻地跟她說道：「你來了可太好了，這裡正鬧得有趣極了！你知道今天早上午發生了什麼事了嗎？告訴你，柯林斯先生向麗茲求婚了，可是麗茲就是不答應。」

夏綠蒂還沒來得及回答，凱瑟琳也跑了過來，把同樣的消息重複了一遍。她們一起走進客廳，獨自坐在那兒的班奈特太太一見客人來了，就馬上把話題扯到這件事上來。她請求盧卡斯小姐體恤她這個做母親的，好好勸勸她的朋友麗茲順從全家人的意思。她用極爲痛苦的聲音說道：「拜託你了，盧卡斯小姐。你看，誰也不站在我一邊，他們都故意跟我作對，一個個地都對我狠心透頂，一點也不體諒我的神經！」

夏綠蒂剛要回答，看見伊莉莎白和珍走進來了，因此就沒有開口。

「哼，她來啦！」班奈特太太接著說：「瞧她那副滿不在乎的神氣，簡直沒把我們放在眼裡，一個人自作主張！麗茲小姐，我老實跟你說吧，要是你一遇到人家跟你求婚，就像這樣不留情面地拒絕，你這一輩子也別想找到一個丈夫。我看等你爸爸去世以後，還有誰來養你！先跟你聲明，我反正是養不活你的。從今天開始，我就跟你一刀兩斷。剛剛在書房裡我就跟你說過，只要你不嫁給柯林斯先生，我就再也不想見到你了，我說得到就做得到。像你這種不孝順的女兒，我懶得費神跟你說話。說實話，現在我跟誰都不想說話了，像我這樣神經衰弱的人，其實沒什麼興致多說話。可是，他們誰也不體恤我！天下的事情就是這樣的，只要你嘴上不訴苦，人家就不知道你苦！」

女兒們都默默地聽著她發牢騷，誰也沒有搭腔。她們對自己母親的脾氣非常了解，在這種時候，要是去安慰她，跟她解釋，那就等於火上加油。

過了一會，柯林斯先生也板著臉進來了。班奈特太太一見到他，就對女兒們說：「現在我要你們一個個都住嘴，我要跟柯林斯先生單獨談一會。」

伊莉莎白默不做聲地退了出去，珍和凱瑟琳也跟著走了出去。只有莉蒂亞站在那兒不動，想聽聽他們談些什麼。夏綠蒂也沒有走，因為柯林斯先生一來就殷勤地問候她和她的全家，所以不便走開，隨後她走到窗口去，假裝沒有聽他們談話。但出於好奇，她還是留神地把每句話都聽得清清楚楚。

「哦，柯林斯先生。」班奈特太太以一種極為憂傷的語氣說話，打算把事先準備好的一席話一股腦地倒出來。但她剛開了個頭，就被對方打斷了。

「親愛的夫人，」柯林斯先生說：「這件事情，我們就誰也不要再提了吧。請相信我，對於伊莉莎白小姐的行為，我是決不會產生任何怨恨的。」他的聲音裡流露出明顯的不快：「我們每個人，都必須要承擔許多無法避免的苦痛，這是我們的義務。尤其是像我這樣年少得志的人，更是應該多受些磨難，對於一切磨難我都會逆來順受的。現在即使我那位美麗的表妹答應了我的求婚，我仍然也可能會心存懷疑，我們的婚姻是否能獲得真正的幸福。因為我一向都認為，幸福一經拒絕，它的價值就要大打折扣。在這種情況下，順其自然是最好的辦法。親愛的夫人，希望你不要責怪我收回了對伊莉莎白小姐的求婚，我之所以沒有要求你們出面來干涉這件事情，並非是因為我不尊敬你，而是因為我是遭到了伊莉莎白小姐的拒絕，而不是遭到了你的拒絕。不過，我也沒有責怪伊莉莎白小姐，因為人人都免不了有犯錯的時候。對這件事，我自始至終都是一片好意，不只希望找到一個可愛的伴侶，也是為了府上的利益著想。要是我的態度在某些方面有什麼不對的地方，那就讓我先道個歉吧！」

21

關於柯林斯先生求婚一事，到現在差不多就結束了，但是伊莉莎白仍然感到不愉快，因爲她母親偶爾還是會埋怨她兩句。而柯林斯先生本人反而絲毫沒有沮喪和懊惱，也沒有刻意要迴避伊莉莎白，只是一直板著臉不開口說話。下午的時候，他把本來對伊莉莎白的熱情和殷勤都轉移到了夏綠蒂·盧卡斯小姐身上去了。還好，對柯林斯先生的喋喋不休，夏綠蒂表現得十分禮貌和耐心，讓大家都鬆了一口氣，伊莉莎白如釋重負。

第二天，班奈特太太還是不高興，柯林斯先生也仍然維持著他那副氣憤而又傲慢的態度。伊莉莎白暗想，他受到這個打擊，肯定會提前離開浪博恩，誰知道他根本沒有打算因此就改變原來的計畫，不到星期六是絕不會離開的。

吃過早飯，小姐們都到梅列敦去打聽韋翰先生回來沒有，同時也順便問問他爲什麼不參加尼日斐花園的舞會。巧得是，當她們一到梅列敦就遇見了韋翰，他就陪著小姐們到她們姨媽家裡去。在那裡作客的時候，他對每個人都周到而殷勤地問候了一番，並暢談了自己無法參加舞會的歉意和遺憾。他還主動告訴伊莉莎白，那天的舞會是他自己不參加的。

他說：「離舞會的日子越近，我就越覺得自己不應該去參加那個舞會。我覺得，要跟達西先生在同一個屋子裡，在同一個舞會上，一起待上好幾個鐘頭，那實在會讓我難以忍受。而且，說不定還會鬧出笑話來。」

伊莉莎白聽了，十分敬佩他的修養。過了一會，小姐們告別他們的姨媽回浪博恩，韋翰和另一位軍官一起送她們回來。對韋翰來說，他這麼做無非就是兩個目的，一來是爲了討好伊莉莎白，二來是利用這個機會，去認識她的父母。一路上，韋翰對伊莉莎白特別殷勤，他們一直都在談論，並客客氣氣地互相恭維、互相讚美。

他們一行剛到家，珍就收到了一封從尼日斐花園寄來的信。她把信拆開，打開裡面那張小巧而精致的信箋。信上的字跡十分娟秀，一看就是出於小姐之手。珍讀著信，臉色一下子就變了。不過她很快就恢復了鎮定，把信放在一旁，若無其事跟大家高高興興地聊天。這一切伊莉莎白都看在眼裡，心裡暗暗著急，對韋翰也沒有熱心了。

等韋翰和他的同伴一走，珍立刻對伊莉莎白使了個眼色，示意她跟她上樓去。一到她們自己房裡，珍就拿出信來，對伊莉莎白說：「這是卡洛琳．賓里寫來的，眞是讓人想不到，她們一家人現在已經離開尼日斐花園到城裡去了，而且再也不打算回來了。你看看信上說的……」

信中的第一句話，是說她們已經決定要馬上追隨她們的兄弟到城裡去，當天就要趕到格魯斯汶納街，並在那裡吃飯，原來赫斯特先生就住在那條街上。接下去，信裡寫的：「我親愛的朋友，除了和你的友情之外，哈福德郡沒有任何東西讓我留戀。不過，我希望將來我們還是能夠像現在這樣愉快地來往，也希望我們能保持通信，經常聯絡感情。我期待著你的來信。」

聽珍念到這裡，伊莉莎白鬆了一口氣。她還以爲發生什麼重大事情了，原來只是兩位賓里小姐要搬走而已。雖然她們突然搬走讓她感到非常吃驚，但是她並不覺得有什麼値得惋惜的地方。因爲她們離開尼日斐花園，並不表示賓里先生就不會在這裡繼續住下去。只要珍仍然能跟賓里先生時常見面就行了，至於跟不跟他那高傲的姊妹們見面，倒是無所謂的事。

伊莉莎白說道：「很遺憾，你沒有能夠在你的朋友離開之前再見見她們。但是，既然賓里小姐認爲你們有重聚的機會，你就要相信，這一天肯定會比想像中來得更早的。等你們將來成了一家人，不是比現在做朋友更好？我相信，賓里先生不會在倫敦耽擱很久的。」

「卡洛琳肯定地說，她們一家人今年冬天沒有人會回到哈福郡來了。讓我念給你聽：『昨天我哥哥和我們告別時候，說他這次到倫敦去最多只待三四天，等事情一辦好就馬上回來。但是我們都認爲他不可能這麼快就把事情辦完。而且，我們相信，查爾斯一進了城，是絕對不願意很快就離開的。因此，我們經過考慮，決定跟他一起去倫敦，免得他一個人孤孤單單、冷冷清清的。我的很多朋友都到倫敦過冬去了，本來我以爲你也會去倫敦，但結果我知道你打算在哈福德郡度過耶誕節。不管怎麼樣，希望你耶誕節過得愉快，也希望你能多結交一些漂亮的朋友，以免我們走了之後，你會因此少了三個好朋友而感到難過。』」

讀完信，珍說道：「這很明顯就是說，賓里先生今年冬天是不會回來的了。」

「不，我認爲這不過是說賓里小姐不讓他回來罷了。」伊莉莎白說。

「你爲什麼這麼想呢？我覺得他不回來一定是他自己的意思，這事他自己完全可以自己做主的。你還沒有把信聽完呢，最讓我傷心的一部分，我還沒有讀給你聽。你聽聽看：『達西先生急著要回去看望他的妹妹，老實說，我們也非常希望能盡快跟她重逢。在我看來，喬治安娜·

達西無論是容貌、舉止或才華上，都沒有人能比得上她。露意莎和我都非常希望她以後能成爲我們家的一員。對了，以前我好像沒有跟你提過這件事，我哥哥早就已經深深地愛上了達西小姐。現在到了城裡以後，他們可以經常見面，我相信他們會越來越親密的。而且，看得出來，達西先生也非常贊同這門親事。你也知道，查爾斯非常善於博得女人的歡心，這可並不是出於做妹妹的偏愛才這麼說的。現在，從各個方面來看，這門親事都沒有什麼阻礙，因此我相信我們不久之後就能聽到好消息了。親愛的珍，我衷心地希望這件人人都贊同的事情早日實現，相信你也跟我抱著同樣的想法。』」

「你覺得怎麼樣，親愛的麗茲？」珍讀完了以後說：「說得已經夠清楚了，她根本不希望我成爲她的嫂子，也根本不認爲她哥哥對我有什麼特別的感情。而且，她還勸告我，要是我對她哥哥有什麼非份之想的話，勸我趁早死心算了。對這封信，你還能有別的解釋嗎？」

「當然有，而且我的解釋跟你大不相同，你願意聽嗎？」

「當然願意。」

「其實很簡單，賓里小姐希望她哥哥跟達西小姐結婚，但是卻看出他愛上了你，因此就千方百計要把他弄到城裡去，而且還用想盡辦法來欺騙你，讓你對她哥哥死心。」

珍聽了，搖了搖頭。

「相信我，珍。只要見過你和賓里先生在一起的人，都不會懷疑他對你的感情。卡洛琳·賓里不是傻瓜，她也同樣能看得出來。要是她看到達西對她有像賓里先生對你那麼好，恐怕她就要欣喜若狂地準備嫁妝了。問題在於，在她們家裡看來，我們不夠有錢，也沒什麼地位，因此她認爲把達西小姐配給她哥哥更加合適。而且，我相信她還有一個打算，那就是等她哥哥跟達西小姐結婚之後，親上加親就省事多了。這件事情是很費心機，但要是沒有德・包爾小姐在中間摻一腳的話，這事八成是會成功的。你千萬不要聽信賓里小姐的片面之詞，就認爲她哥哥不愛你，而是愛上了那位達西小姐了。」

珍回答道：「要是我對賓里小姐看法跟你一樣的話，那我聽了你的話肯定會非常安慰。但是我知道你這種說法是很偏激的——卡洛琳絕不會去故意欺騙任何人。對這件事情，我唯一的希望，就是她誤會了她哥哥對達西小姐的感情。」

「你能這麼想也不錯。那你就認爲是她自己想錯了吧，賓里先生根本不可能愛上其他人。這樣，你也用不著再煩惱了。」

「可是，退一步來說，我即使眞的能夠嫁給賓里先生，但是他的姊妹和朋友卻都希望他跟別人結婚。你想，這樣我會幸福嗎？」

「就看你自己怎麼想了，」伊莉莎白說：「如果你考慮清楚以後，認爲不能取悅他的姊妹和朋友這一痛苦，比起做他太太的幸福更加強烈的話，那我勸你還是拒絕他算了。」

「你怎麼這麼說呢？」珍微微一笑，「你知道，就算她們的反對讓我苦不堪言，我也還是會毫不猶豫地嫁給他的。」

「你這麼說，我就放心了。」

「話雖如此，但要是今年冬天他都還不回來的話，那我也用不著胡思亂想了。你知道，六個月這麼長的時間，足以改變一切了。」

伊莉莎白對這種想法不以為然。她認為那不過是卡洛琳一廂情願罷了，不管卡洛琳用什麼手段，也不會影響賓里先生這樣一個獨立的青年所做的決定。賓里先生一定會回來的。

伊莉莎白一一解釋給她姊姊聽，珍聽了以後果然一下子就高興起來了。按照珍的性格，她本來就不容易輕易灰心喪氣，現在就更加樂觀地相信賓里先生一定會盡快回尼日斐花園的。

最後，伊莉莎白和珍商量好，這件事情不宜讓班奈特太太知道，只要告訴她一聲賓里一家已經離開此地就行了，用不著跟她解釋太多。但班奈特太太一聽說賓里一家走了，就十分不安，甚至還大哭了起來，埋怨自己運氣太壞，剛剛跟兩位貴婦人熟稔起來，她們就走了。難過了一陣之後，她又安慰自己，賓里先生不久就會回來的，而且還會到浪博恩來吃飯。最後，她跟女兒們說，雖然只是請他來吃頓便飯，但是她還是得精心準備，好好款待款待這位貴人。

22

這天，盧卡斯府上邀請班奈特全家過去吃飯。夏綠蒂整天都陪著柯林斯先生談話，讓伊莉莎白感激不盡，找了個機會跟她道謝。夏綠蒂回答說，自己非常願意為朋友效勞，雖然花費了一些時間，但畢竟給大家都帶來了方便和快樂。

其實夏綠蒂的用心遠遠沒有這麼簡單，她是故意要讓柯林斯先生跟她說話，以免他再去向伊莉莎白獻殷勤。讓夏綠蒂感到很滿意的是，她的用心良苦似乎沒有白費。到了晚上班奈特一家告辭的時候，她對這件事已經有了九成的把握。她唯一擔心的是，柯林斯先生很快就要離開哈福德郡，這說不定會影響事情的發展。

不過，事實證明她的擔心是多餘的。因爲第二天一大早，柯林斯就狡猾地找了個藉口，溜出了浪博恩，到盧卡斯山莊來向她求愛。一路上，他都在擔心，害怕被自己的表妹們遇到。他認爲，要是她們知道他去盧卡斯山莊的話，肯定能猜得出他的目的，但他在事情成功之前，絕不願意被人家知道。雖然他看出夏綠蒂對他頗有情意，覺得這事十拿九穩可以成功，但是自從星期三求婚失敗之後，他可不敢再冒險了。

盧卡斯小姐從樓上的窗口看見他向她家裡走來，便急忙下樓到小路上去迎接他，還假裝是偶然相遇的樣子。當然，她根本沒有想到，柯林斯這一次竟然是來向她求婚的。

在短短的時間裡，柯林斯先生說了一籮筐的話，並誠懇地要求盧卡斯小姐擇定吉日，盡快讓他成爲世界上最幸福的人。柯林斯天生一副蠢相，根本不可能打動女人的心，因此一求婚就四處碰壁。按理來說，夏綠蒂對他的要求應該置之不理，即使眞要答應他，也要故作姿態，以顯示自己的矜持和高貴。但是，她可不願意把自己的幸福當兒戲。而且她願意答應他，也完全是爲了財產打算，至於那筆財產何年何月可以拿到手，她倒不在乎。就這樣，兩人很快就談妥了。

於是，柯林斯便立刻去請示威廉爵士夫婦，後者連忙高高興興地答應了。威廉爵士本來就沒有什麼財產留給女兒，從柯林斯先生目前的狀況來說，已經算是個非常理想的女婿，更何況他將來還會繼承一筆可觀的財產。應允柯林斯的求婚以後，盧卡斯太太便帶著前所未有的興趣，盤算著班奈特先生還有多少年可活。威廉爵士一口斷定，等到柯林斯先生繼承了浪博恩的財產之後，他夫婦倆就一定能夠覲見國王了。當然，爲這件大事開心快活的人還不只他們夫婦倆，家裡幾位小女兒也都十分高興，因爲這麼一來自己終於可以出去交際了，兒子們也不用擔心自己的姊姊夏綠蒂會成爲老處女。

不過，夏綠蒂本人倒是非常冷靜。她又認眞地思考了這件事情一遍，覺得整體而言還是非常滿意的。雖然柯林斯先生既古板又討厭，跟他相處絕不會是一件愉快的事情，而且他對她的愛情也毫無基礎，但是她還是決定要嫁給他。一般來說，家境不好而又受過教育的年輕女子，總是把結婚當作唯一一條體面的退路，夏綠蒂也是如此。她雖然一向對婚姻和夫婦生活沒有過高的期望，也不指望能從中獲得多大的快樂，但是結婚終究是她一貫的目標。通過結婚，她能夠給自己安排一張安全的長期飯票，使她不至於有朝一日要忍饑挨餓。

很幸運，她現在就得到了這樣一張長期飯票。她今年已經二十七歲，人長得並不漂亮，因此對她而言，這張飯票雖然有許多缺陷，但是也已經讓她心滿意足了。她唯一感到擔憂的是，伊莉莎白·班奈特知道這件事情之後，一定會感到十分驚訝，說不定還會笑話她竟然會嫁給這樣一個人。雖然，她自己已經下定了決心，絕不會因爲別人的非議就動搖，但是她還是會因此而感到難受。想到這裡，夏綠蒂決定自己親自把事情告訴伊莉莎白，便囑咐柯林斯先生回到浪博恩以後，不要透露一點風聲給班奈特家裡的任何人。

柯林斯先生答應保守秘密。但他一回到浪博恩，班奈特一家就對他問長問短，問他出去這麼長的時間究竟是做什麼去了。在大家的追問之下，他幾乎招架不住，而且他本身也希望把自己的情場得意好好炫耀一番，因此差點就把事情和盤托出。不過，最後他還是忍住了。

柯林斯先生明天一大早就要啓程，因此晚上就寢之前，就向大家告別。班奈特太太誠懇而有禮貌地說，要是他以後能再來浪博恩看望他們的話，就太讓人高興了。柯林斯先生回答道：

「親愛的太太，我對您的盛情邀約不勝感激，請您放心，我一有空就會來看你們的。」

這話讓大家都吃了一驚，尤其是班奈特先生，因爲他們根本不希望他再來，便連忙說道：

「你這麼頻繁地離開，難道不怕凱瑟琳夫人不贊成嗎？你最好還是把親戚關係看得淡一些，免得擔太大的風險，得罪了尊敬的凱瑟琳夫人。」

柯林斯先生回答道：「先生，非常感激您好心的提醒我。您放心，沒有得到凱瑟琳夫人她老人家的允許，我是絕不會自作主張的。」

「沒錯，謹愼一點不會有壞處。其他的事都不要緊，重要的是千萬別讓她老人家不高興。要是她不高興讓你到我們這裡來的話，你還是順從她的意思，安分地待在家裡吧，你可以放心，我們不會因此而責怪你的。」

「您對我的關懷眞讓我感激不盡。您放心，我一回去就馬上給您寫一封感謝信，感謝你對我的關心，感謝我在哈福郡受到的種種照顧。雖然我過不了多久就會再回來，但是我還是要祝福各位表妹一聲，祝她們健康幸福。伊莉莎白表妹也不例外。」

太太小姐們向他行過禮後就告辭回自己的房間了。大家對他很快就會回來一事感到十分驚訝，班奈特太太以為他是打算再向她的哪一個女兒求婚，心想也許瑪莉會答應他。在所有的姊妹中，瑪莉對他最為傾心，非常敬佩他堅定的思想和意志。她覺得他雖然沒有自己這麼聰明，但是只要能有像她這樣的太太給他做榜樣，鼓勵他讀書上進，那他也一定會成為一個理想的丈夫。

可惜，不管是班奈特太太，還是瑪莉本人，很快就會失望地發現自己不過是空想一場。第二天早上，夏綠蒂．盧卡斯小姐剛吃過早飯，就來浪博恩作客。在與伊莉莎白私下相處的時候，她主動把頭一天的事說了出來。

伊莉莎白在這幾天當中，也隱約想到柯林斯先生可能一廂情願地以為自己愛上了夏綠蒂，但是她無論如何也不相信夏綠蒂會答應他的求婚。因此，當她現在聽到夏綠蒂親口告訴她這件事的時候，不由得大吃一驚，一時之間連禮貌也顧不上了，大聲叫了起來：「跟柯林斯先生訂婚！親愛的夏綠蒂，那怎麼可以呢！」

盧卡斯小姐不禁有些尷尬和慌張，不過她也早就料到了伊莉莎白會這樣吃驚地責備她，因此早有準備，很快就鎮定了下來，從容不迫地說：「親愛的伊莉莎白，你為什麼會這麼驚訝？柯林斯先生不幸沒有得到你的青睞，難道他就不能得到別的女人的青睞嗎？」

伊莉莎白此刻已經冷靜了下來，恢復了常態，用非常肯定的語氣，預祝他們婚姻幸福，白頭偕老。

夏綠蒂說道：「我知道你爲何會感到驚訝，因爲就在幾天以前，柯林斯先生還在向你求婚，現在卻馬上就要跟我結婚了。可是，你只要靜下來好好地想一想這件事情，就知道我的做法並沒有奇怪的地方了。你也知道，我並不是一個追求浪漫的人，我只希望有一個舒舒服服的家。柯林斯先生的人品性格、社會關係和身分地位，足以使我們的婚姻獲得幸福，而且我們相信，這並不比任何人結婚時所誇耀的那種幸福要差。」

伊莉莎白平靜地回答道：「當然。」

她們倆就這樣彆扭地待了一會，便跟其他人坐在一起。過了一會，夏綠蒂就告辭了。伊莉莎白重新回想了剛才的事情，爲這門可笑的親事難受了好久。柯林斯先生在三天之內求了兩次婚，本來就夠稀奇了，更稀奇的是竟然會有人答應他，而且答應他的人還是自己的好朋友。雖然伊莉莎白一直都隱約覺得夏綠蒂在婚姻方面的見解跟自己不太一致，但是卻怎麼也想不到她竟然會不顧一切，去屈就一些世俗的利益。夏綠蒂成了柯林斯的妻子，這實在是一件非常丟人的事，而且她敢斷定，夏綠蒂的這個選擇，絕對不會給她帶來任何幸福。

23

當伊莉莎白跟母親和姊妹們坐在一起的時候，她回想起夏綠蒂跟她提起的那件事，拿不定主意是否應該把它告訴大家。就在這時候，威廉·盧卡斯爵士來了，他受女兒的拜託，特地到班奈特府上來宣佈女兒訂婚的消息，同時還大大地恭維了班奈特太太和小姐們一番，說他非常榮幸能跟班奈特府上結成這門親事。大家聽了這個消息，都感到十分吃驚，根本不相信眞有這麼一回事。班奈特太太甚至完全不顧禮貌，一口咬定威廉爵士弄錯了。一向又撒野又任性的莉蒂亞，竟然口無遮攔地叫道：「天哪！威廉爵士，你肯定是弄錯了！你不知道柯林斯先生要娶的是麗茲嗎？」

遇到這種情況，只有像朝廷大臣那樣逆來順受的人才能忍住不發火，幸好威廉爵士也是頗有教養的人，他非常有禮貌地聽著她們無禮的非難，耐心地跟她們解釋他說的是眞話。

伊莉莎白覺得自己有責任幫助他應付這種尷尬的局面，於是就自告奮勇地幫他解釋，說他說的確實是眞有其事，剛才自己已經聽夏綠蒂本人談起過了。伊莉莎白誠懇地向威廉爵士道喜，珍馬上幫腔，說她相信這門親事有多幸福，又說柯林斯先生人品那麼好，漢斯福和倫敦相隔又近，往返又方便等等。

班奈特太太雖然生氣，但在威廉爵士面前不好意思發作。等他一走，她就立刻發起牢騷來。她喋喋不休地抱怨著，說第一，她絕對不相信眞有這回事情；第二，她斷定柯林斯先生是上了威廉·盧卡斯一家的當；第三，她相信這一對夫婦絕對不可能幸福；第四，這門親事一定會破裂。最後，她從這整個事情當中，簡單地得出了兩個結論，一個是，這場鬧劇都是伊莉莎白一手造成的，另一個是，全家人都在欺負和虐待她。整整一天，她都不斷地反覆嘮叨著這幾點，誰也安慰不了她，誰也消不了她的氣。一整個星期，她一見到伊莉莎白就罵，和威廉爵士、盧卡斯太太說起話來也總是惡聲惡氣，起碼過了一個月，她的怒氣才慢慢平息了下來。至於夏綠蒂，她過了好幾個月才逐漸原諒了她。

但是班奈特先生卻非常高興，他原本以爲夏綠蒂·盧卡斯相當懂事，沒有想到她竟然跟自己的太太一樣愚蠢。他覺得還是自己的女兒聰明懂事，因此感到十分欣慰。

珍也覺得這門親事結得過於倉促，但是卻沒有多說。雖然伊莉莎白一再跟她說這門婚事的弊端，但是她卻始終認爲夏綠蒂嫁給柯林斯先生，未必不會幸福。凱瑟琳和莉蒂亞絲毫不羨慕盧卡斯小姐，因爲柯林斯先生只是個傳教士而已，不是讓她們心馳神往的「紅制服」。不過，她們倒是可以把這件事情它當作一件新聞，帶到梅列敦去傳播一下。

盧卡斯太太看見自己的女兒能結上這樣一門美滿的姻緣，心裡感到十分安慰，因而她對班奈特太太的無禮，也就不怎麼放在心上。不僅如此，她到浪博恩來拜訪的次數更加頻繁，不斷地說著自己有多高興、多開心。可惜的是，班奈特太太一點好臉色也沒給她，也夠讓她掃興的了。

這件事發生以後，伊莉莎白和夏綠蒂之間就有了一層隔閡，彼此都小心翼翼地不提起這事。伊莉莎白認爲，她和夏綠蒂再也不可能恢復以前那種交情了，於是放更多關心到自己的姊姊身上來，希望她能早日得到幸福。

但是賓里先生已經走了一個星期，卻沒有一點要回來的消息。珍很早以前就回信給卡洛琳，現在正在數著日子等她的回信。柯林斯先生走之前答應要寫來的那封感謝信，星期二就寄來了。他在信上說了一籮筐的客套話，彷彿他在班奈特府上打擾了一年那麼久似的。在表達了自己的感謝之後，便用了許多欣喜若狂的措詞，告訴大家說已經幸運地獲得了盧卡斯小姐的芳心，他接著又說，在他去看望他的心上人的時候，可以順便再來拜訪拜訪他們，以免辜負他們對他殷切的希望。他說他希望能在兩個星期以後的星期一到達浪博恩，還說凱瑟琳夫人也衷心地希望自己能早日結婚，並且希望越早越好。最後，他說他相信他那位心上人夏綠蒂小姐，絕不會反對早日擇定婚期。

對班奈特太太說來，她再也不對柯林斯先生的重返浪博恩抱任何希望了，反而跟他的丈夫一樣對此大加抱怨，說柯林斯眞是太不知趣了，不去他未來的岳父家，卻偏要跑來浪博恩，既不方便，也沒道理。她說她現在身體正不舒服，非常討厭客人上門來，而且上門的還是這些快要結婚的人。這些事情讓班奈特太太痛苦不已，成天嘮叨，只有想到賓里先生一去不回，讓她感到更加痛苦的時候，她才停止她的喋喋不休。

賓里離開尼日斐花園的事，同樣也讓珍和伊莉莎白深感不安。隨著時間一天一天地過去，他還是沒有一點消息傳回來，梅列敦不禁紛紛地傳出了謠言，說他今年冬天再也不會到尼日斐花園來了。這些話讓班奈特太太非常生氣，說那些都是毫無根據的謠言。

連伊莉莎白也不由自主地開始感到恐懼，她倒並不是害怕賓里先生變心，而是擔心他的姊妹們眞的對他造成了影響，讓他不再回尼日斐花園來了。如果眞的是這樣，那對珍的幸福來說，可是非常不利的。伊莉莎白實在不願意存在著這樣的想法，但是她又控制不住自己，他那兩位無情無義的姊妹，還有那位完全能左右他的朋友，再加上達西小姐的窈窕嫵媚、倫敦的聲色娛樂，都足以使他受到影響，可能就眞的再也不會回來了。

珍當然比伊莉莎白更加著急，但是她卻從來沒有把自己的心事暴露出來，也從不跟人家提起這件事。不幸的是，她的母親卻絲毫不能體諒她的苦衷，幾乎每天都要提起賓里先生，說他可能眞的不再回來了。她甚至還硬要珍承認，要是賓里眞的不回來的話，那她就一定是被他拋棄了。還好，珍性情溫和，又極有涵養，因此至少還能在表面上裝作若無其事。

柯林斯先生準時到達了浪博恩，但是這家人卻不像上次那樣熱情歡迎他了。不過，柯林斯先生情場得意，人家對他冷淡一點也不在意，每天一大早他就到盧卡斯府上去，一直到快要睡覺的時候，才回到浪博恩來，跟大家道歉一聲，要大家原諒他終日未歸。

班奈特太太仍然還是聽不得人家提起那門親事，不幸的是，不管她走到哪裡，都有人在談論這件事情。她現在一看到夏綠蒂就覺得討厭，一想到夏綠蒂將來有一天會接替她做浪博恩的主婦，就更加厭惡她。每當夏綠蒂來看她們的時候，她就認爲人家是來考察這裡的情況，看看什麼時候能搬進這裡來；每當夏綠蒂跟柯林斯低聲說話的時候，她就認爲他們是在談論浪博恩的家產，是在計畫著等班奈特先生一去世，就要把她和她的幾個女兒都攆出去。

「我的好老爺，」班奈特太太忍不住對她丈夫訴苦：「我看，夏綠蒂·盧卡斯遲早要成爲這裡的女主人，可是我除了眼睜睜地看她搬進來之外，什麼也做不了，這眞是太讓人難受了！」

「我的好太太，何必去想這些使你難受的事情？何不從好的方面去想想，說不定我比妳還活得長些呢，那妳就看不到讓妳傷心的那一天了！」

但是這些話對班奈特太太絲毫不起作用，她還是繼續訴苦：「一想到所有的家業都要落到他們手裡，我簡直就難以忍受。要不是爲了繼承權的問題，我才不在乎呢。」

「你不在乎什麼？」

「我什麼都不在乎。」

「謝天謝地，你的頭腦還算清楚。」

「我的好老爺，一說到繼承權的問題，就絕不會謝天謝地的。不管怎麼說，不能讓自己的女兒來繼承自己的財產，就太不合理了，何況要來繼承我們財產的人，還是柯林斯先生，爲什麼偏偏是他來享受這份遺產呢？」

「這個問題你自己去想想吧！」班奈特先生說。

24

珍總算等到了賓里小姐的信，有關賓里先生今年冬天是否會回尼日斐花園的猜疑也就此告一段落，賓里小姐在信上第一句話就是說，她們一家都決定在倫敦過冬。然後，又替她哥哥道歉，說他沒有向哈福郡的朋友們辭行就一去不回，感到十分遺憾。

希望徹底破滅了。整封信都是虛情假意的關切，滿篇都是讚美達西小姐的話，嫵媚、溫柔、多才多藝。賓里小姐還十分高興地在信中說道，她哥哥和達西小姐之間的關係，一天比一天親密，她相信她在上封信中提到的那些願望，一定可以實現。她還十分得意地說道，她哥哥現在已經住到達西先生家裡去了，而且達西正打算添置新傢俱。

珍讀完信之後，就馬上把信的內容告訴了伊莉莎白。伊莉莎白聽了，又生氣又難過，生氣的是那幫人竟然這樣無情，難過的是自己的姊姊一定會爲此傷心透頂。但是無論如何，她也不會相信眞如賓里小姐所說的那樣，賓里先生竟然會鍾情於達西小姐。她仍然相信賓里先生眞正喜歡的人是珍。儘管如此，伊莉莎白還是對他很失望，甚至覺得很看不起他，因爲她以前實在沒有想到這個人居然是這麼一個毫無主見的人，竟然聽由那幫詭計多端的朋友擺佈，以至於犧牲自己的幸福。如果犧牲的只是他一個人的幸福，那伊莉莎白也不會這麼擔憂，但這中間還牽扯到姊姊的幸福，她就不能袖手旁觀了，一定要把事情弄個水落石出。但是不論事情的眞相究竟如何，賓里先生眞的變心了也好，或者是受了他的姊妹和朋友的矇騙也好，珍肯定都是一樣傷心。

不過珍並沒有表現出任何異樣，過了一兩天，她才對伊莉莎白敞開了心扉。那天班奈特太太像往常一樣，絮絮叨叨地說起尼日斐花園和它的主人，一說就說了好半天。後來，終於只剩下她們姊妹倆時，珍忍不住說：「但願媽媽能控制一下她自己吧！她不知道她這樣時刻提起他，讓我有多痛苦。不過，我絕對不會去怨恨誰的，我也相信這種局面是不可能長久。要不了多久，我們就會把那些人都忘掉，還是像以前一樣照常生活。」

伊莉莎白半信半疑望著姊姊，一句話也沒說。

「你不相信？」珍的臉紅了，說：「跟你說實話吧，他對我而言只不過是個非常可愛的朋友，不過就是如此而已。我對他既沒有奢望，也沒有擔憂，更沒有理由去責怪他。多謝老天，我對他的感情還沒到那種地步，只要再給我一些時間，我就一定能把他忘記的。」

說完，她又用更加堅定的語氣補充道：「說穿了，這一切都只能怪我自己胡思亂想。好在這事只是損害了我自己，並沒有影響到別人。」

伊莉莎白不等她說完，就大聲說道：「親愛的珍，你實在太善良了、太心軟了。你這樣處處替別人著想，簡直就像天使一樣！」

珍竭力否認妹妹的誇獎，說她是因爲太愛自己才會說出這樣太言過其實的讚美來。

「不，」伊莉莎白說：「你的確是太善良了。在你心目中，天底下都是好人，不管是誰，你也絕不會說他一句壞話。至於我，在我心裡，眞正稱得上是好人、値得去喜歡的人，實在是太少了。經歷的事情越多我就越加相信，知人知面難知心，我們眞的不應該看一個人表面上有點見解有點頭腦，就去相信他。最近我碰到了兩件事，都加深了我的這種想法，其中一件我不願意再提，另外一件就是夏綠蒂的婚姻問題。這些事情簡直讓人覺得莫名其妙！」

「親愛的麗茲，你想得太多了，這樣一來根本不能得到幸福的。你應該多體諒體諒每個人的性格和處境，想想柯林斯先生的身分地位和夏綠蒂的謹愼穩重，就知道這絕不是一樁冒失的婚姻。不管如何說，夏綠蒂也算一個大家閨秀，從財產方面來講，這也確實是一門再合適不過的親事了。你就顧全一下她的面子，就當她對我們那位表兄確實有幾分愛慕吧！」

「我當然可以勉爲其難地相信，但是這對任何人都沒有好處。夏綠蒂根本不懂愛情，根本不可能愛上柯林斯，要是我當眞相信他是愛上了柯林斯，那我又要覺得她毫無見識。你跟我一樣清楚，柯林斯是個心胸狹窄、盲目自大的笨蛋，只有頭腦不清楚的女人才會嫁給他，而這個人居然就是夏綠蒂．盧卡斯！你用不著爲她辯護，也用不著費盡心思來說服我。不管如何，我都不可能讓自己相信，謹愼穩重就不是自私勢利，嫁給有身分地位的人就不是冒失！」

「你說得太過火了！」珍說：「等你以後看到他們倆生活幸福時候，你就會相信我的話沒有說錯。不過，我們不要再討論這件事情了，你不是舉出了兩件事嗎？我們談談另外一件吧。親愛的麗茲，我希望你千萬不要責怪那個人，千萬不要說你看不起他，否則我會感到非常痛苦的。我們不能隨隨便便地就認定人家是故意傷害我們，很可能是我們自己虛榮心作祟而一時頭腦發昏。女人往往都對愛情存有太多不切實際的幻想。」

「因此男人們就故意逗弄她們去幻想。」

「要是眞的是事先計畫好了存心去逗弄人家的話，那這些男人確實是不應該。但是，要說這個世界上到處都是計謀，我可是不相信的。」

伊莉莎白說：「我並不是說賓里先生的行爲是事先計畫好了的。但是有時候，一個人雖然沒有存心要讓別人傷心，但他做出來的事情，卻恰恰引起了這樣不幸的後果。一個男人，要是看不出別人對他的情意，而且又缺乏主見的話，那也同樣會害人不淺。」

「你認爲這件事應該歸於這一類原因嗎？」

「沒錯，而且我覺得應該歸咎於那位先生缺乏主見。不過算了，要是我再說下去的話，你恐怕就會不高興了。還是讓我先住嘴吧！」

「你斷定是他的姊妹們操縱了他？」

「沒錯，而且這件事的參與者還包括他那位朋友達西先生。」

「我不信。她們既然是他的姊妹，自然是希望他能幸福。如果他眞的愛我的話，別的女人是無法讓他幸福的。這一點，她們也應該明白的，爲何需要去操縱他？」

「你的想法眞是大錯特錯。她們除了希望他幸福以外，還希望他能更加有錢有勢，因此她們當然希望他能跟一個高貴、顯赫、富有的女人結婚。」

「沒錯，她們當然希望他能跟達西小姐結婚。但是，我相信她們是出於對他的幸福考慮，而不像你想像的那麼惡劣。她們認識她比我早得多，所以難怪她們會更喜歡她，但這還不至於讓她們非要拆散我們吧？除非我確實有太多讓她們看不順眼的地方，不然，哪個做姊妹的會這麼無情？我相信，要是她們認爲他愛的是我，是絕對不會拆散我們的。退一步來說，要是他眞的愛我的話，即便她們想拆散，也拆散不了。不要再提這些讓我痛苦的話吧，我寧願相信賓里根本沒有愛上我，也不願意去承認他的姊妹們竟然那麼荒謬。我們還是從合乎常理的角度來考慮這件事情吧！」

伊莉莎白無話可說。此後，她們就很少再提起賓里先生。但是班奈特太太卻依然不斷地一提再提，反覆嘮叨他爲何一去不回。伊莉莎白幾乎每天都要跟她解釋好幾遍，卻絲毫起不了作用。爲了安慰自己的母親，伊莉莎白甚至說了一些連自己也不相信的話，說賓里對於珍的迷戀只不過是出於一時高興，一旦離開她到別的地方去，就很快就把她拋到腦後了。班奈特太太勉強相信了這些話，卻仍然抱著自我安慰的想法，希望賓里先生明年夏天一定會回到這兒來。

班奈特先生的態度可就不一樣了，他對伊莉莎白說：「嘿，麗茲，我發現你姊姊好像失戀了。她可能因此感到難過，但我倒要祝賀她。一個女孩總得不時地嘗點兒失戀的滋味，好讓她們有點兒東西去塡補一下空洞的腦袋，而且還可以在朋友們炫耀炫耀。這樣的好事什麼時候輪到你頭上？我想你也不願意讓珍獨領風騷吧。現在你的機會來啦，梅列敦的軍官們多的是，足夠讓這個村子裡每位女孩都失戀一次。就讓韋翰做你的對象，好不好？我看他是個再有趣不過的傢伙了，而且我也相信他會用很體面的辦法來把你遺棄。」

「謝謝你，爸爸，比韋翰再差一些的人也能使我滿意了。我可不指望自己能像珍那麼好運氣！」

「說得對，」班奈特先生說：「不過不管你交上了什麼運氣，你那位好心的媽媽都會盡力成全你的。光是想到這一點，也足夠讓你覺得安慰了。」

由於最近連續發生幾件不順利的事情，班奈特一家的太太小姐們都悶悶不樂。在這段時間裡，幸虧有韋翰經常來拜訪她們，給她們帶來不少樂趣。他以前對伊莉莎白所說的那些有關達西先生如何對不起他的話，現在已經傳遍浪博恩了。大家聽了之後都更加討厭達西先生，而且一想到自己在還不知道這件事情的時候，就已經開始討厭達西了，便不禁非常得意。

只有珍·班奈特小姐認為事實可能並不像韋翰說的那樣。她天生善良溫和、公正穩重，覺得這中間一定有些什麼誤會，希望大家把事情弄清楚之後再作結論，不然很有可能弄錯。只可惜，她的勸告對別人起不了多大的影響，大家現在都一致認定達西先生是全天下最混帳、最可惡的人。

25

整整一個星期，柯林斯先生一邊忙著跟心上人談情說愛，一邊在商量籌劃婚禮。到了星期六，他不得不跟自己心愛的夏綠蒂告別。不過，他已經做好了準備，不久以後就可以來迎接新娘，因此離別的愁苦也減輕了不少。和上次一樣，他鄭重其事地告別了浪博恩的親戚們，並承諾回去之後會再給班奈特先生來一封感謝信。

星期一，班奈特太太的弟弟和弟媳嘉丁納夫婦和往年一樣，到浪博恩來過耶誕節。嘉丁納先生是個商人，但是卻知書達理，頗有紳士氣派，無論在個性方面，還是教養方面，都與他的姊姊大相逕庭。嘉丁納太太比班奈特太太和菲利普太太，要小好幾歲，是個聰明文雅、和藹可親的女人，班奈特家的小姐們都非常喜歡她，常常進城到她那裡小住一陣。

嘉丁納太太一到這裡，就忙著分發禮物，並給小姐們講述城裡最時髦的時裝款式。然後，便安靜地坐在班奈特太太身邊，非常有耐性地跟她說話。班奈特太太最近積壓了不少的牢騷，見弟弟、弟媳來了，正有一肚子的苦要訴。她說她在家裡受盡了欺負，兩個女兒本來快要出嫁的，結果到頭來只落得一場空。

「我並不責怪珍，」她接著說：「因爲珍要是能夠嫁給賓里先生的話，她肯定早就嫁了。可是麗茲，要不是她使性子，早就成了柯林斯夫人了。你不知道，柯林斯先生就是在這間房子裡向她求婚的，可是，她竟然拒絕了，結果倒是讓盧卡斯太太揀了個便宜，比我先嫁出了個女兒，浪搏恩的財產以後就得讓人家來繼承了。沒錯，盧卡斯一家的手段可眞是高明，他們爲了要撈進這一筆財產，什麼事情都做得出來。我本來是不忍心這麼批評自己的鄰居的，可是事情就是這樣。我在自己家裡受盡了委屈，偏偏又遇到這麼自私自利的鄰舍，弄得我的精神緊張，還大病了一場！你來得正是時候，陪我散散心，我非常喜歡聽你講的那些……長袖子的事情。」

嘉丁納太太在來之前，就從珍和伊莉莎白的信中，大致得知了班奈特一家最近發生的事情。爲了不讓外甥女們難堪，她只是稍稍敷衍了班奈特太太幾句，便岔開了話題。

過了一會，當嘉丁納太太跟伊莉莎白單獨在一起的時候，她重新提起了這個話題說：「對珍來說，這確實是一門很可惜的親事，不過這種情況也是在所難免的。要是賓里先生眞像你們說得那麼優秀，那他確實很容易就會愛上一位美麗的小姐，也很容易就把她給忘得一乾二淨。

在這種闊少爺身上，這種見異思遷的事情多的是。」

「我知道你是爲了安慰我們，」伊莉莎白說：「只是我們難過的並不是他見異思遷，而是一個獨立的年輕人，本來跟一位小姐打得火熱，現在卻受到了自己朋友們的干涉，就把她給遺棄了，這太讓人覺得莫名其妙啦！」

「你所謂『打得火熱』是什麼意思？這種話未免也太籠統了吧，讓人毫無概念。這種話既可以用來形容一時的頭腦發熱，也可以用來形容一種眞正的愛情。你可否解釋一下，賓里先生的『火熱』究竟是到什麼程度呢？」

「我可以說從來沒有見過像他那樣一往情深的人，他把整個心思都放在她的身上，根本不去理睬別人。每一個見過他們兩人在一起的人，絕對都會贊同我的話。在他自己所開的舞會上，一心一意地陪著珍，甚至不惜得罪了其他小姐。我找他說話，他也沒有理我。你認爲這樣還稱不上『火熱』嗎？他對她的感情，根本就沒有値得懷疑的。」

「原來是這樣！這麼說來，他是眞的愛上她啦。可憐的珍！我眞爲她感到惋惜。依照她的性格，她絕不可能很快就把這事忘記的。麗茲，如果是你還好些，你對這種事情多半會一笑置之，用不了多久就會拋到腦後。你看這樣好不好，我們讓她到我那裡去住一段時間，讓她換換環境。另外，離開家也不用整天聽你母親提起這事，這樣一來說不定她就能很快忘記這件傷心事的。」

伊莉莎白對這個建議表示贊成，並對嘉丁納太太說她相信珍也會贊成的。

嘉丁納太太接著說：「不過，她也許會因爲擔心在城裡見到那位先生而不願意去我那裡。你知道，我們雖然和賓里先生同住在一個城裡，但是並不住在同一個地區，平時交往的親友也不一樣，而且我們也很少外出。除非是他特地上門來看她，不然我想他們是不太可能見面的。」

「上門來看她？那是絕對不可能的。我告訴你，現在賓里先生被他的姊妹和朋友們控制著，根本不可能得知珍去城裡的消息。而且，達西先生也絕不允許他到倫敦的這樣一個地區去看珍！當然，達西先生可能聽說過有格瑞斯喬治街這樣一個地方，但他要是到那裡去一次，一定會覺得花上一個月的工夫也洗不淨他身上沾染的污垢，他就是這種人！親愛的舅媽，你放心好了，他絕不會讓賓里上門來看珍的。」

「那就太好了，我也覺得他們還是最好不要見面。不過，珍不是還在跟賓里先生的妹妹通信嗎？也許賓里小姐會來拜訪珍呢。」

「她絕不會跟她再來往了。」

伊莉莎白嘴上說得十分肯定，覺得賓里先生肯定被他的姊妹和朋友控制住了，不可能再去跟珍見面。不過，後來她又重新把這件事情想了一想，覺得不該完全絕望，要是賓里先生的確非常愛珍的話，姊妹和朋友的影響也許無法阻擋他對珍的感情，說不定會與珍重修舊好。

珍十分樂意地接受了舅媽的邀請，決定到舅媽家去住上一陣。她心裡想的是，希望賓里先生和他妹妹卡洛琳沒有住在一起，那樣的話，她就可以偶爾去找卡洛琳玩上一個上午，而不必擔心會撞上她的哥哥。

嘉丁納夫婦在浪搏恩的一個星期裡面，班奈特太太安排得十分周到，以至於嘉丁納夫婦沒有安安靜靜地在家裡吃過一頓飯，每天有赴不完的宴會，有時候在菲利普府上，有時候是在盧卡斯府上，有時候是在軍官那裡。當班奈特府上有宴會的時候，每次都必然會邀請幾位軍官，而每次都少不了韋翰。伊莉莎白在宴會上總是熱烈地稱讚韋翰，嘉丁納太太看在眼裡，不由得開始懷疑兩人的感情。當然，儘管她經過仔細觀察，並沒有得出他們兩人已經墜入愛河的結論，充其量只不過是相互有點好感，但是這也已經足夠讓她覺得不安了。她打定主意，決定要在離開哈福郡以前跟伊莉莎白談一次，讓她知道這樣的關係繼續發展下去，實在是太莽撞了。

但是韋翰卻非常懂得討好嘉丁納太太，而且跟他討好別人的方法還不一樣。十幾年前，嘉丁納太太還沒有結婚的時候，曾在德比郡住過很長時間，有一些舊日的老朋友韋翰也認識。雖然自從五年前達西先生的父親去世以後，韋翰就不大到德比郡去，但是他居然還是能給嘉丁納太太報告一些她從前朋友們的消息，而且比她自己打聽得來的還要詳細。另外，嘉丁納太太曾經去過彭伯里，也久仰老達西先生的大名，光是這一件事，就足夠她跟韋翰談上幾天了。當嘉丁納太太聽到韋翰說現在這位達西先生如何對不起他，她便努力在記憶中去搜尋對那位先生小時候的印象。後來，她終於想起來，自己從前確實聽人家說過，費茨威廉·達西是個高傲而且任性的孩子。

26

每當嘉丁納太太有機會單獨跟伊莉莎白相處的時候，她總是不厭其煩地勸告自己的外甥女，希望她不要對韋翰存有指望。她說道：「麗茲，你是個非常懂事的孩子，不會因爲別人阻止你談戀愛，你就故意唱反調偏偏要談，正因爲這樣，我才敢跟你說這些話。老實說，我覺得這段感情太過於冒失，你千萬要當心。像韋翰這樣的人，毫無財產基礎，你千萬不要讓自己愛上他，也用不著費盡心思讓他愛上你。當然，我並不是說他不好，他是個非常可愛的青年，要是他得到了他應得的那份財產的話，我對這門親事就再贊成不過了。可是，既然現在他一文不值，你就不要對他有什麼想法了。我們都知道你是個非常聰明的孩子，希望你不要辜負了你的聰明。還有，你父親非常信任你，看重你，千萬不要讓他失望。」

「親愛的舅媽，你太一本正經了。」

「沒錯，我希望你也正經一點。」

「你不要這麼著急，我自己會小心，同時也會提醒韋翰先生小心。只要我避免得了，我絕不會跟他談戀愛的。」

「伊莉莎白，你這話可就不太正經啦。」

「對不起，現在我正經一點。就目前而言，我並沒有愛上韋翰先生，不過在我認識的人當中，他確實是最可愛的一個，沒有人能比得上他。要是他眞的愛上我的話，我想我難免要用同樣的感情回報他！所以他還是不要愛上我比較好。這件事情的確很冒失，父親這麼看重我，眞是我的榮幸，我要是辜負了他，一定會覺得非常難過。我知道父親對韋翰有成見。哦，親愛的舅媽，一切都太亂了，不過我絕不願意讓你們任何人因爲我而不快樂。但是，一個年輕女子一旦愛上了一個人，難道會因爲他暫時沒有錢就放棄愛他嗎？要是我眞的愛上了韋翰，恐怕我也不會因爲他沒錢，就壓抑自己的感情。反正，我答應你不草率行事就行了，我也不會一下子就把我跟他的關係上升到那個地步。總而言之，我一定盡力而爲。」

「我想也許不讓他來得這麼頻繁，情況會好些。至少，你不必提醒你母親邀請他來。」

伊莉莎白不好意思地笑了笑說：「就像我那天那樣。沒錯，我也覺得最好不要這麼做。不過，你別以爲他一直都來得這麼頻繁，這個星期是因爲你跟舅舅在這裡，才常常請他來的。你知道媽媽這個人，她總是自作聰明。不知道你對我的解釋是否滿意？」

舅媽說她很滿意了，伊莉莎白對她好心的提醒表示感謝，然後兩人就沒有再提起這件事情了。在這種敏感的問題上，給人家出主意而沒受到抱怨，這倒是不常見的事。

第二天，嘉丁納夫婦就帶著珍離開了哈德福郡。他們剛剛一走，柯林斯先生就又回哈福德郡來了，住在盧卡斯府上。直到現在，班奈特太太才終於死了心，於是不停用怨恨的語氣說：「但願他們會幸福吧！」

星期四就是舉行婚禮的日子，因此夏綠蒂星期三到班奈特府上來辭行。坐了一會，等客套話都說盡的時候，夏綠蒂起身告辭。伊莉莎白雖然和夏綠蒂之間存有芥蒂，但是母親那些不得體的「祝福」使她感到十分抱歉，而且畢竟要分別了，她不可能無動於衷，於是她便送夏綠蒂到門口。

夏綠蒂說：「我相信你一定會常常給我寫信的，伊莉莎白。」

「你放心好啦，我一定會常常寫的。」

「我還要請你賞個臉，希望你有空能來看看我。」

「我想我們會經常在哈福德郡見面的。」

「可是我暫時不會離開肯特郡，還是答應我到漢斯福來看我吧。」

伊莉莎白覺得那種拜訪不可能有什麼樂趣，但是礙於情面，還是勉爲其難地答應了。

夏綠蒂又說：「我父母三月就要到我那兒去，我希望你跟他們一塊兒來。眞的，伊莉莎白，我非常歡迎你到漢斯福來作客！」

婚禮結束，新郎新娘就直接從教堂門口動身到肯特郡去。沒過多久，伊莉莎白就收到了朋友的來信，此後兩人便一直保持著頻繁的書信往來。但是，不管怎麼說，她們再也不可能像從前那樣暢所欲言、毫無顧忌了。每次伊莉莎白給她寫信的時候，都會難過地想到，她們之間那種推心置腹的交談已經成爲過去了。她覺得自己現在這麼頻繁地跟夏綠蒂通信，與其說是爲了目前的友誼，還不如說是因爲過去的交情。不過，最開始的時候，她還是非常迫切地盼望著夏綠蒂的來信，好奇地想知道夏綠蒂在那邊的生活是否幸福。夏綠蒂的每封信裡都充滿了愉快的情調，幾乎對每件事都要大加讚美。她說那裡的住宅、傢俱、鄰居、道路，沒有一樣不讓她稱心，而且凱薩琳夫人既友善又親切，對她非常好。伊莉莎白覺得，夏綠蒂的話幾乎就是柯林斯那些吹噓的翻版，只是說得稍微委婉一些罷了。實際的情況究竟如何，恐怕要等她親自去拜訪一次，才能完全了解。

珍一到倫敦，就給伊莉莎白來了一封短函，報告了她平安到達的消息，此外就沒說什麼了。伊莉莎白希望珍下次寫信來的時候，能夠說一些有關賓里先生的消息。在她熱切的盼望中，第二封信終於來了。珍在信上說，她進城一個星期以來，既沒有看見卡洛琳的人，也沒有收到卡洛琳的信，似乎她還不知道自己已經去倫敦了，她還猜測自己從浪博恩寄給卡洛琳的那封信一定是在路上失落了。接下去，珍寫說：「明天舅媽要到那個地區去，我想趁這個機會到格魯斯汶納街去拜訪一下。」

珍到格魯斯汶納街拜訪過賓里小姐之後，又寫了一封信來，信上寫道：「卡洛琳似乎精神不大好，但是她見到我還是非常高興，而且還一直責怪我到倫敦也不事先通知她一聲。我沒猜錯，我上次給她的那封告訴她我要去倫敦的信，她眞的沒有收到。我還順便問起了賓里先生，她說他很好，就是跟達西先生過從太密，讓他們兄妹見面的機會減少。我在那裡沒待多久就告辭了，因爲卡洛琳和赫斯特太太都急著要出去。我想，她們過不了多久就會上舅媽家來看我的。」

伊莉莎白讀完信，不禁非常擔憂。她覺得，兩位賓里小姐這麼處心積慮，看來她們的兄弟不太可能有機會知道珍到了倫敦。

果然，四個星期過去了，珍依然沒有見到賓里先生的影子。她不斷的安慰自己，說自己並沒有因此而感到難受。但是有一件事情她不能再欺騙自己了，那就是賓里小姐的冷漠無情。自從去拜訪了賓里小姐之後，她每天上午都在家裡等賓里小姐，可是整整兩個星期，對方連個人影都沒有。珍把事情都朝好的方面去想，每天晚上都替賓里小姐編造一個藉口，告訴自己她一定是有事耽擱了，因此才沒有來看她。最後，那位貴客總算上門來了，但是卻只心不在焉地待了一會，就匆匆告辭。和以前她對珍的殷勤相比，態度完全判若兩人。珍的希望破滅了，她不能繼續欺騙自己。她在信中把這次的情形告訴了伊莉莎白：

親愛的麗茲：

現在我不得不承認，賓里小姐確實像你所說的那樣虛僞無情。事情證明你的看法是正確的，也證明你的見解確實比我高明。我想，現在你肯定會覺得我的傷心是咎由自取，不過從她過去對我的態度來看，我依然覺得以前我對她的信任是合情合理的。請不要認爲這是我固執，我想要是重來一次的話，我也還是會上當受騙的。卡洛琳一直毫無消息，直到昨天才來看我，而且還顯出非常不樂意的樣子。冷淡地敷衍我幾句，說她沒有早日來看我，感到很抱歉，此外根本就沒什麼話說了。我實在傷心，因此她走了以後，我下定決心要跟她斷絕來往。當然，我應該埋怨她，可是又忍不住可憐她。埋怨的是她當初虛情假意地對我，當初我們的友誼完全是她一步步主動靠近才建立起來的，如今卻又判若兩人；可憐的是，她肯定會因爲這樣對我的態度而感到自責的。我想，她之所以這麼對我，多半是由於她哥哥的緣故，以爲我還對他哥哥有什麼非分之想。我覺得我沒有必要對她解釋這件事，因爲我們都知道她這種擔心完全是多餘的。不管怎麼說，作爲妹妹，她這種擔憂倒是合情合理，證明她確實非常愛她哥哥。不過，我實在不明白，她究竟還有什麼可擔心的，要是我跟賓里之間眞有什麼大不了的情意，那我們早就見面了。聽卡洛琳的口氣，我肯定賓里知道我在倫敦，但是從她講話的態度來看，又好像確定了她哥哥十分傾心於達西小姐。我怎麼也弄不明白這一切究竟是怎麼回事，忍不住要認爲這中間一定大有蹊蹺。不過，還是讓我打消這些痛苦的想法吧，我會盡力去想想那些能讓我高興的事，比如你的親切體貼和舅父舅媽的熱情關切。卡洛琳說賓里再也不會回尼日斐花園，說他打算放棄那幢房子，但說得並不怎麼肯定。我們還是不要再提這件事了。你從夏綠蒂那裡聽到了很多讓人愉快的事，這讓我也很高興。你就跟威廉爵士和瑪莉亞一塊去看看他們吧，相信你在那裡一定會過得很開心的。希望很快就能收到你的信。

伊莉莎白爲她姊姊感到難受，同時也爲她姊姊感到高興，因爲珍從此以後不會再受到那幫人的矇騙，至少不用受到那個妹妹的欺騙。伊莉莎白現在已經完全放棄了對賓里的一切希望，根本不指望他與珍重修舊好。她越來越看不起他，甚至希望他早日跟達西先生的妹妹結婚，因爲照韋翰說來，那位小姐的壞脾氣一定會讓他吃盡苦頭，讓他後悔當初不該把美麗又可愛的意中人給拋棄了。另外，他早日結婚對珍也有好處，讓她不用再對他有什麼想法，不用這麼痛苦。

嘉丁納太太也給伊莉莎白來了一封信，把上次提醒過她的有關韋翰的話，又重複了一次，並問起她近況如何。伊莉莎白的回信讓舅媽十分滿意，因爲信上說，韋翰對伊莉莎白那種顯著的好感已經消失——他愛上別人了。伊莉莎白十分敏感地看出了事情的變化，但是卻並沒有感到什麼痛苦，只是稍微有點感觸而已。她相信，要是自己有些財產的話，那肯定會成爲他唯一的意中人了。當然，她也相信他在選擇另一個女人的時候，一定是非常躊躇，不捨得放棄自己眞心所愛的女人。這種想法讓她的虛榮心得到了滿足。韋翰現在所追求的那位姑娘，她最顯著的魅力就是能夠讓他得到一萬鎊的鉅款，此外別無所長。對於這件事，伊莉莎白顯然是當局者迷，沒有上次對夏綠蒂的事情看得那麼清楚透徹，因此並沒有因爲韋翰追求物質而責怪他，反而以爲這是再正常不過的事情。

伊莉莎白把這一切都在信中對嘉丁納太太說了。她接下來還寫著：「親愛的舅媽，我現在更加肯定，當初我其實並沒有怎麼愛他。因爲要是當時我眞的愛上了他的話，現在肯定會對他怨恨不已，肯定一提到他的名字就覺得無法忍受。可是，我不僅對他心無芥蒂，而且對金小姐也毫無成見，一點也不恨她，一點也不嫉妒她，而且非常願意把她看作一個很好的姑娘。看來，以前我對韋翰的小心謹愼並不是枉然的，要是我眞的不小心一發不可收拾地愛上他的話，那現在親友們一定會把我當作一個大笑話了。我絕對不會因爲人家不喜歡我就感到痛苦，因爲我明白被人家喜歡有時候是需要付出很大的代價的。總之，這件事情對我造成的影響不大，但是凱蒂和莉蒂亞就十分計較。她們畢竟還很幼稚，閱歷也太少，還不懂得這樣一個信條，那就是美少年也跟平凡人一樣，也得有飯吃，有衣穿。」

27

除了這些事情以外，浪搏恩一家就再也沒有別的大事了；除了偶爾到梅列敦去散散步以外，這家人再也沒有別的消遣了。一月和二月就這樣過去了。到了三月，伊莉莎白就要到漢斯福去了。

一開始伊莉莎白其實並不願意去，但是她想到夏綠蒂對於這個約會寄予很高的希望，也就慢慢地對這個問題抱有比較樂觀的態度。幾個月的離別，使伊莉莎白萌生了想要跟夏綠蒂重逢的願望，也減弱了她對柯林斯先生的厭惡之情，她相信此次的拜訪一定會給她帶來樂趣。促使伊莉莎白下定決心的，還有一個因素，那就是家裡有這樣的母親和妹妹，使她認爲應該適當地換換環境，出去透透氣。並且，趁著旅行的機會，她還可以去看看珍。在這些想法的驅使下，伊莉莎白對漢斯福之行充滿了期待，而且到了出發前的幾天，她簡直就有點迫不及待了。

一切都進行得很順利。最後，伊莉莎白依照夏綠蒂原先的意思，計畫好跟威廉爵士和他的第二個女兒瑪莉亞一起去。這個計畫又稍稍做了一些補充，他們會中途在倫敦住一個晚上。這麼一來，計畫就十全十美了。唯一美中不足的就是，伊莉莎白不得不跟親愛的父親離別，雖然只是短暫的離別，卻依然讓她感到痛苦。她知道父親一定會非常掛念她，事實上他根本就不希望她去。不過，既然事情已經安排到這個程度，只能按計畫進行了。伊莉莎白答應父親會常常寫信來，父親也答應她會親自給她回信。

出發之前，伊莉莎白客客氣氣地跟韋翰告別，韋翰也十分客氣。雖然他現在已經移情別戀，但是他並沒有忘記伊莉莎白是他第一個鍾情的對象，也是第一個聽他傾訴心聲的人。他溫柔地向她告別，祝她一路平安，又再次強調了德·包爾夫人是怎樣的一個人。他說，他相信伊莉莎白對那位老夫人的評價，會跟他的看法完全吻合。他的態度極其誠懇而關切，使伊莉莎白不由得對他懷著真誠的好感。她覺得，不管他結婚也好，單身也好，他在她的心目中始終都是一個溫柔體貼、討人喜歡的人。

第二天跟伊莉莎白同路的人，讓伊莉莎白覺得索然無味。威廉爵士還是和以前一樣，滿嘴都是無稽之談，而且說來說去還是那套已經讓人聽膩了的話，不外乎是覲見國王、獲得爵士頭銜之類。他的舉止也像他的言語一樣陳腐不堪，著實讓人反感。他的女兒瑪莉亞是個脾氣非常好的女孩，可惜腦子跟她父親一樣空洞，說不出一句中聽的話。伊莉莎白覺得聽他們父女倆說話，就跟聽車輪的轆轤聲一樣無聊。

按照計畫，他們要先到格瑞斯喬治街。這段旅程大約有二十四英哩，他們很早就啓程了，爲的是要在正午之前趕到格瑞斯喬治街，正好在那裡吃午飯。當他們走進嘉丁納先生的大門時，珍已經在會客室的窗戶張望他們，見他們來了，趕緊出來迎接他們。伊莉莎白仔細地看了看珍的臉，見那張臉蛋還是一如往常地健康美麗，讓她深感安慰。

嘉丁納先生的孩子們知道表姊要來，都迫不及待地跑了出來，在樓梯口等待著。整個屋子裡都充滿了熱鬧而歡快的氣氛。這一天大家都過得非常愉快，客人們剛到的時候大家你一言我一句地問個不停，下午大家出去買東西，晚上又到戲院去看戲。

看戲的時候，伊莉莎白坐在舅媽身旁。她們首先就談到了珍，舅媽說珍雖然盡量想打起精神來，卻始終免不了有些意志消沉。伊莉莎白聽了這話，並不覺得驚訝，但是卻很擔心，不知道她這種消沉的情緒還會持續多久。嘉丁納太太也跟伊莉莎白說了賓里小姐上門拜訪的事，又說起珍下定決心再也不跟賓里小姐來往了。

然後嘉丁納太太又談起韋翰的事，把伊莉莎白笑話了一番，同時又讚美她的心平氣和。

「可是，親愛的伊莉莎白，」嘉丁納太太說：「金小姐是究竟是怎麼樣的一個小姐呢？我可不願意把我們的朋友看作一個貪財的人啊。」

「親愛的舅媽，我要請問你，在婚姻問題上，什麼是動機正當，什麼是見錢眼開？怎麼做就算是貪財，怎麼做又不算是貪財呢？去年耶誕節的時候，你還鄭重其事地勸告我不要跟他結婚，因爲他沒有財產。但是現在呢，你卻因爲他要去跟一個有一萬鎊財產的姑娘結婚，就說他是貪財之徒了。」

「你只要告訴我金小姐是一個什麼樣的小姐就行了。」

「我認爲她是個好女孩，我不覺得她有什麼不好的地方。」

「可是韋翰本來完全沒有把她看上眼，爲什麼等她祖父一去世，她繼承了那筆遺產，他一下子就迷上她了？」

「不是那麼回事。如果他不再追求我是因爲我沒錢的話，那麼一個同樣貧窮並且他根本不放在眼裡的小姐，他爲什麼要去跟她談戀愛呢？」

「可是，人家家裡一發生變化，他就去向人家獻殷勤，這未免也露骨了吧。」

「不是每個人都會注意到這些繁文縟節。再說，人家姑娘都不反對，我們還反對什麼呢？」

「她不反對，並不表示他就做得對。那個姑娘對此毫不在意，只不過說明了她本身有缺陷，不是見識有缺陷，就是感覺有缺陷。」

伊莉莎白叫了起來：「好吧，你愛怎麼說就怎麼說吧，說他貪財也好，說她愚蠢也好。」

「不，我不這麼說。一個在德比郡住了這麼久的年輕人，我才不忍心說他的不是！」

「要是光憑他在德比郡住過這一點，我看根本成爲不了你喜歡他的理由。包括哈福德郡的那些傢伙，也好不到哪裡去，一個個都讓人討厭！謝謝老天，明天我就要到一個地方去見一個一無是處的人，不管在見識上，還是在爲人處事上，他都沒有一點討人喜歡的地方。說到底，只有那些傻瓜才值得我們去跟他們來往。」

「麗茲，你說這種話未免也太消沉了。」

看完了戲之後，舅父舅媽邀請伊莉莎白去參加他們的夏季旅行。嘉丁納太太說：「至於究竟到什麼地方去，我們還沒有決定，也許是到湖區去。」

這對伊莉莎白來說，眞是一種意外的快樂。她毫不猶豫地接受了邀請，而且興奮地難以自制，歡天喜地地叫了起來：「我的好舅媽，親舅媽，太好了，你給了我希望，給了我活力，我再也不用憂鬱和沮喪了。我們那點微不足道的憂愁，在高山流水的面前，算得上什麼？想想看，我們會在一起度過多少快樂的日子啊！而且，等我旅行結束之後，我們一定會記得我們到過什麼地方。那些名勝古蹟絕不會在我們的腦子裡混成一團，我們談論某一處風景的時候，絕對不會連它的位置也弄不明白。我相信，當我們回來之後再討論這次旅行的時候，絕對不會像一般的旅行者那樣，滿口的陳腔濫調，讓人聽都不願意聽！」

28

第二天，伊莉莎白就跟威廉爵士和瑪莉亞一起上路，向漢斯福出發了。旅途上的每一件事物，都讓伊莉莎白感到十分新鮮。伊莉莎白心裡十分輕鬆愉快，因爲她看到自己姊姊依然健康美麗，心裡感到十分安慰，另外，和舅媽約定好的夏季旅行也讓她十分高興。

很快，他們就到達了漢斯福附近，踏上了一條小路。伊莉莎白一行都睜大眼睛，仔細尋找著那幢牧師住宅。他們沿著羅新斯花園的柵欄一直往前走，看到這個花園，伊莉莎白想起外界對這座房子主人的評論和傳言，忍不住微笑起來。

他們終於看到柯林斯先生的房子了。遠遠地，他們就能看到花園、房子、柵欄，每樣東西都爲迎接他們的到來而刻意佈置過，柯林斯先生和夏綠蒂早已站在門口迎接。馬車在一道小門前停下了來，客人們下車從這裡穿過一條短短的鵝卵石鋪築的小路，便能直接到達客廳。柯林斯對客人們的到來表現地欣喜若狂，對他們說了很多表示熱切歡迎的話。伊莉莎白受到這樣的歡迎和厚待，就更加覺得不虛此行了。

不過，她很快就看出，她的表兄並沒有因爲結了婚就有所改變，還是和往常一樣腐朽拘禮，在門口就不厭其煩地一個個問候，把人家一家大小都問候遍了。接著，他又指給客人們看，自己的門口多麼整潔，然後才將客人帶進了屋子。客人一走進客廳，他又再次表達了自己的歡迎之情，說承蒙各位大駕光臨，自己感到不勝榮幸。這時候，他的太太送點心上來，他馬上就大大地把這些點心誇讚了一番。

伊莉莎白見柯林斯先生那麼得意非凡，滔滔不絕地誇耀著他那屋子的美麗和陳設的講究，忍不住想到他是特地講給她聽的，目的是要讓她知道，當初她拒絕了他的求婚是一個多麼大的損失。伊莉莎白承認這裡的每樣東西的確都非常美麗而整潔，但是她卻一點後悔的意思也沒有。不僅如此，她還詫異地看著夏綠蒂，不明白她怎麼能與這樣一位伴侶愉快地相處。其實，夏綠蒂也經常爲自己丈夫那些不得體的言論感到難堪，但是她對伊莉莎白不時投過來的意味深長的目光裝作沒有看見，但有一兩次還是不禁微微臉紅了。

大家坐在客廳裡，一邊欣賞著每一件傢俱，一邊談論著一路上的見聞和倫敦的情形。過了一會，柯林斯先生請客人們到花園裡去散散步。他告訴大家，花園非常大，佈置地十分精緻，而這一切都是由他親手去料理的。他還自豪地說，他認為收拾花園是一種高尚的娛樂。夏綠蒂補充說，她也認為收拾花園有利於身心健康，因此盡可能地鼓勵他這麼做。她在說這話的時候非常鎮定，讓伊莉莎白不得不佩服她。

大家就在柯林斯先生的帶領下，沿著花園的小徑，欣賞著美麗的景色。每到一處，柯林斯都要自顧自地大肆介紹一番，連客人們想讚美幾句也插不上嘴。柯林斯對這一帶的景色瞭若指掌，知道哪個地方有多少莊園，甚至連最遠的樹叢裡有幾棵樹他都講得出來。但是，他既謙虛又自豪地說，整個這一帶甚至全國的景色，都不能跟羅新斯花園的景色相提並論。羅新斯花園就在他住宅的正對面，四面綠蔭環繞，從茂密樹林的縫隙可以看到裡面是一幢十分漂亮並且時髦的房子。

柯林斯先生本想再帶客人們去看看花園外面的兩塊草地，但是女士們的鞋子抵擋不住草地上的寒霜，都紛紛要求要回去。於是，只剩下威廉爵士陪著柯林斯繼續參觀，而夏綠蒂就陪著自己的妹妹和朋友回宅子去了。夏綠蒂十分高興丈夫不在面前，這樣她就有機會顯顯身手。伊莉莎白又重新審視了這座房子，房子雖然不大，但是佈置得很用心，美觀而舒適。而且只要柯林斯先生不在，這裡便眞正有了一種美好的氣氛。她由衷地誇獎了夏綠蒂，見夏綠蒂那麼得意，便知道她平時肯定不把柯林斯放在眼裡。

夏綠蒂告訴伊莉莎白，說凱薩琳夫人現在正住在羅新斯。吃飯的時候，她們又偶然地提起了這件事。柯林斯先生聽了，便立即插嘴道：「沒錯，伊莉莎白小姐，我想星期天晚上你很榮幸有機會見到凱薩琳·德·包爾夫人她老人家。我相信你肯定會喜歡她的，她那麼高貴，又那麼和藹可親、平易近人。我可以毫不猶豫地說，當你在這裡作客的這段時間，只要她賞臉請我們過去吃飯，就絕不會不請你和瑪莉亞的。你知道，就像我以前跟你說的，她對待我們夫婦都太好了，每個星期都要邀請我們過去吃兩次飯，飯後絕不會讓我們步行回家，總是會打發她自己的馬車送我們回來。不對，我應該說是打發她自己的某一部馬車來送我們，因爲她有多部車子呢。」

夏綠蒂接著說：「凱薩琳夫人確實是位和藹可親、通達情理的女士，也是位十分熱心好客的鄰居。」

「沒錯，親愛的，你說得眞是太對了！像她那樣的夫人，我覺得不管你怎麼尊敬她，都會覺得不夠。」

整個晚上，男主人都在喋喋不休地談論著哈福德郡的各種新聞，很多話都是大家早就已經聽厭了的陳腔濫調。大家散了以後，伊莉莎白回到自己的房間，回想起白天的一切，忍不住擔心夏綠蒂是否對這種生活感到滿意，是否能容忍她丈夫的可笑，是否能駕馭她的丈夫。不過，伊莉莎白還是不得不承認，這裡的一切都安排得非常好，比她來之前想像得還要好。接著，她開始想像將如何度過在這裡的日子，她豐富的想像力，讓她很快就有了答案，無非是舒適的生活起居，柯林斯討厭的喋喋不休，再加上跟羅新斯的應酬來往罷了。

第二天中午，伊莉莎白正打算出去散散步，忽然聽見樓下一陣喧嘩，似乎所有的人都突然忙亂了起來。她打開門，想下去看看發生了什麼事。剛走到樓梯口，就遇到了氣喘吁吁的瑪莉亞，上氣不接下氣地對伊莉莎白喊著：「快點，伊莉莎白，趕快到餐廳去！那裡可熱鬧了！我不告訴你怎麼回事，你快點下來！」

伊莉莎白問她究竟發生什麼事，但是瑪莉亞堅持不跟她說，於是她只好跟著她下樓到餐廳去。在餐廳面向大路的那扇門前，停著一輛豪華的四輪馬車，裡面坐著兩位女客。

伊莉莎白不滿地抱怨：「原來就是這麼回事！我還以爲是野獸闖進花園了呢，原來不過是凱薩琳母女倆。」

瑪莉亞連忙糾正她道：「你看你，你弄錯了！那位老夫人可不是凱薩琳夫人，而是跟她們住在一起的傑克森太太。另外一位是德．包爾小姐。你看看她，誰想得到她原來這麼小巧玲瓏！」

「她眞沒禮貌，這麼大的風，她卻讓夏綠蒂待在門外吹風。她怎麼不進來呢？」

「你不知道，夏綠蒂說，她幾乎從來不進來的。德．包爾小姐要是進來一次，那可眞是我們天大的榮幸。」

「瞧她那副弱不禁風的模樣！」伊莉莎白說著，忽然想到了另外一件事：「看起來她的身體不太好，脾氣也很糟糕。要我說，她配那位達西先生眞是太合適了，眞是個千中選一的太太！」

此刻，柯林斯先生和夏綠蒂都站在門口，跟車子裡的客人說話。可笑的是，威廉爵士也畢恭畢敬地站在門口，誠惶誠恐地望著兩位貴客。只要德．包爾小姐朝他這邊看一眼，他就立刻深深地鞠上一躬，生怕有絲毫的怠慢。

過了一會，兩位客人驅車離開，大家都回到屋子裡。柯林斯一看到伊莉莎白和瑪莉亞，就連忙恭喜她們，說她們交上好運了。兩位小姐不知道他這沒頭沒腦的話究竟是什麼意思，夏綠蒂解釋說，凱薩琳夫人請他們全家，包括客人在內，明天一起到羅新斯去吃飯。

29

柯林斯先生對此次羅新斯的邀請，感到萬分得意。他一心就想讓自己這些遠道而來的客人們，好好地去瞻仰一下羅新斯的富麗堂皇和高貴氣派，也讓他們好好看看那位尊敬的夫人是如何對待他們夫妻倆的。他本來還在計畫如何體面地讓夫人發出邀請，沒想到這麼快就得到了如願以償的機會。他欣喜若狂地說：「老實說，凱薩琳夫人會賞臉邀請我們到她府上去吃飯，我一點也不感到意外。她為人一向如此熱情周到，知道我這裡來了客人，她肯定會好好招待一番的，只是我沒有想到她竟然這麼細心。誰能想到你們剛剛到這裡，她就盛情邀請你們，而且還體貼地把全部人都邀請到了。」

威廉爵士說：「這事倒沒什麼稀奇，像我這樣身分地位的人，對此就見識得很多。那些王公貴族裡，很多人都是這樣熱情好客。」

這一整天以及第二天的上午，這一家人除了去羅新斯作客的事情之外，簡直沒有提起過其他的話題。柯林斯先生生怕他們到了那幢氣派豪華的房子裡，看到了那麼多的僕人，那麼豐盛的菜餚，會慌亂得手足無措，因此便一遍一遍仔仔細細地叮囑了他們。

快要出發的時候，小姐們便各自去打扮。柯林斯先生對伊莉莎白說：「親愛的表妹，不用在衣飾上面花費太多的心思，凱薩琳夫人不喜歡我們穿得太過華麗，她喜歡每個人根據自己的身分地位穿出自己的本分，分出一個高低來。聽我的勸告，你只要在自己的衣服裡面揀一件好點的穿上就可以了，不用穿得太過講究，只有夫人和她的女兒才配。」

在小姐們梳妝打扮的時候，他又到每個人的房間門口去催促了好幾次，說凱薩琳夫人最不能容忍的就是客人遲到。瑪莉亞聽到她姊夫這麼說，便覺得那位夫人肯定非常嚴肅可怕。她一向都不怎麼會應酬，此次要到羅新斯這樣的豪宅去見這樣一位高貴的夫人，不由得十分緊張，就跟他父親當年進宮去覲見國王一樣。

這天的天氣十分晴朗，他們一行人愉快地往羅新斯走去。景色十分優美，讓人心曠神怡，但伊莉莎白並不覺得自己會像柯林斯先生所形容的那樣，會被眼前的景色陶醉得不知所以。他們步行了大約半英哩，來到了羅新斯豪宅門口，柯林斯不厭其煩地數著屋前一扇扇窗戶，告訴大家當初路易斯．德．包爾爵士光是在這些玻璃上花的錢，就是一筆多麼驚人的數目。

他們踏上臺階，走進穿堂。瑪莉亞緊張得心跳加速，就連威廉爵士也不像他平時那麼鎮定。倒是伊莉莎白一點也不擔心害怕。她覺得，不管是在才能還是德行上，她都沒有聽說過凱薩琳夫人有什麼讓人敬佩的地方，光是有財產和權勢，她還不至於會膽戰心驚。

一進穿堂，柯林斯先生就欣喜若狂地對房子指指點點，要他們注意這房子是多麼豪華氣派，彷彿他自己就是這房子的主人一般。然後，傭人們過來帶領客人們走進客廳。夫人和她的女兒，以及傑克森太太都已經在這裡等候了。看到客人們到來，夫人非常有禮貌地站起來迎接他們。夏綠蒂在來之前就已經跟丈夫商量妥當，由她來介紹伊莉莎白一行。這眞是個好辦法，因爲夏綠蒂的介紹比他的丈夫得體許多，把她丈夫津津樂道的那些繁文縟節一概都免去了。

威廉爵士雖然當年也覲見過國王，但是羅新斯府上如此富麗堂皇，依然讓他誠惶誠恐。他恭敬地對夫人和小姐鞠躬，然後就一聲不吭地坐了下來。他的女兒瑪莉亞更是嚇得失魂落魄，坐在沙發上連眼睛都不知道往哪裡看。只有伊莉莎白從容自若地坐著，大大方方地看著面前的三位女主人。

凱薩琳夫人身材高大，五官清晰，跟達西長得有點像，年輕的時候說不定也算得上是位美人。但是她並不像傳說中那樣平易近人，她的接待無論如何也不會讓客人們有賓至如歸的感覺。她沉默不語還不特別有威懾力，可是一開口就立刻讓人覺得高高在上，不可一世。伊莉莎白想起了韋翰先生對這位夫人的評價，覺得跟自己的結論十分一致。

她又打量德．包爾小姐，見她竟然長得如此瘦弱單薄，跟她的母親幾乎沒有一點相似的地方，不由得感到十分驚奇。這位小姐臉色蒼白，一副病懨懨的樣子，長得也不算難看，卻是毫不起眼。她也不怎麼說話，只是偶爾小聲地跟傑克森太太嘀咕幾句。傑克森太太的容貌就更沒有什麼突出之處，同樣也不太喜歡說話。但是每當小姐跟她低語的時候，她總是全神貫注地聽著，並且盡量擋在小姐的面前，免得人家把小姐看得太過清楚。

客人們在客廳裡坐了幾分鐘，夫人就邀請他們到窗戶去欣賞外面的風景。柯林斯先生一一指給他們看，凱薩琳夫人也十分得意地告訴他們，這裡夏天的景色還要更美。到了吃飯的時候，夫人吩咐柯林斯先生坐在她身邊，跟他事先預料的一樣，為此，他得意得簡直忘了自己身在何處了。酒席確實十分豐盛體面，僕人的衣著和禮儀，以及盤子酒杯的精緻貴重，也確實跟柯林斯先生以前的描述一模一樣。他幾乎每嘗一道菜，都要大加誇獎，威廉爵士此時也恢復了鎮定，開始附和他女婿的恭維。見到這種情形，伊莉莎白不由得擔心凱薩琳夫人會受不了。但是，夫人似乎並不認為這些過分的恭維話有什麼不得體，反而認為恰到好處，十分滿意。她的臉上一直掛著看似仁慈的微笑，每當客人們對菜餚發出驚歎和讚美的時候，她更是得意非凡。

除了柯林斯和威廉爵士之外，其他的人幾乎都不怎麼說話。平常在這樣的場合，伊莉莎白不會無話可說，但是這次她坐的位置不太好，左邊的夏綠蒂正專心地聽著凱薩琳夫人說話，右邊的德·包爾小姐根本沒打算搭理她。傑克森太太主要的注意力都花在了小姐身上，看她吃得太少，就催促她多吃一點，又不停地詢問她需要什麼，生怕小姐受到半點委屈。至於瑪莉亞，就更是一聲不吭，只管低頭吃飯。

用餐完畢，小姐太太們都回到客廳。凱薩琳夫人一直在侃侃而談，而且不管說到什麼事情，她的語氣都十分強硬，絕對不允許人家反對。直到僕人們把咖啡端上來的時候，她仍然還在滔滔不絕地講話。她仔細地盤問夏綠蒂的日常生活以及家務瑣事，並毫不客氣地提供她一大堆意見，告訴她說，像她這樣的一個小家庭，所有的事情都必須小心謹慎，每一筆花銷都要精心安排才行。她甚至還指導夏綠蒂應該如何餵養母牛和家禽。伊莉莎白覺得，這位夫人有一種天生的控制慾，絕不會放過任何可以對人頤指氣使的機會。在與夏綠蒂說話的時候，夫人不時地會跟瑪莉亞和伊莉莎白說上幾句。她不清楚伊莉莎白與柯林斯一家是什麼關係，因此就對她盤問得特別仔細。她問伊莉莎白有幾個姊妹，姊姊比她大幾歲，妹妹比她小幾歲，姊妹中有沒有哪個已經結婚，長得好看不好看，在哪裡讀書，她們的父親的有多少馬車，她母親的娘家姓什麼等等。伊莉莎白覺得她的問題十分唐突無禮，但她還是和顏悅色地做了回答。

凱薩琳夫人說：「我想，你父親的財產得由柯林斯先生來繼承吧？」說著，她轉過頭來對夏綠蒂說：「站在你的角度上想，我倒覺得非常高興。不過，這種規矩我實在覺得沒什麼道理。為什麼自己的財產不能由自己的女兒來繼承，卻非要交給別人呢？我丈夫家裡就覺得沒有必要這樣做。班奈特小姐，你會彈琴唱歌嗎？」

「稍微會一點。」

「這樣的話，什麼時候我們倒想要聽一聽。我們的琴非常好，說不定比……你什麼時候來彈彈看吧。你的姊妹們會彈琴唱歌嗎？」

「有一個會。」

「為什麼不都學呢？我覺得像這種才藝，年輕小姐們應該人人都會才行。韋伯先生的收入還比不上你父親呢，但是他家裡的小姐們就個個都會彈琴。你們會畫畫嗎？」

「不會。」

「什麼意思，一點也不會嗎？」

「對，我們都沒學過畫畫。」

「這眞是奇怪，不過可能是因爲你們沒有機會學習。你母親應該讓你們到城裡來學一學才行。」

「我母親肯定不會反對的，不過我父親很討厭倫敦。」

「那你們的家庭教師呢？」

「我們沒有家庭教師。」

「什麼，這怎麼行？家裡有五個女兒，卻連一個家庭教師也沒有，你母親肯定是把你們當作奴隸來教育啦！」

伊莉莎白笑起來了，說她們的母親並沒有那樣。

「沒有家庭教師的話，那麼是誰教育你們呢？你們總不至於連讀書寫字都不學習吧？」

「和人家相比，我們家裡在這方面管得比較鬆。但是只要存心想學的話，也不是沒有辦法。必要的老師我們還是有的，而且家裡還是經常鼓勵我們讀書。只不過，沒有人來監督和指導，有時候難免就會比較鬆懈一點。」

「那是當然，聘請家庭教師的目的就是爲了杜絕這種偷懶的情況。我要是見到你們的母親，我一定會建議她給你們請一位家庭教師。一個有許多孩子的家庭裡，要是少了家庭教師的督促和指導，那麼孩子們的教育難免會出問題。說起來眞有意思，我給很多人家都介紹過家庭教師，而且推薦的人也都讓主人們十分滿意。傑克森太太的四個侄女，都被我介紹去做家庭教師了，而且聽說都做得不錯。前幾天我又推薦了一個小姐，那家人對她非常滿意。柯林斯太太，我有沒有告訴過你，麥特卡夫人昨天特地來向我表示謝意？她告訴我說波普小姐實在是個人才。她跟我說：『凱薩琳夫人，你給了我一件珍寶。』對了，班奈特小姐，你的姊妹當中有沒有哪個已經進入社交圈了？」

「有的，全部已經出來交際了。」

「全部？五個姑娘全部都出來交際？眞是太奇怪了，姊姊還沒出嫁，妹妹們就出來交際？你的妹妹們年紀一定都還很小吧？」

「沒錯，最小的一個只有十六歲。從她的年紀來看，她也許還不適合這麼早就進入社交圈。但是，我想這跟姊姊們出不出嫁沒什麼關係。要是姊姊們沒辦法早嫁，或者她們根本不想早嫁，做妹妹的因此就不能出來社交的話，那也太不公平了。即便是家裡年紀最小的一個姑娘女孩，只要她成年了，她就有權利參加社交活動，享受青春。怎麼能因爲姊姊沒有出嫁，就剝奪妹妹快樂的權利呢？要是這麼做的話，姊妹之間就很難培養出深厚的感情，對女孩們的性格的培養也沒有什麼好處。」

「想不到，你年紀輕輕的，居然這麼有主見。請問，你年紀多大啦？」

伊莉莎白笑著回答：「我有了三個成年的妹妹，您說我多大了？您老人家不會逼我招出自己的年紀吧！」

凱薩琳夫人想不到她竟然會這麼回答，因爲以前她問任何人問題，對方都一定畢恭畢敬地回答得清清楚楚。敢跟她這樣開玩笑的，伊莉莎白恐怕還是有史以來的第一個。

「你沒有必要隱瞞年齡，因爲你最多不到二十歲。」

「我不到二十一歲。」

喝完咖啡，男賓們也到客廳來了。凱薩琳夫人提議擺起牌桌打牌，她自己、威廉爵士和柯林斯夫婦坐在一桌，打「誇錐」。德．包爾小姐想玩「卡西諾」（一種類似於「二十一點」的牌戲），於是，在傑克太太的張羅下，伊莉莎白和瑪莉亞勉爲其難地加入，總算湊足了人數。她們這一桌牌打得十分沉悶，傑克太太不停地詢問德．包爾小姐會不會覺得太冷或是太熱，會不會覺得燈光太強或是太弱。除此之外，大家談論的話都是有關打牌的。

另外一桌可就熱鬧得多了。凱薩琳夫人一直滔滔不絕，不是挑出另外三個人的毛病，就是談論她所見到的奇聞軼事。柯林斯先生不厭其煩地做著她的應聲蟲，要是他贏了，就不停地向夫人道謝，甚至還要道歉。威廉爵士沒怎麼說話，他忙著把一件件軼事和那一個個貴人的名字都塞進腦子裡去。

凱薩琳夫人母女倆不想再玩的時候，大家才散場。夫人讓人準備馬車，好送客人們回去。在等馬車的時間裡，大家繼續圍著火爐，聽凱薩琳夫人對明天的天氣發表預言，一直等到馬車準備好了，他們才耳根清靜。告別的時候，柯林斯先生又對夫人說了一籮筐感謝的話，威廉爵士也鞠了數不清的躬。

馬車剛走出羅新斯，柯林斯就迫不及待地問伊莉莎白對羅新斯有何感想。爲了照顧夏綠蒂的面子，伊莉莎白勉爲其難地敷衍著說了幾句讚美的話。儘管如此，柯林斯先生還是對她的話不滿意，只得自己親自說了一堆熱情洋溢的讚美之辭。

30

威廉爵士在漢斯福逗留了一個星期便回去了。在這一個星期當中，柯林斯先生幾乎每天上午都陪著威廉爵士，乘雙輪馬車到郊外去遊玩。這次拜訪的時間雖然很短，但卻讓威廉爵士感到十分滿意，因爲他看到自己的女兒嫁得那麼得意，有這樣一個殷勤體貼的丈夫，還有那樣一位高貴好客的鄰居。

他走了之後，伊莉莎白和瑪莉亞繼續住了下來。伊莉莎白對此次的作客也十分滿意，因爲她與表兄柯林斯相處的機會並不多。柯林斯先生每天上午不是在收拾他的花園，就是在他那間面臨大街的書房裡看書寫字，或是憑窗遠眺。伊莉莎白剛來的時候，還在感到奇怪，客廳比較小，光線也不好，爲什麼不把那間敞亮舒適得多的餐廳兼作客廳呢？現在，她終於明白她的朋友夏綠蒂爲什麼這麼安排：要是客廳也跟柯林斯先生的那間書房同樣舒適的話，那他待在書房的時間就少了，很可能大部分的時間就會在客廳裡跟她妻子和客人們待在一起。伊莉莎白十分讚賞夏綠蒂這番煞費苦心的安排。

會客室沒有面臨大街，因此看不見外面大街上的情形。不過，只要大街上有車輛經過，柯林斯先生都會告訴她們一聲，尤其是見到德．包爾小姐乘著小馬車經過時，他就更加興奮不已。每次小姐都會順路在柯林斯家門口停一小會，跟夏綠蒂說幾句話，但是從來沒有下車過，也從來沒有進來過。

柯林斯先生幾乎每天要到羅新斯去，夏綠蒂隔一兩天也要去一次。伊莉莎白認爲他們除了領取牧師這份俸祿之外，肯定還能領到其他收入，否則這麼殷勤地和羅新斯密切往來似乎沒有必要。夫人也不時地會光臨他們這裡，她一來就問東問西，連他們的日常生活也要過問，並經常指出各種毛病來。要不然就是覺得他們的傢俱擺放得不對，又或者傭人不夠勤快等。反正只要她看得到的，都要加以批評。偶爾，她也會留下來吃點東西，但這並不是因爲感激主人的熱情招待，而是爲了檢查他們的飯菜有沒有問題，看看夏綠蒂有沒有勤儉持家。

這位夫人並沒有在本郡擔任司法職務，但事實上她就是這個教區裡最積極最權威的法官，任何一點芝麻綠豆的小事她都要親自過問。哪怕有一個窮人在叫苦叫窮，或是滋事生非，她一定會親自到村子裡去調解處理，用她那盛氣淩人的態度，罵得那些窮人相安無事才肯罷休。

雖然缺少了威廉爵士，但羅新斯每星期還是會請柯林斯一家過來吃一兩次飯，而且酒席都和第一次一樣精緻。除了凱薩琳夫人的邀請之外，柯林斯一家就沒有別的宴會了，因爲這附近都是極爲顯赫的人家，柯林斯先生還高攀不上。

雖然宴會不多，但是伊莉莎白仍然過得十分舒服，她和夏綠蒂的交談十分暢快，再加上天氣晴朗，她可以時常到戶外去透透氣。她非常喜歡花園旁邊那條綠蔭小路的醉人美景，每當其他人去拜訪凱薩琳夫人的時候，她總喜歡一個人到那裡去散散步。

在漢斯福的頭兩個星期就這樣過去了。復活節的前一個星期，伊莉莎白聽說羅新斯府上要新添一個客人——達西先生最近幾天就要來。在伊莉莎白看來，她所認識的人當中，沒有哪個比達西先生更加討厭了，但是他的到來能給羅新斯的宴會添上一張新鮮面孔，也是一件不錯的事情。而且，她還可以看看他對他那位弱不禁風的表妹究竟是如何情真意切的，也十分有趣。凱薩琳夫人顯然早已認定了達西先生會成爲他的女婿，一聽說他要來便得意非凡，對他讚不絕口。當她知道夏綠蒂和伊莉莎白早就跟他認識，而且以前還經常見面，不由得有些不高興。

柯林斯先生弄清楚了達西先生抵達的具體時間，那天整整一個上午，他都在羅新斯府邸的大門前走來走去，以便能第一時間獲得貴人到來的消息。一見達西先生的馬車駛進花園，他就趕緊深深地一鞠躬，然後迅速回家去向大家報告這一重大的消息。

第二天一大早，柯林斯先生就到羅新斯去拜訪新來的客人。除了達西先生以外，還有一位貴賓費茨威廉上校，他是達西舅父的小兒子，也是凱薩琳夫人的侄子。讓人意想不到的是，柯林斯先生回家來的時候，居然將兩位貴客也帶來了。夏綠蒂從她丈夫書房的窗戶，看見他們三位男士正向這邊走來，便立刻奔進客廳，告訴小姐們馬上就有貴客光臨了。接著，她又對伊莉莎白說：「伊莉莎白，這都是沾你的光，否則達西先生才不會這麼快就來拜訪我們呢！」

伊莉莎白正想申辯，門鈴就響了起來。隨即，柯林斯先生殷勤地伺候著兩位紳士走進屋來。費茨威廉上校大約三十歲左右，長得並不英俊，但是從他的談吐和舉止來看，是個道地的紳士；達西先生還是跟在哈福德郡一樣，維持著他一貫的矜持和高傲。他們都禮貌地問候了柯林斯太太和她的妹妹、朋友。達西先生雖然對伊莉莎白懷著異樣的感情，但是他卻表現地非常鎮定，若無其事地向她問好。伊莉莎白也沒有說話，只對他行了個屈膝禮。

費茨威廉上校是個開朗外向的人，他很快就跟大家攀談起來，言語十分得體，並且不失風趣詼諧。他那位表兄就跟他形成了鮮明的對比，只是禮貌性地將柯林斯家的房子和花園讚許了幾句，就不再跟任何人說話了。過了好一會，他才終於開口，問候伊莉莎白家裡人。伊莉莎白敷衍了幾句，然後說道：「最近三個月來，我姊姊一直在城裡。你有沒有碰到過她？」

其實伊莉莎白心裡很清楚，達西先生肯定沒有在城裡見過珍，她這麼問無非就是想探探他的口風，試圖從中得知一些有關賓里先生和珍之間關係的事情，看他是不是眞的參與拆散他們兩人這一行動。達西回答說，他從來沒有碰到過珍。伊莉莎白覺得他在說這話的時候，神色極爲不自然，顯然是有些心虛。之後，他們就沒有談論這件事。兩位客人坐了一會就告辭了。

31

客人們走了之後，大家都對費茨威廉的風度讚不絕口。女士們都認爲有了他這樣一個人，羅新斯宴會就不會那麼沉悶無趣了。可惜的是，整整一個星期，他們一直都沒有受到羅新斯的邀請，看來凱薩琳夫人有了貴客，就用不著他們去陪她了。在這段時間裡，費茨威廉上校到柯林斯家裡來拜訪過好幾次，但達西先生卻一次也沒有來過。直到復活節那一天，柯林斯一家終於等到了凱薩琳夫人的邀請。其實這也算不上是一次正式的邀請，只是當天上午教堂的儀式舉行完畢，大家正準備離開的時候，夫人一時興起，約他們下午過去玩一玩而已。

大家準時到達了凱薩琳夫人的豪宅，夫人也客客氣氣地接待了他們。但是再遲鈍的人也能看出，當有了這兩位貴客之後，柯林斯一家顯然沒有以前那麼受歡迎了。夫人的心思幾乎都在兩位侄子身上，只顧跟他們說話。尤其是達西，她對他簡直是一刻不肯放鬆，跟他說的話比跟其他所有人說的加起來都還要多。

費茨威廉上校倒是非常歡迎這些客人，因爲羅新斯的生活實在是太單調無味了，需要有這些可愛的客人來調劑調劑。他尤其喜歡柯林斯太太的那位漂亮朋友，殷勤地坐到她身邊去，不停地跟她說話，肯特郡、哈福德郡、旅行、新書和音樂，什麼都談論到了。伊莉莎白覺得自己在這間房子裡從來沒有受到過這樣熱情的款待，也感到十分愉快，興致勃勃地跟他談論著。他們兩人引起了凱薩琳夫人和達西先生的注意，達西好奇地盯著他們，夫人就更加囂張了，盛氣淩人地問：「你們在說些什麼，嗯?你在跟班奈特小姐說什麼?說給我聽聽看。」

「我們在談論音樂，姨媽。」費茨廉上校勉爲其難地回答道。

「談論音樂?那麼，你們就說大聲一點吧!我這個人最喜歡音樂，我想目前在英國，恐怕沒有幾個人能像我這樣，眞正地欣賞和愛好音樂，也沒有人能比我的品味更高。可惜我沒有學音樂，不然我肯定能成爲一個著名的音樂家。安妮要是身體好些的話，也一定會在音樂上有相當成就的，可惜……達西，喬治安娜現在學彈琴學得怎麼樣啦？」

達西先生謙虛而懇切地讚美了自己妹妹的成就。

「這我就放心了！」凱薩琳夫人說：「請你替我轉告她，要是她不認眞練習的話，那她也好不到哪裡去。」

「你放心吧，姨媽，」達西說：「即使你不警告她，她也會認眞練習的。」

「那就好。練習總是越多越好，下回我有空給她寫信的時候，我一定要督促她多加練習。我常常跟年輕小姐們說，要想彈得一手好琴，就必須得勤於練習才行。我已經跟班奈特小姐說過好幾次了，提醒她應該經常練習，否則她的琴藝可就要落後了。我跟她說，雖然柯林斯太太那裡沒有琴，但要是她願意到羅新斯來練琴的話，我不會不歡迎的。她可以彈奏在傑克森太太房間裡的那架鋼琴。在那間房間裡，我想她是不會妨礙到別人的。」

達西先生見自己的姨媽如此傲慢無禮，便沒有搭話。

喝過咖啡之後，費茨威廉上校對伊莉莎白說，要她履行剛才的承諾，彈琴給他聽。伊莉莎白便在琴邊坐了下來，費茨威廉也拖了一把椅子過來，在鋼琴旁邊坐下，仔細地聽她演奏。凱薩琳夫人聽了一小段，就依舊跟達西說起話來，後者十分不耐煩，便站起身來，不慌不忙地走到鋼琴面前，以便能更加專心地欣賞伊莉莎白的演奏。

伊莉莎白見他走過來，便停止彈奏，回過頭來對他微微一笑說：「達西先生，你走得這麼近，難道想嚇唬我？沒錯，我是沒有你妹妹彈奏得好，但是我也不怕。我這個人就是這樣的性子，不會輕易就被人家給嚇倒，而且人家越是嚇我，我的膽子也就越大。」

達西說：「我不會反駁你的話，因爲我知道你不會當眞認爲我是要嚇你。認識你這麼久，我好歹也對你有所了解，知道你就喜歡說一些言不由衷的話。」

伊莉莎白笑了起來，對費茨威廉說：「你看看，你表哥竟然在你面前把我說成這樣一個人，說我經常言不由衷，讓你一句也不要相信我的話。我的運氣眞不好，本來我是想到這個沒人認識我的地方來招搖撞騙的，沒想到偏偏遇到一個對我瞭若指掌的人，讓我想騙人也騙不了。」她又轉過頭對達西說：「達西先生，你眞是太過分了，竟然把我在哈福德郡那些陳年舊事都搬了出來。恕我冒昧，你要是這麼做的話，說不定引起我的報復，也說出一些你的事情來，好讓你的親戚們聽了嚇一跳。」

「我才不怕你呢。」達西微笑著說。

費茨威廉對伊莉莎白說：「你倒是得說說看，他都做過些什麼不好意思讓我們知道的事。我很想知道他跟其他人在一起的時候，究竟是個什麼樣的人。」

「那我就講給你聽吧。你不知道，我第一次見他，是在哈福德郡的一個舞會上。在整個舞會當中，他一共只跳了四支舞！我知道你會感到驚訝，但是事情確實是這樣。那天男賓本來就很少，他還不肯賞臉，弄得很多小姐都不得不坐冷板凳。達西先生，這件事情你可不能否認吧！」

「是有這麼回事。但那天舞會上的絕大多數小姐，我都不認識。」

「沒錯，可是舞會上難道不能請人家介紹舞伴嗎？啊，費茨威廉上校，你還想聽我彈什麼？我的手指可是在等著你的吩咐啊。」

達西說：「當時我確實應該請別人幫我介紹一下，但又害怕自己不配介紹給陌生人。」

「什麼，那麼我們倒要問問你這位表哥，」伊莉莎白仍然對著費茨威廉上校說：「我們應該問問他，爲什麼一個有身分、有見識的人，會不配介紹給陌生人呢？」

費茨威廉說：「不用問他，這個問題我可以替他回答，不是什麼不配，根本就是他自己怕麻煩。」

達西說：「我承認自己是比不上有些人那樣，跟陌生人也能夠談笑自如。跟陌生人在一起我總覺得不自在，不知道說什麼好，又不想假裝殷勤。」

伊莉莎白說：「這一點我就跟你不一樣了。我彈奏鋼琴不如別的女士那樣靈活動聽，不如別人彈奏得那麼優美流暢。我一直都覺得這是我自己的缺點，也是我平時沒有用功練習的緣故。但是不管怎麼樣，我可不認爲我的手指，就比不上那些彈奏比我高明的女士的手指。」

「說得沒錯，可見你確實比我要高明得多。」達西笑了笑說：「只要聽過你演奏的人，都不會覺得你彈奏得有什麼不好。像我跟費茨威廉，就肯定不願意……」

他的話被凱薩琳夫人打斷，夫人大聲地詢問他們在談論些什麼。沒有人回答她，伊莉莎白又重新彈起琴來。凱薩琳夫人也走到鋼琴前面，聽她彈了幾分鐘，就對達西說：「班奈特小姐要是能夠再多練習練習，最好能在倫敦請一位名師指導一下，這樣彈起來就不會有這麼多毛病了。她的品味雖然比不上安妮，但她的指法倒是很不錯。可惜安妮就是身體不好，不然的話，我們就有動聽的音樂可以聽啦！」

伊莉莎白聽了這話，忍不住看了達西幾眼，看他對夫人提到的那位小姐有沒有什麼特別的反應。可是不管她怎麼看，可從達西的臉上看不出一絲一毫愛慕德·包爾小姐的痕跡。她替賓里小姐感到安慰，要是她哥哥跟達西是親戚的話，那麼達西先生一定也願意跟她結婚的。

凱薩琳夫人繼續評論著伊莉莎白的演奏，並鄭重其事地給了她很多有關演奏和鑒賞方面的建議。這些話伊莉莎白實在不願意聽，但礙於情面，她只好勉爲其難地敷衍著她。她就這樣坐在鋼琴邊，一直彈到夫人打發馬車送他們回去爲止。

32

第二天早上，夏綠蒂和瑪莉亞有事出去了，伊莉莎白獨自一個人坐在家裡給珍寫信。正寫著，門鈴忽然響了起來，她心想可能是凱薩琳夫人來了，便趕緊將寫了一半的信收了起來，免得她看見了又問東問西。剛收好信，門就開了，一看見進來的客人是誰，伊莉莎白不由得大吃一驚，因爲她無論如何也沒有想到來的人竟然會是達西先生。

達西看見只有她一個人在，也顯得非常吃驚，連忙道歉說，他以爲柯林斯太太和她妹妹也在，因此才冒昧地闖了進來。

伊莉莎白客氣地說不用放在心上，她請達西坐下，禮貌地問候了他幾句，然後兩個人似乎就無話可說。伊莉莎白覺得，要是再不找點話來說一說，局面就太僵硬了。這時，她想起上次在哈福德郡跟他見面時的情況，便突發奇想，想問問他對突然離開哈福德郡有什麼意見，就說：「達西先生，去年十一月的時候，你們怎麼那麼突然就離開了尼日斐花園呢？賓里先生剛到倫敦，就看到你們全部都跟來了，一定非常吃驚吧！我記得那次他好像只比你們早走一天。對了，賓里和他姊妹們還好吧？」

「很好，謝謝。」

他簡短地回答之後，便不再說話了。過了一會，伊莉莎白又問：「我想，賓里先生恐怕不打算再回尼日斐花園了吧？」

「這倒沒聽他說過。不過，估計他不會在那裡住很久的。他的朋友到處都有，而且像他這樣的年紀，交際應酬越來越多。」

「要是他眞的不打算在尼日斐花園長住的話，那麼他就最好把那個房子退掉，也好讓我們有個固定的鄰居。不過我看，賓里先生租那幢房子，壓根也沒有爲街坊鄰居想過，繼續租也好，退租也好，都是憑他一時高興。」

達西先生說：「他要是找到合適的房子，一定會盡快把尼日斐花園退掉的。」

伊莉莎白沒有回答。她覺得不應該老由自己來挑起話題，也應該讓他費點心思，另外找個話題來談。達西領會了伊莉莎白的意思，便說：「柯林斯先生這所房子眞是不錯，他剛到漢斯福的的時候，凱薩琳夫人一定幫他在房子上花了不少心思。」

「她肯定是費了一番心思，但是我敢肯定她的好心並沒有白費，因爲沒有哪個人比他更懂得知恩圖報的了。」

「柯林斯先生眞是有福氣，能娶到了這樣一位賢慧的太太。」

「沒錯，他實在是太有福氣了，難得會有這樣一個頭腦清楚的女人願意嫁給他，而且還給他帶來這麼多的幸福。我那位女性朋友非常聰明，也很有見識，可是我不認爲她跟柯林斯先生結婚是明智的選擇。不過，她自己倒是非常滿意，而且從常人的眼光來看，她這門親事當然也攀得不錯。」

「她肯定覺得很滿意，你看，離娘家又那麼近。」

「很近？差不多有五十英哩的路程呢！」

「只要路途方便，五十英哩當然算不上遠，最多大半天就到了。我覺得很近。」

伊莉莎白說：「我不知道原來距離的遠近，也成爲了衡量一門婚姻的標準了。而且那只是你個人的看法，要我說，我就不會覺得柯林斯太太離娘家很近。」

「這只能說明你太留戀哈福德郡。我想你只要離開浪搏恩一步，就會覺得遠的。」

他一邊說，一邊微微地笑了一下。伊莉莎白以爲他想起了珍和尼日斐花園，便稍微有點臉紅，回答：「我不是說一個女人不能嫁得太遠。遠近是相對的，要針對個人不同情況來決定。

要是你非常有錢的話，即便遠一些也沒有關係，因爲你有能力這樣來回折騰。但是柯林斯夫婦的情況並不是這樣，他們雖然算得上富有，但也經不起經常旅行。我想，就算把距離再縮短一半，柯林斯太太也肯定不會認爲自己離娘家很近的。」

達西先生把椅子移近一些說：「你可不能老是這麼留戀娘家，你總不能一輩子都待在浪博恩啊。」

伊莉莎白聽了這話，感到有些詫異，達西也覺得自己說得不妥，便把椅子向後拉了一點，順手從桌子上拿了一張報紙看了一眼，冷靜地對伊莉莎白說：「你喜歡肯特郡嗎？」

他們簡短地將這裡評論了幾句，語氣既客氣又冷淡。過了一會，夏綠蒂和她的妹妹回來了，見到他們兩人竟然單獨交談，不禁感到非常驚訝。達西先生稍稍解釋了一下，又坐了幾分鐘，跟誰都沒怎麼說話，然後就告辭了。

「這是怎麼回事？」夏綠蒂說：「親愛的伊莉莎白，我看他肯定是愛上你了，不然他是不會這樣隨隨便便就來拜訪我們的。」

伊莉莎白說他們坐在一起的時候，根本沒什麼話說。夏綠蒂聽了，覺得事情似乎不像她想像得那麼回事。她們猜來猜去都猜不出個所以然來，只能認爲他是窮極無聊，因此出來走走，路過這裡，順便進來看看他們。

這種說法也有幾分道理。在這個季節，基本上野外活動都不能進行了，在家裡待著雖然可以看看書、打打牌，但是對一個男人來說，整天都待在家裡畢竟有些沉悶無聊，還不如到鄰居那裡走走。而且，柯林斯先生的住宅離他們很近，那家人又非常有趣，因此趁著散步順便來府上轉轉，也是個不錯的消遣方法。

就這樣，這兩位先生在作客期間，差不多每天都要到柯林斯府上來一趟，一般都是上午去，有時候早一些，有時候遲一些，有時候一起來，有時候分頭來。偶爾他們的姨媽也會跟著一起過來。

費茨威廉來拜訪他們，是因爲他覺得跟這些小姐們在一起很愉快，而且他顯然特別愛慕伊莉莎白。伊莉莎白也很喜歡他，並將他跟以前的心上人喬治·韋翰相比，雖說費茨威廉不如韋翰那麼英俊迷人，但是她相信他更加幽默而有見地。

至於達西先生爲什麼常來拜訪，大家仍然說不出個道理來。他肯定不是爲了湊熱鬧，因爲他經常坐在那裡一句話也不說，即便開口說話也是勉爲其難，似乎是出於禮貌而不是眞心想說話。更讓人弄不懂的是，他高興的時候越來越少，經常悶悶不樂地發呆。夏綠蒂實在弄不清楚他究竟爲什麼如此。費茨威廉笑他呆笨，但她明白事實顯然並不是這樣。她希望這種變化是戀愛造成的，而且戀愛的對象就是她的朋友伊莉莎白。她下定決心要把這件事情弄個水落石出，因此每次他們見面的時候，她都密切地留意他一舉一動，但一無所獲。沒錯，他確實經常望著伊莉莎白，但是他的目光中是否包含著愛慕，還需要進一步確認。

夏綠蒂也跟伊莉莎白提過一兩次，說那位先生可能傾心於她，但伊莉莎白根本就不相信。後來，夏綠蒂覺得自己不應該老在這個問題上糾纏不休，否則要是伊莉莎白眞動了心，而對方萬一又不是那個意思的話，自己可就幫倒忙了。至於伊莉莎白對他的厭惡之情，她倒並不擔心，因為她認為只要伊莉莎白確定了他愛她，那麼對他的一切厭惡和反感都會自然而然地煙消雲散。

夏綠蒂實在是個不錯的朋友，時刻為伊莉莎白操心著她的終身大事。有時候，她認為伊莉莎白要是嫁給費茨威廉也不錯，因為他的幽默風趣實在是無人能比。何況，他也很愛慕伊莉莎白，而且身分地位也沒話說。只不過，跟他的表哥達西相比，他還是略微失色，因為達西先生在教會有很大的權力，而費茨威廉卻一點也沒有。

33

有好幾次，伊莉莎白在散步的時候，都會跟達西先生不期而遇。對伊莉莎白來說，這實在是一件非常不幸的事，因為她並不願意在一個風景優美的地方，碰到這樣一個討厭的人。第一次碰到他的時候，她就意味深長地對他說，她喜歡獨自一人到這裡來散步，意思再明顯不過，就是警告他以後不要再發生這種事情了。不過，老天似乎是故意跟她過不去，她第二次又在這裡遇到了達西，而且最近這次，他並不像以前那樣跟她說幾句話後就轉身走開，而是一本正經地掉過頭來，陪她一塊散步。

第三次見面的時候，他的話就多了起來，問她在漢斯福住得舒不舒服，問她為什麼喜歡獨自散步，又問她是否覺得柯林斯夫婦很幸福。談到肯特郡的時候，聽他話裡的意思，似乎是希望伊莉莎白有機會再到這裡來小住一陣。伊莉莎白覺得不解，難道他在替費茨威廉費心嗎？她想，要是他真的是這個意思的話，那就暗示著費茨威廉一定是對她有點動心了。

有一天，她一邊散步，一邊重新讀著珍上次寫來的一封信，看到幾段心灰意冷的描寫時，她不由得感到十分擔憂。這時候，她聽見有人向她走來，便抬起頭來。不過，這次來的卻並不是達西，而是費茨威廉上校。她趕緊把信收好，勉強地對他笑了一笑，說：「想不到你也會到這裡來。」

費茨威廉回答道：「每年我臨走之前，都會到花園裡各處去轉一轉，還會去拜訪拜訪牧師。你還要繼續往前走嗎？」

「不，我正準備往回走呢。」

於是她轉過身來，兩人便一起朝柯林斯先生的住宅走去。

「你星期六就得離開肯特嗎？」她問。

「沒錯，要是達西不再拖延的話，我想應該是在星期六出發。反正我都得聽他差遣，他這人辦起事來都是憑自己高興。」

「他就是這樣，就算不能按照自己的意思去安排，至少也得按照他的意思去選擇。我還沒見過哪個人像達西先生有那麼強的控制慾呢。」

費茨威廉上校回答道：「他確實太任性了，不過我們都是這樣，只是他有錢有勢，因此更有條件那麼做而已了。我說的都是眞心話。你知道，一個沒有繼承權的小兒子就不敢那麼任性妄爲了，有時候不得不克制自己，對別人低聲下氣。」

「不完全對，在我看來，一個伯爵的小兒子就不可能懂得什麼叫克制，什麼叫低聲下氣。你老實說吧，你難道懂得克制自己，懂得要低聲下氣地討好別人？你有沒有什麼時候是因爲沒有錢，而不能去自己想去的地方，不能買自己想要的東西？」

「問得好！在這些方面，我確實比一般人吃的苦頭要少。但是要是一遇到重大的問題，我可能就會因爲沒有錢而痛苦了。你也知道，小兒子常常不能跟自己的意中人結婚，爲什麼？不是就因爲沒錢？」

「所以，他們常常都是找個有錢的女人結婚。」

「是的，我們奢侈享受慣了，因此不能忍受沒有錢的生活。就拿我周圍的朋友來說，能夠結婚不講究財產的，恐怕還眞數不出來幾個。」

伊莉莎白認爲這話是針對她而說的，不由得臉紅了起來。不過，她很快就鎭定了下來，活潑而愉快地說：「我想請問一下，一個伯爵的小兒子通常要多少錢才能結婚呢？我想，總不超過五萬鎊吧。」

他也十分幽默地作了回答，之後兩人便不再說話。伊莉莎白擔心這樣沉默下去，會讓對方以爲她是因爲聽了他剛才那番話而感到難過，於是便說：「照我看來，你表哥把你帶在身邊，多半是爲了有個人讓他擺佈。我眞不明白，他爲什麼還不結婚呢？要是結了婚，不就有人可以讓他擺佈個夠了嗎？不過我忘了他還有個妹妹，現在他是達西小姐唯一的監護人，可以愛怎麼擺佈就怎麼擺佈她了。」

「不對，」費茨威廉上校說：「我也是達西小姐的監護人，因此你說的好處還有我一份！」

「你也是？那麼，請問你覺得當監護人的感覺如何？我想你們這位小姐肯定很難伺候吧？很多像她那個年紀的小姐都是特別難對付的。何況，要是她的脾氣也和她哥哥一樣的話，那她做事情一定也是只管自己高不高興，其他什麼都不管。」

費茨威廉表情有些不自然，問她爲什麼會認爲達西小姐很難應付。她見他這麼緊張，就斷定自己的猜想沒有錯，達西小姐肯定跟她哥哥一樣不討人喜歡。但是她卻回答：「不用緊張，我沒聽說過半句關於她的壞話。我有幾位女性朋友非常喜歡她，比如赫斯特太太和賓里小姐，對了，我好像聽你說過你也認識她們？」

「認識是認識，不過不是很熟。我跟她們的兄弟來往倒是比較多一些，他是達西的好朋友，是一位非常討人喜歡的紳士。」

「對啊，」伊莉莎白冷冷地說：「達西先生的確跟賓里先生十分要好，而且對他照顧得簡直無微不至。」

「照顧他？沒錯，我認爲確實是這樣。凡是他拿不定主意的事情，達西都能替他想出辦法來。我們到這裡來的路上，達西就跟我說了一件事，在那件事情上，賓里先生的確是得到了他的幫助。不過，他並沒有明說那個人就是賓里先生，可能只是我的胡思亂想罷了。」

「他說的是什麼事情呢？」

「這件事情達西肯定不願意說出去的，要是傳到了那位小姐的家裡，說不定會有什麼麻煩。」

「你放心，我會保守秘密的。」

「告訴你可以，但是你要記住，我並沒有說那個人一定就是賓里。達西跟我說，在他的幫助之下，他的一位朋友避免了一門冒失的婚姻，也避免了很多麻煩和難堪。他就是這麼說的，並沒有提到那位朋友的名字，也沒有解釋事情的詳細情況。不過，我知道去年夏天他都是跟賓里一起度過的，而且像賓里那樣的青年，的確容易惹上這種麻煩，因此我才大膽地猜測他說的那個人就是賓里。」

「達西先生有沒有解釋，他爲什麼要去干涉人家的婚姻大事？」

「好像是說那位小姐的有些條件不太夠格。」

「那他是用了什麼手段，硬生生將好好的一對佳偶拆散的？」

費茨威廉聽到她激烈的措詞，便笑了一笑說：「他並沒有跟我說他用了什麼手段。他跟我說過的，我剛才已經全部都告訴你了。」

伊莉莎白臉色鐵青，沉默地低著頭往前走。費茨威廉看了她一眼，問她在想什麼。

「我在想你剛才跟我說的話，」伊莉莎白說：「我認爲你那位表哥的做法有點問題，人家的事情，他憑什麼多管閒事？」

「你覺得他這是多管閒事嗎？」

「沒錯。我實在不知道，達西先生有什麼權利去干涉他朋友的戀愛和婚姻，憑什麼去斷定小姐夠不夠格。他就是習慣按照自己的意思去指揮人家，根本不考慮別人的看法。」說著，她深深地吸了一口氣，意識到自己說得似乎太過火，便接著說：「不過，也許我們不應該這樣指責他，因爲畢竟我們都不清楚這件事情的來龍去脈。也許，賓里和那位小姐之間根本就沒有什麼感情。」

「你說得也有道理。」費茨威廉笑著說：「我表哥做這件事情本來是出於高興，可是經你這麼一說，他的功勞就要大打折扣了。」

這本來是一句玩笑話，但在伊莉莎白聽來，覺得簡直就是達西的眞實寫照。她氣得說不出話來，不想再繼續討論這個問題，便東拉西扯地談了一些別的事情。

他們一邊說一邊走，不知不覺就到了柯林斯先生家。等客人一走，伊莉莎白立刻回到自己的房間，關上房門，坐下來把剛才那番對話仔細地回憶了一遍。達西先生說的那位朋友，一定就是賓里先生，除了他，世界上不會再有第二個人對達西這樣言聽計從。而那位「不夠格」的小姐，肯定指的就是珍。伊莉莎白一向都認爲，這件事情不可能完全是賓里小姐的主意，肯定也少不了達西的功勞。現在，她姊姊珍所承受的一切痛苦，以及將來還要繼續承受的痛苦，都得歸罪於達西先生，歸罪於他的傲慢和任性。他竟然憑自己一時高興，就去把人家的幸福完全摧毀了，把珍那顆最眞摯最善良的心完全傷害了。

「這位小姐有些條件不太夠格。」費茨威廉上校告訴她達西是這麼說。這些不太夠格的條件，指的是什麼？是因爲她們有個姨父在鄉下做律師？還是因爲她們有個舅舅在倫敦做生意？或者，他覺得她們一家人壓根就沒法高攀賓里先生？

伊莉莎白想到這裡，不由得大聲叫了起來：「可是，這些跟珍本身有什麼關係呢？她的身上沒有一點缺陷，有見識、有修養，而且又美麗動人，世界上再也找不出比她更善良、更可愛的姑娘了。我的父親也沒有什麼可以被挑剔的，雖然他有點古怪，但是誰都不能否認他是一個多麼聰明多麼受人尊敬的紳士。至於我的母親……」當她想到母親的時候，不免有點灰心，但是她認爲達西先生並非是因爲這點問題就阻止珍嫁給賓里先生。他最在意的，肯定還是她們家裡地位低微，而且還有些不怎麼上得了檯面的親戚。最後，她得出了結論，達西先生之所以對這門婚事多加干涉，一方面是出於他那可惡的驕傲自大，另一方面則是因爲他想把自己的妹妹嫁給賓里先生。

伊莉莎白一邊想一邊哭，最後頭也痛了起來。本來今天晚上柯林斯一家是接受了凱薩琳夫人的邀請，要到羅新斯去吃茶點的，但是她一想到會在那裡見到達西先生，就覺得難以忍受，因此推說自己頭疼不去了。夏綠蒂見她似乎確實生病了，也就不再勉強。但是柯林斯先生知道表妹不去，便十分不安，生怕凱薩琳她老人家知道了會不高興。

34

柯林斯夫婦和瑪莉亞走了以後，伊莉莎白便將她到肯特郡以來所有珍的來信，都拿出來一封一封地重新閱讀。越往下讀，她越是覺得難受，因爲她發覺字裡行間所流露出來的，都是一種痛苦不安的心情。其實珍的信上並沒有寫什麼抱怨和訴苦的話，她爲人一直善良嫻靜，什麼事情也總是往好的方面去想，因此並沒有在信中透露出一絲灰暗的色彩，總是盡量說些讓人高興的事情。但此刻伊莉莎白心情沉重，因此再讀這些信的時候，覺得每一句話的背後，似乎都隱藏著深刻的痛苦。她責怪自己以前讀信讀得太倉促了，竟然沒有看出信中這些深層的情緒。她又想到，姊姊的這一切痛苦，都是由達西先生一手造成的，不禁越發痛恨達西。不過，令她感到安慰的是，達西先生後天就要離開羅新斯，她再也不用見到這個可恨的人了。更令她感到安慰的是，再過兩個星期，她就能夠見到珍，可以照顧她、體貼她，盡一切努力讓她重新振作起來。

想到達西就要離開肯特，伊莉莎白又想起了他的表弟也要一起離開。雖然她很喜歡費茨威廉，但是他已經表明自己不會對她有什麼意圖，因此他的離開，還不至於讓她覺得難受。

正在胡思亂想的時候，門鈴突然響了。伊莉莎白以爲是費茨威廉上校來了，不由得緊張起來，覺得他肯定是特意來問候自己的，說不定還會說出一些意想不到的話。不過事實證明她的想法是錯誤的，因爲進來的人並不是費茨威廉，而是達西先生。

一見達西走進來，伊莉莎白心裡的慌亂立刻變成了一腔憤怒。達西對伊莉莎白心裡的變化一點也不清楚，一進來就帶著焦慮的神色，問她身體怎麼樣了。伊莉莎白十分勉強地維持著禮貌，客氣地敷衍了他幾句，並請他坐下。達西顯得有點坐立不安，他只坐了幾分鐘便站了起來，在房間裡踱來踱去。他的反常行為讓伊莉莎白感到很奇怪，不過她卻保持沉默，一句話也不說。

達西先生就這樣在屋子裡來回走了幾趟，忽然走到伊莉莎白的面前，以一種從未見過的激動神情對她說：「我沒有辦法再壓抑自己的感情了，這樣下去怎麼行呢？請讓我告訴你，我有多麼愛你，多麼迷戀你。」

這種突如其來的狀況讓伊莉莎白來不及反應。她紅著臉，睜大眼睛瞪著達西先生，一句話也說不出來。達西見到她這樣，以為她是在鼓勵他繼續說下去，便將自己對她的感情痛痛快快地傾訴了出來，同時也將自己的許多其他想法也和盤托出。這真是奇怪的表白，他一方面動聽地表達著自己對伊莉莎白的濃情蜜意，一方面又傲慢地解釋了自己之所以一直沒有向她表白的原因——他覺得她出身低微，家庭裡有種種不盡理想的地方，覺得自己跟她結婚顯得有失體統。

在達西看來，他把一些都說得明明白白，正說明了他的鄭重其事；但在伊莉莎白眼中，這根本不是在向她示愛，而是在侮辱她。本來，任何女人面對一個男人這樣的深情和厚愛，都不可能無動於衷，伊莉莎白也不例外。儘管她對達西厭惡透頂，但是當她聽說達西是如何愛她傾慕她的時候，她也爲他所承受的相思之苦而深感同情。但是，他後來的那些話卻激怒了她，讓她心裡好不容易才有的片刻柔情蕩然無存。不過，她還是竭力控制著自己，沒有打斷他的話，耐心地等著他說完，好給他一個完美的回答。

達西仍然繼續說著自己對她的癡情，表示儘管自己一再地想克服這種癡情，卻根本毫無辦法。他希望她能接受自己的一番盛情，接受他的求婚。伊莉莎白看出，他在說這些話的時候，雖然表現得焦急不安，骨子裡卻是十拿九穩，認爲她根本不可能拒絕他的求婚。這樣一想，伊莉莎白更加怒不可遏，等他話音一落便說：「一般來說，一個女人遇到別人向她求婚的時候，即便她不答應，至少也得眞心誠意地向對方表示感謝。按理說，我現在就應該對你說幾句感謝的話，只可惜我實在沒有辦法勉強自己。我根本就不希罕你的愛慕，何況你的愛慕又是如此勉強；我從來不想看到任何人爲我感到痛苦，即使眞讓人家痛苦，也並非出於有心。既然你說你以前因爲有那麼多的顧慮，所以才沒有及早向我表白你的愛慕，那麼在聽了我這一番話之後，你也能夠及時把這種愛慕打消了吧！」

她在說話的時候，達西先生一直斜靠在壁爐架上，動也不動地盯著她看。聽到她竟然給了他這樣一個回答，臉色大變，整張臉上都寫滿了憤怒。但是他拚命控制自己的情緒。他神情嚴肅，一句話也不說。

這片刻的沉默讓伊莉莎白感到非常難受。達西先生確定自己已經足夠冷靜的時候，才開口說：「我很榮幸地得到你這樣的一個回答，但是這也無關緊要。不過，我還是想請問一下，究竟是什麼原因，竟然讓我受到這樣沒有禮貌的款待？」

伊莉莎白回答道：「我也想請問你一下，爲什麼你明明是想侮辱我、貶低我，卻非要說是因爲喜歡我、愛慕我？還說愛慕我違背了你的身分，違背了你的意願，違背了你的性格？如果你眞的覺得我的回答很沒有禮貌的話，我想這也足夠成爲我沒有禮貌的理由了。但是，我可以告訴你，我對你的不滿還遠遠不只這些。你自己去想一想，一個毀掉了我姊姊終身幸福的人，我怎麼可能去接受他的愛，接受他的求婚？」

達西先生聽到這裡，臉色變了一下，不過很快就恢復了鎮定。他若無其事地聽著她繼續往下說，根本沒打算插嘴來替自己申辯兩句。

「我一聽到這件事情，就對你反感至極。不知道你是出於什麼目的，用了什麼方法，把兩個明明相愛的人拆散。這件事情實在不可原諒，就算不是你一個人造成的，也是你一手策劃的。你讓那位先生被大家指責成朝三暮四，讓我姊姊受盡了大家的嘲笑和失戀的痛苦。你能否認你做過這件事嗎？」

她說到這裡，緊緊地盯著達西。而他竟然沒有一絲愧疚和不安，還輕描淡寫地說：「我不會否認，我確實用盡了一切辦法，去拆散你姊姊跟我朋友賓里。我可以毫不避諱地說，在這件事情上，我對自己的成績感到滿意。至少，這比我自己的那件事情處理得好。」

伊莉莎白知道他指的是什麼，不禁稍微有點心軟，但這卻根本無法平息她的怒氣。她接著說：「不只這個，還有韋翰先生的事，也讓我覺得你這個人實在可惡。在幾個月以前，我聽韋翰先生說了很多事情，那時候我就知道你這個人的道德有問題。對這件事情，你又有什麼可說的，難道你還能用維護朋友這個藉口，來解釋你那些荒謬的行爲嗎？」

達西先生臉色越來越難看，甚至連說話的聲音也不能完全保持鎮定。他冷笑說：「看來，你確實非常關心那位先生。」

「沒錯，只要聽說過他不幸遭遇的人，都不可能不關心他。」

「他的不幸遭遇？」達西冷笑著說道：「是啊，他眞是太不幸啦！」

伊莉莎白見他這樣態度，不由得怒火中燒：「他的一切不幸，都是你一手造成的。是你，剝奪了他本來應得的利益，讓他現在這樣窮困潦倒。多可憐的年輕人啊，他現在本應該有一份豐厚的俸祿了，可是卻因爲沒有得到你的歡心，就什麼都沒有了。你把人家害成這樣，提到人家的不幸時，你竟然還要嘲笑他！」

「這就是你對我的看法？」達西大聲說道，背著手向屋子那頭走去：「太好了，原來在你眼裡，我就是這樣一個人！這樣罪孽深重，無情無義！我要謝謝你解釋得這麼清楚明白。」說到這裡，他停住腳步，轉過身來對她說：「不過我想，要是我沒有把我猶豫不決的原因說出來，沒有因此讓你自尊心受到傷害的話，你可能就不會計較我的那些過錯了吧？要是我只是一味地恭維你，告訴你我有多愛你，那麼你也不會這樣嚴厲地指責我了吧？只可惜我這個人，最痛恨的就是虛情假意，我並不覺得我把我猶豫不決的原因告訴你有什麼不妥當，我認爲那完全是正常的顧慮。難道我會因爲攀上你那些卑微的親戚，而感到萬分榮幸嗎？難道你以爲我有了你那位沒有見識的岳母和你那些不成體統的妹妹，會感到歡天喜地嗎？」

伊莉莎白氣得簡直說不出話來。她竭力讓自己冷靜下來，盡量用一種平靜的語調說：「達西先生，要是你有禮貌一點的話，我在拒絕你之後也許會覺得過意不去。除此之外，你這次的求婚在我身上是根本不會起到任何作用的。」

她見他皺著眉頭不說話，便接著說下去：「不管你對我說些什麼，做些什麼，都不可能會打動我，讓我接受你的求婚。」

達西聽了這話，吃了一驚，眼神複雜地望著她。伊莉莎白接著說：「從我認識你開始，我就覺得你這個人的一言一行，都表現出了你那十足的傲慢和狂妄。在你眼裡，除了你自己，其他所有人你都看不起。不過，最開始的時候，我只是對你的這種態度有所不滿而已。後來，我接二連三地聽說你的一些事情，讓我對你越來越深惡痛絕。我早就下定決心，哪怕這世界上只剩下你一個男人，我也絕對不會嫁給你的。」

「夠了，小姐，」達西打斷她的話：「我已經完全明白了你的心意。現在，我除了感到羞恥和遺憾以外別無他法。請原諒我耽誤了你這麼多時間，也請接受我的祝福，希望你的身體盡快康復。」

說完，他便匆匆走出房間。他剛剛一走，伊莉莎白就忍不住哭了起來。她的心既煩亂又難過，覺得自己虛弱極了。她回想起剛才那一幕，感到簡直就像做夢一般毫不眞實。達西先生竟然會向她求婚！他說他已經愛上她很長時間了！他因爲覺得她們門戶低微，因此阻止了珍跟賓里的姻緣，但是他卻願意跟她結婚！這實在是一件匪夷所思的事情。伊莉莎白想到自己竟然能在不知不覺中博得那位傲慢先生的垂青，不禁感到些許安慰，甚至還打心眼裡對他生出一絲好感。可是，她一想到他是那麼傲慢無禮，居然毫無愧色地承認自己毀掉了珍的幸福，毀掉了韋翰的前程，實在讓人無法原諒。

伊莉莎白一直這樣翻來覆去地想著，直到聽見馬車的聲音，知道柯林斯一家已經回來了。她想到要是他們看到自己這副模樣，一定會追根究柢，因此就趕快回自己房間去了。

35

伊莉莎白被各種想法折磨得一晚上都沒有睡好。早上她一醒來，立刻又想起了昨天晚上那件事情。各種想法塞滿了她的腦子，讓她簡直不能做別的事情。吃過早飯之後，她決定出去散步，透一透新鮮的空氣，免得自己繼續胡思亂想。

她朝她往常散步的那條小路上走去。當她走到路口的時候，忽然想起達西先生有時候也會到這裡來散步。她可不願意再遇到他，因此就停止了腳步，想了一想，走上了另外一條路，沿著花園的柵欄往前走。

清晨的花園美景實在讓人心曠神怡，伊莉莎白不由自主地在花園前面停了下來，從容地欣賞著美麗的景色。此刻這裡的樹木已經比她剛到肯特郡的時候要茂密得多了，草地也比那時更加碧綠。伊莉莎白深深地吸了幾口新鮮空氣，便打算繼續向前走。忽然，她看到花園裡有一個男人正在朝這邊走來，看樣子像是達西先生，因此她便立刻掉頭往回走。但是已經來不及了，那個人一看到她，就加快了腳步，並大聲地叫著她的名字。既然對方已經叫出了她的名字，伊莉莎白雖然十分不情願，但也只好轉身走回到花園邊上。這時候，達西也已經走到花園邊，隔著柵欄把一封信遞到她的手中，並維持著他那一貫的傲慢態度，從容地說：「我已經在林子裡等了好一陣子了，希望能在這裡碰到你。請你賞臉看看這封信，好嗎？」說完，他向她微微地鞠了一躬，便向花園那邊走去。

達西先生一走，伊莉莎白就不由自主地立刻把信拆開了。她這麼做完全是出於好奇，而不是抱著某種希望。信封裡裝著兩張信紙，寫得密密麻麻的，看起來是一封很長的信。伊莉莎白沿著小路一邊走，一邊開始讀信。

小姐：

收到這封信的時候，請不必感到擔心和害怕。既然我昨天晚上向你求婚引起了你的厭惡和反感，你可以放心，我一定不會又在信中重提此事。雖然在昨天晚上以前，我是眞心希望我們能夠得到幸福，但既然這種想法讓你感到痛苦，同時也讓我自己感到委屈和難受，那我最好還是不要再提這件事情了。我甚至不應該寫這封信，因爲我知道你是絕對不願意費神去讀我的信。可是，我認爲有些事情實在有必要加以解釋，因此還是冒昧地給你寫了這封信。希望你能賞賞臉，耐著性子把信看完。

昨天晚上，你強加給我兩件性質不同的罪名。第一件罪名，是指責我不顧你姊姊和賓里先生的濃情蜜意，將他們兩人硬生生地拆散；第二件罪名是指責我喪盡天良，殘酷地剝奪了韋翰先生指日可待的富貴，毀掉了他的大好前途。在這件事情上，我居然如此不顧仁義道德，殘忍地對待我童年時代的朋友——那個無依無靠並從小獲得了我父親喜愛的青年。這個罪名十分嚴重，甚至比拆散你姊姊和賓里先生美滿姻緣的罪名都還更嚴重。現在就讓我從你認爲罪名稍輕的那一件事說起吧，希望你在了解了事情的來龍去脈之後，不再像昨天晚上那樣對我恨之入骨。在解釋的過程中，也許會提到一些引起你不快的事，希望你能諒解。

我到哈福德郡不久，就看出了賓里先生對你姊姊情有獨鍾。其實，在我跟賓里先生認識以來，我已經見過他戀愛了很多次，因此也沒把他喜歡你姊姊這事看得很嚴重。但是直到在尼日斐花園開舞會的那個晚上，我才眞正感到，他確實是眞心誠意地愛上了你姊姊。而且，當我很榮幸地跟你跳舞時，我聽到威廉．盧卡斯爵士的話，才知道賓里先生對你姊姊的愛情已經是人盡皆知的事了，似乎大家都認爲他們很快就會談婚論嫁。聽到這些話，我就開始密切留意我朋友和你姊姊，發現他此次的戀愛果然與往常大不相同。我也注意觀察了你姊姊，發現她卻顯得落落大方，無動於衷，並沒有鍾情於賓里的跡象，雖然她也樂意接受男方的殷勤關切，卻沒打算用同樣的深情來回報對方。但是昨天晚上你卻告訴我，你姊姊十分愛慕賓里先生，如果你沒有弄錯的話，那錯的就一定是我，因爲畢竟你比我更了解你姊姊。如果眞是這樣的話，那我要承認確實是我造成了你姊姊的痛苦。

我認爲這是一門門不當、户不對的婚事，要是發生在我自己身上，我肯定會極力遏止自己的感情。不過這件事情的主角是賓里，他並不像我這樣看重門第，因此我也並不是因爲這個原因才加以反對的，而是由於另外一些更讓人覺得難堪的原因。這些原因到現在都還存在，因此我必須把它們說一說。雖然你母親的娘家親戚地位低微，但是比起你自己家裡人那些讓人哭笑不得的情形，實在是微不足道。你的母親和三個妹妹一貫地做出許多有失體統的事情來，甚至有時候連你的父親也是這樣。請原諒我的直言不諱讓你感到難受，因爲當你感到難受的同時，我比你還要難受。你大可以把事情往好的方面想一想，雖然你家裡人不太讓人滿意，但是你和你姊姊卻舉止幽雅、見識獨到，非常討人喜歡，相信這一點也能讓你稍感安慰了吧。話說回來，就是由於以上那些原因，才讓我下定決心一定要阻止我的朋友結上這門不幸的婚姻。

我把我的想法跟賓里的姊妹們商量了一下，發現她們跟我抱著同樣的看法，因此想法就很快達成一致，認爲應該立刻行動。你應該還記得，賓里先生說他要到倫敦去幾天吧？他走的第二天，我和他的姊妹們就立刻趕到倫敦。到了那裡，由我出面去說服賓里，對他指出締結這門婚事的種種壞處。他在我的勸說之下，開始有點猶豫不決，但並沒有完全動搖。等最後我告訴他說，我相信你姊姊根本就沒有愛上他的時候，他才被徹底說服了，相信是自己自作多情，決定不再對這件事情存有指望。關於這件事情，我並沒有覺得自己有什麼不對的地方，我相信如果你是我，也一定會這麼做。只有一件事情讓我不能安心，那就是當你姊姊到倫敦來的時候，我和賓里小姐不擇手段地把這個消息瞞著賓里先生。我當時之所以這麼做，是由於我認爲賓里還沒有對你姊姊完全死心，要是他們見面的話，說不定會節外生枝。我承認這件事情做得不對，而且有失身分，但我當時確實是出於關心和愛護朋友之心。

現在我們來談談另外一件更嚴重的罪名。關於這件事，我不知道韋翰先生特別指責我的是哪一點，也不知道該解釋哪一點，因此只好從他與我家的關係說起，讓你自己去判斷其中的是非曲直。對於我說的話，有不少有身分、有信譽的人都可以作證。

韋翰先生的父親是個非常可敬的人，他老人家在一直在彭伯里掌管產業，非常盡職。我父親也很器重他，對他的兒子喬治·韋翰也寵愛有加。由於他父親無力供他讀書，我父親便一直供他上學，讓他一直讀到劍橋大學。韋翰是個相貌堂堂、風度翩翩的年輕人，我父親非常器重他，希望他能從事教會職業。

我和韋翰從小就是好朋友，但是隨著一天天地長大，我對他的印象也在逐漸地改變。我發現他是個放蕩不羈的人，而且還沾染上了很多惡習。雖然他小心翼翼地掩飾著自己，但是終究還是逃不過一個和他年紀相仿的年輕人的眼睛。當然，我父親是看不到他這些惡習的。說到這裡，我相信又會引起你的痛苦了，因爲或許你已經對那位韋翰先生產生了某種感情。不過，不管你對韋翰抱有什麼樣的情感，我都要提醒你注意，不要被他彬彬有禮的外表和花言巧語所蒙蔽。

還是回到我們所說的事情上來吧。我父親大約在五年之前去世，直到他去世的時候，他仍然寵愛著韋翰，並在遺囑上特別提到了他，要我幫助他張羅聖職的事，一旦職位有了空缺，就讓我馬上把他提拔上去。此外，我父親還留給他一千磅的遺產。沒多久，韋翰的父親也去世了。這之後不到半年，韋翰先生就寫信給我說，說他已經決定不受聖職，希望我能給他一些更加直接的經濟利益。他又說他想學習法律，還提醒我說，只依靠他那一千磅財產的利息去學法律，是根本不夠的。雖然我根本不相信他的話，但是我還是滿足了他的要求，這件事情最後就這樣解決了——我給了他三千磅，他自動放棄擔任聖職的權力。

從此之後，我便和他一刀兩斷，既不再請他到彭伯里來，在城裡也不再跟他相見。他大部分的時間都住在城裡，但是我相信他並沒有眞正去學習什麼法律，那只不過是一個藉口而已。當他擺脱了一些束縛之後，他便肆無忌憚地過起了揮霍無度的浪蕩生活。起碼有三年，他都沒有跟我聯繫過。後來，有一位牧師去世了，騰出來一個職位，要是韋翰當初不放棄的話，這個職位本該是由他來接替的。沒想到，這時候他竟然又寫信給我，要求我推薦他去擔任那個職位。他在信裡説他現在窮困潦倒，又説他發現學習法律沒有前途，還是決定當牧師。我當然沒有答應他的要求，後來他又三番五次地來信要求，我都置之不理。親愛的班奈特小姐，我想，我這麼做總不至於受到你的責備吧！

他遭到拒絕之後，對我懷恨在心，從那時候開始，我跟他之間連表面上的一點交情也不剩了。毫無疑問，他在很多人面前批評我的不是，但我對此都置之不理。不幸的是，去年夏天，我卻不得不理一理他了。我得告訴你一件讓我非常痛苦的事情，這件事情我本來不願意讓任何人知道的，可是現在我卻不得不說出來，希望你也爲我保守秘密。你知道，我有一個比我小十幾歲的妹妹，由費茨威廉上校和我一起做她的監護人。她離開了學校以後，就一直在倫敦居住。去年夏天，她跟女管家楊吉太太到拉姆斯蓋特去了。韋翰先生得到消息之後，也跟到那裡去。我們沒有想到楊吉太太是個如此不可靠的人，錯誤地相信了她。在楊吉太太的幫助之下，韋翰有了跟喬治安娜相處的機會，並大膽地向她求愛。喬治安娜當時只有十五歲，是個善良而靦腆的姑娘，從來沒有經歷過這種事情，竟然也以爲自己愛上了這位從小就認識的先生，答應跟他一起私奔。

你知道，喬治安娜一直都是在我的照顧之下長大的，對她來說，我不僅是位哥哥，更是一位父親，她不忍心讓我傷心難過，因此她雖然年少輕狂，在一時糊塗之下做出了衝動的決定，但是她在私奔之前，還是把這件事情告訴了我。可以想像，當時我眞是既吃驚又憤怒，很想把事情公佈出來，好讓韋翰先生名譽掃地。但是爲了顧全我妹妹的名譽，我不能那樣做。我給韋翰寫了一封信，要他立刻離開這個地方，並且把楊吉太太也打發走了。毫無疑問，韋翰之所以要誘拐我妹妹，主要目的是爲了她那三千磅的財產，另外也可以利用這個機會好好報復我一下。

班奈特小姐，現在有關我跟韋翰之間的恩恩怨怨，我都已經向你和盤托出了，如果你相信我的話，那就請你以後不要認爲我是一個那樣殘酷無情的人。當初你會受到他的蒙蔽，是因爲你對事情的底細一無所知，也無從去打聽眞相，因此相信他的一面之詞，也是在所難免的。

當然，你也許會感到奇怪，爲什麼昨天晚上我不當面向你解釋清楚，這可能是因爲當時我正在氣頭上，沒有辦法冷靜地思考，不知道哪些話可以說，哪些話不可以說。至於今天這封信上所說的話是眞是假，你可以去向費茨威廉上校求證，他不但是我的親戚，也是我的朋友，而且還是我父親遺囑的執行人之一，對事情的來龍去脈都了解得非常清楚。我之所以要在今天早上把信交到你的手中，就是希望能讓你有時間趕在我們離開之前去詢問費茨威廉此事。我要說的一切都說完了，願上帝保佑你。

36

在伊莉莎白打開那封信之前，她認爲信上的內容一定是向她重新提出求婚。除此之外，她根本想像不出達西先生還有別的什麼可說。當她拆開信，看見這樣的內容時，她的驚訝是可想而知的。當她看到信的開頭，那位先生居然還自以爲能獲得原諒，不由得怒火中燒。正因爲如此，她在讀信的時候，就一直抱著偏見，總覺得他的話都是欲蓋彌彰，企圖自圓其說。尤其是讀到姊姊和賓里先生的那一段，見他列舉了種種她家庭的缺陷，讓她非常又生氣又羞愧，簡直難以繼續讀下去。

等讀到有關韋翰的那一部分時，她才冷靜了一些，能夠比較理智地分析信中的話了。達西在信中所說的事情，和韋翰自己親口所述說的身世經歷十分吻合，但又截然相反。如果達西先生的話是眞的，那麼她從前對韋翰的好感簡直就是個笑話。一想到這裡，她感到更加痛苦。「不！一定是達西在撒謊！這是不可能的！眞是荒謬的謊話！」她的心裡亂極了，恨不得從來沒有看過這封信。信的最後到底說了些什麼，她幾乎都沒怎麼看清楚，便匆忙把信收起來，告訴自己絕對不會再去看這封滿篇謊話的信。

但是不到一分鐘，她又忍不住把信抽出來，認眞地重新讀了關於韋翰的那幾段話。這對伊莉莎白來說，實在是極大的痛苦，但是她仍然逼著自己仔細地體會每句話的意思。信上提到的有關韋翰跟彭伯里的關係，跟韋翰自己所說的毫無出入，老達西先生生前對韋翰的關愛和照顧，也與韋翰的話一般無二。但是當提到遺囑問題的時候，信上所說的話就與韋翰自己所說的完全不同了。毫無疑問，兩個人之中肯定有一個人在說謊話，而且說謊的那個肯定是達西先生。一想到這裡，伊莉莎白心情突然輕鬆了起來。「沒錯，一定是他在撒謊！」接著，她又往下讀。讀到韋翰放棄牧師職位而向達西索取了三千磅一事的時候，她又猶豫了起來，這件事情難道完全是達西捏造的嗎？她繼續讀下去，越讀心裡的疑雲就越重。本來她認爲，不管達西說什麼，都不會對她的看法造成任何影響，也不能成爲他卑鄙和自私行爲的藉口，但是現在她不得不承認，看過這封信後，她的心再也平靜不下來了。

達西竟將驕奢淫逸的罪名加在韋翰先生身上，她當然不願意相信，但是她又無法證明他說的是謊話。在韋翰加入民兵團之前，從來沒有人聽說過他。即使他在加入民兵團之後，大家對他的來歷和身世也都一無所知，一切都是他的片面之詞，沒有人能證明眞假。他英俊的容貌和溫柔的舉止，讓人一眼看上去就會不由自主地喜歡上他，以爲他具備了一切的美德。但是只要靜下心來仔細想想，除了他的能言善道和殷勤多禮之外，根本想不出他還具備別的什麼優點。

伊莉莎白只要眨一眨眼睛，就可以看到韋翰那英俊瀟灑、風度翩翩的模樣。這樣的一個人，會像達西先生所說的那樣荒淫無度嗎？伊莉莎白思考了好一會，才接著讀信。當讀到他企圖誘拐達西小姐的時候，伊莉莎白的腦子裡便嗡嗡作響。「這不可能是眞的！」她對自己說。但是她想起昨天上午她跟費茨威廉上校談到達西小姐的時候，對方那種不自然的神情。費茨威廉上校親自說過，他對達西家的所有事情都很熟悉，而且他也是達西小姐的監護人，因此他肯定知道達西小姐打算跟韋翰私奔一事。伊莉莎白想起達西先生在信的末尾寫到，要她去向費茨威廉求證。她確實有這樣的打算，但又覺得這件事情難於啓齒，而且達西要是沒有把握他表弟的回答跟他一致，也不會冒冒失失地提出這個建議。因此，她想來想去，最終還是打消了這個念頭。

伊莉莎白還清楚地記得，那次在菲力浦先生家裡的時候，她第一次跟韋翰交談，韋翰跟他說的那些話。當時她認爲他們的交談是那麼地愉快，現在她忽然想到，這樣冒昧地跟一個陌生人交談，是一件很不理智的事情。她回想起他的自吹自擂，說自己是個多麼善良大度的人，但是他的行爲卻與他所說的話不符。她記得那次在尼日菲花園開舞會之前，他說他絕對不會刻意避開達西先生，但是最終他卻沒有出席舞會。她還記得，在賓里和達西先生離開哈福德郡之前，除了她之外，他從來沒有跟任何一個人談論自己的身世。但是當那兩位先生一走，幾乎整個哈福德郡的人都知道了達西先生是如何對不起他。他總是說自己看在老達西先生的份上，不願意去批評他的兒子，但是他卻無時無刻不在批評他。

他追求金小姐那件事，以前她覺得完全可以理解，現在看起來，無非也是貪圖金小姐的財產。雖然金小姐的錢並不多，但這並不意味著他容易滿足，而是說明了他是個見錢眼開的人。她想起他也曾經向自己獻過殷勤，那不是因爲他誤會了她很有錢，就是他想藉此來滿足自己的虛榮心。伊莉莎白越想越覺得難受，越想越覺得韋翰確實是個僞君子。她又想起當珍問起賓里先生這件事情的時候，賓里說達西先生在這件事情上沒有任何不對的地方，現在看來賓里先生的話是正確的。

她又仔細地回憶了一下，自從她跟達西先生認識以來，雖然覺得達西傲慢無禮，但是卻沒有發現他有其他缺點，沒有任何不端的行爲，也沒有任何違反道義的惡習，他的親戚朋友，像賓里先生、費茨威廉上校，都很尊重他、喜歡他，就連韋翰也都承認達西是一位好哥哥。如果達西眞的像韋翰說的那麼十惡不赦的話，那他的行爲怎麼可能蒙蔽得了所有人？而且，他又怎麼可能跟賓里這樣一位好好先生做了那麼多年的朋友？

想到這裡，她不禁覺得自己當初實在太膚淺、太偏激了，竟然盲目地相信韋翰的一面之詞，而對達西先生抱有那麼嚴重的偏見。而且，珍不只一次地說過這件事情中間可能有蹊蹺，嘉丁納太太也一再地提醒過，可是自己卻依然執迷不悟。

伊莉莎白不禁失聲叫道：「多麼諷刺啊！我一直以爲自己有知人之明，一直都看不起姊姊那種寬大的胸襟，老是無端地猜測別人，卻竟然相信了一個如此卑鄙的人！多麼可怕的虛榮心！沒錯，就是虛榮心。我之所以相信韋翰，是因爲他喜歡我，因此滿足了我的虛榮心；而我之所以討厭達西先生，是因爲他對我傲慢無禮，怠慢了我，因此讓我覺得生氣。所以到最後，我盲目地相信韋翰，又盲目地討厭達西。天啦，這就是我自鳴得意的知人之明？」

她的思緒又跳到了珍和賓里先生的事上，於是就又把信中關於這件事的解釋讀了一遍。這一次她的感受就跟剛才讀到這部分的時候大不相同了。達西先生說他看不出珍對賓里的情意，夏綠蒂以前也說過類似的觀點。不能否認，達西先生對珍的觀察和評價都很得當，她的確是那種內心澎湃但表面上卻不露痕跡的人，難免讓人誤以爲她的心不容易被打動。

至於他提到了有關她家裡人的那一段，雖然讓她覺得十分難受，但也不得不承認，他的指責一針見血。她的母親、妹妹確實如他所說，很多時候都十分不成體統。他還特別指出在尼日菲花園的那次舞會上，她家裡人的種種表現，是他反對這門婚事的主要原因。老實說，關於那場舞會上的情景，不僅他印象深刻，就連伊莉莎白也一直耿耿於懷。

他對她和姊姊珍表示了肯定和讚賞，讓她覺得稍感安慰，但這並不足以彌補她家裡人不爭氣而給她帶來的痛苦。現在，她認爲珍和賓里先生之間的問題，完全都是自己的家裡人一手造成的。而且，即便她們兩姊妹有再多的優點，都同樣會因爲家裡人那些有失檢點的行爲而受到損壞。達西先生在向她求婚之前的猶豫不決，也充分地證明了這一點。想到這裡，伊莉莎白感到前所未有的灰心和沮喪。

她沿著小路走了兩個鐘頭，腦子裡一直都處於紛亂的狀況，她覺得自己疲倦極了。想到自己已經出來兩個小時，差不多應該回去了。她稍稍整理了一下雜亂無章的思緒，希望回去之後跟人家說話的態度像往常一樣自然愉快，免得被人家看出端倪來。

伊莉莎白剛走進屋子，柯林斯先生就告訴她說，在她出去散步的時候，達西先生和費茨威廉都來拜訪過她。達西先生是來告辭的，見她不在，只待了幾分鐘就走了。而費茨威廉上校卻一直等了足足一個鐘頭，希望能在走之前再見她一面，甚至還打算跑出去找她。

伊莉莎白聽了，說了幾句表示惋惜的話，但心裡卻並沒有因爲沒有見到費茨威廉而覺得可惜。現在，除了那封信之外，她心裡再也裝不下別的東西。

37

第二天一大早，柯林斯先生就在羅新斯的大門口等著給兩位先生送行。他們離開之後，柯林斯高高興興地回來了，並且興高采烈地告訴他們，說兩位貴客雖然滿懷著離愁別緒，但是精神卻還很好。過了一會，他又再次趕到羅新斯，去安慰凱薩琳夫人母女兩人。回家的時候，他帶來了一個令他十分得意的消息——凱薩琳夫人親口邀請他們全家過去吃飯，說客人走了以後她覺得十分沉悶，希望他們能過去陪陪她。

於是，他們全家便又到羅新斯去作客。伊莉莎白一見看到凱薩琳夫人，就不由自主地想起了達西先生，想到自己那天晚上要是答應了他的求婚，那麼她很快就將成爲夫人的侄媳婦了。夫人本來是打定主意要把自己的女兒嫁給達西的，要是知道達西要娶的人是伊莉莎白的話，那肯定會又生氣又吃驚。「到時候，她將會說些什麼話呢？她將會做些什麼事情來呢？」伊莉莎白想著這些，覺得非常有趣。

主人一見他們到來，便談起了那兩位貴客離開的事情。凱薩琳夫人說：「你們不知道我有多難受。我相信再也沒有誰像我這樣，會因爲親友的離別而這麼傷心。我非常喜歡這兩個年輕人，而且他們也非常喜歡我，臨走的時候眞是捨不得離開！最後，還是可愛的費茨威廉上校勉強打起了精神，才不至於讓告別的場面過於悲戚。可憐的達西看上去眞是難過極了，比去年還要難受。我知道他對羅新斯的感情，是一年比一年深了。」

她說到這裡，柯林斯先生插進了一句恭維話。母女倆聽了，都高興地笑了起來。

吃過飯以後，凱薩琳夫人見伊莉莎白有點悶悶不樂，以爲她捨不得這麼快就離開肯特回家，就對她說：「你要是不願意回去的話，可以給你母親寫封信，請她允許你再多待一段時間。我相信柯林斯太太一定也非常捨不得你離開的。」

伊莉莎白回答：「謝謝你的一番盛情，可是我下星期六一定得離開。」

「這麼說來，你在這裡才住了六個星期。我本來希望你至少能住上兩個月的。你還沒來之前，我就跟柯林斯太太談論過，讓她一定挽留你多住些日子。你用不著急著趕回去，我想你母親一定會允許你再待上兩個星期的。」

「可是我父親不會允許的，他上星期就寫信來催我回去。」

「哦，只要你母親允許了，你父親自然就會允許的。做爸爸的怎麼會那麼寶貝自己的女兒，捨不得離開一時半刻的？六月初我正好要去倫敦，要是你能等到那時候再走，我就可以順便帶上你們兩個。只要到時候天氣涼快就行了，好在你們個頭都不大。」

「謝謝你的好意，太太。可是我們還是得下星期六就離開。」

凱薩琳夫人不再挽留，轉過頭對夏綠蒂說：「柯林斯太太，你要記得到時候打發一個僕人送送她們。我可不放心讓兩位年輕小姐自己趕路，平常我最不喜歡的就是這種事。對於年輕的小姐們，我都得按照她們的身分好好地照顧她們，去年夏天我的侄女喬治安娜到拉姆斯蓋特去的時候，我就特意打發了兩個男僕人送她去。要知道，喬治安娜是老達西先生和安妮夫人的千金小姐，要是在路上沒有兩個僕人的話，那也太不成體統了。對於這些事情，我一直都十分留意。柯林斯太太，你可千萬不要忘記了。幸虧我及時想起了這件事，及時提醒你一下，不然她們兩個要是自個上路，不但她們丟臉，連你的面子也要丟光了。」

「不用了，我舅舅會打發人來接我們的。」伊莉莎白說道。

「你舅舅？他有男僕人嗎？很好，總算有人替你想到這些事。那麼，你們打算在哪兒換馬呢？當然是在白朗萊啦。到了那裡，你們只要提一提我的名字，就馬上會有人來招呼你們的。」

凱薩琳夫人對她們的旅程提出了很多建議和意見。雖然大家聽得不耐煩，但還得做出一副全神貫注的樣子去聽。伊莉莎白覺得這樣也不錯，不然要是沒有什麼事情分散她的注意力，她就老是惦記著那封信的事，說不定一不小心連自己作客的身分也忘記了。

沒錯，心事應該等到獨處的時候再去想。每次她獨自一人的時候，她就要拿出那封信再讀一讀，翻來覆去把所有事情都想一遍。那封信她簡直都快要背得出來了，而對寫信的這個人，她一會充滿了熱情，一會又充滿了憤怒。他信中的語氣當然讓她生氣，但是一想到她曾經錯怪了他，誤會了他，她就忍不住對他心生歉意和同情。她感激他對自己的愛慕，也尊敬他的為人和性格，但是她卻仍然不能愛上他。即便是在看了那封信之後，她仍然沒有為自己拒絕他的求婚而感到絲毫的後悔，而且根本就沒想過還要跟他見面。

伊莉莎白為自己從前的無知感到悔恨和苦惱，但是更讓她痛苦的是，她的家庭裡那些種種不盡人意的地方。她相信，這些缺陷根本是無法去糾正的。她的父親對幾個小女兒的輕狂和浪蕩，雖然加以諷刺和打趣，但是卻懶得去管教她們，就任由她們去胡鬧；而她母親本身就沒有什麼見識，根本意識不到她那幾個小女兒的不夠檢點。伊莉莎白和珍曾嘗試要對凱薩琳和莉蒂亞加以約束，但是那兩位年輕的小姐有了母親的縱容，根本沒把姊姊們的勸告放在眼裡。凱薩琳意志薄弱，只知道跟著莉蒂亞胡鬧，一聽到姊姊們的規勸就要生氣；而莉蒂亞則是個不折不扣的野丫頭，沒心沒肺。她們兩個無知又愛慕虛榮，只知道賣弄風情，勾搭軍官，成天都往梅列敦跑，遲早要做出有失體統的事情來。

她又想到了珍，十分為她感到惋惜。珍本來有這麼一個理想的機會，能跟如此優秀的賓里先生成就一段美滿姻緣，就因為家人的愚蠢可笑和有失檢點，因此喪失了這個機會，這怎麼能讓人不感到痛心呢！

在伊莉莎白和瑪莉亞臨走前的一個星期裡，羅新斯的邀請還是和她們剛來的時候一樣頻繁。最後一個晚上，她們在那裡作客的時候，夫人又仔細地問了她們旅行的細節，告訴他們應該如何收拾行李。瑪莉亞聽了之後，回去便把已經收拾好的箱子打開，把裡面的東西全部倒出來重新收拾了一遍。

她們離開羅新斯的時候，凱薩琳夫說了一些祝她們一路平安之類的話，又邀請她們明年再到漢斯福來。德．包爾小姐向她們行了個屈膝禮，並伸出手來跟她們握手告別。

38

星期六吃早飯之前，伊莉莎白和柯林斯比別人早到了幾分鐘。柯林斯先生鄭重其事地對她說了許多道別的話，對他來說，這種禮貌是必不可少的。

他說：「伊莉莎白小姐，承蒙你光臨寒舍，實在是我們莫大的榮幸。我不知道我太太是否已經向你表達過感激之情，但我相信她絕對不會連這點基本的禮貌都不懂的。不知道你住在這的期間是否愉快？我們這裡房屋簡陋，又沒有多少僕人，肯定讓你覺得十分不適。恐怕像你這樣一位年輕的小姐，會覺得漢斯福是個枯燥無味的地方吧！不管怎麼樣，你肯賞臉來看我們，我們就會竭盡全力來招待你，盡量不讓你感到不愉快。

伊莉莎白連聲道謝，說在這裡逗留的六個星期過得十分愉快。又說自己能跟好朋友在一起相處，感到十分有趣，再加上主人的殷勤好客，讓她覺得賓至如歸。

柯林斯先生聽了這話，感到既滿意又得意，臉上堆滿笑而又一本正經地說：「聽到你說你在這裡過得十分愉快，讓我感到無比欣慰。我們總算是盡了主人的心意，更幸運的是，能夠把你介紹給上流社會的人物認識。寒舍雖然沒什麼可取之處，但是幸好還有羅新斯這個高貴的鄰居，讓你不覺得過於單調，也不至於讓你感到此次來漢斯福毫無收穫。凱薩琳夫人熱情好客，十分優待我們，你看你來這裡的這段時間，我們可是隨時都去作客啊。這種機會並不是人人都能有的。我想，雖然寒舍簡陋，但是只要客人們到這裡來，就有機會和我們一起享受羅新斯的盛情款待，這對客人們來說也算是一種福氣了吧！」

他的得意忘形讓伊莉莎白哭笑不得，但是她還是說出了幾句簡單而客氣的話來奉承他。柯林斯先生聽了以後，高興得不得了。

「親愛的表妹，你大可以放心地回哈福德郡去傳播好消息，你一定得那麼做！把你在這裡每天看到的、聽到的都告訴他們，讓他們知道你的朋友夏綠蒂在這裡過得非常如意。總之，我相信你的朋友嫁給我並沒有失算，不過這一點不說也沒關係。我親愛的伊莉莎白小姐，我希望你將來也能攀上這樣一門幸福的婚姻，像我跟夏綠蒂這樣情投意合、心心相印。你看，我們這一對夫婦眞是天造地設，不是嗎？」

伊莉莎白以十分誠懇的語氣繼續說，她確實也覺得他們兩人的婚姻是再合適也沒有了。她的話只說了一半，夏綠蒂就進來了。伊莉莎白想到夏綠蒂要跟這樣一個男人朝夕相處，覺得她實在可憐，不知道她如何能忍受。夏綠蒂有時候確實也會覺得難過，不過有客人來的時候，還稍感安慰，現在她看到客人們要走了，不由得開始感到難過。但是她並不需要伊莉莎白的憐憫，這裡的許多事情，家務事、教區裡的事，還沒有讓她感到完全乏味。

馬車來了，僕人們把小姐們的箱子放到車頂，用繩子繫好。大家依依不捨地告別之後，柯林斯先生便送兩位小姐上車。他們從花園的小路往前走去，他一路上不斷地跟伊莉莎白嘮叨著，把去年他在浪博恩受到款待的事情也搬了出來，還要伊莉莎白代他問候嘉丁納夫婦，雖然他根本不認識他們。

當兩位小姐上車，正要關上車門的時候，柯林斯突然想起她們還沒給羅新斯的太太小姐們留言，便慌慌張張地提醒她們：「你們當然沒有忘記要我給她們傳話，感謝她們這麼多日子以來對你們的款待。」

伊莉莎白敷衍他了幾句。然後，她們就出發了。

馬車剛上路，瑪莉亞就叫了起來：「天啦！我覺得我們好像昨天才到這裡來一樣，但是好像又發生了很多事情！」

一路上，她們都沒說什麼話。不到四個小時，她們就到了嘉丁納先生的家裡。她們打算要在這裡再住上幾天。

伊莉莎白見到姊姊珍，覺得她的精神看起來還不錯，但就是不知道她的心情如何。舅媽們早就為她們安排好了各種各樣的娛樂節目，把她們的時間排得滿滿的，讓伊莉莎白根本就沒有機會跟姊姊好好談一談。幸好，珍要跟她們一起回浪博恩，到時候她們就有的是時間聊天了。

但是伊莉莎白卻忍不住現在就想把達西先生跟她求婚的事告訴珍，她知道珍聽到這件事情之後，一定會大驚失色，而且伊莉莎白自己的虛榮心也能得到很大的滿足。不過，最後伊莉莎白還是控制住了自己，沒有把這件事情告訴她姊姊。她知道在提到這件事情的時候，就肯定會涉及到賓里先生，而她姊姊聽到這個人的名字肯定會傷心的。

39

在嘉丁納太太家住了幾天之後，五月的第二個星期，伊莉莎白、珍和瑪莉亞一塊從格瑞斯喬治街出發往哈德福郡走。在那裡一個鎮上的飯店裡，班奈特先生已經事先安排好了一輛馬車在那裡等她們。

剛到飯店門口，就看到凱薩琳和莉蒂亞趴在樓上的窗戶邊望著她們。這兩位小姐已經到這裡一個多小時了，對面的一家帽子店早被她們光顧過。買了帽子之後，她們百無聊賴，對站崗的哨兵評頭論足了一番，然後又吃了一些沙拉。

她們見姊姊們到來，便立刻向她們表示歡迎，又要了一些冷盤，然後對姊姊們說道：「你們看，這麼好的菜，沒想到吧！」

姊姊們表示了感謝。莉蒂亞又說：「我和凱蒂存心要請客，但是你們得借錢給我們，因爲我的錢都在那邊的帽子店裡花光了。」說著，她把新買的帽子拿出來炫耀：「你們看，我買了這個。我覺得不是很好看，但是就將就著買一頂吧。到了家裡，我要把它拆開重新做，到時候你們就知道這頂帽子會被我弄得多漂亮了。」

姊姊們都說她買的這頂帽子太難看了，她卻毫不在乎地說：「你們還沒看見更難看的呢！那家店裡還有幾頂帽子，比這頂還要難看得多。等會我就去買點漂亮的緞子，來把它重新裝飾一下，也就還看得過去了。哎，民兵團再過兩個星期就要離開梅列敦了，他們走了之後，我看穿什麼衣服戴什麼帽子都無所謂。」

「他們眞的就要離開了嗎？」伊莉莎白對這個消息感到非常高興。

「他們要到布萊頓（英國南部避暑勝地）去。我希望爸爸也能帶我們到那裡去避暑，要不然，這個夏天多無聊啊！我相信媽媽一定也很贊成我的主意。」

伊莉莎白心想道：「這可眞是好主意啊。光是梅列敦一個的民兵團，就把這裡的小姐們弄得神魂顚倒了，眞無法想像要是有了布萊頓那整營的士兵和軍官，我們還會忙成什麼樣子！」

莉蒂亞又說：「我有個大消息要告訴你們，而且是個天大的好消息。你們猜猜看是什麼消息？提醒你們一下，是關於我們大家都喜歡的一個人的。」

珍和伊莉莎白互相看了一眼，打發侍者走開。

莉蒂亞見狀，大聲笑著叫了起來：「嗨！你們也太過小心了吧，還非得把人家打發走。可是我相信他平常不知道聽了多少不堪入耳的話呢！不過，把他打發走了也好，因爲他是個不折不扣的醜八怪，我從來沒有見過那麼難看的下巴！不說他了，還是來聽聽我要說的新聞吧！我要說的，是有關我們最可愛的韋翰先生。韋翰不會有跟瑪莉．金結婚的危險了，那位小姐到利物浦去了，而且不會再回來。你們看，韋翰安全了！」

「應該說是瑪莉．金安全了！」伊莉莎白說：「她走得正好，免得結下一門冒失的婚姻。」

「要是她明明愛他卻又不跟他結婚，那可眞是個大傻瓜呢！」

珍說：「但願他們雙方的感情不太深，否則的話那太痛苦了。」

伊莉莎白：「我相信韋翰對她的感情不會深的，應該說，他對誰的感情都深不了。」

莉蒂亞大聲叫：「我敢保證，他根本就沒把那位小姐放在眼裡。誰會喜歡這樣一個滿臉雀斑的小東西！」

伊莉莎白聽了她妹妹的話，不禁想起自己以前曾經有過同樣的想法，只是從來沒有這樣粗魯直接地說出來而已。想到這裡，她非常吃驚，覺得自己以前眞是荒唐到家了。

幾位小姐們吃完飯，姊姊們付了賬，便開始整理東西準備回家。擺弄了好一陣子，小姐們終於坐上了馬車，她們的箱子、包裹以及凱薩琳和莉蒂亞買的那些難看的帽子，也放上了馬車。

「我們這樣擠成一團可眞有意思！」莉蒂亞大聲說：「這頂帽子我很喜歡。我還要再去買一個帽盒。對了，你們離開家這麼久，有沒有遇到什麼好玩的事情？有遇到看得上眼的男人？有沒有跟人家勾搭過？快講一講吧！我還眞希望你們出去一趟能帶一位丈夫回來呢！我說珍，你都快二十三歲啦，天啦！我要是不能在二十三歲以前結婚，那可就太丟人了！還有你，麗茲，菲力浦姨媽也希望你快點結婚，她說，麗茲要是嫁給了柯林斯先生就好了。不過我可不覺得那有什麼好，柯林斯先生沒什麼趣味。天啦！我一定得比你們都先結婚，這樣我就可以帶你們去參加各色各樣的舞會！對了，你們不知道那天在弗斯托上校家裡，我們做了什麼！我們給查姆柏倫穿上了女人的衣服，把他打扮成一個女人吧。那眞是太有趣啦！除了上校、弗斯托太太、凱蒂和我之外，其他的人都以爲他是個女人呢！還有姨媽也知道，不過她是因爲我們問她借件大衣，她才知道的。你們想像不到，查姆柏倫扮成女人之後有多像啊！丹尼、韋翰、普拉特和其他軍官根本就認不出是他。我當時簡直笑得不行了，弗斯托太太也笑得很厲害。那些男人見我們一直笑，就猜到有什麼詭計，過了很久，才被他們識破。」

大家一路上就聽著莉蒂亞這樣說說笑笑，凱蒂不時也插上幾句話。她們說來說去，無非說的就是舞會上的事，卻免不了要提起韋翰的名字。

到家之後，班奈特太太見到珍還是跟以前一樣漂亮，便覺得十分高興。班奈特先生見她們回來，也感到十分高興，一次又一次地對伊莉莎白說：「麗茲，我眞高興你終於回來了。」

盧卡斯全家也都在這，他們是來接瑪莉亞的，順便也聽聽新聞。盧卡斯太太隔著桌子，不斷地問瑪莉亞，夏綠蒂在那邊過得好不好。班奈特太太忙著向珍詢問城裡流行的新鮮玩意兒，然後馬上轉過頭去說給盧卡斯家幾位年輕小姐聽。

莉蒂亞的聲音最大，她興致勃勃地跟大家講著到鎮上去的趣聞，並對瑪莉說：「你要是跟我們一起去就好了，你不知道那有多有趣呢！我們去的時候，一直都把窗簾放了下來，人家都以爲這是空車呢！後來凱蒂暈車，我們才把窗簾掀開的。我們在喬治飯店用世界上最好吃的菜招待了她們三位，要是你去了，我們也會招待你的。回來的時候也很有意思，我本來還以爲車子裝不下我們呢！我們就那樣擠在一起，說說笑笑，聲音大得恐怕十英哩之外的人都聽得到！」

瑪莉一本正經地回答：「親愛的妹妹，不怕掃你的興，你說的這些我實在不感興趣。這些也許會令一般的女子開心不已，但對我而言，我覺得還是讀書更加有意思。」

莉蒂亞根本就沒把她的話放在心上。到了下午，她非要姊姊們陪她到梅列敦去看望朋友，伊莉莎白堅決反對，她怕人家說班奈特家的幾位小姐回家不到半天，便馬不停蹄地跑到梅列敦去追求軍官。另外，她也不想見到韋翰。那個民兵團馬上就要調走了，這眞是讓人求之不得。她希望他們走了之後，一切都重新平靜下來，她也要把這些事情統統忘記。

伊莉莎白看到母親在跟父親討論去布萊頓避暑的計畫。莉蒂亞說得不錯，母親果然很贊成去那裡跟軍官們一起度過夏天。但是，伊莉莎白也看出，父親的回答雖然含糊其詞，但是他絲毫沒有讓步的意思，絕對不會同意這個計畫的。母親碰慣了釘子，因此她並沒有因爲丈夫的拒絕就死心，仍然抱著希望，不斷地努力去說服丈夫。

40

到了晚上，伊莉莎白再也忍不住，便把達西先生向她求婚的事情告訴了珍。凡是牽扯到珍的地方，她一概不提，只說跟求婚有關的部分。不出她所料，珍一聽到這個消息果然大吃一驚，但她非常喜愛和欣賞自己的妹妹，覺得不管她受到哪位先生的追求都是理所當然的，因此很快就平靜了下來，不再感到驚訝了。

聽妹妹說完了之後，珍一方面不贊成達西先生用那種不得體的態度向伊莉莎白求婚，另一方面也替他感到難過，因爲他在遭到拒絕之後一定會很難堪。她說：「那種沒有禮貌的態度確實不可取，不過，你想想看，你拒絕他以後他會失望到什麼地步啊！」

伊莉莎白回答：「我也替他感到難過。不過，既然他在向我求婚的時候還有那麼多的顧慮，那我相信他對我的愛慕很快就會消失得無影無蹤的。你不會責怪我拒絕了他吧？」

「當然不會。」

「那你會責怪我以前那麼護著韋翰嗎？」

「怎麼？我可看不出你喜歡那個可愛的青年有什麼錯。」

「等我說完，你就知道有什麼錯了。」

於是她便把達西先生給她的信中有關韋翰的部分，一五一十地講給姊姊聽。珍非常吃驚，比聽到達西向妹妹求婚的消息還要吃驚。她從來沒有想到世間還有這麼多的罪惡，而且這些罪惡還是集中在一個人的身上！雖然以前當達西先生遭人誤解的時候，她很想幫達西說話，但是現在她同樣不希望韋翰被說成這樣一個十惡不赦的人。她實在太善良，總以爲每個都像她一樣善良。

伊莉莎白說：「你可別想兩全其美。在我看來，他們兩個人一共就只有那麼多的優點，湊在一起勉強能夠得上一個好人的標準。最近這段時間以來，這些優點在他們兩個人之間移來移去，把我弄得暈頭轉向。不過，現在我還是比較偏向達西先生，覺得這些優點都應該屬於他。你偏向誰呢？你可以自己選擇。」

珍想了好一會，臉上才勉強露出笑容說：「我想這可能是我一生中最吃驚的一件事了，韋翰原來這壞！話說回來，達西先生眞可憐，你想想，你拒絕了他之後，他會感到多麼痛苦，多麼失望，而且爲了跟你解釋，他還不得不把自己妹妹的事情都講出來！」

「看到你這麼同情他，我反而倒覺得心安理得了。你在感情上對他的慷慨造成了我在感情上對他的吝嗇。你要是再繼續爲他悲傷，那我就更加輕鬆得意了。」

「韋翰也很可憐！可惜他看起來那麼善良溫柔、風度翩翩。」

「要我說，這兩個年輕人都有問題，一個的好處全藏在裡面，一個的好處全露在外面。」

「我可不認爲達西先生在儀表方面有什麼欠缺，只有以前的你才那麼想。」

「我倒覺得毫無理由地討厭一個人也是一件非常聰明的事情。因爲厭惡和憎恨往往能啓發人的智慧。你不斷地罵人當然說不出一句好話，但是如果你想一直取笑別人，就不得吐出幾句絕妙的話來。」

「麗茲，我相信當你第一次讀那封信的時候，感受肯定跟現在不一樣吧。」

「當然不一樣，我當時難受得要命，可是找不到人來聽我傾訴，也找不到人來安慰我。我多麼希望有人能告訴我，我其實根本不像自己想像的那麼軟弱和虛榮。親愛的珍，我可真少不了你啊！」

「你以前在達西面前提到韋翰的時候，口氣那麼強硬。現在看來，你當時的言語眞是太不得體啦！」

「確實不得體，但當時我對達西先生抱有偏見，因此態度自然就那麼強硬。對了，我們是不是應該把韋翰的事情說出來，讓大家都知道他是怎樣的一個人？」

珍想了一會說：「我覺得不必太讓他下不了臺。你覺得呢？」

「我也這麼想。再說，達西先生並沒有允許我把他信中的內容大肆宣揚，反而囑咐我說凡是涉及到他妹妹的部分，都得嚴格保守秘密。要是這件事情不能說的話，那麼我又能拿出什麼證據來證明韋翰的品行惡劣？現在大家都對達西先生抱有那麼深的成見，對韋翰抱有那麼深的好感，我想即便我們說了也沒人相信我們。幸好韋翰馬上就要離開了，他究竟是好是壞，跟這裡的人也沒什麼關係了。我相信總有一天會眞相大白的，到時候我們大可以嘲笑他們沒有先見之明。不過，目前我們還是保持沉默吧。」

「沒錯。要是現在我們去跟大家宣揚他的劣行的話，他的名聲和前程就統統被斷送掉了。說不定他現在已經感到後悔，決定改過自新，我們可不要弄得人家走投無路。」

伊莉莎白把事情跟珍說清楚之後，心情稍微平靜了一些，兩個星期以來壓在心裡的石頭終於放了下來，感到十分輕鬆。不過，還有一件心事，她不敢告訴珍，那就是達西先生信的前半部分。她不敢告訴她姊姊，賓里先生對她是多麼愛慕，更不敢告訴她賓里究竟爲什麼一去不回。除非事情到了迫不得已的地步，不然她還是不吐露這個秘密爲好。她自言自語地說：「要是賓里和姊姊果眞締結了美滿姻緣，到時候我就可以把這件事情說出來了。但是這件婚事的可能性有多大？我想要是眞有那麼一天，我相信賓里先生自己說的會比我說的動聽得多。看來，無論怎麼也輪不到我來向珍說明這件事了。」

伊莉莎白現在終於有時間來仔細觀察珍，發現她的心裡並不像她表面上那麼快活。她仍然掛念著賓里先生。從一開始，她就看出了賓里先生的出類拔萃，對他產生了初戀一般的柔情蜜意。而且，由於她品行端正，再加上年紀不小，因此對他的感情也就更加堅定。但是，既然她看到事情並沒有按照她的意願去發展，也就說服自己打消了對他的指望，否則，眞不能想像她現在要憂鬱到什麼地步了。

有一次班奈特太太對伊莉莎白說：「麗茲，你對珍和賓里先生的事情怎麼看？我已經下定了決心，不在任何人面前提起那位先生。那天，我就跟菲力浦太太說過，我知道珍在倫敦連他的影子也沒有見著。凡是可能知道消息的人，我都一一問過了，可是沒有聽說任何他今年夏天要回尼日斐花園來的消息。唉，珍對他鍾情眞不値得，我看她這輩子別指望能嫁給他了。」

「我看他也不會回尼日斐花園來了。」

「我才不管他來不來呢！我只是覺得他太對不起我可憐的珍了。要是我是珍的話，我才呑不下這口氣呢！哼，我相信珍一定會傷心欲絕，憂慮成疾，最後香消玉殞，到時候賓里先生就一定會後悔當初不該這麼狠心地對待他了。」

伊莉莎白沒有回答，母親這種荒唐的想法並不能讓她感到安慰。

母親又接下去說：「對了，柯林斯夫婦過得好嗎？太好了，希望他們能一直這麼好下去。他們的一日三餐如何？我想，他們的生活也夠節儉吧，夏綠蒂只要有她母親一般精明能幹，肯定也會成爲一個摳門的主婦。他們平時的生活一點也不浪費吧？」

「沒錯，一點也不浪費。」

「很好，很好，我看他們是肯定不會入不敷出的。好吧，願上帝保佑他們！我想，他們肯定會常常談起你父親去世以後，他們來繼承浪博恩遺產的事情吧！」

「這事他們怎麼會當著我的面提起？」

「當然不會當著你的面提起，但是我相信，他們私底下一定經常談論這事。哼，不知道他們拿到這筆財產能不能心安理得，要是叫我來接受這筆非法的財產，我才覺得不好意思呢！」

41

眨眼間，一個星期就過去了。再過一個星期，梅列敦的民兵團就要離開了。就因為這個，這一帶的年輕小姐們一個個都垂頭喪氣的，彷彿世界末日就要來了一樣。班奈特家年紀較大的兩位小姐沒有受到影響，照樣過著她們的日子，但是凱薩琳和莉蒂亞卻傷心欲絕，看見兩位姊姊無動於衷，便責怪他們冷酷無情。「天哪！」她們總是大聲叫；「他們走了以後，我們這裡還有什麼意思呢！麗茲，你居然還笑得出來！」

不僅是她們，就連她們那位慈祥的母親也跟著一起傷心。她想起在二十五年以前，自己也因爲同樣的事情而感到無比痛苦。「一點也沒錯，」她說：「當初米勒上校他們團離開的時候，我的心簡直碎了，整整哭了兩天呢！」

「我的心也一定會碎的。」莉蒂亞說。

班奈特太太說：「要是我們能跟他們一起到布萊頓去就好了！」

「就是，要是我們也能去布萊頓就好了，可是爸爸偏不同意！」

「而且洗洗海水浴對我的身體可有好處了。」

凱薩琳接著說：「菲力浦姨媽說海水浴對我的身體大有好處的。」

就這樣，這兩位年輕的小姐，就一天到晚跟著母親長吁短嘆。伊莉莎白見此情形，本來想好好地笑話她們一番，但是她忽然想起了達西先生對她們的評價，不由得感到羞愧難堪，因此開玩笑的心情便立刻消失殆盡。她覺得他所指出她家人的毛病確實非常正確，難怪他會因此而干涉賓里跟珍之間的事情了。

莉蒂亞的悲傷沒有持續多久，很快就重新笑顏逐開了，因爲弗斯托太太邀請她跟他們一起到布萊頓去。弗斯托太太很年輕，結婚不久，跟莉蒂亞一樣精力旺盛得不知道往哪兒發洩好。她們兩人非常合得來，雖然認識的時間不長，交情卻相當深了。

莉蒂亞高興得不得了，到處向人宣揚這個好消息，還要大家祝福她的好運氣。她母親也跟她一樣欣喜若狂。但是可憐的凱薩琳卻只能繼續怨天尤人，抱怨自己的壞運氣。「我眞不明白，弗斯托太太爲什麼不邀我一起去？」她說：「雖然我跟她的交情不像她跟莉蒂亞那麼要好，但是她也總該邀請邀請我啊。照理說，我比莉蒂亞年紀大兩歲，就算是出於禮貌，也應該先邀請我。」

伊莉莎白對這件事的態度跟母親和莉蒂亞完全不同。她覺得要是莉蒂亞眞的跟著那些輕浮的軍官們一起到布萊頓去的話，那她肯定會更加放縱，說不定會闖出什麼禍來。她知道自己說服不了母親和莉蒂亞，只能悄悄地對父親說，要父親堅決阻止莉蒂亞去。她告訴父親。莉蒂亞在這裡的時候就已經荒唐至極，到了布萊頓之後，身邊有像弗斯托太太這樣一個女人跟她做朋友，還有成群的軍官對她獻殷勤，她就一定會變得更加忘了自己的。

班奈特先生聽完她的話，說：「你說得很對，不過莉蒂亞不到外面去出一出醜，是絕對不肯善罷甘休的。她這次出去丟人現眼，不用花家裡的錢，又不用費家裡的事，這種機會我還求之不得呢。」

伊莉莎白說：「莉蒂亞那麼輕浮放縱，一定會引起很多閒言閒語的，這會給我們姊妹都帶來很大的不幸。事實上，我們已經因爲她的不知檢點而蒙受了不幸。你要是想得到這一點，你就會重新來考慮這件事情了。」

「已經因爲她的不知檢點而蒙受了不幸？」班奈特先生說：「我親愛的麗茲，你這話是什麼意思，難道她把你們的追求者給嚇跑了不成？難道那些年輕人就這麼見不得世面，一見你們妹妹的放蕩行爲，就臨陣退縮，不敢向你們展開追求？」

「我不是這個意思，我也並不是因爲心上人被她嚇跑了，才有所埋怨的。我只是覺得莉蒂亞這種放蕩不羈、到處追逐的行爲，確實會影響我們的體面，讓人家瞧不起。爸爸，你可千萬不要生氣，我說的話雖然不太好聽，但是卻都是眞話。你要是再不管一管莉蒂亞，她這輩子就無藥可救了。她才不過十六歲，就已經成了一個風流放蕩的女子，弄得她自己和她的家人都遭人非議。要是再這樣繼續發展下去，她一定會成爲放蕩無恥、受人唾棄的女人。她除了年輕貌美之外，就一無可取，頭腦簡單、沒有見識，自以爲到處都能博得人家的追逐，結果到處都被人家瞧不起。凱蒂也是，無知又愛慕虛榮，並且毫無主見，莉蒂亞要怎樣她便怎樣，我看她很快就會成爲第二個莉蒂亞的。我的好爸爸呀，任何認識她們的人，都會看不起她們，嘲笑她們，而且還經常連累姊姊們也跟著丟臉。你覺得這個問題還不夠嚴重嗎？」

班奈特先生聽了，便握住她的手說：「我的好孩子，你們放心好了，不管你跟珍有多麼荒唐的妹妹，但是認識你們的人都會尊重你們、喜歡你們的，絕不會因爲你們有了兩個甚至三個愚蠢的妹妹，就看不起你們的。要是我們不讓莉蒂亞到布萊頓去，我們這個夏天就別想過得安靜了。就讓她去吧，弗斯托上校是個有頭腦的人，不會任由她胡作非爲的。而且她又這麼窮，沒有哪個男人會認眞看上她的。布萊頓跟這裡不一樣，那裡有的是風流美貌的女子，莉蒂亞在那裡想做個放蕩的女子還不夠格呢！她到那裡受受挫折，也能讓她稍微清醒一點，免得她老是不知天高地厚。相信她還不至於荒唐到無可救藥的地步。再說，我們總不能一輩子都把她關在家裡吧！」

伊莉莎白見父親這麼堅持，只好作罷。她認爲自己已經盡了全力，沒有必要再爲這事過分煩心。再說，她也覺得莉蒂亞不至於就一定會做出什麼荒唐的事情來。

此刻的莉蒂亞正沉醉在幸福的幻想之中：在豪華的浴池附近，所有的街道上都是英俊的軍官；在堂皇富麗的營帳裡，幾十個甚至上百個穿著紅制服的軍官，都在向她獻著殷勤；她笑顏如花地在軍官中應酬自如，同時跟許多英俊的年輕人賣弄著風情。在她心裡，能跟軍官們一起到布萊頓去實在是人間最大的幸福，要是她知道伊莉莎白竟然竭力要阻止她的幸福，不知道會生氣成什麼樣子。她母親也跟她一樣，把她去布萊頓的事當作天大的好消息。她因爲丈夫不答應帶全家人去布萊頓，本來感到非常失望，唯一安慰的就是莉蒂亞總算能去一次。她要是知道她的二女兒跟她丈夫談話的內容，不氣個半死才怪！

班奈特先生果然沒有對莉蒂亞加以阻攔，因此到她離開家的那天，她仍然歡歡喜喜的，一點也不知道自己的幸福差一點就被斷送了。

民兵團出發的前一天，韋翰跟別的幾個軍官到浪博恩來吃飯。伊莉莎白和韋翰先生見了最後一面。其實自從回家以後，他們已經見過好幾次了，因此伊莉莎白絲毫沒有覺得尷尬和不安。從前她對他的好感現在已經完全消失，他那曾經讓她心動不已的翩翩風度，現在只讓她覺得虛僞做作，十分讓人討厭。而更令人反感的是，他竟然向伊莉莎白流露出了想要重修舊好的意思，以爲自己只要願意追求她，她就應該感到滿足和高興。伊莉莎白見他這副自以爲是的卑鄙模樣，心裡既生氣又難受，但是嘴上卻沒有說什麼。

他問伊莉莎白在漢斯福玩得怎麼樣，伊莉莎白便故意提起費茨威廉上校和達西先生也在那裡待了三個星期，還問他認不認識費茨威廉上校。韋翰一聽，臉色立刻就變了，不過他很快就恢復了鎮定，笑容可掬地說，他認識費茨威廉上校，而且以前還經常跟他見面，又說他是個非常討人喜歡的年輕人，問伊莉莎白喜歡不喜歡他。

伊莉莎白熱情地回答說喜歡。他便又立刻以一種滿不在乎的神情問：「你剛才說他在羅新斯住了多久？」

「差不多三個星期吧。」

「你跟他見面的次數多嗎？」

「很多，幾乎每天都要見面。」

「他跟他表哥可大不相同啊。」

「確實大不相同。不過，我想達西先生跟人家熟了之後，也很討人喜歡的。」

韋翰聽了這話，頓時大驚失色，大聲叫了起來：「那可就太奇怪了！」他稍稍控制了一下自己的情緒，盡量讓自己的聲音聽起來不那麼緊張：「那我倒想請問一下，他跟人家說話的時候，是不是態度不那麼高傲了？他在對待人家的時候，是不是要有禮貌多了？說實話，我可不敢指望他……」說到這裡，他故意把聲音壓低一些：「指望他的本質會變好。」

「當然沒有，」伊莉莎白說：「我相信他的本質還是跟過去一樣。」

韋翰捉摸不透她這話是什麼意思，又見她臉上顯出奇怪的表情，忍不住感到緊張和害怕。伊莉莎白看了他一眼繼續說：「我說達西先生跟人家熟了也很討人喜歡，並不是說他的思想和態度有什麼改變，而是說跟他熟悉了以後，就會更加了解他的個性，因此也就不會再討厭他了。」

韋翰的臉不由得紅了起來，神情十分慌亂，好幾分鐘都沒有說話，最後，他好不容易才勉強冷靜下來，溫柔地對她說：「你很清楚我跟達西先生之間的恩恩怨怨，因此也很容易明白我對他的看法。當我聽到你說他現在至少表面上會裝得像個樣子，實在感到非常高興。你知道，我一向都覺得他那種傲慢雖然對他自己來說毫無益處，但是對別人說不定倒是好事。因為他既然這麼傲慢，也就不屑用那些卑鄙的手段來對付我了。我最怕的就是，他現在裝腔作勢也不過就是為了唬弄唬弄他的姨媽，贏得好印象。你知道，他每次在他姨媽面前都是小心翼翼的，生怕露出了狐狸尾巴，生怕跟德・包爾小姐結不了婚。這對他來說，可是一件時刻都不敢掉以輕心的大事。」

伊莉莎白微微一笑，稍微點了一下頭，並沒有回答，也不打算繼續跟他討論這個問題。韋翰不知道究竟發生了什麼變化，但是他可不敢再去向伊莉莎白獻殷勤了。最後，他們客客氣氣地道別，雙方都希望最好永遠不要再見到對方了。

宴會結束了以後，莉蒂亞便要跟弗斯托太太一起到梅列敦去，打算明天一早就直接從那裡動身。不過，在跟家人告別的時候，莉蒂亞可沒有表現出任何離愁別緒來，反而興高采烈，恨不得馬上就到布萊頓。倒是凱薩琳流了幾滴眼淚，不過並不是因為捨不得莉蒂亞，而是因為她自己沒有同樣的福分去享受那醉人的幸福。

班奈特太太鄭重其事地跟女兒道別，還囑咐她千萬不要錯過享樂的機會。莉蒂亞求之不得地答應了，雖然其他的任何囑咐她都聽不進去，但是這個囑咐她還是樂意照辦的。她高高興興地跟大家說再見，姊姊們對她說的那些祝她一路平安的話，她一句也沒聽見。

42

如果要讓伊莉莎白說一說什麼叫做婚姻的幸福，她一定說不出什麼好聽的話來，因為她自己家裡的情況就非常糟糕。當初她父親因為愛慕她母親的年輕和美貌，以為這些能夠給他帶來很大的樂趣，於是便毫不猶豫地娶了這樣一個頭腦簡單、見識粗淺的女人。結婚沒有多久，他對她太太的感情就蕩然無存了，夫妻之間的互敬互愛也都消失得無影無蹤。從那時開始，他對於家庭幸福的理想也徹底終止了。如果別人遇到這種情況，很有可能用荒唐的舉動和出軌的行為來聊以自慰，但是班奈特先生卻沒有那樣做，欣賞鄉間美景和閱讀各種書籍成為他最大的樂趣。當然，他太太也不是完全不能帶給他樂趣，至少她的愚蠢和無知還可以供他娛樂。

伊莉莎白覺得父親不應該讓孩子們瞧不起自己的母親，但是他尊重父親的才能，也理解他的痛苦，只好盡量不去想這件事情。眼看著父母之間的感情一天比一天冷漠，她只能視若無睹。她越來越深刻地體會到，父母不幸的婚姻會給子女們造成多大的痛苦，也越來越深刻地感覺到，父親不把他的聰明才智用在適當的地方，會帶來多大的害處。假如父親不把他的聰明都用來捉弄和嘲笑自己的太太，而是用在管教自己的子女這上面，那麼即使不能增加太太的見識，也至少能夠在人前保留子女的體面。

民兵團走了之後，伊莉莎白再也不用跟韋翰見面了。除此之外，沒有別的讓她感到高興的事情。宴會少了許多，母親和妹妹無時無刻不在埋怨著生活的無聊，把家裡的氣氛弄得十分沉悶。這些軍官走了之後，凱薩琳暫時安靜了下來，讓伊莉莎白感到很欣慰。但是，一想到另外一個品行更加不端的妹妹，現在正身處於軍營和浴場的雙重危險之中，隨時都可能做出讓全家人蒙羞的事來，伊莉莎白就無比擔憂。但是這還不是她全部的煩惱。她現在越來越覺得，本來十分渴望和期待的事情，一旦真的實現的時候，就會覺得它其實並不像自己所想像的那麼有意思。於是只好又把希望重新寄託在另外一件事情上，準備迎接另一次失望。

目前她最盼望的事情，就是跟舅舅和舅媽到湖區去旅行，因爲只有這樣，她才能暫時擺脫母親和凱蒂無休無止的抱怨，以及對莉蒂亞的擔心。她想，要是珍也能跟他們一起去湖區旅行，那就更完美了。

她常常想：「其實這樣也不錯。因爲就是生活中有了不如意的地方，我才能隨時都抱有希望。要是一切都被完美無缺的話，那麼反而不知道該怎麼辦才好。雖然姊姊不能跟我們一起去旅行，讓我覺得非常遺憾，但是至少也算是讓我存有了這樣一份希望，享受了希望的這個過程。完美的事情不一定都是最好的，也許非得要有點缺陷，才能避免過度失望。」

莉蒂亞臨走的時候，曾經答應會經常給母親和凱薩琳寫信，詳細地告訴她們自己的近況。但事實上，她的來信卻少得可憐，而且每封信都只有寥寥數行，說的也都是些無關緊要的事情。她給她母親的那些信，無非是寫有多少軍官在對她獻殷勤，在那裡看到了多少漂亮的衣服和裝飾品，她新買了一件大衣，她馬上就要跟弗斯托太太到兵營去等等。她寫給凱薩琳的信，雖然要長一些，但是說的也無非都是這些無聊的事情。

幾個星期以後，那些到城裡過冬的人都回浪博恩來了。大家都穿起了夏天的衣服，到處都是一片生機勃勃的景象。班奈特太太還是老樣子，成天到晚唉聲嘆氣，但是凱薩琳卻已經恢復，不再爲那些軍官掉眼淚了。伊莉莎白看到眼裡，感到十分高興，她希望到耶誕節的時候，凱薩琳能夠變得頭腦清楚一些，不至於像以前那樣，除了追逐軍官之外什麼也不會。她但願作戰部能夠行行好，千萬別再調一個民兵團到梅列敦來，否則好不容易才恢復平靜的梅列敦又要被鬧得天翻地覆了。

由於嘉丁納先生生意繁忙，伊莉莎白跟舅舅、舅媽去英國北部旅行的日期一再被拖延。旅行時間也大大縮短了，只有一個月的時間；旅行範圍也被縮小了，只到德比郡爲止，不能按照原訂計畫去湖區盡情地遊山玩水了。其實德比郡也足夠他們遊覽的了，那裡有馬特洛克、恰滋華斯、鴿谷等風景名勝，至少要花去他們三個星期的時間，才能玩遍。而且，嘉丁納太太對德比郡懷有非常深厚的感情，她曾經在那裡住了七年，早就盼望能有機會舊地重遊。

但是伊莉莎白對這個安排卻感到十分失望，她是非常希望能夠按照原計畫去湖區的。但是事已至此，她也沒有什麼辦法。而且她生性開朗，很快就擺脫了失望和沮喪，重新高興起來了。她相信，他們在德比郡也能玩得非常開心的。

一提到德比郡，她就不由自主地想到了彭伯里和它的主人達西先生。她自言自語地說：「我一定要泰然自若地走進他的故鄉，撿幾塊漂亮的水晶！希望我不會在那裡遇到他！」

出發的時間終於到了。嘉丁納夫婦帶著他們的四個孩子來到浪博恩，其中兩個女孩的年紀稍大一點，一個六歲，一個八歲，另外兩個男孩都還很小。嘉丁納夫婦決定把孩子們都留在浪博恩，讓孩子們的表姊珍去照顧他們。珍的脾氣溫柔、知書達禮，再加上孩子們都非常喜歡她，因此讓她來擔當這個任務眞是再合適不過了。

嘉丁納夫婦在浪博恩住了一夜，第二天一大早，就跟伊莉莎白一起出發了。他們三個確實是非常融洽的旅伴，身體都很健康，性格都很隨和，一路上都有說有笑，氣氛十分活潑愉快。

至於他們沿途究竟見到了哪些美景，這裡不打算一一贅述。而且相信讀者對他們沿途必經的地方，比如牛津、布萊恩、瓦立克、凱尼爾沃思、伯明罕等，也都了解得夠多了。這裡只講一講德比郡的一小部分，一個叫做萊普頓的小鎮。嘉丁納夫婦曾經在那個小鎮上住過，便打算在遊覽了名勝古蹟之後，到那裡去探望探望老朋友。因爲萊普頓離彭伯里只有五英哩路，嘉丁納太太便打算先順路到彭伯里去看看。嘉丁納也贊成了這個計畫，並徵求伊莉莎白的意見。

嘉丁納太太對她說：「親愛的伊莉莎白，那個地方可是你早就久聞大名的，你的許多朋友都和那個地方有關係，你知道，韋翰就是在那裡長大的。我相信你一定願意到那裡去看看。」

伊莉莎白聽她又提起韋翰，覺得非常尷尬，便說她認爲不必到彭伯里去，因爲她覺得已經看了夠多的豪宅，不必非得再到彭伯里去看那幾幢豪華的房子。

嘉丁納太太說：「要是那裡只有幾幢豪華的房子，我就不想去那裡遊玩了。但是你知道嗎，那裡有全英國最美麗的樹林，那才是我眞正想看的呢！」

伊莉莎白其實倒不是不想去那裡看那片美麗的樹林，而是她想到，去到那裡，很可能會遇見達西先生。想到這點，她不由自主地臉紅了。不知道該如何跟舅媽解釋，想來想去，覺得乾脆把這件事情的前因後果跟舅媽說個明白。但是後來她又仔細想了想，覺得這樣也不妥，還是先去打聽一下達西先生在不在彭伯里，然後再決定下一步該怎麼做。

臨睡之前，她便裝作若無其事的樣子，向女傭打聽彭伯里是個什麼樣的地方，主人叫什麼名字等等，然後又小心翼翼地問主人這段時間是否要回這裡來。女傭的回答讓她很滿意，她告訴她，主人不會回來。

得到這個回答之後，伊莉莎白如同吃了一粒定心丸，再也不用擔心什麼了。而且，她對達西的故鄉也抱有很大的好奇心，想去看看那究竟是個什麼樣的地方，那裡又有一幢什麼樣的房子。於是，當舅媽再次問起她的意見時候，她就大大方方地對舅媽說，她非常贊成去彭伯里的計畫。

43

第二天，他們三人便坐著車子到彭伯里去。一路上伊莉莎白都感到心神不寧。當彭伯里的樹林出現在他們眼前的時候，她的心跳得更加厲害。

花園非常大，而且也非常美，他們坐著車子在花園裡走了很久。伊莉莎白每看到一處美景，就要由衷地發出一陣讚歎。大約走了半英哩路，他們來到一個比較高的山坡上，彭伯里莊園就映入了他們眼簾。這是一幢非常漂亮的石質建築物，前面有一條曲折蜿蜒的小溪，頗具天然風情；後面連著一大片茂密的樹林；兩側點綴著美麗的花園，讓人覺得賞心悅目。伊莉莎白從來沒有見過這麼自然、這麼美麗的地方，舅舅和舅媽也稱讚不已。這時，伊莉莎白想到，要是能成爲這種美麗莊園的女主人，實在也是件不錯的事情。

他們繼續坐車往前走，離莊園大門越來越近。伊莉莎白情不自禁地感到一陣害怕，生怕女傭的消息有誤，怕在這裡撞見達西先生。

來到莊園門口，他們請求進去參觀。很快，就有人招呼他們進客廳等候。過了一會，女管家來了，她是一位十分端莊的老婦人，不像他們想像中的那麼漂亮，但是卻遠比他們想像的要恭敬有禮。她帶著他們來到餐廳，十分寬敞明亮，佈置得非常精緻。伊莉莎白走到窗前，看著剛才來的那條山路，只見樹林蔥蔥鬱鬱，溪流清澈秀美，實在稱得上是風景如畫。

他們又參觀了其他許多房間，每個房間都佈置得相當得體，比羅新斯相比要雅致得多。房間裡的陳設也非常符合主人的身分，豪華而不俗氣，富貴而不奢侈。不管從哪個房間的窗戶向外看，都能欣賞到自然風光。伊莉莎白對這一切都非常滿意，情不自禁地想：「我差一點就成了這裡的女主人了呢！要是那樣的話，我早就對每個房間都熟悉得不得了，不會像現在這樣以一個客人的身分來參觀了。而且，要是我眞成爲了這裡的女主人，現在就可以以主人的身分，來招待舅舅和舅媽。可是，」她忽然想了起來：「不行，這是不可能的事情。我要是眞的嫁給了他，那就再也見不到舅舅和舅媽了。他絕對不會允許我邀請他們到這裡來作客的。」

這麼一想，她心裡才舒服了些，不至於因爲當初拒絕了達西而感到後悔。

她很想問問女管家，問她主人是不是眞的不在家。但是她卻鼓不起勇氣。幸運的是，舅舅正好問了這個問題。雷諾太太聽了之後回答說，他不在家。接著她又說：「不過他明天就會回來，而且還會帶很多朋友回來。」

伊莉莎白聽了，慶幸他們來的正是時候。要是晚一天來，那可就糟糕了。

嘉丁納太太叫伊莉莎白過去看掛在壁爐上方的一幅畫像。伊莉莎白走到畫像前面，看清楚了那是韋翰的畫像。舅媽似笑非笑地問她覺得如何，伊莉莎白沒有回答。這時，雷諾太太走過來告訴他們說，畫像上這位年輕人是老主人帳房的兒子。接著，她又說：「據說他現在到軍隊去了，恐怕已經變成一個浪蕩子了吧。」

嘉丁納太太聽了，笑吟吟地看了伊莉莎白一眼。

雷諾太太又指著另一幅畫像說：「這就是我們年輕的主人，畫得像極了。這幅畫是跟韋翰先生那一幅一起畫的，大約畫了有七、八年了。」

嘉丁納太太看了看那張畫像，說道：「我早就聽人家說過，彭伯里年輕的主人一表人才。看來的確是名不虛傳！」她又轉過頭來對伊莉莎白說：「麗茲，你倒說說看，畫得像不像？」

雷諾太太一聽伊莉莎白原來認識主人，不禁對她更添了幾分敬意：「這位小姐跟達西先生很熟嗎？」

伊莉莎白紅著臉回答：「不是太熟。」

「你覺得他長得英俊嗎，小姐？」

「很英俊。」

「沒錯，我敢說，像他那麼好看的人還很少見呢！樓上的畫室裡還有一張他的畫像，比這張大，而且也比這張畫得要好。不過老主人生前最喜愛這間屋子，也很喜歡這些小畫像，這些畫像的擺法一直沒變過。」

伊莉莎白先前還在奇怪，達西先生爲什麼會把韋翰的畫像也放在這裡。聽女管家那麼一說，她才知道原來是爲了尊重老達西先生的意思。

雷諾太太又指給他們看另一張畫像，那是達西小姐的肖像。畫的是八歲的她。

嘉丁納先生問：「達西小姐也像她哥哥一樣漂亮嗎？」

「那還用說！我從來沒有看過這樣漂亮的小姐，而且還多才多藝！她每天都要練習彈琴。樓上那架鋼琴是我主人送給她的禮物。明天，他們會一塊回來。」

雷諾太太見嘉丁納先生爲人隨和，便十分樂意跟他交談。而且，她也非常樂意跟客人們談論達西兩兄妹。因此，只要嘉丁納先生有問題，她都一一作答。

「你主人每年住在彭伯里的時間多嗎？」

「不是很多，每年大概只有一半的時間住在這裡。但是達西小姐卻總是要到這裡來避暑的。」

伊莉莎白聽到這裡，回想起達西那封信，便在心裡說：「要不然就是到拉姆斯蓋特去。」

「要是你主人結婚的話，我想他住在這裡的時間就會多一些的。」

「我也這麼想，先生。但是我不知道我什麼時候才能如願呢！我眞不知道有哪位小姐能配得上他。」

嘉丁納夫婦都笑了起來。伊莉莎白說：「你這麼說，眞是太維護你的主人了！」

「不，我說的都是實話，認識的人沒有一個不這麼說！我從他四歲的時候，就到這裡來了。

這麼多年來，我不曾聽他說過一句重話。」

伊莉莎白聽了這話，覺得不可思議。因爲她心裡認定達西先生是個脾氣很不好的人。她很想聽女管家再說幾句達西先生的事，但又不好意思開口問。這時，她聽見舅舅說：「能有這樣好脾氣的主人，實在不多見。你眞是不錯，能碰上這樣一個好主人。」

「你說得沒錯，我知道自己再也不可能找到一個比他更好的主人。我常說，一個人小時候脾氣好，長大了脾氣自然也就好。果然不出我所料，他從小就乖，長大了也還是這樣。」

伊莉莎白更加驚奇，心裡懷疑：「達西先生眞是這樣一個人嗎？」

嘉丁納太太說：「他父親也是個了不起的人，」

「是的，太太，老達西先生確實是個偉大的人！他的兒子也跟他一樣，那麼好心腸，那麼體貼窮人。」

伊莉莎白既驚訝又好奇，還想聽女管家繼續說下去。可惜的是，在這以後，雷諾太太不是談論畫像，就是介紹房間，再也沒有說出任何讓她感興趣的話來。

嘉丁納先生認爲這位女管家之所以這樣誇讚她的主人，無非是出於對主人的偏愛。不過，他也跟伊莉莎白一樣，對這個話題很感興趣，便又問了一些問題。這正中伊莉莎白的下懷。

雷諾太太一邊帶領著他們走上主樓梯，一邊接著聊主人的優點：「他是個很善良、很開明的莊園主，不像時下年輕人那樣自私自利，一心只爲自己打算。我們這裡沒有一個傭人不說他好。我倒是聽到有人說他傲慢，不過我眞看不出來他哪裡傲慢了。我想，他只是沒一般年輕人那麼愛說話罷了！」

嘉丁納太太一邊走，一邊輕輕地對伊莉莎白說：「她把他那位主人說得那麼好，好像與事實不怎麼相符！誰會想到，他竟然會那樣對待我們那位可憐的朋友！」

伊莉莎白回答說：「也許我們以前是被騙了。」

「不可能吧，我看韋翰說得有憑有據的。」

他們在女管家的帶領下，來到一間漂亮的客廳。這間客廳是剛佈置起來的，比樓下那間顯得更爲精美。雷諾太太告訴他們，這間房間是給達西小姐準備的，她去年在彭伯里的時候，就看中了這個房間。

「達西先生眞是一位盡心的好哥哥。」伊莉莎白一邊說，一邊走到窗戶前面欣賞景色。

雷諾太太聽到人家誇獎他的主人，非常高興地說：「他一直都是這樣，只要妹妹喜歡，他沒有哪件事情是不依她的。」

雷諾太太又帶他們參觀了畫室。畫室裡陳列著許多美麗的油畫，可惜的是伊莉莎白在這方面完全是外行，因此也不知道該如何欣賞。她倒是更喜歡達西小姐所畫的幾張粉筆畫，因爲這些畫比較容易看懂。

畫室裡陳列的，大都是達西家族的畫像。伊莉莎白對那些陌生的面孔不感興趣，只挑熟人的畫像來看。終於她在眾多的畫像中，找到了雷諾太太在樓下所說的達西先生的那張畫像，這張的確畫得更逼眞一些，臉上的笑容也更像他平時看起來的那樣。

伊莉莎白對畫中人像產生一股親切感。她在這幅畫像跟前站了好幾分鐘，看得都幾乎出神了，在離開畫室之前，她還特意走過去又看了一下。她不知道自己爲什麼突然對這個人這麼感興趣。以前跟他見面很頻繁的時候，她也從來沒有過這樣的感覺。也許眞的是雷諾太太對他的稱讚起了作用。有什麼比一個聰明傭人的稱讚更令人印相深刻呢？伊莉莎白相信不管是身爲兄長或主人，達西先生都表現出了足夠的善良品德。他手裡操縱著多少人家的幸福，但是他沒有利用自己的權力爲非作歹，而是盡量予人幸福。她又想起了他對自己的愛慕，覺得既自豪又感激。

凡是可以參觀的地方，女管家都帶他們走遍了。之後，他們便下樓去了。雷諾太太已經吩咐了一個園丁在花園門口等他們。

跟女管家告別之後，他們準備離開這裡。伊莉莎白忍不住又回過頭來看了這幢房子一眼，舅父母也都停下了腳步，跟她一起轉過身來。

這時候，伊莉莎白突然看見房屋的主人正從大街上向這邊走了過來。伊莉莎白第一反應就是立刻躲開，但是兩人之間相隔大約只有二十碼，根本來不及躲了。達西先生也看見了她，一時四目相對，兩人的臉一下都變得通紅。

達西先生雖然非常吃驚，還是很快就鎮定下來，走到伊莉莎白面前來跟她說話。他的語氣雖然還是不夠從容，但是至少不再慌亂了。伊莉莎白見他已經走過來了，也只好硬著頭皮接受他的問候，臉上的紅暈始終沒有消退。嘉丁納夫婦雖然剛剛才看過了他的畫像，卻仍然沒有認出他就是這裡的主人。不過，從園丁那驚奇又恭敬的神情中，他們很快明白了這位先生的身分。見到達西先生正和伊莉莎白說話，便稍稍退後了一點。

他十分有禮貌地問候她的家人，態度跟上次在肯特郡的時候完全不同。伊莉莎白慌慌張張地回答了他，簡直不知道自己到底在說些什麼。她覺得自己冒冒失失地闖到人家家裡，還被逮個正著，實在是最失禮的事情。其實達西先生也不見得比她好，說話的聲音也明顯沒有往日的平穩。他問她什麼時候從浪博恩出發的，到德比郡有多久了，諸如此類的問題他反覆地問了好幾遍，足以說明他的內心並不像他的表面這麼冷靜。

最後他們又默默地站了幾分鐘。然後達西先生便向她告辭離開。

等他走了以後，嘉丁納夫婦走到伊莉莎白跟前說，他確實是個儀表堂堂的年輕人。伊莉莎白此刻正心事重重，他們的話一句也沒有聽進去。她又羞愧又後悔，自己爲什麼頭腦發昏，非要到這裡來？好像是故意送上門似的。他是那麼傲慢的一個人，這下他該怎樣瞧不起她了啊！哎，女管家不是說他明天才回來的嗎？爲什麼他偏偏要早一天趕回來呢？天啦，他們要是早走十分鐘就好了，就能避免發生這尷尬的一幕了。

想起剛才兩人見面的時候，那種彆扭的情形，伊莉莎白不由自主地臉紅了。她發現他的態度跟從前相比，有了很大的不同，這究竟是怎麼回事？他竟然會主動過來跟她說話，而且還是那麼彬彬有禮，這眞是讓人奇怪。她認識他這麼久，從來沒有見過他這麼溫柔謙和的態度，上次在羅新斯花園，他把那封信交給她的時候，他的態度還是那麼不可一世。到底是怎麼回事？

伊莉莎白實在是百思不得其解。

他們沿著河邊往前走。這裡的地勢比剛才低了許多，樹林更加茂密蔥翠，風光更加旖旎動人。他們一邊走，一邊欣賞著沿途的美景，嘉丁納夫婦不時指著某處的景色要伊莉莎白看。伊莉莎白心不在焉地答應著，敷衍著張望一下，然後又默默地想著自己的心事。她現在一心想的就是達西先生，想知道他現在想些什麼。他會不會覺得她很冒昧，居然跑到彭伯里來了？他會不會像以前一樣愛慕她？看他說話時那客氣的態度，似乎對她已經沒有任何非分之想，但是聽他那慌亂的語調，又顯然不是毫無牽掛。

嘉丁納夫婦看她心不在焉，便問她怎麼回事。她這才打起精神，覺得自己還是應該先隱藏情緒，等沒人的時候再去想那些心事。

他們走進樹林，爬上了山坡。從樹林的縫隙中，可以看到對面那一座座小山，以及山谷中的美景。過了一會，他們又看見了清澈的溪流。嘉丁納先生很想在整個林子裡轉一圈，但是園丁卻得意地告訴他們，轉一圈差不多有十英哩。於是，嘉丁納先生只得放棄了這個想法。

走了一會，他們開始下坡，來到了小溪邊。溪上有一座簡陋的小橋，他們就從這座橋上到了對岸。這裡的山谷比別處都要狹窄得多，只能容納這樣一條小溪，以及溪邊那一條古木參天的小路。伊莉莎白很想沿著那條曲折的小路去看看那邊的景色，但是嘉丁納太太卻喊著走不動了。於是大家只好抄近路向住宅邊走去，好盡快上馬車。

嘉丁納先生平時很喜歡釣魚，這會他看見溪水不時地出現幾條鱒魚，便忍不住跟園丁談論起魚來，有時還乾脆站在溪邊不動，因此他們走得很慢。過了一會，又看見達西先生出現在他們的視線中，都大吃一驚。特別是伊莉莎白，她實在不知道他為什麼又到這邊來了。不過，她暗暗提醒自己，這次見面可不能像剛才那樣手足無措，一定要表現得從容大方。

達西先生很快就走到了他們跟前。她抬頭看了他一眼，見他比剛才更加神色自若，彬彬有禮。於是她強迫自己定下心來，落落大方地跟他交談起來，由衷地讚美了彭伯里的美麗風光。但是她突然又想到，自己這樣賣力地讚美人家的地方，會不會讓他誤解？想到這裡，她便紅著臉不再說話。

兩人又沉默了一會，達西先生便要求她賞臉把兩位親友介紹給他認識。伊莉莎白大為驚訝，因為當初他向她求婚的時候，曾經那麼傲慢無禮地輕視她的親戚，現在卻又禮貌周全地要她給他介紹。她想：「他大概誤把他們當成是上流社會的人了。等我介紹讓他知道弄清狀況之後，不知道會有多麼吃驚呢！」

想到這裡，伊莉莎白覺得既有趣又難受，但她還是大方地替雙方介紹。她偷偷地觀察他的反應。她想，也許他馬上就會找個藉口離開，和這些讓他覺得丟臉的朋友保持距離？不過還好，達西先生雖然微微吃驚，但是卻沒有撒腿就跑，反而陪著他們一起往宅子那邊走。他很快就跟嘉丁納先生攀談起來，而且似乎談得頗為愉快。她留心聽著他們的談話，覺得舅舅的談吐舉止，處處都十分得體，而且也風雅有趣，足以獲得人家的尊敬和喜愛。伊莉莎白不由得有點得意，她終於讓他知道，她也有幾個有見識的親戚。她還聽到他們談起了釣魚，達西先生非常客氣地跟嘉丁納先生說，既然他就住在附近，要是願意的話，隨時都可以過來釣魚，還答應借釣具給他。

嘉丁納太太挽著伊莉莎白走在前面，聽見達西先生的話，便對她揚了揚眉毛，表示對此感到訝異。伊莉莎白心裡得意極了，因爲，他這麼殷勤多禮，很明顯是看在她的面子上。但是，得意歸得意，她也同樣感到奇怪，不明白爲什麼自上次分別以來，他就像變了個人一樣。「他不會是爲了討好我，才故意這麼溫和謙遜吧？不會是因爲我上次把他罵了一頓，他就下定決心洗心革面吧？我看他不可能有這麼愛我。」

他們就這樣走了一會，嘉丁納太太實在走累了，覺得伊莉莎白的臂膀不夠有力，於是便走過去挽著自己的丈夫。就這樣，達西先生便替代了她的位置，和伊莉莎白並肩走在一起。他們兩個人單獨相處，仍然無話可說，最後還是伊莉莎白打破了沉默，決定向他說明他們到這裡來遊玩之前，已經先打聽到他不在這裡。於是，她便對他說，他這次回來得十分突然，因爲女管家告訴他們，他要明天才回來的。達西先生則說，原本是這樣打算的沒錯，但是他因爲找帳房有事，所以提前一天回來，他那批朋友明天也會到這裡。接著，他又說：「他們之中很多人你也認識，賓里先生和他的姊妹們都來了。」

伊莉莎白點了一下頭，回想起他們上一次提起賓里時的情形。她看了看他，從他的神情來看，多半也在回想這件事。

過了一會，達西先生又說：「在這些人當中，有個人特別想認識你，那就是我的妹妹喬治安娜。我想趁你們還在萊普頓的時候，介紹她跟你認識認識。不知道你是否願意賞這個臉呢？」

伊莉莎白聽了這話，不由得感到受寵若驚。她很清楚，達西小姐想要認識她，無非是受了她哥哥的鼓勵。看來，達西是經常在她妹妹面前提起她了。想到這裡，她覺得十分得意。

他們繼續往前面走著，很快就把嘉丁納夫婦遠遠地拋掉後面去了。當他們走到停放馬車的地方時，嘉丁納夫婦離他們還遠得很呢。

達西先生請她進屋去坐坐，伊莉莎白謝絕了。於是，兩個人便站在草地上面面相覷，而找不到話可說。伊莉莎白覺得這樣沉默下去，實在不像樣，因此竭盡所能地找話題說。她想起了自己正在旅行，便跟對方大談各處的美麗風光。但是嘉丁納夫婦實在走得太慢了，以至於兩個人的話都說完了，他們都還沒有走到馬車這裡來。最後，他們終於姍姍來遲，達西先生再三邀請他們進屋去休息一下，但是他們都禮貌地謝絕了。告別之後，達西殷勤得扶著兩位女士上了馬車，等馬車開始行駛了，他才走進屋子去。

嘉丁納夫婦兩人對開始評論達西，說他的爲人比他們想像得要好得多。嘉丁納先生說：「他的舉止十分得體，禮貌也十分周到，一點架子也沒有。」嘉丁納太太說：「他的模樣是有那麼一點高高在上，但是卻並不讓人覺得討厭。我現在覺得那位女管家的話一點也沒錯，他確實並不傲慢。只是有人會從他的態度上，誤以爲他很傲慢罷了。」

「眞想不到他會對我們這麼親切，我說的不是客氣和禮貌，而是眞正的殷勤和周到。其實他完全不需要這麼做，他跟伊莉莎白的交情又不是很深。」

舅媽說：「他的確沒有韋翰那麼迷人，或者說他不像韋翰那麼會討人喜歡。但是我也看不出來他哪裡討厭。麗茲，你以前怎麼會說他是個很討厭的人呢？」

伊莉莎白不知道該怎麼回答，只好說她後來也逐漸覺得他其實並不討厭，說她上次在肯特郡見到他的時候，就對他有好感多了，但是她從來沒見過他像今天上午那麼謙和體貼。

舅父說：「不過，這些貴人們都是這樣，他們說的話不一定都靠得住。他今天說要請我到他的莊園去釣魚，但是說不定他明天就改變主意，根本不讓我進他的莊園呢！」

伊莉莎白想爲他辯解兩句，卻不好意思開口。

舅媽又說：「眞難想像他竟然會那樣對待可憐的韋翰。我實在不明白，雖然他說話的時候，表情有點嚴肅，但是人家也不會因此就說他心腸不好的。我看，他肯定是表面一套，私底下做的又是另外一套。那位女管家把他說成全世界最好的人，我看倒未必靠得住。你不知道，她在說那些話的時候，有好幾次，我差點沒笑出聲來。不過，不管怎麼樣，他一定是個很慷慨的主人，對於一個傭人來說，這一點就足夠成爲稱讚他的理由了。」

伊莉莎白覺得自己要是再不站出來替達西說幾句公道話，那就實在太過意不去了。於是，她便告訴他們，她在肯特郡的時候，聽達西的一些親戚朋友們提起過韋翰的事情，說韋翰的爲人絕對不像大家想的那麼善良厚道，達西先生也不像韋翰所說的那麼無恥絕情。她把達西先生信的後半部一五一十地覆述了出來，但是並沒有說是誰講的。

嘉丁納太太聽了這話，覺得非常吃驚。這時他們已經來到了萊普頓，嘉丁納太太的心思便很快就轉移到這個充滿了回憶的地方去了。她興致勃勃地把鎮上的住處一一指給伊莉莎白看。剛吃過午飯，她便跟丈夫和侄女一起去探親訪友。這一個晚上就在一片熱鬧歡騰的氣氛中度過了。

伊莉莎白沒有什麼心思去結交新的朋友。白天發生的事情都還歷歷在目，她覺得一切實在太出乎意料了，達西先生今天爲什麼會表現得那麼溫和殷勤？最爲奇怪的是，他爲什麼要把她妹妹介紹給她認識？

44

伊莉莎白猜測，達西小姐回到彭伯里的第二天，她哥哥就會帶她到萊普頓來拜訪她，因此伊莉莎白決定那一整天都不離開旅館，最多在附近走走，免得人家上門來找不到人。想不到的是，達西小姐到彭伯里的當天，她哥哥就帶著她來拜訪伊莉莎白了。那天，伊莉莎白和舅舅、舅媽正在旅館換衣服，準備到一位朋友家去吃飯。這時，他們聽到一陣馬車聲，便走到窗戶去張望，看見一位男士和一位小姐，坐著一輛雙輪馬車，正向旅館這邊駛過來。伊莉莎白從馬車夫的號衣上認出了這是達西先生家的車子，便對舅舅和舅媽說，有貴客要來看望他們。

嘉丁納夫婦見她說話的表情十分羞澀，又聯想起昨天的種種情形，於是便對這件事情有了一個全新的認識，那就是達西先生愛上了伊莉莎白。這樣一來，昨天他們在彭伯里的時候，之所以受到主人的殷勤招待，便是理所當然的事情了。

伊莉莎白並不知道舅舅和舅媽腦子裡在轉什麼念頭，此刻的她陷入了一片慌亂之中。她對即將到來的見面充滿了不安，怕達西先生因爲愛她的緣故，在妹妹面前極力地吹捧她，也許那位小姐到時候會發現她其實並不是那麼討人喜歡。伊莉莎白越是希望能給對方留個好印象，就越是害怕適得其反。她的臉蛋因爲焦急而脹紅，爲了不讓舅舅和舅媽看出自己心神不寧，她離開了窗戶，在房間裡走來走去，竭力想讓自己平靜下來。

達西兄妹到了旅館，大家相互介紹了一番。達西小姐雖然只有十六歲，但是卻發育得很好，身材要比伊莉莎白高大得多。她的相貌比不上她哥哥漂亮，但是長得也十分討人喜歡，言行舉止都像個大人，十分文靜謙和，端莊大方。伊莉莎白見她跟自己同樣羞怯，不由得覺得十分驚訝，因爲她一直聽說達西小姐是個非常傲慢的人，也一直以爲達西小姐一定像她哥哥一樣冷漠。伊莉莎白仔細地觀察她幾分鐘後，就斷定達西小姐是個單純害羞的姑娘，跟傳言完全不符。

過了一會，達西先生就告訴伊莉莎白說，賓里馬上就要來拜訪她。他話音剛落，樓梯上就傳來了急促的腳步聲，隨即賓里先生就出現在了房間裡。伊莉莎白本來對他非常不滿，但自從上次看了達西的信之後，知道他對珍是眞心眞意的，因此也就心平氣和了。何況，就算她對他還有什麼餘怒未消，他這次來訪也足以說明他的情意懇切。賓里先生問候了伊莉莎白的家人，雖然只是幾句很平常的問候，但是他親切關注的態度，讓人覺得十分愉快。

嘉丁納夫婦早就聽說了賓里的大名，此次見面，覺得他確實是位非常討人喜歡的年輕人。但是最讓他們感興趣的並不是他，而是另一位先生。他們仔細地觀察達西先生和伊莉莎白之間的情景，想證實一下自己的判斷和猜測有沒有錯。最後，他們得出結論，兩個人之間確實有一種情意綿綿的感覺，雖然他們侄女的心思還不能確定，但是那位先生顯然已經墜入愛河了。

伊莉莎白此刻可沒有舅舅、舅媽那麼有空，她正忙著應付客人。她既要去判斷自己對這些客人的觀感，又要努力去博得大家對她的好感。雖然她並不確定自己是否有本事博得大家的喜歡，但事實上，在場的客人們都對她頗有好感。這倒不是因爲她應酬得好，而是因爲客人們在來之前，就已經對她存有好感了——賓里先生一心想跟她恢復從前的交情，喬治安娜非常想討好她，而達西先生就更不用說了。

見到賓里先生，伊莉莎白很自然地想到了自己的姊姊。她很想知道賓里是否也像她一樣，會想到她的姊姊。有好幾次，當賓里先生看著她的時候，她就覺得他是想在她的身上找出一點她姊姊的影子。當然，這也許只是伊莉莎白自己的錯覺。不過有一件事情她可以肯定的，那就是雖然人家都說賓里先生愛慕達西小姐，但是她並沒有看出兩人之間有什麼特別的情意。她堅信，當初賓里小姐斬釘截鐵地說，她哥哥不久就將與達西小姐締結連理，不過只是個一廂情願的謊言。

伊莉莎白很希望賓里先生能多跟自己談一談關於珍的事，但是他卻因爲膽怯而很少提及。只是趁著別人不注意的時候，他才以一種遺憾萬分的口氣說：「眞是不幸，我跟她已經很久沒有見面了！」伊莉莎白還沒有來得及回答，他又接著說：「算起來已經有八個多月沒有跟她見面了。我們最後一次見面是去年十一月二十六日，那天我們在尼日斐花園開舞會。」

伊莉莎白見他對這件事記得這麼清楚，便覺得這已經能夠說明他對姊姊的眞心。後來，他又小聲地問她，姊妹們現在是否都還在浪博恩。這些話聽起來並沒有什麼特別，但是說話人的表情和語氣卻大有深意。

伊莉莎白並沒有一直注意達西先生，但是每一次她向他望去時，都可以看到他臉上有種親切的表情。她仔細地聽著他的談話，覺得他的言談十分溫和，沒有絲毫的傲慢和鄙視。伊莉莎白覺得十分驚訝，她想：「昨天我看到他那體貼的態度，還以爲只是一時的敷衍，但是今天他仍然這麼和藹可親，這眞是不可思議啊。幾個月以前他還覺得，跟她這些沒有地位的親戚打交道有失身分，但是現在他卻樂於結交他們，並且極力想博得他們的喜歡。」她又想起上次在漢斯福的時候，他向她求婚時的那種態度，跟現在簡直是判若兩人。從認識他以來，不管是在尼日斐花園跟他朋友們在一起的時候，還是在羅新斯跟他那些高貴的親戚們在一起的時候，他都沒有像現在這樣溫柔謙遜地說說笑笑。他爲什麼要如此？他又不是不知道，現在他熱情對待的這些人，不但不能增進他的體面，反而會讓他受到尼日斐花園和羅新斯那些太太小姐們的嘲笑。

半個多小時以後，客人們起身告辭。臨走的時候，達西要他妹妹跟他一起，邀請嘉丁納夫婦和伊莉莎白到彭伯里去吃頓飯。達西小姐顯然還不習慣這樣邀請客人，顯得有點羞怯和忸怩，但是她還是毫不猶豫照他哥哥的話做了。嘉丁納太太聽了之後，便轉過頭來望著伊莉莎白，徵求她的意見，因爲她覺得這次請客主要就是爲了她。沒想到伊莉莎白低著頭，一聲不吭，於是嘉丁納太太只好又轉過頭去看自己的丈夫。嘉丁納先生本來就十分喜歡交際，十分願意接受此次的邀請。於是，嘉丁納太太便大方地答應了，並把日子定在後天。

賓里很高興，因爲這樣一來，他就可以跟伊莉莎白多一次見面的機會，可以再多問她一些問題。他說到時候要向她打聽哈福德郡一些朋友的消息，這話在伊莉莎白聽來，就覺得無非是要打聽她姊姊的消息，因此感到十分高興。

客人們走了之後，伊莉莎白回憶剛才的情景，越想越覺得高興。但是她很害怕舅舅和舅媽對自己問東問西，於是就藉口換衣服，趕快走開了。其實，她完全沒必要擔心，因爲嘉丁納夫婦雖然確實對她跟達西先生之間的關係感到好奇，而且也發現了很多蛛絲馬跡，證明兩人顯然不是一般的交情，但是他們卻不會像別人那樣，沒有體統地追問不休，非要人家說出她的心裡話不可。

在嘉丁納夫婦看來，他們從昨天認識達西開始，就覺得他身上找不到半點不好的地方，完全不像哈福德郡那些人所批評的那樣。他們對達西先生的觀感，跟那位女管家說的話一般無二，因此他們都覺得女管家的話是可信的。而且，那位女管家從他四歲的時候，就開始照顧他，對他的了解肯定比別人都要深，再加上女管家本身是個讓人尊敬的人，所以她說的話確實很有分量。根據萊普頓的朋友們說的那些話判斷，他們對他的批評，無非是傲慢的性格，此外大家根本指不出他還有別的什麼錯。他或許是眞的有些傲慢，但這很可能是因爲小鎮上的人見他從不露面，自然免不了要說他傲慢。可是，大家都一致公認，這位先生很慷慨，對窮人十分關切，經常救濟他們。最後再說到韋翰，嘉丁納夫婦一到萊普頓，就發現人家對韋翰的評價並不怎麼好聽。大家雖然不怎麼清楚他和達西先生一家之間的關係，但是都知道他離開德比郡的時候，欠下了很多債務，而這些後來又都是達西先生替他還清的。

晚上的時候，伊莉莎白跟舅媽商量，覺得達西小姐一到彭伯里，顧不得吃飯就趕緊來拜訪他們，實在是禮貌周全。她們認爲自己也應該禮貌的回訪她一次。最後她們打定主意，第二天一大早就到彭伯里去拜訪她。做出這個決定之後，伊莉莎白感到非常高興，可是她又不清楚自己究竟在高興些什麼。

這個晚上對伊莉莎白來說，既漫長又短暫。漫長的是因爲她心裡一直想著彭伯里，比昨天晚上還要想得厲害，因此一整夜輾轉難眠；短暫是因爲她要想的事情太多了，一個晚上根本不夠她想。她弄不清楚，她現在對達西的感情，究竟是愛還是恨。她當然不會恨他，雖然她曾一度討厭過他，但是現在她爲自己過去的那種情緒感到羞恥。那麼，她是愛他嗎？她想也不至於吧。昨天見面，她看到他的態度變得那麼討人喜歡，而且又聽人家說了那麼多他的好話，便不由得尊敬起他來。今天他特地帶著妹妹趕來看她，而且還那麼用心地跟她的舅舅和舅媽攀談，讓她在尊敬之上又增添了幾分親切感。不過，問題的關鍵還不在這裡，而在於雖然自己曾經毫不猶豫地拒絕了他的求婚，但是他卻絲毫沒有埋怨和憤恨的表現，反而殷勤地想跟她好好來往。儘管看得出來他難忘舊情，但是卻沒有什麼不得體的或是過激的表現，只是竭盡全力想博得她親友們的好感。

伊莉莎白親眼看著這位先生從當初的傲慢無禮變成今天這樣的溫和謙遜，不得不把這奇妙的變化歸結於愛情的力量。現在，她還說不清楚對這份愛情究竟是什麼樣的感受，但是有一點可以肯定，那就是她對這份愛情絕對不反感，而且還希望它能夠繼續滋長。她相信他對自己感情依舊，仍然有可能再次求婚，但是她卻不確定，自己對下一次的求婚抱持什麼樣的態度。「還是看看再說吧！」她對自己說。

第二天一大早，嘉丁納先生吃過早飯就馬上出去了。昨天他跟幾位先生談到釣魚的事情，於是達西先生和賓里先生便邀請他今天中午到彭伯里去釣魚。

45

自從達西先生向伊莉莎白求婚之後，伊莉莎白就明白了以前賓里小姐之所以那麼討厭她，無非是在跟她爭風吃醋罷了。她知道這次到彭伯里去作客，肯定不會受到賓里小姐的歡迎。不過，她倒是想看看，這次見面，那位小姐是否會眞的會不顧體面，非要弄得人家都看出她的居心不可。

到了彭伯里的宅子，傭人帶她們進入客廳。客廳北面有一扇很大的窗戶，窗外是一大片草地，上面種滿了美麗的橡樹和西班牙栗樹，十分茂密蔥鬱。是一幅讓人賞心悅目的夏日風光。

達西小姐就在這間客廳裡接待她們兩人，在場的還有赫斯特太太和賓里小姐，以及那位在倫敦跟達西小姐住在一起的安涅斯勒太太。喬治安娜非常禮貌也非常用心地招呼著她們，只是態度不夠自然。這其實是因爲她很少獨自招呼客人，因此不免感到羞怯，但是這種態度卻很容易讓別人誤解她是一個傲慢、目中無人的小姐。幸好，伊莉莎白和舅媽都看出了她眞正的性格，絕不會也產生這樣的誤解。

赫斯特太太和賓里小姐顯然並不歡迎她們的到來，但還是對她們行了個屈膝禮。大家坐好之後，很久都沒怎麼開口說話，顯得實在有些彆扭。最後，還是安涅斯勒太太第一個開口，跟嘉丁納太太攀談起來，再加上伊莉莎白也竭力找些話來說，才不至於讓氣氛過分僵硬。安涅斯勒太太是個非常有修養的女士，比那兩位賓里小姐要有禮貌得多，她竭力和客人們攀談著，場面漸漸熱鬧了起來。達西小姐也想加入她們的談話，但是卻又缺乏勇氣，只是不時地小聲咕噥一兩句。另外兩位女士則根本不太想談話，偶爾敷衍幾句。

賓里小姐一直都在仔細地觀察伊莉莎白，特別注意她跟達西小姐的交談。其實她完全不用費心，因爲伊莉莎白跟達西小姐座位離得比較遠，交談起來並不方便，而且達西小姐也不怎麼喜歡說話，因此兩人的交談其實並不太多。另外，伊莉莎白自己心事重重，也沒有太多的精力刻意跟達西小姐交談。她時時刻刻地都在希望達西先生進來，但是似乎又害怕他進來。究竟是希望多些，還是害怕多些，她自己也說不清楚。

賓里小姐也沒怎麼說話。後來，她冷冷地開口，向伊莉莎白的家人問候。伊莉莎白也用同樣冷淡的語氣做了回答。雙方便不再說話。

過了一會，傭人們便送來了點心、冷盤和水果。達西小姐本來忘了讓人送這些吃的東西來，幸虧安涅斯勒太太不斷地對她使著眼色，她才想起了自己做主人的職責。吃的東西端上來以後，大家就都有事可做了——雖然不是每個人都善於交談，但是至少每個人都喜歡吃。大家一見到那些新鮮美麗的葡萄、桃子等，便都圍著桌子坐下來。

她們正在吃東西的時候，達西先生走了進來。在他走進來的一刹那，伊莉莎白總算弄明白了自己的心思，還是希望多於害怕。不過，不到一分鐘，她覺得似乎害怕又多於了希望。

達西先生本來和賓里一起陪著嘉丁納先生在河邊釣魚的，後來聽說嘉丁納太太和伊莉莎白過來拜訪喬治安娜，便立刻回到家裡來。伊莉莎白打定主意，千萬要表現得鎮定從容，落落大方，免得人家都以為他們兩人之間有什麼特別的關係。

但是這似乎並不容易做到，因為在場的每個人，都對他們兩人充滿了懷疑。達西先生一進來，每個人都盯著他看，留心地注意他的一言一行。表現地最為露骨的是賓里小姐，好在她還能控制自己，不管是跟達西還是伊莉莎白說話的時候，都還能夠保持禮貌和從容。

達西小姐見哥哥來了，便要顯得活潑一些，盡量多開口說話。達西先生希望自己的妹妹能盡快跟伊莉莎白熟悉起來，於是就極力促進她們雙方交談。賓里小姐看在眼裡，又是氣憤又是嫉妒，終於連禮貌也顧不得了，冷冷地對伊莉莎白說道：「伊莉莎白小姐，聽說梅列敦的民兵團走了，我想府上一定覺得這是一大損失吧？。」

她礙於達西的面子，不敢明目張膽地提起韋翰的名字，但是伊莉莎白卻明白她的意思。她想起自己曾經跟這樣一個人有過密切的交情，不由得感到十分難受，但此刻不是傷心的時候，她得好好還擊一下這位沒有禮貌的小姐才行。於是，她用一種滿不在乎的語氣回答了她的那句話，同時不由自主地望向達西。達西滿臉通紅，臉上露出痛苦的表情，緊張地望著伊莉莎白。她的妹妹也神色慌亂，低著頭一句話也不說。

賓里小姐肯定沒想到，自己一句不倫不類的話會讓心上人這麼難受，她說這話的目的，無非是想提醒達西，伊莉莎白曾經傾心於那個男人，甚至還可以讓他想起伊莉莎白的幾個妹妹，爲了追逐軍官而鬧出的那些荒唐笑話。她以爲這樣一來，就能讓達西看不起伊莉莎白。至於達西小姐跟韋翰私奔的事情，她倒是一無所知。除了伊莉莎白之外，這件事情達西從來沒有讓任何人知道，對賓里和賓里的親友們更是小心隱瞞，因爲他一直打算把妹妹嫁給賓里的。不過，雖然他早就抱有這樣的想法，卻不是因此才故意拆散珍和賓里。

達西見伊莉莎白神色從容，才放下心來。過了一會，達西小姐也鎮定了下來，只是一時半刻還不好意思開口說話，更不好意思看她哥哥。其實她哥哥並沒有留意到她也牽扯在這件事情裡面，他之所以一聽到韋翰的名字就感到痛苦，純粹是因爲伊莉莎白的緣故。賓里小姐處心積慮地想讓達西討厭伊莉莎白，結果卻弄得自己下不了臺，於是就再也不敢提起韋翰。

過了一會，伊莉莎白和嘉丁納太太便起身告辭。達西先生送她們上馬車的時候，賓里小姐便乘機向喬治安娜數落伊莉莎白的不是，無論是她的人品、服飾、長相都一一批評。不過喬治安娜並沒有接話，因爲她哥哥曾經在她的面前大力讚賞和推崇過伊莉莎白，而且見過面後，她也覺得伊莉莎白是個親切可愛的人。

達西送走了客人，回到客廳裡來的時候，賓里小姐又把剛才對他妹妹說的話，重新說了一遍。她大聲地說：「達西先生，今天上午伊莉莎白．班奈特小姐眞難看啊！我和露易莎簡直認不出她來了。從去年冬天以來，她變得太厲害了，我從來沒見過誰的皮膚像她那樣又黑又粗糙。」

達西聽了這話很不高興，但他還是冷冷地回答說，他沒看出她有大的變化，只有皮膚稍微黑了一點，這不過是夏天旅行造成的，沒有什麼値得奇怪的。

賓里小姐說道：「說實話，我實在看不出她哪裡漂亮。她的臉太瘦了，皮膚又太粗糙，五官也不精緻。說到她的眼睛，人家把它們說得有多美，我卻看不出有什麼特別的地方。她那雙眼睛讓人一看就覺得她是個刻薄的人。還有她的言行舉止，完全是一派鄉下人的作風，簡直難登大雅之堂。偏偏她還沒有自知之明，總以爲自己了不起，眞讓人難以忍受。」

賓里小姐看出達西已經愛上伊莉莎白，便想用這種辦法來打消他的愛意，實在不是什麼高明的舉動。但是人在氣昏頭的時候，總是免不了會做出一些不理智的事情。她見達西沉著臉，一句話也不說，便以爲自己的詭計得逞，於是就得意洋洋地接下去說：「我記得我們第一次去哈福德郡的時候，聽人家說她是當地有名的美人。見到她之後，我們都覺得十分奇怪，不知道爲什麼會有這樣的傳言。我還記得有一天晚上，她們在尼日斐花園吃過晚飯以後，你說：『要是她也算得上是一個美人的話，她母親也算得上是一個天才了！』可是，後來你好像對她的印象好了起來，有一段時間，你似乎也覺得她很漂亮。」

達西實在受不了，便冷冷地回答：「我是說過那樣的話，不過那是在剛剛認識她的時候。最近一段時間以來，我的看法已經有所改變，我覺得她是所有我認識的小姐中，最漂亮的一個。」

說完，他便自顧自地走開了。賓里小姐本來想乘機嘲弄伊莉莎白一番，沒想到卻落得自討沒趣的結果。

嘉丁納太太和伊莉莎白回到旅館之後，便談論起了這次作客的經歷。她們把所有人都評頭論足了一番，包括他的朋友、他的妹妹、他的傭人，甚至連他的房子，他請客人們吃的水果和點心，全都談到了，偏偏就是沒有談到那位先生本人。其實，伊莉莎白很希望舅媽能夠談談她對達西先生的印象如何，卻不好意思開口；而嘉丁納太太也希望侄女能把話題扯到那位先生身上，但又不方便主動提起。

46

伊莉莎白剛到萊普頓的那幾天，沒有收到珍的來信，因此感到非常失望。直到第三天，她才不再感到焦慮，因爲珍的信終於來了，而且是兩封，其中一封上面註明曾經送錯了地方。伊莉莎白對此並不感到奇怪，因爲這封信上的地址確實寫得很潦草。

嘉丁納夫婦讓伊莉莎白一個人靜靜地留在旅館看信，自己出去散步去了。他們走了以後，伊莉莎白先抽出曾經送錯地方的那封信，那是五天以前寫的。信的前半部，講的是一些小規模的宴會和約會，還提到了左鄰右舍的一些瑣碎事情。信的後半部卻敘述了一個驚人的消息，而且是在寫了前半部分的第二天寫的：

親愛的麗茲：

在我剛寫好信之後，我們突然接到了一個令人震驚的消息，一個讓人意想不到、又非常嚴重的事情。放心吧，家裡人都好，我要說的是有關莉蒂亞的事。昨天晚上十二點鐘，我們正要上床睡覺的時候，收到了弗斯托上校的一封急信。他在信上告訴我們，莉蒂亞跟他們團裡的一個軍官到蘇格蘭去了。直接地說，就是跟韋翰私奔了！我們所有人聽到這個消息的時候，都嚇了一跳，但凱蒂卻說她覺得這件事情並不讓她感到意外。我對這件事感到十分難受，因爲莉蒂亞竟然冒冒失失地跟韋翰這樣的人湊成了一對。不過，我還是願意相信有關韋翰的不好傳言都是人家的誤解。我想，雖然他這個人有些輕率，但他跟莉蒂亞私奔並不見得就有什麼不良的企圖，因爲莉蒂亞不可能讓他有利可圖，他知道我們父親不可能有錢給他。不過，這個消息還是讓大家都覺得非常痛苦，可憐的母親簡直傷心欲絕，父親雖然也很震驚，總算還能支持得住。

幸好他不知道這事發生以後，人家對我們家的議論。當然，我們自己也不必把這些無聊的議論放在心上。

韋翰和莉蒂亞大概是在星期六晚上十二點左右離開布萊頓的，可是一直到昨天早上八點多，大家才發現他們兩人失蹤了。弗斯托太太看到了莉蒂亞留了她的一封短信，才知道他們兩人私奔了。弗斯托上校馬上就寫信把這個消息告訴了我們，並說他隨後就要到我們這裡來。親愛的麗茲，我相信他們兩人現在並沒有跑多遠。我不能再寫下去了，因爲我還得去安慰母親。天啦！我簡直不知道自己在寫些什麼，我想你肯定也覺得莫名其妙吧。

伊莉莎白讀完了這封信以後，想也不想，就趕緊拆開另一封信讀了起來。這封信比上一封信晚寫一天：

親愛的麗茲：

我相信你已經收到我上一封信了吧？那封信寫得很倉促，所以很多事情可能沒有寫清楚，我希望這封信能把事情説得明白些。不過，雖然這次時間比較充裕，但是我卻依然不敢保證我能寫得有條有理，因爲我的腦子仍然很混亂。我實在不願意告訴你這些，但是沒有辦法，我還是得把壞消息告訴你。

弗斯托上校在寄出那封急信以後，幾個小時内就到了我們這裡。他說，雖然莉蒂亞給他太太的信中，說他們要去格利那草場（位於蘇格蘭。由於英格蘭的婚姻法不使適用於這裡，因此許多私奔者逃往此地結婚），但是他太太卻相信韋翰肯定不打算去那裡，而且也絕對不可能跟莉蒂亞結婚。弗斯托上校聽到這話，感到事情非同小可，便立刻出發去追他們。他一直追到倫敦，詳細地打聽了當地所有旅館都一遍，結果都沒有人見過他們兩人。上校十分擔心，懷疑他們根本沒有去蘇格蘭，便迅速來到浪博恩，把這個可怕的消息告訴我們。

雖然我們都覺得韋翰先生跟莉蒂亞的結合十分荒唐，但是我們還是希望能聽到他們結婚的消息。因此，你能想像得到，我們在聽了上校的話之後，是多麼震驚而痛苦。親愛的麗茲，我們眞是痛苦到了極點，尤其是父親和母親，他們都認爲這件事情已經無可挽回，但我卻覺得韋翰不至於那麼壞。我想也許他們還是覺得在城裡結婚比較方便，所以不打算去蘇格蘭了，並不是不打算結婚。而且，就算韋翰眞是壞得透頂，存心玩弄莉蒂亞，但是莉蒂亞竟然會願意在沒有婚姻的保障之下，草率地跟他在一起嗎？這是絕對不可能的。

我把我的想法說出來之後，弗斯托上校卻搖了搖頭，說他不相信他們倆會結婚，又說韋翰是個靠不住的人。天啊！可憐的媽媽已經病倒了，整天都不出門；父親簡直快支持不住了，我從來都沒有見過他那麼痛苦的樣子。凱蒂似乎對此事早有所知，她現在責怪自己沒有早點把韋翰跟莉蒂亞的親密關係告訴家裡人。可是我們不能責怪她，因爲她既然答應替他們保守秘密，她就不能讓我們知道。

親愛的麗茲，方便的話，我希望你還是盡早回來吧，最好舅舅和舅媽也能來。雖然我這種想法很自私，但是我們眞的很需要你們的幫助。舅舅和舅媽都是通情達理的人，相信他們絕不會見怪。父親決定跟弗斯托上校一起到倫敦去找他們，雖然不知道他的具體計畫，但是看他那種痛苦的樣子，我實在放心不下他。還是請舅舅前來幫助他吧，我相信舅舅一定能體諒我們的心情，一定不會拒絕幫我們這個忙的。」

伊莉莎白讀完信以後，情不自禁地叫了起來：「舅舅到哪兒去啦？」她慌亂地從椅子上跳了起來，打算立刻去找舅舅，然後一分鐘也不耽擱，馬上趕回浪博恩。她剛走到門口，門就打開了，達西先生迎面走了進來。

達西見伊莉莎白她臉色蒼白、神情慌亂，不由得嚇了一跳。他還沒來得及開口詢問，伊莉莎白就大聲叫了起來：「對不起，我有緊急的事情要去找我舅舅嘉丁納先生！請原諒我要失陪了。」

達西不清楚究竟發生了什麼事情，也顧不上禮貌，大聲地問：「天啦，這究竟是怎麼回事？」說完，他稍稍冷靜了一下，接下去說：「我不想耽擱你的時間，不過還是讓我去幫你找嘉丁納先生回來吧！要不，打發一個傭人去找也行。總之你自己不能去，你現在虛弱極了。」

伊莉莎白感到自己的兩腿無力，也覺得自己沒有辦法出去找舅舅和舅媽，只好打發了一個傭人去找。她甚至連吩咐傭人的力氣也沒有，說話的時候聲音低得不能再低，幾乎沒法讓人聽清楚。

達西本來覺得自己不便繼續留在這裡，但他看見伊莉莎白的身體極度虛弱，不放心離開她，便在她身邊坐了下來，十分溫柔關切地對她說：「讓我把你的女傭找來好嗎？你吃點東西吧，要不我給你倒一杯酒？你好像很不舒服？」

伊莉莎白勉強自己冷靜下來回答：「不要，謝謝你。我很好，只是剛剛得知了一個從浪博恩傳來的不幸消息。」

她說著不禁哭了起來。達西不明白事情的底細，只得含含糊糊地安慰了她幾句，然後就以一種同情的眼光沉默地望著她。伊莉莎白知道這件事反正遲早要傳出去的，就對達西說：「我剛剛收到珍的信，告訴了我一個非常可怕的消息，我最小的妹妹莉蒂亞丟下了她的家人和朋友，落入了韋翰先生的圈套，跟他一起私奔了。你很清楚韋翰是個什麼樣的人，莉蒂亞既沒錢又沒勢，他不可能跟莉蒂亞結婚。莉蒂亞這一生都毀了。」

達西聽到這個消息，驚訝得說不出話來。伊莉莎白激動地說：「我本來是可以阻止這件事情發生，因爲我早就清楚韋翰是個什麼樣的人。可是我沒有能夠讓大家都知道這一點。天啦！我要是早把我知道的那些事情告訴家裡人就好了，就不會出這場亂子了。可是現在，說什麼都已經太晚了！」

達西說：「我眞是又難過又驚訝！這消息靠得住嗎？」

「怎麼靠不住！他們是從布萊頓出發的，弗斯托上校追他們一直追到倫敦，到那裡就追不下去了。我敢肯定他們一定沒有去蘇格蘭。」

「有沒有想過去找她？」

「我父親到倫敦去找了。珍希望舅舅也回去幫忙，我希望我們立刻出發。可是，這件事情是毫無指望了，碰到像韋翰這樣一個人，還有什麼辦法？要想找到他們是非常困難的事。天啦，這眞是可怕！」

達西搖了搖頭，沒有說話。

「我早就應該向大家拆穿他的爲人，可是一時心軟，沒有這麼做。這都是我的錯！」

達西沒有接話。他不停在房間裡走來走去，眉頭緊皺，像是在苦苦思索，好像根本沒有聽到她的話一樣。伊莉莎白見他這樣，很快就明白了他在想什麼。她知道，她對他的魔力消失了，當他得知這個消息以後，他就不再愛慕她了。對此，她並沒有感到意外，也不會去責怪他，因爲家裡有了這樣的奇恥大辱，人家看不起自己是理所當然的。而且，即便他委屈求全，繼續勉強愛她，她不但不會覺得快樂，反而會覺得更加痛苦。伊莉莎白想到這裡，第一次覺得自己眞正愛上了他。

一想起莉蒂亞帶給大家的恥辱和痛苦，她立刻覺得自己的痛苦微不足道了。她用一條手絹掩住了臉，不再說話，不再去看那位先生。過了一會，她聽到達西用同情的語氣小心翼翼地對她說：「恐怕你希望我快點走開吧！我知道自己待在這裡實在沒什麼用。我眞希望自己能說幾句安慰的話，或者能爲你做點什麼，來稍微減輕一下你的痛苦。我想發生了這件不幸的事情，會讓你今天不能到彭伯里去看我妹妹了吧？」

「是的，對不起，請你代我們向達西小姐道個歉，就說我們有急事要立刻回家。請替我們保守秘密，讓這件不幸的事情盡可能多隱瞞幾天吧。不過，我也知道隱瞞不了多久的。」

他答應保守秘密，又說了幾句安慰的話，說希望這件事情最後的結果不至於像她想像的那麼糟糕，希望能夠得到圓滿地解決。然後，他又看了她一眼，便告辭離開了。

他離開之後，伊莉莎白又開始胡思亂想。她想到，這次在德比郡出人意料地與他見面，又受到他的殷勤款待，讓她覺得十分愉快。她曾經恨不得從來沒有認識過這個人，現在卻又希望跟他的交情能夠繼續。想到這裡，她不由得嘆了口氣。

一般人都認爲，一見鍾情，或見面幾次就相互愛慕的感情，才是眞正可貴的愛情。從這個角度來看，伊莉莎白這種因爲感激和尊重而產生的感情，實在有點微不足道。可是，伊莉莎白之所以會用這種方式來愛上達西先生，實在有她的道理。以前她對韋翰動心的時候，是屬於一見鍾情那一種，但是這段感情後來卻無疾而終。因此，她對達西便採用了比較乏味的戀愛方式。

伊莉莎白又讀了珍的第二封信一遍，進一步地打消了韋翰會跟莉蒂亞結婚的指望。事實上，她在讀第一封信的時候，就感到十分奇怪，實在不明白韋翰爲什麼會跟這樣一個無利可圖的姑娘結婚。讀到第二封信的時候，她心中的疑問便得到了解釋——韋翰果然壓根就沒有打算跟莉蒂亞結婚。對韋翰來說，莉蒂亞雖然一無可取，不值得他與她結婚，但是她風流嫵媚，做個女伴還是夠格的。雖然珍在信上說她相信事情沒有想像中那麼糟糕，但是也只有像她那樣心地太過善良的人，才會對此還抱有希望。

當然，莉蒂亞不會存心跟人家私奔而不打算結婚，但是她見識淺薄，又經不起勾引，因此很容易上韋翰的當。雖然在哈福德郡的時候，她並沒有特別鍾情於韋翰，但是她是個輕浮風流的少女，隨便哪個人稍微勾引她一下，就會上鉤的。簡單地說，只要人家看得起她，她就會喜歡人家。這一切都是因爲缺乏家教，家裡平時對她的任性妄爲過於放縱的結果。

伊莉莎白現在歸心似箭，她知道家裡現在一團糟糕，父親不在家，母親又病倒了，一切都是可憐的珍一個人在張羅，因此自己得立刻回家幫助她。還有，舅舅的幫助也很重要。想到這裡，她盼望舅舅和舅媽回來的心情，就更加迫切了。

嘉丁納夫婦聽了傭人的話，以爲伊莉莎白得了什麼急病，便慌慌張張趕了回來。他們一見到伊莉莎白便關切地詢問她，是否身體有不適。伊莉莎白向他們說明了急著找他們回來的原因，並把兩封信拿出來給他們看。雖然嘉丁納夫婦平時不怎麼喜歡莉蒂亞，但聽說了這件事情之後，還是爲她感到憂慮。何況，這件事情不只關係著她自己的終身幸福，還關係著大家的顏面。嘉丁納一口答應將盡自己的最大努力提供協助，讓伊莉莎白十分感激。雖然沒有覺得事出意外，可是還是感激涕零。

很快，他們三人就已經收拾好東西，準備立刻上路。嘉丁納太太忽然想起跟彭伯里的約會，便問：「我們怎麼跟彭伯里說呢？我聽說剛才達西先生也在這裡，是嗎？」

「沒錯，我跟他說了我們不能去吃飯。這件事我已經跟他說清楚了。」

嘉丁納太太不好多問，心裡暗暗奇怪：「難道伊莉莎白把這件事情的來龍去脈都告訴達西先生了嗎？兩人的關係已經好到這個地步了？真不知道這到底是怎麼回事！」

她雖然十分好奇，卻不可能在這個時候去問伊莉莎白這樣的問題。因為他們在離開萊普頓之前，還有很多事情要處理，比如寫信給他們在這裡的朋友，編造一些藉口，告訴他們自己為什麼會突然離開。幸運的是，這些事情處理起來十分順利。一個小時以後，嘉丁納先生就跟旅館結清了賬，跟太太和侄女一起，坐上馬車向浪博恩出發了。

47

他們在路上的時候，嘉丁納先生對伊莉莎白說：「我反覆地考慮了一下，覺得這件事情應該沒有那麼糟糕，你姊姊珍的想法或許是對的。不管怎麼說，莉蒂亞並不是無依無靠，韋翰怎麼會存心拐騙這樣一位小姐呢？難道他以為他的親戚朋友們會不聞不問嗎？而且，莉蒂亞跟他私奔之前，還是住在上校那裡的，難道他就敢這樣冒犯上校？我看，他不至於會糊塗到這個地步，連自己的前途也不顧了。」

伊莉莎白聽了這話，不由得高興起來，問說：「你真的這麼想嗎？」

不等自己的丈夫回答，嘉丁納太太說道：「我贊成你舅舅的看法，你相信我，我看韋翰不見得就這麼壞，會這麼不顧廉恥，不顧自己的名譽，不考慮自己利害關係。麗茲，你相信韋翰竟然能做出這種事情來嗎？」

「你剛才說的那些，除了他自己的利害關係之外，別的我敢說他都不在乎。但願他比我們想像的要好吧，不過我可不敢抱太大的希望。要是他們打算結婚的話，那爲什麼不到蘇格蘭去呢？」

嘉丁納先生回答道：「我們現在並不能肯定他們沒有到蘇格蘭去。」

「怎麼不能肯定呢？他們把原來的馬車打發走了，重新租了一輛馬車。這一點還不能說明問題嗎？而且，蘇格蘭的路上也打聽不到他們。」

「好吧，假設他們在倫敦吧，但是這也不能說明他們不打算結婚。他們也許只是暫時在那裡躲避一下，也許是因爲兩人都沒什麼錢，因此就想乾脆在倫敦結婚算了。雖然倫敦結婚沒有蘇格蘭結婚那麼方便，但是從花費的角度來看，要節省很多。」

「如果他們眞的打算結婚的話，他們爲什麼一定要這麼保密，不讓人家找到呢？不，不，你的想法不實際。你不是也看了珍的信了嗎？連他們最好的朋友弗斯托太太都覺得 他們不可能結婚。韋翰是絕對不會跟一個沒有財產的女人結婚的，他大可跟某位有豐厚遺產的小姐結婚，你以爲他會爲了莉蒂亞放棄發財的機會？莉蒂亞除了年輕風流之外，對他還有什麼別的吸引力？至於他會不會考慮自己的利害關係，爲了自己的前途而收斂一下行爲，那我就不知道了，因爲我不清楚他這次行動的後果。另外，他看到我們的父親平時一副懶散的模樣，以爲他不會過分插手這件事情，所以就安心地帶著莉蒂亞跑掉了。」

「就算是你說的那樣，難道你認爲莉蒂亞會糊塗到那個地步，竟然願意不跟他結婚就同居嗎？」

伊莉莎白眼裡含著淚水說：「按道理說，我不應該懷疑自己的妹妹竟然會這樣不知廉恥，不顧體面，可是我確實不知道該怎麼說才好，也許是我想錯了。她年紀還小，又沒什麼頭腦，也沒有告訴過她該怎麼處理這一類的問題。半年以來，不對，是整整一年來，她的腦子裡就只有尋歡作樂這一件事。民兵團來了以後，她除了到處賣弄風情，到處追逐軍官之外，就什麼也不知道了。她本來就已經夠風流了，再加上環境的影響，就變得更加……我不知道該怎麼形容……更加容易被人引誘吧。我們都知道，韋翰相貌英俊，又會花言巧語，足以讓一個女人著迷，莉蒂亞自然就更不例外了。」

嘉丁納太太說：「可是，珍就不這麼看，她就不認爲韋翰壞到那個地步。」

「珍什麼時候又把什麼人當作壞人？不管是什麼樣的人，無論他過去的行爲怎樣，除非有確鑿的事實證明，不然她絕對不相信人家是壞人的。不過，其實她對韋翰的了解跟我一樣清楚，我們都知道他是個放蕩無恥的傢伙，既沒有品德，又不顧體面，只知道虛情假意地討好人家。」

嘉丁納太太聽了這話，感到非常好奇，很想弄清楚伊莉莎白是如何得知韋翰底細的，便問：「你了解得那麼清楚？」

伊莉莎白回答：「我當然清楚。那天我不是跟你說過他對達西先生有多無恥嗎？達西先生對他仁至義盡，但是他在浪博恩的時候卻那樣批評人家。除了這個以外，還有很多事情，只是我不方便說出來。總之，他對彭伯里不斷地造謠中傷，把達西小姐說成那樣一個人，讓我們都以爲她是一位高傲冷酷的小姐，但是我們後來親眼看到，達西小姐純眞可愛，和藹可親，一點也不裝腔作勢，和他說的正好相反。」

「既然你跟珍都知道韋翰底細的，那莉蒂亞怎麼會一點也不知道？難道你們沒有把這些事情告訴她？」

「事情就糟在這裡。其實我也不是很早就知道，而是到了肯特郡以後，經常跟達西先生和他的親戚費茨威廉上校在一起，才有機會得知事情的眞相。我回家去以後，民兵團就快要離開梅列敦了，因此我和珍就覺得沒必要把這些事情說出去。反正韋翰就要離開了，以後他跟這裡的人都沒有任何關係，大家知不知道他的眞面目，有什麼關係？當時我們就是這麼打算的，所以後來莉蒂亞要跟弗斯托太太一起去布萊頓的時候，我也沒有想過要告訴莉蒂亞韋翰究竟是個怎麼樣的人。我當時眞的沒有想到，竟然會有這樣的後果，沒想到他會勾引莉蒂亞。」

「這麼說來，莉蒂亞跟他們一起到布萊頓去的時候，你還不知道他跟韋翰之間已經有點意思了吧？」

「哪裡想得到呢？他們之間沒有流露出任何一點相互愛慕的痕跡，要是有的話，我們大家不會看不出來的。當初他剛到梅列敦來的時候，莉蒂亞確實很喜歡他，但那時候我們大家誰不喜歡他？韋翰並沒有對莉蒂亞另眼相看，因此過了沒多久，她對他那種熱戀，就轉移到別的軍官身上去了，因爲他們更加看得起她。」

他們一路上都在談論著這件事情，哪些方面値得擔憂，哪些方面還有希望等等，總之把所有可能都說得差不多了。實在沒什麼可談的，他們就暫時停止這個話題，但是過一會，他們的談話又回到了這件事情上來。除了這件事情以外，伊莉莎白的腦子裡暫時裝不下其他事情了。

中途他們在旅店住宿了一夜，第二天繼續趕路。中午的時候，他們就到了浪博恩。雖然旅途勞累，但伊莉莎白卻感到非常欣慰，因爲他們的行程還算迅速。他們一進院子，嘉丁納先生的孩子們就趕緊跑到臺階上等著。馬車一到門口，孩子們就欣喜若狂地，趕緊上前去迎接他們。

伊莉莎白跳下馬車，匆匆忙忙地把親吻了每個孩子，然後就迅速地往屋子裡跑去。珍這時候正好從母親房間裡出來，站在樓梯口迎接她。姊妹倆熱情地擁抱，雙方都忍不住熱淚盈眶。伊莉莎白急切地打聽是否有韋翰和莉蒂亞的消息。珍回答說：「還沒有任何消息。幸好舅舅來了，我希望以後一切都會順利起來的。」

「爸爸進城去了嗎？」

「是的，他是星期二走的，我在信上沒有告訴過你嗎？」

「他有沒有寫信回來？」

「寫過一封，是星期三寄來的，信上只寫了幾句話，說他已經平安抵達，把他的詳細地址告訴了我，這是他臨走時我再三要求他做的。別的就沒說什麼了，他只說等有了重要的消息，就會再寫信來的。」

「媽媽怎麼樣？家裡人都好嗎？」

「都還好。媽媽的身體也沒什麼大礙，只是精神上受了刺激。她現在還在樓上的化粧室裡，我相信她看到你們回來了，一定會很高興的。瑪莉和凱蒂也很好。」

「那你呢？」伊莉莎白關切地問：「你臉色這麼難看，一定非常難受吧？」

珍告訴她自己也很好。姊妹倆又說了幾句話，就看見舅舅和舅媽帶著一群孩子都過來了，因此談話只能就此告一段落。珍走過去，向舅舅和舅媽表示了歡迎和感謝。

大家都走進客廳，舅舅和舅媽又問起了那對私奔男女的事，可惜珍沒有什麼新的消息可以告訴他們。珍心地善良，凡事都喜歡從樂觀的方面去想，雖然現在沒有什麼消息，但是她還是相信事情一定會有一個圓滿的結局。她盼望著哪天早上會收到一封信，要嘛是父親寫來的，要嘛是莉蒂亞寫來的，信上會宣佈那一對冒失的男女結婚的消息。

大家又說了一會話，然後就到班奈特太太的房裡去了。班奈特太太一見到他們，便聲嘶力竭地哭訴起來。她把韋翰的卑鄙下流痛罵一頓，傾訴了自己的委屈和痛苦，然後又抱怨其他人的冷漠無情。幾乎所有人都被她罵到了，只有一個人沒有罵，那個人就是盲目溺愛女兒，使女兒鑄成大錯的罪魁禍首——她自己。

她說：「要是當初聽我的話，全家人都到布萊頓去的話，根本就不會發生這種事情了。莉蒂亞這個可憐的姑娘，弗斯托太太怎麼放心把她丟在一邊？就是因為他們不小心照應她，才會讓她被人拐騙。我知道，像莉蒂亞這樣一位好姑娘，只要有人照應，絕對不會做出這種事情來的。我早就說，我應該親自帶莉蒂亞去布萊頓的，可是沒人聽我一句。可憐的孩子啊！班奈特先生去找他們去了，他要是碰到韋翰，就一定會跟他決鬥的，天啦，他一定會被韋翰給活活打死的，我們可怎麼辦啊？他被打死了，柯林斯一家人就會到浪博恩來，把我們大家都從這裡趕出去的。天啦，弟弟，你要是不幫幫我的忙，我們就活不下去啦！」

大家聽到她說出這些可怕的瘋話，都大聲地叫了起來。嘉丁納先生向她保證，不管是對她，還是對她家裡人，他都一定會用心照顧的。然後，他又對她說，明天他就要動身到倫敦去幫助班奈特先生，盡量把韋翰和莉蒂亞找回來。

接著，他安慰她說：「你不用太著急，事情不一定會有想像中的那麼糟糕。再說，他們離開布萊頓還不到一個星期，沒有消息是很正常的事情。再過幾天，我們肯定就會有他們的消息了。等我們把事情弄清楚了，如果他們眞的還沒有結婚，也不打算結婚的話，到時候再來商量該怎麼辦。我一進城，就趕緊去把姊夫找到，然後就住到我家裡去，這樣我們有更多的時間商量，一定會想出辦法來的。」

班奈特太太回答：「我的好弟弟，你這話說得眞是有理。你到城裡之後，一定要想辦法把他們找到。要是他們還沒有結婚，一定要叫他們結婚。對了，記得告訴他們，結婚的禮服不用擔心，等他們結婚之後，他們要多少錢做衣服，我就給他們多少錢。最要緊的是，千萬不要讓班奈特先生跟韋翰打起來。告訴班奈特先生，他走了之後，我眞是受罪，一天到晚都在擔驚受怕，簡直快撐不下去了。還有，告訴我的寶貝莉蒂亞，她要做禮服的話，一定要跟我說，不要自作主張，因爲她不知道哪一家店裡的料子好。唉，我的好弟弟，多虧你這麼好心幫忙，我相信你會把事情都處理好的。」

嘉丁納先生又說了幾句安慰她的話，說自己一定會盡力而爲。他提醒她不可過分地樂觀，但也不必過分憂慮。大家一直談到吃飯的時候，班奈特太太要留在自己的房間裡吃飯，而其他人則到飯廳去吃。

嘉丁納夫婦都認爲其實她大可不必跟家裡人分開吃飯，但是他們想了一想，也不打算反對她這麼做，因爲班奈特太太說話不謹慎，要是讓傭人們聽到她的話，那可不是一件體面的事情。因此，最好還是讓一個最可靠的傭人去伺候她，讓她盡情地去發她的牢騷。

剛才大家在談話的時候，瑪莉跟凱薩琳都不在場。她們都在忙著自己事情，一個在讀書，一個在化妝。這會，她們兩人都到飯廳來吃飯來了。和其他人相比，她們顯得要平靜許多，似乎並沒有因爲這件事而受到太大的影響。凱薩琳說話比以前急躁一些，也許是因爲她心疼自己的妹妹，也許是因爲她對韋翰感到憤恨。瑪莉對這件事似乎有很多見解，大家坐下來之後，她神情嚴肅地對伊莉莎白低聲說：「遇到這樣的事情，眞是家門不幸。相信外面已經對我們家議論紛紛。人言可畏，我們一定要小心提防。我們姊妹之間，也要相親相愛，互相安慰，讓心靈的創傷早日癒合。」

伊莉莎白沒有回答，瑪莉又接著說：「對莉蒂亞而言，這件事情固然十分不幸，但對我們來說，這至少可以讓我們引以爲戒。女子一旦失去貞潔，那麼便會名譽掃地。美貌易逝，名譽又何嘗容易保全。世界上到處都是輕薄的男子，一個女子就應該處處謹愼，免得一失足成千古恨。」

伊莉莎白詫異地看著她，一句話也說不出來。瑪莉仍然在滔滔不絕地說著，她要從這件事情中歸納出眞知灼見。

吃過飯之後，伊莉莎白跟珍終於有時間單獨說說話。伊莉莎白問了很多問題，珍也盡可能詳細地做了回答。伊莉莎白相信，這件事情的後果一定很不幸，珍雖然沒有她那麼絕望，但也覺得這種可能性很大。

伊莉莎白說：「有很多地方我不是很清楚，你能說得更仔細一點嗎？弗斯托上校是怎麼說的？他們倆在私奔之前，沒有人看出半點不尋常的痕跡來嗎？照理說，那段時間，大家應該經常看到他們在一起才對啊。」

「弗斯托上校說，他也懷疑過他們兩人之間似乎有點意思，尤其是莉蒂亞。不過，他怎麼也想不到，他們竟然會私奔。上校眞是個殷勤的人，他爲這事操了不少心，還特地趕到浪博恩來安慰我們。」

「那麼丹尼呢，他也認爲韋翰不會跟她結婚嗎？他是不是早就知道他們打算私奔了？出事之後，弗斯托上校有沒有見過丹尼？」

「見過，不過丹尼說他一點也不知道他們打算私奔，也沒對這件事情發表什麼意見。」

「弗斯托上校來這裡之前，我想你們誰沒有想到他們不會正式結婚吧？」

「當然沒有想到，我們怎麼可能會有那樣的念頭？我當時只是爲莉蒂亞感到擔心，害怕她跟韋翰結婚以後會不幸福，我畢竟聽你說過他以前的那些事，知道他是個什麼樣的人。父親跟母親只是覺得這門婚姻太過冒昧，但是從來都沒有懷疑過他們不打算結婚。凱蒂還好勝地說，她早就知道了會有這樣一天，因爲莉蒂亞給她的上一封信，就已經隱隱約約地透露出了一些口風。聽她那個意思，好像在幾個星期以前，就知道他們兩個相愛的事了。」

「幾個星期以前？難道莉蒂亞到布萊頓之前，她就知道了？」

「我想應該沒有那麼早。」

「弗斯托上校是不是很看不起韋翰？他知道韋翰的底細嗎？」

「他對他的評價好像確實變了。他覺得韋翰荒唐輕薄，奢侈無度。私奔的事情發生以後，很多人都說韋翰在離開梅列敦的時候，還欠下了很多債務。我希望這些都是謠言。」

「天啦，珍，要是我們早點讓大家都知道他是個什麼樣的人，那就不會發生這件事情了！」

珍說：「可能不會發生，但是我們當初完全是一片好意，不願意去揭露他過去的種種錯誤。誰也想不到會弄成這樣。」

「弗斯托上校還記不記得莉蒂亞留給他太太那封信的內容？」

「他把那封信帶來了。」珍說著，把信拿出來，遞給伊莉莎白。

信的全文如下：

親愛的海麗：

我想明天一大早你一定會感到十分驚奇，因爲你會發現我不見了！但是我相信等你弄清楚我到什麼地方去了的時候，你一定會笑出聲來的——我要到格利那草場去。要是你不知道我是跟誰一起去的話，你可眞是個大傻瓜，因爲這個世界上，我只愛著一個男人，只有跟他在一起，我才會覺得幸福。要是你不願意把這個消息告訴我的家人，你就別說好了。我想，等他們收到我的信時，看見我的簽名是「莉蒂亞．韋翰」，一定會吃驚得不得了的。這個玩笑眞有意思，我簡直忍不住要大笑起來了。請你幫我向普拉特道個歉，告訴他今天晚上我沒辦法跟他跳舞了，我相信他一定會原諒我的。你還可以告訴他，下次有機會跟他見面的話，我一定會跟他跳舞的。對了，我到了浪博恩的時候，就派人來取衣服。請你告訴莎蕾一聲，要她把我那件細洋紗的衣服補一補，因爲上面不小心弄上了一條裂縫。最後，代我問候弗斯托上校。再見，希望你能祝我們一路順風！

你的好朋友莉蒂亞．班奈特

看完信，伊莉莎白忍不住叫了起來：「眞是一個糊塗的姑娘！遇到這樣的事情，居然還寫得出這樣的信來！不過，有一點還算不錯，那就是不管韋翰是如何欺騙她，至少她是當眞打算跟韋翰結婚的。可憐的爸爸，他該有多麼難過啊！」

「我從來沒有見過他那麼驚駭的樣子。整整十分鐘，他一句話也說不出來。媽媽聽到這個消息，一下子就昏倒了。全家都亂成一團！」

「珍，」伊莉莎白擔心地問：「所有傭人都知道這件事情了嗎？」

「我不清楚，希望他們不知道吧。這種事情要想瞞得密不透風，也不是一件容易的事情。媽媽那種歇斯底里的毛病又發作了，我盡量去安慰她，但是她還是大喊大叫，也許傭人們都聽到了。」

「珍，這段時間眞夠你累的。我一回來就發現你臉色很差，要是那件不幸的事發生的時候，我也在家就好了。」

「不用擔心，瑪莉和凱蒂都很願意爲我分擔憂慮，可是我不好意思讓她們這麼累。凱蒂身體不好，瑪莉又要用功看書，我想我最好不要去打擾她們休息。幸好星期二那天父親剛走，菲力浦姨媽就到浪博恩來了，一直陪我到星期四才走。她盡力安慰我們，還幫了我們不少的忙。盧卡斯太太也很好心，她星期三早上來慰問過我們，還說只要我們需要，她們一家隨時都願意幫忙。」

伊莉莎白說：「多謝她的好意，不過還是讓她待在自己家裡吧。遇到這樣的事情，誰會希望鄰居來插手！忙她倒是幫不上，反倒會讓我們覺得難堪。就讓她們背後得意去吧！」

過了一會，她又問父親到城裡去，打算怎麼找莉蒂亞。

珍說：「他說他打算到艾普桑去，因爲韋翰和莉蒂亞就是在那兒換馬車的。父親說希望能在那裡找馬車夫問問，看能不能問出什麼消息來。他認爲，一男一女從一輛馬車換到另一輛馬車上，不會沒有人注意，因此很可能問得出關鍵線索來。他主要想問韋翰和莉蒂亞在克拉普汗所搭乘的那輛出租馬車的號碼，然後再查一查這輛馬車停車的地方。他就跟我說了這些，他臨走的時候，情緒十分不安，能告訴我這麼多已經不錯了。至於他還有什麼別的打算，我就不知道了。」

48

第二天早上，大家都希望班奈特先生能寫封信回來，告訴大家事情的進展如何。但是讓人失望的是，郵差並沒有帶回來隻字片語。班奈特先生一向都不喜歡寫信，這是大家都知道的，但是在這種時候，大家都以為他至少能勉為其難，多寫一兩封信。嘉丁納先生也希望能在去倫敦前看到他的信，了解一下事情的大致情況。不過，既然沒有信來，大家只得認為事情沒有任何進展。幸好嘉丁納先生馬上就要去倫敦，他至少會經常給浪博恩一家帶來消息的。

嘉丁納臨走的時候，答應大家一定會勸說班奈特先生盡快回來。班奈特太太聽了，感到十分欣慰，因為在她看來，他丈夫要想避免在決鬥中被人家打死，唯一的辦法就是盡快離開那個是非之地。

嘉丁納太太和她的孩子們還要在哈福德郡多待幾天，因為她覺得，待在這裡可以讓外甥女們多一個幫手。她可以幫她們伺候班奈特太太，等她們空下來的時候，又可以安慰安慰她們。

姨媽也常常來看她們，而且據她自己說，她來的目的是爲了讓她們高興高興，給她們打打氣，不過，她沒有一次不談到韋翰的奢侈淫逸，常常都可以舉出新的事例。所以她每次走了以後，總是讓她們比她沒有來以前更加意氣消沉。

三個月以前，整個梅列敦的人們都把這個男人捧到了天上，說盡了他的好話；三個月以後，整個梅列敦的人又都把他踩到了地下，把他當作一個十惡不赦的惡棍。人們紛紛傳說，他在梅列敦每一個商人那裡都欠下了債務，又說每個商人家裡的小姐都受過他的引誘。大家都認爲他是天底下最壞的年輕人，都聲稱早就發現他其實並不像表面上看起來那麼可愛。關於這些傳言，伊莉莎白和珍只是半信半疑，但她們聽到這些話之後感到更加痛苦，因爲韋翰要眞的有那麼壞的話，她們的妹妹遲早會毀在他的手裡。時間已經過了這麼久，要是兩人眞的去了蘇格蘭的話，現在也應該有消息了。看來，弗斯托上校沒有說錯，韋翰根本就沒有結婚的打算。

星期二，嘉丁納太太收到他丈夫的一封信，信上說，他一到城裡就找到班奈特先生，並已經說服他住到自己家裡去。班奈特先生已經去艾普桑和克拉普汗查過，可惜沒有打聽到一點消息。現在他決定到各個旅館再去打聽一下，因爲他認爲韋翰和莉蒂亞到倫敦之後，一定會先找個旅館住下來的。嘉丁納先生並不認爲這種辦法可行，但既然姊夫願意這麼做，他也只好盡量配合。信上還說，班奈特先生暫時不打算離開倫敦。信的最後還有這樣的一段話：

「我已經寫信給弗斯托上校，請他在民兵團裡幫我們打聽一下，看是否有哪位年輕人知道韋翰會躲在倫敦的什麼地方。要是眞有人能提供一點線索的話，對我們來說可是大有用處的。不過，目前還沒有找到能夠提供消息的人。我想了一想，麗茲也許比任何人都了解情況，也許她知道他現在城裡還有些什麼親戚。」

伊莉莎白當然知道舅舅爲什麼認爲她知道情況，但可惜的是，她確實一點也不知道，無法提供任何有用的消息。她只聽韋翰提起過自己的父母，此外並沒有聽說他有任何親友。她倒是覺得，韋翰在民兵團裡的一些朋友，說不定能提供些消息。

浪博恩一家人每天都在焦慮和等待中度過。每天郵差來的時候，她們都希望能收到班奈特先生或嘉丁納先生的信。就算沒什麼好消息，至少她們也想知道事情的進展如何。

可是，嘉丁納先生的第二封信遲遲不來，班奈特先生更是杳無音信。在等待倫敦來信的時候，她們意外地收到了從另外一個地方寄來的信，是柯林斯寫給班奈特先生的。珍在父親臨走之時，受到了父親的囑託，讓她代替他拆讀一切來信。於是，珍便打開信來讀，伊莉莎白也跟她一起看了這封信。

信是這樣寫的：

長者先生賜鑒：

昨天接到從哈福德郡的來信，知道先生府上發生了如此不幸的事。在下與妻子得知以後，對此深表同情和遺憾。這次不幸的事情發生，全家的名譽都被敗壞。先生家門不幸，竟然有如此不孝的女兒，早知道如此，又何必辛苦把她撫養成人？在下實在不知道應當如何安慰先生，希望先生能放寬胸懷。據我妻子夏綠蒂言，莉蒂亞表妹之所以做出這樣的事情來，無非是因爲平時管教不嚴格，過於放縱的關係。我卻認爲並非如此，莉蒂亞表妹年紀輕輕，就做出如此傷風敗俗的事情來，可見其本身的品質存在缺陷，因此先生千萬不必引咎自責。不久以前，我遇到了凱薩琳夫人和德·包爾小姐，把這件事情告訴了她們。夫人跟我的看法一致，都認爲表妹此次失足，足以辱沒家聲，而且還會殃及其姊姊們的終生幸福，使意欲前來攀親者望之卻步。想起去年十一月的時候，我曾打算與貴府攀親，現在看來眞是深爲慶幸，不然我也難免受到牽連。最後，希望先生不必過於傷心，如此自甘墮落的女子，任其胡作非爲，不足憐惜。」

嘉丁納先生收到弗斯托上校的回信以後，才寫了第二封信。信上沒有任何讓人振奮的消息，民兵團沒有人知道韋翰在城裡還有什麼親戚。韋翰在進入民兵團時交遊很廣，但是後來好像跟那些朋友都疏遠了，因此找不到能夠提供消息的人。而且，這次他和莉蒂亞私奔的事，他沒有向任何人透露過消息。至於爲什麼要把緊口風，據說是因爲他臨走的時候欠下了一大筆賭債，另一個原因就是怕莉蒂亞的親友發覺。弗斯托上校還說，他在布萊頓欠下的債務，至少有一千多英鎊。

嘉丁納先生原原本本地告訴了大家這些事情。珍看了這封信，忍不住吃驚地叫了起來：「眞是一個不可不扣的賭棍！我從來沒有想到他竟然是這樣的人！」

嘉丁納先生的信上還說，他跟姊夫在城裡找了很久，卻沒有任何結果。在他的勸說之下，班奈特先生決定明天就回浪博恩來。至於韋翰和莉蒂亞的事，就交給嘉丁納先生去辦。

女兒們聽到父親要回來，都感到十分欣慰。但是班奈特太太卻叫了起來：「什麼！他還沒找到可憐的莉蒂亞，就要一個人回來嗎？他還沒找到他們，怎麼能回來呢？他一走，那誰去跟韋翰決鬥，誰去逼著他跟莉蒂亞結婚？」她完全忘了當初他擔心丈夫被韋翰打死時，說的那些話了。

嘉丁納太太也想回家了，決定在班奈特先生動身回浪博恩的那一天，就帶著孩子們回倫敦去。這樣，浪博恩可以打發馬車去送她，然後再順便把主人接回來。

嘉丁納太太還在德比郡的時候，就對伊莉莎白與達西先生的關係感到十分好奇，現在她仍然沒有弄清楚。伊莉莎白從來沒有主動在他們面前提到過達西先生，而且回浪博恩之後，她也並沒有收到那位先生的信。伊莉莎白的情緒低落，嘉丁納太太當然能夠看得出來，可是她認為這都是由於家裡出了這件事的緣故，根本沒有聯想到別的地方去。只有伊莉莎白清楚自己心裡的想法，她想，要是不認識達西，那麼莉蒂亞的這件事也不會讓她這麼痛苦了，至少，她可以減少幾個失眠之夜。

班奈特先生回來之後，還是跟以前一樣沉默寡言，提也不提這件事。下午，大家跟他一起喝茶的時候，伊莉莎白才大膽地問起這件事。她說，他一定為此十分痛苦，她也為他感到十分難過。

她父親聽了她的慰問，回答：「不要說這樣的話。這都是我自作自受，我自己做的事情，應該由我自己來承擔！」

伊莉莎白說：「這不是你的錯，你不必責怪你自己。」

「你別安慰我了，人總免不了要埋怨自己的。麗茲，我一輩子也沒有埋怨過我自己，這次你就讓我也嘗嘗這種滋味吧。放心吧，我很快就能夠振作起來的。」

「他們會在倫敦嗎？？」

「當然，除了倫敦，還有別的什麼地方能把他們藏得這麼好？」

凱薩琳聽到這裡，插嘴說：「而且莉蒂亞老早就想要到倫敦去的。」

班奈特先生冷冷地說：「那麼現在她可稱心如意啦！她能在那裡住上好一陣子呢。」

過了一回，他又說：「麗茲，我眞後悔當時我沒聽你勸告。從這件事情來看，你確實很有見識。」

這時，珍送茶進來給她母親。班奈特先生見了，大聲對她太太說：「你還眞是會享福啊，在倒楣的時候居然也這麼自得其樂！什麼時候我也來學一學你的樣子好了——頭戴睡帽，身穿睡衣，沒事就給人添麻煩。等凱蒂跟人家私奔以後，我也得像你那樣。」

凱薩琳聽了撇著嘴說：「我不會私奔的，爸爸。要是我到布萊頓去的話，肯定比莉蒂亞老實！」

「你還想到布萊頓去！別說是布萊頓，就是只到梅列敦，我也不敢保證你不會像你那位有本事的妹妹一樣做出丟人的事來。不，凱蒂，我現在學會了小心，我一定得讓你知道我的厲害。

從今往後，無論哪個軍官都別想踏進我家門一步，連從我們村子外面經過都不准！你也別想再出去參加什麼舞會，在自己家裡跟自己的姊妹們跳一跳還可以。我不准你走出家門一步，除非你每天在家裡至少有十分鐘給我規規矩矩的，像個人樣。」

凱薩琳被父親的話嚇得哭了起來。

班奈特先生又說：「行了，行了，不用傷心。要是你從今天開始，就老老實實做個好女孩的話，那麼十年之後，我一定帶你去看閱兵典禮。」

49

班奈特先生回來的第三天，珍和伊莉莎白在屋後的灌木叢中散步的時候，忽然看見女管家向她們走過來。姊妹倆以爲是母親打發女管家來叫她們的，便向她走去。女管家對她們說道：「我想我打擾你們談話了吧？請原諒。不過，我猜你們一定聽到了從城裡來的好消息，所以我來問一問。」

「什麼意思啊，希爾？我們沒有聽到什麼從城裡來的消息啊！」

女管家驚訝地大聲說道：「你們不知道嗎？專差給主人送來了一封嘉丁納先生的來信，信已經到了半個多小時啦。」

珍和伊莉莎白一聽，來不及多問，就趕緊往家跑去。她們倆在客廳和書房都找了一遍，到處都沒父親的影子。她們正準備上樓的時候，一個廚子對迎面而來，對她們說：「小姐，你們是在找老爺吧？他去小樹林散步去了。」

於是兩位小姐又跑出屋子，往小樹林跑去。珍不如伊莉莎白那麼矯健，很快就落了她的後面。而伊莉莎白則一鼓作氣地跑到了父親的面前，迫不及待地對他喊道：「爸爸，你收到舅舅的信了？」

「收到了。他專程打發人送來的。」

「信裡說些什麼，好消息還是壞消息呢？」

班奈特先生說：「哪有什麼好消息？不過，也許你願意看上一看。」

伊莉莎白迅速地把信接過來。這時候，珍也跑過來了。

班奈特先生說：「念出來吧，反正我也沒看清楚寫了些什麼。」

於是，伊莉莎白念起信來：

「親愛的姊夫，我終於打聽到外甥女的消息，希望這個消息能讓你感到你滿意。總算是幸運，星期六你剛離開，我就打聽到了他們在倫敦的住址。具體是如何打聽到的，等見面的時候我再告訴你。現在，你只要知道我看到了他們倆……」

珍聽到這裡，忍不住喊了起來：「總算找到他們了，他們結婚了嗎？」

伊莉莎白接著讀下去：

「我看到他們倆，但是他們並沒有結婚，而且也沒有任何結婚的打算。不過，只要你能答應一個條件，他們結婚就指日可待了。這個條件很簡單，你早已經爲你的五個女兒們安排好了五千磅的遺產，現在請你提前將莉蒂亞應得的那一份給她吧。另外，你再跟她定一個契約，在你有生之年，每年再給她一百鎊的年金。我自認爲這些條件還算合理，因此便毫不猶豫地替你答應了下來。不過，我還是希望能夠得到你的答覆，因此派人送來這封快信。如果你認爲那些條件可以答應，並願意讓我全權代表你來處理此事，那麼我就馬上吩咐人去辦理財產過戶手續。你放心，這件我會處理妥當的，你可以安心地待在浪博恩等待好消息。請你盡快給我一個清楚明白的答覆。還有，我們認爲婚禮最好立刻舉行，相信你也會同意的，莉蒂亞今天就要到我們這兒來。到此，你應該了解韋翰並不像傳言中那麼舉步維艱，莉蒂亞的那筆錢，把韋翰的債務還清以後，還能有所剩餘。愛德華．嘉丁納八月二日星期一於格瑞斯喬治街。」

伊莉莎白讀完了信，自言自語說：「韋翰竟然會跟她結婚，這可能嗎？」

珍說：「這樣看來，韋翰其實並沒有我們想像的那麼壞。親愛的爸爸，恭喜你。」

「你寫回信了嗎？」伊莉莎白問。

「沒有，不過看來得馬上寫了。」

伊莉莎白聽了，便請他趕快回去寫信：「親愛的爸爸，你快回去寫吧。這件事可是一分鐘也不能耽擱的！」

珍也催促他趕快回信，並說：「要是你怕麻煩的話，就讓我代你寫吧！」

班奈特先生回答：「我確實不想寫，可是不想寫也得寫。」他一邊說，一邊轉過身來跟她們一起往回走。

伊莉莎白問：「我想，他提出的條件你都會答應吧？」

「當然答應！老實說，他要得這麼少，我倒覺得不好意思呢。」

「看來，他們倆結婚的事已成定局了。雖然韋翰這個人人品很有問題，但也只能這樣了。」

「沒錯，可是不管怎麼樣，他們都非結婚不可了。不過，有兩件事我很想弄清楚。第一，你舅舅究竟給了韋翰多少錢，才讓他願意跟你妹妹結婚的；第二，我以後應該怎樣來還他這筆錢。」

珍不解地問：「錢？舅舅？爸爸，你這話是什麼意思啊？」

「這還不清楚嗎，莉蒂亞沒有哪一點地方可以讓人家看上的。那點錢也不可能打動我們可愛的韋翰先生，我生前每年給她一百鎊，加上遺產，一共也沒多少錢。」

伊莉莎白說：「說得也對，我剛才還沒有想到，一定是舅舅給了他錢，不然，他還清債務之後，怎麼可能還剩得下錢來？眞是個慷慨善良的人！我看他肯定花了不少錢呢！」

「照我看來，韋翰要是拿不到一萬鎊就答應娶莉蒂亞的話，他可眞是個大傻瓜呢！」班奈特先生說：「不過我不應該說他壞話，因爲我馬上就要跟他成爲一家人了。」

「一萬鎊！我的天啦，即使只有一半，我們也還不起啊！」

班奈特先生沒有回答。大家沉默地回到家裡，班奈特先生便到書房裡去寫信，兩位小姐往飯廳走去。

父親一走，伊莉莎白便大聲說：「天啦，他們眞的要結婚了！這眞是讓人意想不到。不過，我們還是得感到高興，雖然他們多半不會幸福。」

珍說：「我想了一下，覺得韋翰要不是因爲眞正愛莉蒂亞，他肯定不會跟她結婚的。而且，他欠下的債務應該也沒有人們傳言的那麼多。即使舅舅幫他償還了一些，但也絕對不可能有一萬鎊那麼多。你想，舅舅有那麼多孩子，用錢的地方還多著呢。他怎麼可能一下子拿出來那麼多錢？」

「要想知道舅舅到底幫了我們多大的忙，只要打聽一下韋翰究竟欠了多少債務就行了。因爲韋翰自己肯定是一分錢也沒有的。舅舅和舅媽眞是太好了，他們把莉蒂亞接回家去，爲了保全了她的名聲和面子，不惜花費重金。他們對我們一家的恩惠，我看我們是一輩子也報答不了。莉蒂亞現在應該已經到了他們那兒了吧？要是她到現在還不覺得慚愧，她可眞是個沒心沒肺的人。我想，她見到舅舅和舅媽的時候，肯定會覺得無地自容！」

珍說：「我想我們大家都應該把他們兩人以前的事情都忘掉。他既然已經答應跟她結婚，他肯定也打算改邪歸正了。我相信他們以後會安安穩穩、規規矩矩地過日子，也相信他們會幸福的。要不了多久，人們就會忘記他們的荒唐行爲。」

「不可能的。」伊莉莎白說：「既然他們已經有過這樣的荒唐行爲，那麼不管是你還是我，或者是其他人，都不可能忘得了的。不過，現在我們沒有必要去談論這種事。」

她們忽然想起母親到現在都還不知道這件事，便到書房去，問父親是否允許她們把這個消息告訴母親知道。班奈特先生正在寫信，他頭也不抬，冷冷地說：「隨你們的便。」

「我們可以把舅舅的信給她看嗎？」

「我說了隨你們的便！快走開。」

於是，伊莉莎白從他的寫字臺上拿起那封信，跟珍一起上樓去找她們的母親。正好，瑪莉和凱薩琳也都在班奈特太太那裡。伊莉莎白先向她們透露了這個消息，然後就把信念給她們聽。班奈特太太一聽說莉蒂亞要結婚，就高興得心花怒放，極度興奮，跟之前那段時間的憂煩驚恐形成了鮮明的對比。她早就把女兒的行爲失檢忘到了九霄雲外，也絲毫不擔心女兒婚後是否會覺得幸福，只要一聽到女兒結婚，她就感到萬分安慰。

「天啦，我的莉蒂亞就要結婚了！我又可以跟她見面了！十六歲就結婚，我親愛的莉蒂亞！我早就知道事情不會那麼糟糕的，這多虧了我那好心的弟弟，他就是有辦法，不管什麼事情都能辦得妥妥當當的。我眞想早點見到我的莉蒂亞，早點見到親愛的韋翰！可是還有衣服，嫁妝！不行，我得趕快跟他們談一談。麗茲，乖，快下樓去問問你爸爸願意給莉蒂亞多少嫁妝。等一會兒，還是我自己去吧。凱蒂，快拉鈴把希爾叫來，我要趕快穿好衣服下樓去。莉蒂亞，我就要見到她了，這眞讓人高興！」

珍見她得意忘形，希望能讓她冷靜一下，便提醒她這件事多虧了嘉丁納先生，全家人都應該好好感謝他。

「沒錯！」班奈特太太叫了起來：「你說得對極了。除了自己的親舅舅，誰還肯幫這種忙？他以前只是送些禮物給我們，現在才眞正地給了我們好處。天啦，我眞是太高興啦。我有一個女兒要出嫁了，她馬上就要成爲韋翰太太了。這個稱呼眞是動聽！要知道，她還不滿十六歲呢！我親愛的珍，我現在太激動了，還是你來替我寫信吧。錢的問題我以後再跟你爸爸商量，不過結婚的東西可得馬上就訂！」

接著，她抱出了一大堆的名目，細紗、印花布、麻紗等，恨不得把所有的東西都買下。珍耐心地勸阻她，叫她等到父親有空時，先跟父親商量好了再訂購東西。

班奈特太太因爲太過高興，也不像平時那麼固執了。她的腦子很快又轉到別的問題上去了：「我穿好衣服之後，要馬上到梅列敦去，把這個好消息告訴菲力浦太太聽。回來的時候，我還可以順路去看看盧卡斯太太和朗格太太，讓她們也知道莉蒂亞要結婚的消息。凱蒂，快下樓去，讓他們趕快把馬車給我套好。我想出去透透氣，一定能使我的精神恢復得快一點。對了，你們有什麼事情需要我在梅列敦幫你們辦的嗎？哦，希爾來了。希爾，你知道莉蒂亞小姐快要結婚了嗎？她結婚的那天，你們大家都可以喝到一杯喜酒！我眞是太高興了！」

女管家希爾表示自己非常高興，熱烈地向班奈特太太和幾位小姐們表示祝賀。伊莉莎白對這場鬧劇實在看不下去了，便離開大家，回自己的房間去了。

當她一個人的時候，她靜靜地考慮著這件事情，覺得莉蒂亞婚後的生活不可能好得到哪裡去，但是也不至於糟糕到不可收拾的地步。當然，結婚之後，她很可能在財產上面臨困難，而且在感情上多半也沒有什麼幸福可言，但這至少能讓她避免身敗名裂的下場。伊莉莎白想起自己兩個小時以前還在為這件事情憂慮萬分，現在一切總算是解決了。

50

一直以來，班奈特先生每年都會儲存一部分收入，以確保以後太太和女兒們的生活。現在他對金錢方面的需求比以往更加迫切，而且也認識到自己以前的積蓄還是不夠多，否則這次為莉蒂亞挽回名譽的事，就不需要讓嘉丁納先生花大筆的錢，去說服全英國最無恥的青年跟莉蒂亞結婚了。這樁婚姻本來就很荒唐，如今卻還要讓莉蒂亞的舅舅出錢去成全這件事，實在讓班奈特先生感到有點過意不去。他下定決心，一定要打聽出嘉丁納先生究竟拿出了多少錢，以盡快地報答他的恩惠。

事實上，班奈特夫婦在剛結婚的時候，根本沒有想過要省吃儉用，因為那時候他們認為他們肯定能生兒子，這樣一來產業就不必由外人來繼承，兒女們也就衣食無憂了。不幸的是，五個女兒接連出世，夫婦倆開始著急，但還沒有完全放棄生兒子的指望。莉蒂亞出生許多年以後，班奈特太太都還一直以為會生兒子。等這個希望完全落空之後，再開始節約開支為將來打算，已經有點太遲了。幸好班奈特先生精於算計，因此雖然太太不慣節省，但也還不至於入不敷出。

按照當年的婚契，班奈特太太和子女們一共應享有五千磅的遺產。至於這五千磅的遺產究竟如何分配，由班奈特先生在遺囑上決定。現在發生了這件事，班奈特先生只能提前做出決定，毫不猶豫前同意了信上的那個建議。他給嘉丁納先生回信，說他完全同意他的一切建議，所有的條件他都一律照辦。老實說，韋翰跟莉蒂亞結婚一事，竟然安排得如此順利，讓他喜出望外，因此那些條件在他眼裡實在是微不足道。雖然他每年必須要給他們一百鎊，但這對他來說，並沒有什麼損失。因爲莉蒂亞在家裡的時候，平常的開銷，再加上她母親貼給她的零花錢，加起來一年也差不多有一百鎊。

另外還有一點也讓班奈特先生對這件事情感到很滿意，那就是他不必親自去辦這件事，一切都有嘉丁納先生代勞。雖然事情剛一發生的時候，他在衝動之下，親自到倫敦去找女兒，但是現在他又恢復了從前的平靜和懶散。不過，儘管他做事喜歡拖延，但是這封信倒是回得很快，而且信一寫完立刻就寄了出去。在信上，他把一切需要請嘉丁納先生代勞的地方都詳詳細細的說了一遍。至於莉蒂亞，因爲他實在對她失望至極，因此連問候也沒問候她一聲。

莉蒂亞出嫁的好消息很快也傳遍了左鄰右舍。大家都對這件事情議論紛紛，尤其是那些喜歡蜚短流長的老太婆，以前總把「嫁個如意郎君」之類的祝福掛在嘴邊，但是現在看到她嫁給了韋翰這樣一個丈夫，又紛紛預言，她一定會落得十分悲慘的下場。

班奈特太太已經有兩個星期沒有下樓吃過飯了，在得知如此讓人欣喜若狂的消息之後，她興高采烈地坐上了首席。以她的頭腦，當然無法想到這件事情背後的羞恥和可笑，反而覺得非常得意。從珍十六歲那年開始，她最大的心願就是嫁女兒，現在她終於如願以償地看到一個女兒出嫁了，當然高興地忘我。這幾天，她想的、說的，都離不開結婚的排場之類的事，什麼婚紗啊，新的馬車啊，傭人啊，都是她津津樂道的話題。她還張羅著要給女兒女婿在附近找一所住宅，看了很多處房子，她都不滿意，不是嫌房子太小，就是嫌房子不夠氣派，根本不考慮那一對年輕夫婦有多少收入，能住得起什麼樣的房子。

「要是庫丁一家搬走的話，那麼海葉花園倒是個不錯的選擇。斯托克那幢房子，要是客廳再大一點的話，也還可以。可惜阿西沃斯離這兒太遠了，我可不忍心讓她離開我十英哩那麼遠！帕維洛奇的閣樓又太難看了！」

當有傭人在面前的時候，班奈特先生從不去打斷太太的話，任由她說下去。但是只要傭人一離開，他就毫不客氣地對她說：「我的好太太，我們得把這件事情談清楚。你要爲你的女兒女婿租房子，不管是租一幢也好，還是打算全部都租下來也好，我都不想干涉。但有一點你要記住，這附近的房子一幢也不要租。你可不要以爲我還願意跟他們做鄰居，也不要以爲我還會請他們到浪博恩來作客。」

班奈特太太一聽到這話，便跟丈夫吵了起來。班奈特先生這次是鐵了心，聲明莉蒂亞不要想從他這裡得到半點疼愛，甚至不願意拿出一分錢來爲女兒添置衣服，這讓他太太既吃驚又茫然。她不明白丈夫怎麼會這麼狠心，竟然會生這麼大的氣。在她眼裡看來，女兒出嫁沒有嫁妝是一件最爲丟臉的事，至於女兒在出嫁之前就已經跟韋翰同居了兩個星期，她倒是覺得毫不介意。

伊莉莎白現在非常後悔當時讓達西先生知道了這件事，因爲既然自己妹妹馬上就可以名正言順地結婚了，那麼以前的那一段不體面的私奔自然可以當作沒有發生過。當然，她並不是害怕達西會四處宣揚這件事情的隱情，沒有人比他更能保守秘密了。但是，任何人知道了這件事，都不會比讓達西知道了這件事情更讓她感到難過。不過，即使他不知道這件事，他們之間就能跨過那條難以逾越的鴻溝嗎？就算莉蒂亞體面地跟韋翰結了婚，達西也絕對不會再向她求婚，因爲他們一家已經有那麼多的缺陷，現在還要再加上韋翰那樣一個無恥的人，他怎麼能忍受跟這樣一家人成爲親戚？

當然，她不能責怪他不再來向她求婚了。在德比郡的時候，他眞心誠意地想博得她的歡心，但是知道莉蒂亞那件丟人的事情之後，他改變初衷，也是理所當然的。伊莉莎白覺得很丟臉，而且也很傷心，甚至感到後悔，但是她並不知道自己究竟在後悔些什麼。現在她並不對攀附他的身分地位存有指望，但是她又對他的身分地位耿耿於懷；現在她已經打聽不到他的消息，卻又非常盼望能得到他的消息；現在她們兩人已經沒有什麼希望再見面，但是她又認爲要是她們能朝夕相處的話，一定會幸福無比。四個月以前，她那麼驕傲而不留餘地的拒絕了他的求婚，但是現在卻又全心全意地盼望著他來求婚。這要是讓他知道了，不知道會得意成什麼樣子呢！雖然他是個很有度量的男人，不會像一般人那麼斤斤計較，但是人之常情，他難免會感到得意的。

現在她終於認識到，不管是在個性上，還是在才能上，他都是一個最爲適合她的男人。雖然他的性格和對一些事情的看法，跟自己並不是完全吻合，但是一定能互補得天衣無縫。她相信，他們要是能結合的話，必然能夠互相促進：自己大方活潑，可以讓達西的性情變得更柔和詼諧；而達西精明穩重，一定也能讓自己變得更加優雅成熟。

可惜的是，現在想這些已經太晚了。這門幸福的婚姻就這樣錯過，那些正想要踏入婚姻的情人們，也失去了一對用來借鑒參考的榜樣和楷模。班奈特家裡即將要締結這一門親事，同時也就失去了締結另外一門親事的可能。提到即將要締結的這門親事，她實在想像不出，婚後莉蒂亞跟韋翰兩人究竟依靠什麼生活。但是一點是可以肯定的，這種只顧一時情慾而不顧道德的結合，是不可能眞正幸福的。

嘉丁納先生在收到班奈特先生的回信之後，立刻又寫了一封信來。他在信上，對班奈特先生那些感激的話簡單地客氣了幾句，又對他們一家大小都問候了幾句，然後又說希望班奈特先生以後再也不要提起這件事情了。

他這封信的主要目的，是把韋翰已經決定脫離民兵團的消息告訴他們。信的這一部分是這樣寫的：

「我希望結婚的事情一定下來，他就立刻離開民兵團。不管是對他自己，還是對莉蒂亞來說，這都是個非常理想的決定。我相信你一定也會同意我的看法。韋翰先生想參加正規軍，他有幾個朋友願意對他提供幫助。現在，駐紮在北方的一個軍團，已經答應讓他進入部隊做一名旗手。我想他離開這裡遠一些的話，對他的前途更加有利，希望他到了人生地不熟的地方之後，行爲能檢點一些，重新做人，爲他自己爭點面子。另外，我已經給弗斯托上校寫過信，把韋翰的決定告訴了他，並讓他通知韋翰的所有債主，我們一定會遵守諾言，按時償還債務。是否能請你也就近向梅列敦的債主們通知一聲？隨信附上債主名單一份。這些債主名單，都是他自己說出來的，我希望他沒有欺騙我們，也不再有任何隱瞞。至於結婚的事，我們會在一星期之內把它辦好的。他們結婚之後，如果你們不想邀請他們到浪博恩來的話，那他們可以從倫敦直接啓程去軍隊。不過，聽我太太說，莉蒂亞很想在走之前跟你們見見面。她最近一切都好，還請我代她向你和她母親請安。」

班奈特先生和他的女兒們，都跟嘉丁納先生一樣，認爲韋翰離開民兵團，不管是對他自己還是對其他人來說。都是一件非常有利的事。但是班奈特太太卻不高興，因爲這樣一來，她的寶貝女兒莉蒂亞就會離開她很遠了。再說莉蒂亞剛剛跟民兵團的年輕人處熟，現在就離開，未免太可惜了。

「她那麼喜歡弗斯托太太，要是讓她離開的話，可就太糟糕了！還有，這裡有很多年輕人，她也很喜歡呢！我看北方那個軍團裡的軍官們未必能討她的歡心呢！」

莉蒂亞要求在去北方之前再回家一次，遭到了她父親的斷然拒絕。珍和伊莉莎白考慮到妹妹的體面和感受，希望她的婚姻能夠得到家裡的承認和重視，因此便懇切地請求父親，讓他答應莉蒂亞結婚之後能和丈夫一起回浪博恩一趟。班奈特先生在她們的軟纏硬磨之下，終於讓步了。這下，班奈特太太可就得意得不得了，她可以趁這個機會，把女兒女婿像寶貝一樣領到各處去給大家看看。

班奈特先生在給嘉丁納先生的回信中，答應讓新婚夫婦們回來一次。但這時候，伊莉莎白忽然想到，韋翰也許不會同意回浪博恩來。因爲從她自己的角度來想，她實在不願意見到韋翰，她相信韋翰一定也抱著和她相同的想法。

51

莉蒂亞的結婚日子終於到了。珍和伊莉莎白都爲她擔心，恐怕比莉蒂亞她自己都還擔心得更厲害些。班奈特先生打發了一部馬車去接新婚夫婦，他們大約吃過午飯之後，就能到浪博恩了。珍設身處地的爲莉蒂亞著想，心想這樣的醜行要是發生在自己身上的話，這次重見父母，一定會感到無地自容的。一想到這裡，她就加倍地爲妹妹感到難過。

全家都在起居室裡等待新婚夫婦的到來。他們終於來了，當馬車在門前停下的時候，班奈特太太笑得合不攏嘴，她丈夫板著臉，女兒們則既驚奇又不安。門口已經響起莉蒂亞說話的聲音，很快，大門打開了，莉蒂亞興奮地跑進屋來。班奈特太太高興得不得了，趕緊走過去，一邊擁抱莉蒂亞，一邊微笑著把手伸給韋翰。她大聲地祝福他們新婚快樂，說她相信他們一定會成爲非常幸福的一對。

班奈特先生對他們就沒有那麼熱情了。他看見這一對男女沒有絲毫愧色，反而一副怡然自得的模樣，忍不住非常生氣，臉色比平時更加嚴肅了。不僅是他，伊莉莎白也對這對新婚夫婦的表現感到厭惡，就連珍也感到驚異。

莉蒂亞還是跟以前一樣，那樣喧嘩吵鬧，膽大撒野，無所忌憚。她走到每個姊姊的面前，吵著要讓她們恭喜她。當大家都坐下來之後，她環顧四周，見房子裡有些變化，便微笑著說她好久沒有回來了。

韋翰更是絲毫沒有覺得難堪，仍然維持著他那一貫的儀表，親切斯文、討人喜歡。要是不明就裡的人，看到他到岳父岳母家裡來的時候，這樣地殷勤有禮、笑容可掬，一定會大加讚賞。只可惜在發生了這件事情之後，他這副模樣就難免讓人覺得討厭了。伊莉莎白忍不住想道，一個人竟然可以這樣厚顏無恥。她想到這個人居然跟自己成爲一家人的時候，不禁臉紅了。珍也紅了臉，但那對新婚夫婦卻面不改色。

不管怎麼樣，這樣的場合話還是不怕冷場的。韋翰不肯閉上嘴乖乖地坐著，他正好坐在伊莉莎白旁邊，便從容地問起幾個老朋友的近況如何，反倒讓伊莉莎白不好意思起來。新娘和她母親有說不完的話，她還主動談起了很多跟私奔有關的事情。這些話要是換一個人，是無論如何也說不出口的。

「天啦！想想看吧，」莉蒂亞大聲說：「我已經離開這裡三個月了呢！可是我覺得好像就兩個星期一樣。雖然時間很短，但是發生的事情卻很多。天啊！我走的時候，怎麼也想不到自己再回來的時候就已經結婚了。不過想一想，這樣結婚也不錯！」

聽了她的話，班奈特先生板著臉，珍難過得要命，伊莉莎白啼笑皆非地望著莉蒂亞。但是莉蒂亞對一切都不聞不問，仍然得意洋洋地繼續說：「啊，媽媽，鄰居都知道我要結婚了嗎？我想他們說不定還不知道呢！我們在路上的時候，看見威廉·戈丁的馬車，就趕快追了上去，把馬車的玻璃窗放了下來，還摘下了手套，把手伸到窗戶，好讓他看見我手上的戒指。」

伊莉莎白實在無法忍受，便站起身離開客廳。過了一會，大家都到飯廳去吃飯，伊莉莎白才又過來跟大家待在一起。一進飯廳，莉蒂亞就大搖大擺走到母親右邊坐下，對珍喊說：「珍，不好意思，這次得由我來坐你的位置了，因爲我已經結婚了！」

既然莉蒂亞剛進門的時候就不覺得羞恥和尷尬，這會她就更加肆無忌憚了。她一直說說笑笑，說她想去看看菲力浦姨媽，又說她想去看看盧卡斯一家，還要把所有的鄰居都統統拜訪一遍。她還把結婚戒指炫耀給管家和傭人看，讓大家都叫她韋翰太太。吃過飯回客廳之後，她又對母親說：「媽媽，你覺得我的丈夫怎麼樣？他是不是可愛得不得了？我想姊姊們一定都非常羨慕我吧！哎，誰叫她們不跟我一起去布萊頓呢？那才是挑選丈夫的好地方呢！」

「你說得沒錯，我本來就打算全家人一起到布萊頓去的。可是，我的寶貝，我眞不願意你們離開我去那麼遠的地方。你非去不可嗎？」

「當然非去不可了！離得遠有什麼關係，你可以和爸爸、姊姊們一起來看我們啊。你知道，我們整個冬天都會待在紐卡斯爾，我相信那裡一定會有很多舞會。我會負責幫姊姊們找到好舞伴的。」

班奈特太太高興地回答說：「那可就太好啦！」

「你們回來的時候，可以讓姊姊們繼續再多留幾個月。我保證，在今年冬天以內，我一定能幫她們找到丈夫的。」莉蒂亞又說。

伊莉莎白連忙謝絕：「謝謝你的好意，只是我們都不習慣這種找丈夫的方式。」

韋翰在離開倫敦之前就已經接到了軍隊的委任，必須在兩星期以內就到團部去報到，因此他們兩人在家裡只能待十天。不過，大家對相聚的匆促都沒有任何惋惜，只有班奈特太太一個人長吁短嘆，害怕離別到來。她抓緊時間，陪著女兒四處走親訪友，時常在家裡舉行宴會。宴會往往都很熱鬧，因爲大家都希望能藉這個機會仔細看看這對可笑的夫婦，同時也解解悶，找點樂子。

伊莉莎白很快就看出，韋翰對莉蒂亞的感情絕對沒有莉蒂亞對他的感情那麼深厚。兩人之所以湊在一起，多半是因爲莉蒂亞愛韋翰的緣故。這跟伊莉莎白以前的猜測沒有出入。至於韋翰並不怎麼愛莉蒂亞，卻還願意跟她私奔，也沒有什麼值得奇怪的地方。很顯然，韋翰並不是存心要打算帶莉蒂亞私奔的，而是因爲被債務所迫，不得不逃跑。既然有一個女人心甘情願地想跟自己一起逃跑，在路上陪陪自己，他當然沒有理由拒絕。

而莉蒂亞確實對他非常著迷，她每說一句話，都要叫上一句「親愛的韋翰」。在她心裡，沒有任何人能比得上他。

有一天早上，莉蒂亞跟兩位姊姊坐在一起的時候，她對伊莉莎白說：「麗茲，你還沒有聽我講過我結婚的情形吧？我記得我在跟媽媽和別的姊姊們講的時候，你都不在場。你一定想聽一聽這件美妙的事情是怎麼辦的吧？」

伊莉莎白回答說：「我不想聽，這件事情我想我們已經談論得夠多了！」

「你這個人可眞奇怪！我一定要把詳細情形告訴你。我們是在聖克利門教堂結婚的，因爲韋翰就住在那個教區裡面。我們是約定好十一點鐘到那兒，舅舅和舅媽也跟我一起去。你不知道，那天早上我心裡有多緊張呢，眞怕發生什麼意外的事情，耽誤了婚禮。要是那樣的話，我肯定會發瘋的！那天早上，我在梳妝打扮的時候，舅媽一直在我旁邊跟我講話，不過她說什麼我完全沒有聽進去，因爲我一心一意惦記著我親愛的韋翰，不知道他是不是穿他那套藍色的禮服去結婚。那天早上我們也跟平時一樣，是早上十點鐘吃早飯的，但我老覺得那頓飯的時間太長了，總也吃不完似的。順便說一下，我在舅舅和舅媽那裡住的那段時間，一點也不開心，連一次舞會也沒有，甚至連家門都沒跨出過一步，眞是無聊得要命！怎麼說呢，在倫敦雖然不很熱鬧，但總還有幾個小戲院可以去消遣消遣吧，不至於非得要這麼沒意思。話說回來，那天馬車剛一來，舅舅就被人家有事給叫走了。我擔心得不得了，生怕他趕不回來，把婚禮給耽擱了。幸好，他不到十分鐘就回來了，我才放下了心。不過後來我又想起來，我其實沒有必要這麼擔心，因爲要是他眞的有事回不來了，還有達西先生可以代勞呢！」

伊莉莎白聽到這裡，不由得大吃一驚，問道：「什麼？達西先生！」

「沒錯，他要陪我們一起到教堂去呢。哎呀，我的天哪，我怎麼把這事給說出來了呢？我答應過一個字也不提的，這可是一個秘密。這下不知道韋翰會怎麼怪我呢！」

「如果是秘密的話，你就別再說下去了。」珍說：「你放心，我們不會繼續追問你的。」

「沒錯，是秘密就不應該說的。」伊莉莎白也這樣說道，但她卻抑制不住自己的好奇心。

「謝謝，」莉蒂亞說：「不過要是你們繼續追問的話，我一定會忍不住全部說出來的。那樣的話，韋翰一定會很生氣。」

這話明明是慫恿她們問下去。伊莉莎白只能強迫自己離開這裡，不然的話，她實在控制不了想追問下去的慾望。

雖然不能問，但打聽一下總是應該的吧？畢竟，達西先生參加了她妹妹的婚禮，這是一件多麼荒唐奇妙的事情。他為什麼會出現在這件跟他毫無關係的事情中？伊莉莎白想來想去，也想不出個所以然來。最初，她認為他這麼做是有心表示親近，但後來她自己也覺得這種想法太不切合實際。她實在被自己的好奇心憋得難受，便給舅媽寫了一封短信，請她給自己一個解釋。她在信上寫說：「你知道，他跟我們交情並不深，居然會跟你們一起參加婚禮，我怎麼能不感到驚奇萬分呢！我希望你能回信告訴我事情的原委。當然，要是真的如莉蒂亞所說的那樣，必須保守秘密的話，我也只好不問了。」

寫完了信以後，她又自言自語地說：「親愛的舅媽，要是你非要保守秘密不告訴我的話，我想盡辦法也要去打聽到。」不過，那樣一來，恐怕困難就更大了。珍多半已經從莉蒂亞的談話中了解到這件事，但是她是個非常講信用的人，絕對不會暗地裡去把聽到的話透露給伊莉莎白聽的。伊莉莎白對珍的作風十分欽佩，也沒有嘗試過要從她嘴裡問出什麼來。在舅媽的回信到來之前，她認爲自己最好還是對此事保持沉默爲好。

52

伊莉莎白很快就收到了舅媽的回信。她一接到信，就趕緊跑到那個僻靜的小樹林裡去，坐在一張長凳上，開始讀那封信。她打開信箋，看了一眼，見信寫得很長，就知道舅媽肯定沒有讓自己失望。

親愛的伊莉莎白：

一收到你的信，我便趕緊坐下來回信。我想你問的問題，我很難三言兩語就解釋清楚，因此我決定用整個上午的時間來回信給你。老實說，你提出的問題讓我感到十分詫異，因爲我眞的沒想到，你竟然會問出這樣的問題。別誤會，我這並不是生氣的話，而是確實想不到你居然還會問這個問題。你舅舅也跟我一樣驚奇，因爲當時我們都認爲，達西先生之所以要那麼做，無非都是爲了你。如果你聽不明白我的話，那麼也只好讓我來跟你解釋清楚了

在我回到倫敦的當天，有一位貴客來見你的舅舅，那位貴客就是達西先生。他跟你舅舅密

談了好幾個小時。他走了之後，我問你舅舅怎麼回事，他說達西先生發現了你妹妹和韋翰的下落，因此特地趕來告訴我們一聲。據達西說，他已經跟你妹妹和韋翰見過面了，而且還跟韋翰談過好幾次，跟你妹妹也談過一次。他還責備自己說，要是他當初早點揭穿韋翰的眞面目，就不會有哪個小姐再相信他、傾慕他了，那麼這件事情就不會弄到這個地步了。他認爲這件事情他有著不可推卸的責任，因此必須要出面解決這件事，設法補救。有關他插手這件事情的動機，他就是這麼解釋的，但我想即便他還有別的目的，也是光明正大的。他還說明了他是如何找到那一對男女的，好像是從一位叫楊吉的太太那裡打聽到消息。這位太太以前是達西小姐的家庭教師，後來不知犯了什麼錯，被解雇了。她跟韋翰一直有來往，因此達西先生就從她那裡入手，果然打聽到了韋翰他們的住址。於是，他去拜訪韋翰，然後又單獨跟莉蒂亞談話，要她趕緊回家裡去。沒想到莉蒂亞堅持不肯離開韋翰，還以爲韋翰遲早會跟她結婚。但是在他與韋翰的談話過程中，他清楚地看出，韋翰並沒有半點結婚的打算，而且他還把莉蒂亞跟他私奔的後果，歸罪於她自己的愚蠢。韋翰說他很快就要脫離民兵團，他的前途簡直一塌糊塗，根本不知道應該到什麼地方去找個謀生的差事。達西先生問他，爲什麼不立刻跟你妹妹結婚，那樣的話，他也許還能從班奈特先生那裡得到一些幫助，結婚以後，境況一定會比現在好一些。但是韋翰卻說，他還指望攀上一門更加有利的親事，能夠痛痛快快地賺一大筆錢。不過，雖然他抱著這樣的指望，但以他目前的狀況來說，要是救急的辦法，他也未嘗不會動心。達西先生決定給他一筆錢，讓他答應跟你妹妹結婚。他們就此事談過好幾次，韋翰最開始當然是漫天要價，後來經過商討，總算把這筆錢減少到一個合理的數目。

他們之間談妥了之後，達西先生便打算把這件事情告訴你舅舅。你父親還在倫敦的時候，他來過一次，你舅舅當時不在家。達西先生認爲你父親不像你舅舅那麼容易商量，便決定等你父親走了以後再來。星期六他又來了，那時候你父親已經回浪博恩。正如我在前面說的那樣，他們在一起談了好幾個小時。第二天，也就是星期天，他又找你舅舅。連續談了幾天，到星期一的時候，事情才完全談妥。事情談好之後，你舅舅馬上派專人送信到浪博恩來。

在這裡，我還要說一點，那就是我們這位貴客實在太固執。別人經常指責他的種種錯處，但事實上他最大的毛病就是喜歡一個人來承擔所有的責任。你舅舅很願意來包辦這件事，也就是滿足韋翰提出的一切要求（我這樣說，並不是爲了討好你，因爲那對男女，不管是男方還是女方，都不配享受這樣的待遇），但是達西先生卻非要自己一個人出那筆錢不可。他們爭執了很久，最後你舅舅不得不依從他。對你舅舅來說，這其實是很難受的，因爲他不但不能爲自己的侄女效力，還要掠人之美。不過，我相信你的來信讓他感到很高興，因爲終於可以把這件事情跟你解釋清楚，他不用再無勞居功了。

親愛的麗茲，這件事你最多只能說給珍聽，不要告訴別的人。我想你肯定能想像得到，他爲你妹妹和韋翰的事出了多大的力。我相信，他替韋翰償還了不下一千磅的債務，還替他買了一個職位，同時還給你妹妹一千鎊。對於爲什麼要由他一個人來支付這些錢的理由，就像我說的那樣，他總說自己對此事有不可推卸的責任。但是，不管他的話說得多麼動聽，要不是考慮到還有別的原因促使他這麼做，我們是絕對不肯答應他的。事情都解決了之後，他便回彭伯里去，並說婚禮舉行的當天，他還會到倫敦來。

現在我把你想知道的，都原原本本地告訴你了，希望不會引起你的不愉快。在舉行婚禮的前一個星期，莉蒂亞住在我們這裡，韋翰也經常來。韋翰的樣子，還是跟我上次在哈福德郡見到時一樣，莉蒂亞也是老樣子，她住在我們這裡的時候，很多行爲都讓我非常不滿。這些我本來不打算告訴你的，但是星期三我收到珍的信，說你們大家都見識了莉蒂亞回家以後的怡然自得，那麼我想我告訴你她在倫敦時的表現，也不會讓你更加難過。好幾次，我一本正經的跟她說，她此次的行爲眞是大錯特錯，讓全家人都很爲他擔心，誰知道她根本聽不進去我的話。說實話，我是看在你和珍的份上，才盡量容忍她的。

婚禮舉行那天，達西先生準時到了我們這裡，正如莉蒂亞所告訴你的，他參加了婚禮。第二天，他跟我們一起吃了飯。親愛的麗茲，要是我對你說，我是多麼喜歡他，你會生我的氣嗎？他對待我們態度，跟上次我們在德比郡時候一樣和藹可親，他的言談舉止都非常討人喜歡。在我看來，他沒有任何缺點，只是稍微欠缺一點活潑而已。關於這個缺點，我相信他只要娶個活潑的太太，就一定能得到改變的。不過，我們都認爲他很調皮，因爲他連你的名字也沒有提過。你不會認爲我說得太放肆了吧？要是眞的太放肆，請你原諒我吧，千萬不要懲罰我將來不准去你們的彭伯里。到時候，我可打算好好地把那個花園逛遍，還要弄輛雙輪小馬車，用一對漂亮的小馬拉著我在林子裡遊玩呢！

就寫到這裡吧，我的孩子們已經叫了我半個多小時了。

你的舅媽M．嘉丁納九月六日於格瑞斯喬治街

看完舅媽的信，伊莉莎白心裡七上八下，說不出是什麼滋味，不知道是快樂多於痛苦，還是痛苦多於快樂。她也曾經幻想過達西先生對她妹妹和韋翰的事提供幫助，但這個念頭她並不敢多想，因爲她覺得他不會好心到那個地步。同時，她也擔心，要是他眞的這麼做了，自己不知道該如何報答他。她怎麼想不到，以前的胡思亂想，現在都成爲了事實。他竟然會千方百計地去尋找他們的下落，竟然會去向他所痛恨不已的楊吉太太求情，竟然去跟一個他連名字也不願意提起的人談話，說服他，規勸他，最後不得不用金錢來打動他。他這麼做，只是爲了保全一個他根本看不起的女人的名譽。

伊莉莎白在心裡輕輕地對自己說，他這樣做，都是爲了她。當然，她完全可以就此認爲他還愛她，可是一想到她曾經拒絕過他，她就不敢再存有這樣的奢望。難道自己能指望他還愛著一個拒絕過自己的女人？何況，現在他要是跟自己結婚的話，就必然要跟韋翰成爲親戚，這是他絕對不能容忍的！凡是稍有自尊心的人，都忍受不了這樣的親戚關係。

毫無疑問，在這件事情上，他出了很大的力，而他之所以要出這麼大的力，理由他自己已經說明了。他說他當初沒有及時揭穿韋翰的過錯才造成了今天的局面，因此以行動補償，這當然說得過去。而且，他也有條件有能力表示自己的慷慨。可是，這眞的就是他努力奔走的全部

理由嗎？雖然伊莉莎白不敢奢望達西先生這麼做完全是爲了她，但是還是難免抱著希望，覺得他對她並沒有完全忘情，因此遇到一件令她痛苦的事情，他還是願意竭盡全力來幫助他。莉蒂亞能夠跟韋翰結婚，能夠保全了名聲，這一切都全是他的功勞。這個人有恩於自己和自己的家人，可是自己卻不能報答他，想起來就讓人覺得難受。而且，自己以前竟然還那麼厭惡過他，那麼生硬地拒絕他、傷害他，現在想起來，眞是後悔不堪。伊莉莎白感到愧疚，同時也感到自豪。她把舅媽讚美他的話讀了又讀，只覺得讚美得還不夠。不過，她想起舅舅和舅媽都以爲他跟她感情深切，但事實上她卻知道並不是那麼一回事，因此不由得感到幾分懊惱。

伊莉莎白正在出神，忽然有人向這邊走來，打斷了她的思緒。她趕快站起來，打算離開這裡，卻看見韋翰走了過來，便只好站著不動。

韋翰走到她身邊說：「不好意思，我打擾你了吧，親愛的姊姊？」

伊莉莎白笑著說：「是打擾了，不過，打擾並不意味著不受歡迎。」

「我希望自己沒有打擾你才好呢！我們一向都是好朋友，現在又成了親戚了。」

「大家都出去了嗎？」

「好像是吧。媽媽和莉蒂亞到梅列敦去了。親愛的姊姊，我聽舅舅和舅媽說過，你好像去彭伯里玩過了。」

「確實去過了。」

「我眞羨慕你的眼福啊。可惜的是，我不能再去那個地方了，否則，我到紐卡斯爾去的時候，還可以順路去那裡拜訪一下。我想，你一定見到了那位可親的老管家了吧。可憐的雷諾太太，她以前可喜歡我了。不過我想，她在你面前肯定沒有提起過我的名字。」

「不，她倒是提到了。」

「她怎麼說的？」

「她說你進了軍隊，不過恐怕……恐怕你情形不太好。你知道，隔得那麼遠，有些捕風捉影的傳言也是不足爲奇的。」

「沒錯。」他咬著嘴唇回答道。

伊莉莎白本以爲他碰了這樣的釘子，就不會再提這件事了，沒想到他又接著說道：「上個月我在城裡碰到了達西，而且還見了好幾次面。我眞不知道他到城裡來幹什麼？」

「也許是準備跟德．包爾結婚的事吧，」伊莉莎白說：「在這種時候到城裡去，一定是爲了什麼特別的事。」

「說得沒錯。你在萊普頓見到過他嗎？我聽嘉丁納夫婦說，你在那裡跟他見過面的。」

「見過，他還介紹他妹妹給我們認識。」

「你喜歡她嗎？」

「非常喜歡。」

「是嗎？我聽說她最近兩年改變了很多，以前我見到她的時候，眞覺得她絕對不討人喜歡。我很高興她能有所改變，也很高興她能讓你喜歡上她。」

「改變也很正常，她已經過了最容易惹禍的年紀了。」

「你們去過金波頓嗎？」

「我記不清楚有沒有去過那個地方了。」

「你知道嗎？當初我要接任的那個牧師職位就在那裡。那是個非常美妙的地方，而且那所牧師住宅也漂亮極了。我覺得那裡的一切都很適合我。」

「你喜歡做牧師嗎？」

「當然喜歡。那本來應該是我終身的職業，我相信就算剛開始從事它的時候有點困難，但是過不了多久就好了。不過，一個人不該老是沉湎於過去，既然已經事過境遷，我就不應該再回憶這件事情，雖然我的確失去了這樣一個非常適合我的好差事。對了，你在肯特郡的時候，有沒有聽到達西談起過這件事？」

「談過的。他說那個位置不是無條件給你的，而且按照遺囑，他完全有權利來處理這件事。」

「他是這樣說的？不過，他也可以這樣說，我以前不早就告訴過你嗎？」

「我還聽說，你有一段時間，並不像現在這麼喜歡當牧師。你曾經慎重其事地宣佈過不想做牧師，因此達西先生就取消了你的權利。」

「是嗎？不過我記得我以前也跟你說過的。你還記得嗎？我們第一次談起這件事的時候，我就是這樣跟你說的。」

他們一邊走一邊說，很快就走到家門口了。伊莉莎白不想再跟他糾纏下去，不過看在妹妹的面子上，她又不想太讓他下不了臺。因此，她親切地對他笑了笑說：「算了吧，韋翰先生。現在我們已經是一家人了。我們不必再爲了以前的事情爭論不休了，希望我們以後也不要有什麼衝突。」

她說著向他伸出手來，讓他吻了一下。韋翰這時候的感覺很複雜，他不再跟伊莉莎白說什麼，就沉默地跟在她後面走進了屋子。

53

從此以後，韋翰就再也沒有提過這件事。以免自討沒趣，也免得惹伊莉莎白生氣。伊莉莎白見他不再舊事重提，也覺得非常高興。

很快就到了韋翰和莉蒂亞離開浪博恩的日子了。班奈特太太再三要求丈夫答應他們全家都一起搬到紐卡斯爾去，但是丈夫根本不搭理她。因此她不得不跟她心愛的莉蒂亞分開，而且至少分開一年。

班奈特太太對她女兒哭說：「哦，我的莉蒂亞寶貝，我們什麼時候才能再見面呢？」

「天哪！我也不知道。也許兩三年都見不了面。」

「記得常常寫信給我，我的好孩子。」

「我盡力而爲吧，你知道，結了婚的女人恐怕沒有那麼多的時間寫信。倒是姊姊們可以常常寫信給我，反正她們也無事可做。」

韋翰比他太太會說話得多，他一聲聲的道別讓人很難不被打動。他笑容滿面，彬彬有禮，實在讓人無法把他跟一個墮落的青年聯想起來。

他們一離開，班奈特先生就說：「韋翰眞是我有生以來見過的最漂亮的一個人。他連假笑也笑得那麼可愛，而且說起跟大家調笑，更是沒有人能比他做得更出色。有這樣一位女婿，我眞是無比驕傲。我敢說，連盧卡斯爵士也未必能攀得上一位比韋翰更可貴的女婿。」

莉蒂亞和韋翰走以後，班奈特太太難過了很多天，她常常說：「我想再也沒有別的什麼事情，比跟自己的親人離別更加難受的了。他們走了以後，我好像失去了歸宿。」

伊莉莎白說：「這就是嫁女兒的下場，媽媽。幸好你的另外四個女兒現在還沒有人要，否則你會更加難受的。」

「你說得不對。莉蒂亞離開我，並不是因爲結婚的緣故，而是因爲他丈夫的部隊太遠了。要是他們能住得離我們近一點的話，我們就不必忍受離別的痛苦了。」

班奈特太太爲了這件事，很久都打不起精神來。不過最近有個消息卻使她大大地振奮了起來，那就是尼日斐花園的主人最近一兩天內就要回到鄉下來打獵的消息。據說，尼日斐花園的管家正在收拾房子等待他的到來呢！班奈特太太聽到這消息，興奮地不知道該如何是好。

第一個告訴她這個消息的，是她的妹妹菲力浦太太。她一聽到這個消息，便說：「好極了，賓里先生終於要來了，這眞是太好了。不過，他來不來，我倒是不在乎，你知道，我們一點也沒把他放在心上，而且再也不想見到他了。不過，他既然願意回到尼日斐花園來，我們當然還是歡迎他，可是這與我們也沒什麼關係。妹妹，我們不是早就說好再也不提這件事了嗎？他眞的會來嗎？」

她的妹妹說：「放心吧，他肯定會回來的。他的女管家昨天晚上到梅列敦去過，我還親自碰到過她，特地問過她，她主人是不是眞的要回來的。她告訴我說，主人確實要回來了，而且最遲星期四就會來。她還說，她正準備到肉舖裡去買點肉，準備主人來的時候做頓像樣的飯菜。她還有六隻鴨子，可以宰了吃。」

珍得知賓里先生要回來的消息，不由得感到十分慌張。她已經很久沒有提到過這個人的名字，現在居然要再次見到這個人。當她跟伊莉莎白單獨相處的時候，她說：「麗茲，今天媽媽在談起這個消息的時候，我發覺你一直在望著我。我知道我當時的臉色一定很難看，但並不是因爲對他有什麼特別的感情，只不過因爲我覺得大家都在盯著我，所以有點慌亂。告訴你吧，這個消息沒有對我產生任何影響，我既不覺得興奮，也不覺得難過。只有一點讓我高興，那就是我想我們這次見面的機會一定不會多。我自己倒是不排斥跟他見面，但就怕別人的閒言碎語。」

要是伊莉莎白上次沒有在德比郡見過賓里的話，她肯定不會認爲他此次到來是因爲還對珍存有指望。從那次見面的情景來看，她覺得他對珍依然未能忘情。那麼，這次他回尼日斐花園來，究竟是因為得到了他朋友的允許才來的呢？還是他自己跑來的？她又想到，這個可憐的人，連回到自己租的房子裡來，都會引起別人的胡亂猜測，真是一件荒唐的事！

雖然珍嘴上說賓里的到來並沒有對她造成什麼影響，但是伊莉莎白卻很容易地看出，這個消息對珍產生了很大的影響，讓她變得心神不寧、坐立不安。

大約在一年以前，班奈特太太和她丈夫曾經熱烈爭論過要不要去拜訪賓里先生，現在班奈特太太又舊事重提了。她對她的丈夫說：「我的好老爺，賓里先生回來了，你一定得去拜訪他一次。」

班奈特先生回答說：「不去，不去！去年你說只要我去拜訪了他，他就會選中我們的一個女兒做太太，可惜到最後只是一場空。這回說什麼我也不幹這種傻事了。」

班奈特太太又說，賓里先生一回到尼日斐花園，鄰居們肯定都會去拜訪他的。

她丈夫聽了後說：「我討厭什麼拜訪不拜訪的，要是他想見我們，叫他自己上門來找我們吧，反正他又不是不知道我們住在哪裡。要是每個走了來，來了走，我都要去拜訪一次的話，我可沒那麼多閒工夫。」

「你不去拜訪他？那太沒禮貌了。不過，我還是要請賓里先生到我們這裡來吃飯，我想他不會責怪我們禮數不周的。我可以把郎格太太和戈丁一家人都請來，再加上我們自己家裡的人，一共是十三個，正好留個位子給賓里先生。」

她打定了主意這麼做，心理也覺得安慰了一些，也不計較丈夫的無理取鬧了。不過，有一點她還是覺得不舒服，那就是別的鄰居能夠比自己先看到賓里先生。

珍對她妹妹說：「我現在覺得他還是不要來的好，雖然我見到他能若無其事，但是老聽到人家提起這件事情，我眞覺得難以忍受。媽媽雖然是一片好心，但是她不知道她說的那些話，讓我有多麼難受。希望他不會在尼日斐花園住很長時間。」

伊莉莎白說：「我很想安慰你幾句，但是不知道說什麼才好。我可不像別的人那樣，看見人家難受，就說一大堆沒用的廢話。我想你一定能明白我的意思。」

賓里先生終於回尼日斐花園了。班奈特太太是最早獲得消息的人之一，同時也是操心操得最早的人之一。既然不能去拜訪他，那麼她就只能數著日子，看哪天給他下請帖比較合適。幸運的是，一切都很順利。賓里先生回哈福德郡的第三天，班奈特太太便從化粧室的窗戶，看見他騎著馬朝她家走來。

一見到這位貴客，班奈特太太立刻高興起來，並趕緊召喚女兒們一起到窗前來分享她的快樂。珍坐在座位上一動也不動，伊莉莎白不想掃母親的興，便走到窗戶望了一眼，卻看見達西先生也跟賓里一起來了，於是便趕緊回去坐在她姊姊身旁。

凱薩琳說：「媽媽，那位跟他一起來的先生是誰啊？」

「肯定是他的朋友吧！寶貝，我也不知道。」

凱薩琳看了一會，又說：「你們看，像是以前經常跟他一起的那個人啊，那個誰……哎呀，想不起名字了，就是那個很傲慢、個子很高的先生啊。」

「天哪，原來是達西先生！沒錯，就是他。老實說，我一見到他就覺得討厭，不過只要是賓里先生的朋友，我們總是歡迎的。」

珍聽到這話，非常關切地看了伊莉莎白一眼。她並不知道兩人在德比郡見面的情景，以爲伊莉莎白自從上次收到達西先生的信之後，這還是第一次見面，因此覺得伊莉莎白一定會覺得十分尷尬。姊妹倆各有心事，都坐著沉默不語，而她們的母親依然在喋喋不休地說著他很討厭達西先生，只不過是看在他是賓里朋友的份上，才願意客客氣氣地接待他。

幸好伊莉莎白沒有聽見這些話，否則她心裡肯定更不好受。珍只知道達西先生曾經向伊莉莎白求婚被拒絕，以爲伊莉莎白對達西根本就沒有什麼特別的感情，她當然不知道伊莉莎白心裡的感情變化。而且伊莉莎白也沒有把舅媽的信拿給珍看過，因此珍也不知道達西對他們都有著莫大的恩典，也不知道伊莉莎白對他另眼相看。伊莉莎白覺得自己對達西的感情，即使不如珍對賓里那樣深切，但至少也是合情合理的。

達西這次回到尼日斐花園，主動到浪博恩來找她，讓伊莉莎白既驚訝又高興。時間過了這麼久，他對她的心意始終如一，這怎麼能不讓她笑顏逐開呢？但是她仍然放心不下，怕一切只是自己在自作多情。她想，還是先看看達西先生的表現，再決定自己應該對他存什麼樣的心思吧！

她打定主意，就坐在那裡專心做起針線來，以掩飾自己的內心的不平靜。等傭人們走近房門的時候，她忍不住抬起頭來望了珍一眼，見她臉色比平時蒼白了一些，但看起來仍然十分鎮定自若。當兩位貴客到來的時候，珍的臉不由自主地紅了起來，但她仍然從容不迫地接待了他們，落落大方地跟他們交談，一點也沒有做作的痕跡。

伊莉莎白說了幾句問候的話，便重新坐下來做她的針線。她沒怎麼說話，只是偶爾大著膽子瞟了達西幾眼，見他神色嚴肅，跟在彭伯里的溫柔親切比起來，簡直就不像是同一個人。伊莉莎白猜想，這可能是他在她母親面前，不能像在她舅舅和舅媽面前那樣放鬆的緣故。她覺得自己猜測很合情理。她又看了賓里一眼，看出他既高興又不安。她再看自己的母親，發現他對賓里先生那麼殷勤周到，對他那位朋友卻冷淡敷衍，讓她十分過意不去。其實她母親對這兩位客人的態度完全是輕重倒置，眞正對他們一家有恩惠的人，拯救了她女兒的名譽的人，她竟然對他如此冷漠。伊莉莎白因爲知道事情的詳細經過，因此覺得加倍地難受。

達西向伊莉莎白詢問了嘉丁納夫婦近況如何，伊莉莎白回答了他，顯得有點緊張。之後，達西先生便不再說什麼。伊莉莎白認爲他的沉默可能是由於沒有坐在自己身邊的緣故，但是上次在德比郡的時候，他也沒有坐在她的身邊，可是他的態度跟現在就完全兩樣。那時候，他要嘛跟自己說話，要嘛跟她舅舅和舅媽說話，絲毫也不沉默和拘泥。伊莉莎白忍不住抬起頭來望著他，見他不時地看看珍，又不時地看看自己，然而大部分的時間，還是望著地面發呆。可以看得出來，這次他明顯不像上次在德比郡的時候，那樣急於博得大家的好感。

伊莉莎白感到失望，她想：「要是他這樣的話，又何必來這裡呢？」除了達西先生之外，伊莉莎白沒有興趣跟任何人說話，但她又不知道該如何開口，鼓起勇氣問候了他的妹妹，然後又無話可說。

班奈特太太倒是有說不完的話，她說：「賓里先生，你走了好久啦！」

賓里先生趕忙回答說，確實有很長一段時間了。

「我還擔心你不再回來了呢！大家都說，你一到米迦勒節就要把你尼日斐花園退掉，我就說那個消息肯定不可靠。你不知道，你走了以後，這邊可發生了不少事情呢。盧卡斯小姐結婚了，我自己也有一個女兒出嫁。這件事情你聽說了嗎？我想你肯定在報紙上看到過了吧！《泰晤士報》和《快報》上都有消息，可是都寫得太草率了，上面只是寫『喬治．韋翰先生最近將於與班奈特小姐結婚』，其他就什麼也沒提，她的父親，她的住所，什麼也沒寫。這篇稿子還是我弟弟嘉丁納寫的呢，我眞不知道他怎麼會寫得這麼糟糕！賓里先生，你看到了嗎？」

賓里說看到了，又向她表示祝賀。伊莉莎白低著頭，不知道達西先生此刻的表情如何，也不敢抬起頭來看他。

班奈特太太接著說：「順利嫁出去一個女兒確實是件開心的事，可惜他們離我太遠了。賓里先生，你知道嗎？他們到紐卡斯爾去了，很遠很遠呢，也不知道什麼時候才能回來。韋翰已經脫離了民兵團，加入了正規軍，這你應該知道吧。謝天謝地！我們的韋翰總算還有幾個能幫得上忙的朋友，我希望他能再多幾個朋友才好呢！」

伊莉莎白知道母親這番話是故意說給達西先生聽的，感到非常尷尬，恨不得找個地縫鑽進去。不過，這番話倒是很有用，讓她決定不能讓母親繼續胡說八道下去了。於是，她便打起精神跟客人攀談起來。她問賓里是否打算在這裡住一段時間。賓里回答說，應該會住上幾個星期。

班奈特太太一聽到這話，便說：「賓里先生，你要是把你莊園裡的鳥兒都打完了，就請到我們的莊園裡來打，你愛打多少就打多少。我相信班奈特先生一定會非常樂意請你來的，而且一定會把最好的鳥兒留給你。」

伊莉莎白聽她母親這樣有失體統地一味討好人家，覺得非常難堪。她想起一年之前，她們都以爲賓里和珍一定能締結美好姻緣，卻在一轉眼的工夫就一切落空。現在事情又出現了轉機和希望，但也許這一切又會成爲鏡花水月。她深深地感到，不管是對珍還是對她自己來說，即便以後能夠得到幸福，也補償不了這幾分鐘的痛苦。她想：「希望我們今後永遠不要再見到他們，跟他們做朋友雖然愉快，但痛苦顯然要遠遠地多於這些愉快。」

不過，當她看到那位先生又被姊姊所打動，便也不覺得那麼痛苦了。畢竟，珍的幸福也會讓她覺得快樂。賓里剛進來的時候，沒怎麼跟珍說話，但沒過多久就變得像以前一樣殷勤了。珍的態度還是那麼溫柔和順，只是不像去年那麼愛說話了。她希望能讓人家覺得她沒有絲毫異常，自己也覺得自己表現得很鎮定。然而由於她心事太重，因此有的時候會不知不覺地陷入沉默之中。

當兩位客人告辭的時候，班奈特太太想起了自己打算邀請他們來吃飯，於是就立刻把這個邀請提了出來。她說道：「賓里先生，你記得去年冬天上城裡去的時候，答應一回來就到我們這兒來吃飯，結果卻一去不回，讓我難過了好久。你知道，我一直都記掛著這件事呢！」

賓里聽到她提起這件事，陷入了沉思之中，半天才說，當時是因爲有事情耽擱了。說完，他跟達西先生便告辭離去。

本來班奈特太太是打算今天就請他們留下來吃飯的，但是她又想到雖然自己家裡平時的飯菜很不錯，但招待這兩位貴客便顯得有點寒酸了。她決定等哪天好好預備好幾個菜的時候，再請賓里先生過來吃飯。

54

客人們一離開，伊莉莎白便到屋外去散步，讓自己擺脫那些沉悶的念頭，重新打起精神來。這次達西先生的表現讓她覺得既驚訝又難受。她實在不明白，他這次既然不打算討好任何人，那來這裡又有什麼意義呢？她想起舅媽的信上說，他在城裡的時候，對舅舅和舅媽那麼和藹可親，態度那麼討人喜歡，爲什麼對自己反而這麼冷淡呢？要是他眞的對自己已經毫無情意，爲什麼不能大大方方地說話呢？眞是一個捉摸不透的男人！伊莉莎白下定決心，以後再也不去想他了。

正想著，她姊姊走了過來，打斷了她的思緒。她看見珍容光煥發，就知道這次貴客來訪，雖然讓她自己十分失望，卻讓她姊姊十分滿意。

珍說：「太好了，最困難的時候總算過去了。現在我覺得非常自在，這一次我能從容對待他，我相信下次也一定能。現在我倒是很高興他星期二要來這裡吃飯，因為到時候大家就能發現，我跟他不過只是無關緊要的普通朋友。」

伊莉莎白笑著說：「無關緊要的普通朋友！珍，我看你還是當心點兒好！」

「親愛的麗茲，」她姊姊抗議說：「你千萬不要認為我那麼軟弱，我跟他之間還會有什麼危險呢？」

「我看你危險可大了，你準能讓他對你死心塌地！」

到星期二，也就是班奈特府上舉行宴會的時候，那天來的客人很多，但班奈特太太最為盼望的，還是賓里先生。上次的見面十分愉快，因此這位太太又開始在心裡打起了如意算盤。兩位貴客準時到達，他們一走進客廳，伊莉莎白就密切留意賓里先生，看他是不是像以前一樣在珍的身邊坐下。她那精明的母親也在留心這件事情，因此並沒有請他坐到自己身邊。

賓里先生看起來是很想挨著珍坐下，但有點猶豫不決。這時，珍正好回過頭來，微笑了一下，於是賓里先生受到了鼓勵，拿定主意在她身邊坐了下來。伊莉莎白看見這一幕情景，感到非常得意，忍不住向達西望了一眼，見達西若無其事的地坐在那裡。要不是她正好看見賓里又驚又喜地朝達西看了一眼，還以為賓里的此次行動，是受到了達西先生的特別恩准呢！

果然，在吃飯的時候，賓里先生又流露出了對珍的愛慕之情。雖然這種愛慕不像從前表現得那麼露骨，但是明眼人仍然一眼就能看得出來。伊莉莎白相信，只要賓里先生能按照自己的意願來決定自己的終身大事，那麼他跟珍的婚事就是十拿九穩的了。一想到這裡，她就感到十分高興。雖然她自己的事情不那麼理想，但能看到珍如願以償，也是一件讓人快樂的事。

達西先生的座位離伊莉莎白很遠，跟她母親坐在一起。伊莉莎白覺得這樣的安排不管是對達西，對她母親，還是對她自己來說，都是興趣索然。達西跟她母親偶爾也交談，伊莉莎白雖然聽不清楚他們在談論些什麼，但是她看得出兩個人都十分拘泥、不自然，而且她母親態度冷淡，對達西只是敷衍應酬。想到達西對自己一家情深義重，而自己的母親卻對人家這麼冷漠，伊莉莎白心裡感到非常難受。她很想讓他知道，家裡還是有一個人感激著他的恩德，並不是所有的人都忘恩負義。

達西和賓里還沒進來之前，伊莉莎白感到十分沉悶，迫切地希望他們能快點到來。她想，要是今天他還是像那天一樣沉默冷淡，那麼自己就要永遠放棄他。等他們進來之後，她看達西的神情，看得出來他還是對她有意。她非常希望能有機會跟達西交談一番，以免辜負了人家特地來拜訪的一片苦心。她這麼想著，心裡感到焦慮不安，因爲她一直沒有找到機會跟他交談。珍在給客人倒茶，伊莉莎白在給客人倒咖啡，女士們把桌子圍得密不透風，根本沒有讓其他人插足的餘地。

達西本想過來的，但這時一個小姐卻對伊莉莎白說：「我們絕對不要讓那些男人來把我們分開。不管是哪個男人，我們都不讓他坐到這張桌子來，好不好？」達西見此，也只好走開。

伊莉莎白的目光一直沒有離開過他，不管看到他跟誰說話，心裡都覺得非常嫉妒，連給客人倒咖啡的心思也沒有了。過了一會，她又開始埋怨自己：「我這是怎麼回事啊？他是一個被我拒絕過的男人，我怎麼能指望人家重新愛上我呢？我看沒有哪個男人會這麼沒骨氣，會向同一個女人求婚兩次的！達西這麼愛面子，就更不會這麼做了。」

就在這時，達西將空咖啡杯送過來。伊莉莎白終於高興了一些，立刻抓住這個機會跟他說話：「你妹妹還在彭伯里嗎？」

「對，她會一直在那裡住到耶誕節。」

「只有她一個人嗎？她的朋友們都走了嗎？」

「也不是一個人，還有安涅斯勒太太陪著她。其他的客人幾個星期以前就到斯卡巴勒去了。」

他回答之後，伊莉莎白還想找別的話來說，卻怎麼也找不出來了。不過，她知道，達西要是願意跟她說話的話，總是能找到話題的。這時，剛才那位跟伊莉莎白咬耳朵的小姐又過來跟她說悄悄話了，達西只好走開。

等客人們喝完茶，牌桌便擺了起來。伊莉莎白希望他能到自己身邊來，無奈她母親到處拉人玩「惠斯脫」，達西也只好勉爲其難地充個數，跟其他客人一起坐上了牌桌。伊莉莎白的希望落空，心裡覺得非常失落，所有玩的興致也都蕩然無存了。她坐上了另一張牌桌，索然無味地玩著牌，不斷地向達西張望。達西也不停地注意著伊莉莎白，結果兩個人輸了牌。

散場的時候，班奈特太太本來打算留賓里和達西吃晚飯的，可惜她還沒來得及發出邀請，那兩位先生就已經吩咐人套好了馬車。班奈特太太只好作罷。

客人們一走，班奈特太太對女兒們說：「孩子們，你們今天過得高興嗎？我覺得一切都好極了，飯菜味道也好，鹿肉燒得也恰到好處。你們聽見沒有，客人們都說從來沒有吃過這麼肥的鹿肉呢！湯也熬得很美味，比我們上星期在盧卡斯家裡吃的不知要好多少倍！連達西先生都說鷓鴣燒得好吃極了，他自己至少有三個法國大廚，卻還是覺得我們的菜好吃！珍，你今天眞美，我從來沒見過你什麼時候比今天更好看。我問郎格太太你美不美的時候，她也讚不絕口呢！你猜她還說了些什麼？她說：『啊，班奈特太太，珍遲早是要嫁到尼日斐花園去的。』她就是這麼說的。我覺得朗格太太眞是個好人，她的侄女們也都是些很好的姑娘，只可惜長得不好看。不過我眞喜歡她們！」

班奈特太太將賓里和珍的一切情景都看到眼裡，斷定她一定能將他弄到手的，因此感到興奮不已。她又開始編織美夢，認爲賓里先生很快就會向珍求婚的，並開始盤算攀上這門親事能給她家帶來多少好處。可是，第二天賓里先生卻沒有來求婚，讓她這個做母親的大失所望。

珍對伊莉莎白說：「昨天過得眞有意思，客人們相處得又融洽，談話也很投機。希望以後能有機會常常聚會。」

伊莉莎白笑了一笑，沒有回答。

珍趕緊說：「麗茲，你笑什麼？難道懷疑我說的話不是眞的嗎？沒錯，我是很欣賞這位年輕人的聰明和藹，還有他的舉止談吐，但是我並沒有對他存有什麼非份之想。最讓我感到滿意的是，他雖然比人家都殷勤隨和，卻並沒有想要博得我的歡心。」

伊莉莎白說：「你眞是的，不准我笑，又老是說些讓人發笑的事情！」

「有些事情別人是很難相信的！」

「有些事情別人是根本不會相信的！」

「你爲什麼覺得我沒有說眞心話呢？」

「我不回答你這個問題。我們每個人都喜歡叫人家給我們出主意，但是我們一旦眞出了主意，人家也不會領情。對不起，我實在不相信你對他的感情就像你說得那麼簡單。」

55

過了幾天，賓里先生又到班奈特府上來拜訪來了。這次達西先生沒有跟著一起來，他在當天早上就已經動身去了倫敦，大約要十多天以後才回來。賓里先生坐了一個小時，看起來非常高興。班奈特太太留他吃飯，他說很抱歉，但是他已經有了其他的約會了。

班奈特太太很失望，但沒有辦法，只好說：「希望你下次來的時候，能賞臉留下來吃頓飯。」

賓里先生回答說只要她不嫌麻煩，他很樂意來這裡看望她們。

「明天能來嗎？」班奈特太太問道。

他第二天正好沒有約會，於是便爽快地接受了她的邀請。第二天一大早他就來了。當時太太小姐們還正在梳妝打扮，班奈特太太穿著睡衣，頭髮還沒梳好，就趕緊跑進珍的房間裡去大聲叫：「親愛的珍，快點下樓！賓里先生來了！他眞來了！快，快點。哎呀，莎蕾，你別管麗茲小姐的頭髮啦，趕快到珍小姐那裡去！快點！」

珍說：「我們馬上就好了。也許凱蒂比我們兩個都快，因爲她已經弄了差不多半個小時了。」

「關凱蒂什麼事？你別管她了！快點，好孩子，你的腰帶在哪兒？」

班奈特太太走了以後，珍不肯一個人下樓去，要求一個妹妹陪她下去。

吃飯午飯之後，班奈特先生按照他平常的習慣到書房裡去了，瑪莉也上樓彈琴去了，其餘的人都坐在客廳裡。班奈特太太有心要給珍和賓里製造單獨相處的機會，便對伊莉莎白和凱薩琳擠眉弄眼。伊莉莎白裝作沒有看見，凱蒂看了半天，無辜地問：「怎麼啦，媽媽？你幹嘛一直對我眨眼睛呢？你到底要我做什麼呀？」

「沒什麼，孩子，沒什麼，我沒有對你眨眼睛。」沒辦法，她不得不又多坐了五分鐘。但她覺得這是難得的機會，不想就這樣浪費掉，便突然站起來，對凱薩琳說：「來，寶貝，我要跟你說句話。」說著，便拉著她走了出去。

珍當然明白母親的意圖，她對伊莉莎白望了一眼，意思是伊莉莎白不要也那麼做，她經受不起這樣的擺弄。果然，班奈特太太打開了半邊門，輕聲喊：「麗茲，親愛的，過來，我要跟你說句話。」

伊莉莎白只得走出去。一走出客廳，她母親就對她說：「我們最好不要去打擾她們。凱蒂跟我上樓去，你也另外找個地方待著吧！」

伊莉莎白也不跟她爭辯，在門口站了一會，等母親走了之後，又回到客廳來了。

雖然班奈特太太費心算計，卻終究沒有如願，因爲賓里先生並沒有公開以珍的情人這一身分自居。他非常溫和有禮，對班奈特太太的愚蠢可笑和不知分寸，都不動聲色地耐心忍受著。伊莉莎白把一切看在眼裡，感到十分滿意。

到吃晚飯的時候，賓里先生幾乎不用主人邀請，便主動留下來吃飯。臨走之前，他又毫不猶豫地答應班奈特太太，明天會再過來跟班奈特先生一起打獵。

賓里先生走了以後，珍再也不說對他無所謂這一類的話了，也沒有跟伊莉莎白談論這個問題。伊莉莎白對這件事卻很有信心，她覺得只要達西先生不回來攪和，那麼賓里跟珍的婚事就穩穩當當了。不過她又想到，達西先生一定早已同意這件事情，不然事情也不會進展得這麼順利。

第二天賓里準時赴約，整個上午都跟班奈特先生待在一起打獵。班奈特先生對賓里的態度十分和藹，因爲他沒有什麼可笑的地方讓他討厭，也沒有愚蠢的地方讓他看不起。他們兩人談得很愉快。賓里也覺得班奈特先生沒有以前那麼古怪，因此也十分高興。

吃過午飯之後，班奈特太太又想辦法把閒人都支開，好讓賓里跟珍又單獨在一起。其他的人都到另一個房間去打牌去了，伊莉莎白覺得不便跟母親作對，因此便回自己房間去寫信。

她寫完信以後到客廳，一打開客廳門，就忽然明白，母親的確比自己要高明得多。珍和賓里一起站在壁爐前，正在竊竊私語，一見伊莉莎白推門進來，便趕快分開。那種慌張的神態，明眼人一看就知道是怎麼回事。兩位當事人感到很尷尬，伊莉莎白覺得更加尷尬，後悔自己不該冒冒失失地闖進來。她正打算走出去，賓里先生突然站起，湊到珍的耳邊低語，然後便迅速走了出去。

他一離開，珍就快樂地喊了起來，熱情地抱著妹妹，不斷地感嘆自己是天底下最幸福的人。她喃喃地說：「眞是太幸福了！這實在太幸福了！我不配這麼幸福。啊，要是大家都像我這麼幸福就好了！」

伊莉莎白馬上就明白了怎麼回事，便熱烈地祝賀她。她眞心誠意地說了很多話，每句話都能讓珍覺得自己更加幸福。珍說：「我得馬上去告訴媽媽這個消息，我可不能辜負她老人家的一片好心。我要親自去告訴她，不能讓別人轉述！賓里現在已經告訴爸爸了。哦，麗茲，我相信每個人知道這件事情都會感到高興的。天啦，我怎麼當得起這麼大的幸福！」

說完，她便上樓去找母親。伊莉莎白一個人留在客廳裡，想起爲了這件事，家裡人幾個月以來操碎了心，沒想到現在一下子就得到解決了。她想到這裡，忍不住微笑起來，自言自語道：「這個結局眞有意思。這就是他那位朋友處心積慮的結果，這就是他那位妹妹自欺欺人的下場！眞是個幸福圓滿的結局！」

沒過幾分鐘，賓里又回客廳來了。他已經和班奈特先生簡明扼要地談好了。他一打開門，見只有伊莉莎白一個人，就連忙問：「你姊姊在哪兒？」

「上樓去找我媽媽去了，馬上就下來。」

賓里關上門走到她面前，要她恭喜他。伊莉莎白誠心誠意地祝福他們，說她相信他們將來一定會非常幸福，因爲珍聰明美麗，性情溫柔，這就是幸福的基礎。而且，兩個人的性格和愛好都很相近，生活在一起一定會非常融洽。賓里聽了很高興，不斷地講著自己有多麼幸福，珍有多麼完美，一直講到珍下樓來才爲止。

這個夜晚，每個人都十分愉快。珍終於如願以償，整個人都容光煥發，比平時更加嬌豔美麗；凱薩琳忍不住微笑，一心希望這樣的好運也能早日降臨到自己頭上；班奈特太太一直跟賓里先生喋喋不休，總覺得不管說什麼，都不能將自己的滿腔喜悅充分表達出來。

至於班奈特先生，他並沒有多說什麼，但從他跟大家一起吃晚飯時的表情來看，他也非常開心。不過，客人在的時候，他對這件事情隻字不提。等賓里走了之後，他才對珍說：「恭喜你，珍，你現在可眞成了最幸福的女孩啦。」

珍走上前去吻他，對他的祝福表示感謝。

班奈特先生又說：「眞高興你這樣幸福地解決了自己的終身大事。我相信你們結婚以後，一定能和睦相處。只是你們兩個性格很相似，遇到事情都容易猶豫不決，結果說不定會件件事情都拿不定主意。還有，你們性情那麼溫和，傭人們肯定會欺負你們。另外，太慷慨也不是好事，到最後說不定會弄得入不敷出。」

「希望不會這樣。要是我處理不好收支問題的話，我就不是一個好主婦！」

班奈特太太叫了起來：「入不敷出！我的好老爺，你怎麼說得出這樣的話！賓里先生每年有四五千鎊的收入呢，說不定還不止，怎麼可能入不敷出呢？」她又轉過頭來對珍說：「我親愛的珍，我今天晚上肯定高興得睡不著覺。我早就知道會這樣的，我就說嘛，你不會白白得長得這麼漂亮！去年他一到我們這裡來，我就覺得你們兩個簡直就是天生一對！哦，我這輩子都沒見過比他更英俊的人了！」

珍本來就是她最寵愛的女兒，現在她的心裡，更是除了珍和賓里，就容不下別人了。以前被她當作寶貝的韋翰和莉蒂亞，早就被她忘得一乾二淨。

珍的兩個小妹妹都簇擁著珍，要她結婚以後給她們好處。瑪莉要求給自己使用尼日斐花園藏書室的權利，凱薩琳要她答應她每年冬天開幾場舞會。

賓里每天都到浪博恩來，而且經常是一大早就趕來，一直要待到吃過晚飯才走。不過，有的時候他還是不得不去應酬一下別人，因爲總是有那麼一兩家人不知好歹，非要請賓里去吃飯。

只要賓里一來，珍的整個心思就都放到他身上去了，根本不理睬別人，連跟伊莉莎白說話也顧不上了。只有賓里不在的時候，珍才有時間跟她談話，她說：「賓里說他今年春天的時候一點也不知道我在城裡。」

伊莉莎白答說：「我猜他也不知道。他有沒有說爲什麼他沒有得到消息。」

「他沒有說，不過我想一定是他的姊妹們故意隱瞞他的，因爲她們不希望我跟賓里交情太深。這也不奇怪，因爲他確實可以找一個樣樣都比我好的小姐。可是，我相信她們總有一天會明白，賓里先生跟我在一起是非常幸福的，到那時候她們也一定會慢慢地回心轉意。我們會重新成爲朋友，不過肯定不能像以前那麼要好了。」

「這還是我第一次說這樣的話呢！不過我倒是很高興，要是再看到你被那虛僞的賓里小姐欺騙，那我可眞受不了。」

「賓里先生去年十一月裡到城裡去的時候，還是很愛我的。他是聽信了別人的話，以爲我一點也不愛他，因此才不回來的。我希望你相信他。」

「我當然相信他。不過說起來他也有不對的地方，他太謙虛了，所以才以爲你不愛他。」

珍聽妹妹這麼說，就自然而然地開始讚美起賓里的謙虛。伊莉莎白很高興賓里並沒有告訴珍達西也阻止過這件事情，不然的話，即使像珍這麼一個心胸寬廣、寬宏大量的人，也難免會對達西抱有成見。

珍的確十分滿足，她大聲說道：「我眞是太幸福了！哦，麗茲，家裡這麼多人，爲什麼就偏偏是我最幸福？多希望你也能夠跟我一樣幸福啊！但願你也能找到一個這麼情投意合的人！」

「幸福不幸福是因人而異的。就算我遇到十個這樣的人，也不會像你這麼幸福的，除非我性格跟你一樣好。哎，不可能的，讓我爲我自己祈禱吧。也許我運氣好的話，說不定能遇到另外一個柯林斯先生呢！」

班奈特太太迫不及待地把喜得佳婿的消息，偷偷地講給菲力浦太太聽，菲力浦太太又大膽地把它傳遍了整個梅列敦。於是，附近的街坊鄰居都知道了班奈特家的大小姐要嫁給尼日斐花園主人的事。幾個星期以前，當莉蒂亞、韋翰私奔的消息剛剛傳出來的時候，大家都認爲班奈特一家丟盡了臉，倒盡了楣。現在，大家又都覺得班奈特一家成爲了世界上最幸運的人家了。

56

賓里和珍訂婚大約一個星期以後，有一天上午，班奈特家的小姐們正和賓里先生坐在客廳裡聊天，忽然外面傳來一陣馬車的聲音。大家立刻起身走到窗戶，看見一輛四馬大車駛進花園裡。大家都很奇怪，因爲這麼一大早的，不知道是哪位客人來了，而且從那輛馬車豪華的配備來看，這位客人肯定不是這附近的鄰居。

賓里見有客人來訪，便叫珍跟他一起暫時離開這裡，免得被討厭的客人給纏住，不能痛快地交談。珍答應了，跟他一起到樹林裡散步去了。剩下伊莉莎白幾個人仍然留在客廳裡，等著迎接客人。

門開了，伊莉莎白萬萬沒想到，走進來的竟然是凱薩琳·德·包爾夫人，不由得感到十分吃驚。班奈特太太雖然不認識這位貴夫人，但看見她衣著華麗，神態傲慢，就知道她不是普通人，因此對她來拜訪自己一家感到十分榮幸。

伊莉莎白跟她打招呼，她只稍微側了一下頭，神情十分冷漠，然後一屁股坐在沙發上，一句話也不說，也沒有要求人家介紹。伊莉莎白很看不慣她那副目中無人的模樣，但還是禮貌地向母親介紹了她。班奈特太太雖然可以想像這位來客身分高貴，卻無論如何也沒有想到竟然會是德·包爾夫人。她一方面感到十分得意，一方面又誠惶誠恐、竭盡全力地招待好她，生怕怠慢了這位貴客。

凱薩琳夫人面無表情地坐了一會，便冷冰冰地對伊莉莎白說：「你一定過得很好吧，班奈特小姐？我想，那位太太就是你母親吧？」

伊莉莎白回答說是。

「哪一位是你妹妹？」

伊莉莎白還沒來得及回答，班奈特太太就搶著說：「是的，夫人。」她爲自己能跟這樣一位貴客交談而感到萬分榮幸，「這是我的第四個女兒。我最小的一個女兒最近出嫁了，大女兒現在跟她的朋友出去散步，那位青年很快就要成爲我們自己人了。」

凱薩琳夫人正眼也不看她，也沒有接她的話。過了半天，她才說：「你們這兒還有個小花園。」

班奈特太太說：「比起羅新斯來就差遠了，夫人。不過我敢肯定，我們這個花園比威廉·盧卡斯爵士的花園要大得多呢！」

「你們這個房間窗子都朝西，到了夏天根本不適合作客廳。」

班奈特太太告訴她，她們一到下午就從來不坐在這裡了。接著，她又問：「我可不可以冒昧請問夫人，柯林斯夫婦都好嗎？」

「他們都很好，前天晚上我還跟他們見過面的。」

伊莉莎白一直以爲凱薩琳夫人這次到這裡來，肯定是路過這裡，順便給她帶來一封夏綠蒂的信。因此，當她提起夏綠蒂的時候，伊莉莎白以爲她就要把信拿出來的。但是這位夫人卻沒有拿信出來，讓伊莉莎白覺得十分疑惑，不明白她到這裡來的目的是什麼。

班奈特太太恭恭敬敬地請夫人吃些點心，但是凱薩琳夫人生硬而無禮地拒絕了。接著，她站了起來，對伊莉莎白說：「班奈特小姐，我剛才看到草地的那邊頗有幾分天然的美景，我想到那邊去逛一逛，你能不能陪我去走走？」

班奈特太太聽了，大聲說：「沒問題，夫人。麗茲，你去吧，陪夫人去逛逛，我相信她一定會喜歡我們這個幽靜的小地方。」

伊莉莎白到自己房間裡去拿了一把陽傘，然後下樓來跟這位夫人一起向外面走去。大門打開，凱薩琳夫人站在門口稍微打量了一下，說：「這屋子還算過得去！」說完，她也不管伊莉莎白，自顧自地繼續向前走。

走到門口的時候，伊莉莎白看見她的馬車停在門口，她的待女還坐在車子裡等她。凱薩琳夫人一直沒有說話，兩個人默默地沿著小路往樹林裡走去。伊莉莎白覺得這個老太婆今天比往常更傲慢，比往常更加讓人討厭。她雖然不知道夫人來找她究竟是爲了什麼，但她肯定絕對不會是什麼好事，因此打定主意絕不先開口說話。

伊莉莎白忽然想起了達西先生，便忍不住側過頭去看了一下夫人的臉，心想：「眞看不出她跟達西先生竟然是親戚，她哪一點像達西呢？」

走進小樹林之後，凱薩琳夫人終於開口說話了。她以一種不容否認的語氣對伊莉莎白說道：「班奈特小姐，你一定知道我到這裡來的原因。我相信你的良心一定會告訴你，我究竟爲什麼到這裡來。」

伊莉莎白聽了她的話，完全摸不著頭腦，說：「不，夫人，你弄錯了。我眞的不知道你爲什麼會屈尊到我們這樣的小地方來。」

夫人生氣地說：「班奈特小姐，你要弄清楚，我這個人最討厭人家跟我開玩笑的。你不是個誠實的人，但我是，你可以去問問，誰不承認我是出了名的誠實坦白。何況，現在這件事至關重要，我當然更要認眞對待。兩天以前，我聽到一個非常讓人吃驚的消息，不僅你姊姊將要高攀上一門親事，就連你，伊莉莎白．班奈特小姐，也要高攀上我的侄子達西先生。當然，我很清楚這都是沒有根據的流言，因爲我絕對不相信我親愛的侄子竟然會做出這樣丟臉的事，但我爲了愼重起見，還是決定到你們這裡來一次，把我的意思告訴你。」

伊莉莎白聽了這話，感到既驚訝又厭惡。她的臉由於憤怒而脹得通紅，說：「那就奇怪了，既然你認爲這些都是流言，既然你認爲根本不會有這樣的事情，又爲什麼要自找麻煩地親自跑一趟？請問你老人家這麼老遠地跑來，究竟想跟我說什麼？」

「我要你立刻去闢謠，讓大家都知道這事根本連影子都沒有。」

伊莉莎白冷冷地說：「如果大家眞的都在謠傳這件事的話，你親自跑到這裡來，反而會讓人家認爲這事是眞的。」

「如果大家眞的都在謠傳這件事的話？班奈特小姐，你存心要裝瘋賣傻是嗎？難道這些謠言不是你自己傳出去的嗎？難道你不知道現在這件事情已經鬧得滿城風雨了嗎？」

「我不知道，我從來沒有聽說過。」

「你能告訴我這件事是毫無根據的嗎？」

「我可不想冒充像你老人家一樣坦白。你有什麼問題儘管問好了，但我可不想回答。」

「豈有此理！班奈特小姐，我非要你回答。達西先生向你求過婚沒有？」

「你老人家自己剛才不是還說，根本不會有這樣的事情嗎？」

「是不應該有這樣的事情，只要他還有頭腦，就絕對不會發生這種事情。但是他在你千方百計的誘惑下，也許會一時糊塗，做出這種對不起自己，也對不起家人的事來。也許你用了什麼手段，把他給迷住了。」

「我有沒有把他迷住，我也沒有必要告訴你。」

「班奈特小姐，我想你還沒弄清楚我的身分。我是達西最親近的長輩，我有權利過問他的一切大事。」

「也許吧。但是你沒有權利問我的事，我沒有義務告訴你這些。」

「我告訴你，不管你怎麼費盡心思妄想攀上這門親事，也絕對不會成功的，一輩子也不會成功。達西先生早跟我的女兒訂過婚了，他們是肯定要結婚的。你還有什麼話要說？」

「有。如果他眞的跟你女兒訂過婚了，你有什麼理由認爲他會向我求婚呢？」

凱薩琳夫人遲疑了一會兒，然後回答：「他們的訂婚，跟一般的訂婚有所不同。從他們還在搖籃裡的時候，我跟達西先生的母親就說好了要把他們配成一對，將來要讓他們結婚，親上加親。現在眼看我們的願望就要實現，眼看他們就要結婚的時候，卻忽然半路上出來個門戶低微、非親非故的小丫頭從中作梗。我想問你，難道你一點也不顧及他跟德·包爾小姐默認的婚姻？難道你一點也不知道羞恥？」

「如果你沒有別的理由反對我跟你侄子結婚的話，我想我是不會讓步的。你以爲你們在他們還不懂事的時候就安排下的婚姻有用嗎？你問過達西先生他自己願意跟你女兒結婚嗎？如果達西先生根本不願意跟德·包爾小姐結婚，也沒有責任跟她結婚，那他當然有權利自己重新選擇。如果他正好選中了我，我爲什麼不答應呢？」

「不管是從體面上來說，還是從利害關係上來說，你都不能這麼做。我告訴你，班奈特小姐，要是你跟他結婚的話，你休想他的家人、他的親友們會看得起你。任何一個跟他有關的人都會鄙視你、厭惡你，大家都會認爲你跟他的結合是一種恥辱，他們連你的名字也不願意提起。」

「這眞是不幸！」伊莉莎白說：「但是我相信做了達西先生的太太一定能享受到其他許多的好處，能夠抵消這些不愉快。總而言之，還是划算的。」

「好一個不害臊的丫頭！今年春天的時候你到我們那裡來，記得我是怎麼殷勤招待你的？你就是這樣報答我對你的照顧？難道連一點感恩之心也沒有？坐下來，我們好好談談。班奈特小姐，你應該明白，既然我到這裡來了，就一定要達到我的目的，誰也阻止不了我。我這個人最大的特點就是，不管什麼人跟我玩什麼花招，我都不會認輸的。」

「如果是那樣的話，那只會讓你自己更加難堪，對我可沒有什麼影響。」

「不許插嘴，好好地聽我說！我的女兒跟達西才是天生的一對。他們的母親都出身高貴，父親有爵位，也都出自地位顯赫的名門世家，家產十分豐厚。不僅是他們雙方的父母，他們的親戚朋友們也一致認爲他們兩人才是完美的結合，沒有人能把他們拆散。你想想你自己，不管門第還是財產，哪一點配得上他？難道就憑著自己的癡心妄想，就能夠當上達西夫人了嗎？別妄想了！你因爲想高攀達西先生想得昏了頭，連自己的出身也忘了。」

「你放心吧，我還沒有昏頭到連自己的出身也忘了的地步。你的侄子是個紳士，我是紳士的女兒，我們正好門當戶對。」

「沒錯，你的父親確實是個紳士。但是你的母親呢？你的姨父姨母呢？你的舅父舅媽呢？我告訴你，我對他們的底細可是一清二楚。」

伊莉莎白說：「我親戚是什麼樣的人，你侄子都不計較，跟你又有什麼關係？」

「你老老實實地告訴我，你到底有沒有跟他訂婚？」

伊莉莎白本來不打算回答這個問題，但是她認眞地想了一想，不得不回答：「沒有。」

凱薩琳夫人聽了這話十分高興，說：「你能答應我，永遠不跟他訂婚嗎？」

「我不能答應。」

凱薩琳夫人生氣地說：「班奈特小姐，你眞讓我吃驚，我實在沒有想到你竟然這麼不講理！你別以爲你這麼一說我就會妥協，你要是不答應我的要求，我就不走！」

「我當然不會答應你這麼荒唐的要求，你別妄想我會答應你。你一心想把自己的女兒嫁給達西先生，就算我答應了你不接受他的求婚，難道你以爲他跟你女兒的婚事就穩當了嗎？如果他眞的看上了我，那麼就算我拒絕了他，難道他就會去向你的女兒求婚了嗎？凱薩琳夫人，我覺得你的想法簡直是異想天開，而且毫無道理。你以爲你莫名其妙到跑到這裡來跟我說這幾句話，我就會被你嚇倒了嗎？你要怎麼干涉你侄子的事情，這我不管。但是，你絕對沒有權利來干涉我的事。這件事情你不用再說了，你不會從我這裡聽到任何滿意的答案的。」

「你別著急，我的話還沒說完呢！除了你那些卑微的親戚之外，我還要加上一件事，就是你那不知廉恥的小妹妹跟別人私奔的事！這件事的底細我完全清楚，她能跟那個男人結婚，是你父親和舅舅花錢換來的。這樣一個浪蕩的姑娘，她配做我侄子的小姨子嗎？她丈夫是老達西先生賬房的兒子，這樣一個人配跟達西做親戚嗎？你以爲彭伯里的門第竟然可以這樣讓人隨便糟蹋嗎？」

伊莉莎白聽了回答說：「你說完了嗎？我想你已經把我侮辱夠了，現在我要回家去了。」

她一邊說一邊站起來準備離開，凱薩琳夫人也站了起來。兩個人一同往屋子那邊走去。

凱薩琳夫人怒氣衝天，一邊走一邊說：「這麼說，你完全不顧他的體面，非要跟他結婚不可了？你難道不知道，要是他跟你結了婚，大家都會看不起他嗎？」

「凱薩琳夫人，你不要再說了。我想你已經明白了我是什麼意思。」

「你告訴我，你是非要跟他結婚不可嗎？」

「我從來沒有這麼說過。該怎麼做我自有主張，怎麼做幸福我就會怎麼做，你管不了！任何一個局外人都管不了。」

「好吧，我勸說了你半天，你竟然一句話也沒有聽進去。你這個不知廉恥的丫頭！你存心要讓他的親戚朋友們都看不起他，存心要讓他受到全天下人的恥笑！」

伊莉莎白說：「沒有那麼嚴重吧！我跟達西先生結婚，跟廉恥扯得上什麼關係。要是他跟我結了婚，他的家人和親戚就看不起他的話，那我也不在乎。至於是否全天下的人都會恥笑他，我想只要是明白道理的人，都不會這麼無聊吧！」

「這就是你的主意嗎？這就是你給我的回答嗎？好吧，班奈特小姐，現在我知道該怎麼對付你了。你別以爲你這麼頑固就能達到目的，我這次來只是爲了試探試探你，沒想到你眞的這麼無恥！等著瞧吧，你一定會因爲你今天說過的這些話感到後悔的。」

這時候她們已經走到馬車跟前，凱薩琳夫人準備上車，想了一想，她又掉過頭來說：「我不向你告辭，班奈特小姐，我也不問候你的母親。我非常不高興，你們這些不識抬舉的人！」

伊莉莎白沒有回答，自己一個人走進了屋子，她聽到馬車駛走的聲音。上了樓，她在化粧室門口碰到她的母親。班奈特太太見伊莉莎白一個人回來，便連忙問凱薩琳夫人爲什麼不回到屋子裡休息一會兒再走。

伊莉莎白說：「她還有事，就不進來坐了。」

班奈特太太說道：「她長得眞好看，而且這麼客氣，竟然會到我們這樣的地方來！我想，她這次來，恐怕是要到別的地方去，路過這裡，順便來告訴我們一句，說柯林斯夫婦過得很好，是嗎？你們剛才散步的時候都聊了些什麼？她沒跟你說什麼特別的話吧？」

伊莉莎白回答說沒有。她實在沒有辦法把剛才那場談話的內容說出來。

57

凱薩琳夫人離開之後，伊莉莎白一直都心神不寧地想著這件事情。凱薩琳夫人以爲伊莉莎白和達西已經訂了婚，特地老遠地從羅新斯趕來，企圖阻止伊莉莎白和達西的婚姻，那麼一定是聽了言之鑿鑿的傳言。問題是，這些傳言是從什麼地方來的，又有什麼根據呢？伊莉莎白實在無從想像。後來，她想起了達西跟賓里是好朋友，她自己又跟珍是姊妹，現在大家都知道了賓里跟珍訂婚的消息，很自然地會從一件婚姻聯想到另外一件婚姻上去。就連伊莉莎白自己也曾經想過，她姊姊跟賓里結婚以後，她跟達西見面的機會就會比以前更多了。一定是盧卡斯一家人有這樣的想法，並且在跟夏綠蒂通信的時候，把這種想法告訴了夏綠蒂，這件事才會傳到凱薩琳夫人的耳朵裡去的。

想到這裡，伊莉莎白不禁有點沮喪。她的鄰居們都對達西先生的關係抱有這麼高的期望，但是她自己卻覺得這事的可能性並沒有那麼大。而且，一想到凱薩琳夫人說的那些話，她就感到更加不安。如果她硬要橫加干涉，說不定會造成很嚴重的後果。她說她堅決阻止這門婚姻，那麼她一定會去找她的侄子，告訴他跟伊莉莎白結婚會有多少害處。至於達西先生聽了她的話之後會有什麼樣的反應，會不會聽從凱薩琳夫人的主張，那伊莉莎白可就不敢說了。照理來說，他肯定比伊莉莎白尊重那位老夫人的意見，而且他自己也曾經說過他認爲他們兩人門第差得太遠之類的話，只要凱薩琳夫人在他面前說上幾句，那麼就一定能擊中他的弱點。那些讓伊莉莎白覺得荒唐可笑的理由，在達西先生聽來，也許覺得正是十分高明的見解呢。

伊莉莎白想，如果他現在還在猶豫不決的話，那麼這位夫人一去拜訪他跟他說那些話，那他肯定會打消跟伊莉莎白結婚的念頭。這樣一來，雖然他答應賓里先生說要回來，但是相信他也不會遵守約定了。她心裡又想：「要是這幾天他給賓里先生來信，說不能赴約的話，那我就一切都明白了，就不會再對他存有任何指望。如果在現在我就快要愛上他，就快要答應他的求婚的時候，卻發現他並不是眞心愛我，只是會在偶爾想起我的時候感到惋惜一下的話，那我就會連惋惜他的心都不會有。」

第二天早上，伊莉莎白下樓的時候，正好遇見她父親從書房出來，手裡拿著一封信。他一見到伊莉莎白，就叫住她：「麗茲，我正要找你呢！你跟我到房間裡來一下。」

伊莉莎白不知道父親要跟自己說什麼，但她相信父親要說的多少都跟他手上的那封信有關。她猜那封信一定是凱薩琳夫人寫來的，因此感到很不舒服，心想自己免不了要跟父親好好解釋一番。她一邊想著，一邊惴惴不安地跟著父親走到壁爐邊坐下。

父親說：「今天早上我收到一封信，讓我感到非常吃驚。我想你肯定知道這封信裡說的是什麼吧，因為裡面說的都是關於你的事情。說起來也眞是遺憾，我竟然一直不知道除了你姊姊之外，我還有一個女兒也有結婚的希望。還是先讓我恭喜恭喜你情場得意吧。」

伊莉莎白聽了這話，立刻就想到這封信不是凱薩琳夫人寫來的，而是她的侄子寫來的。她的臉一下子就紅了，不知道自己是應該為了他的來信而感到高興呢，還是應該因為他不直接把信寫給自己而感到生氣。她正在胡思亂想，聽到他父親又說：「看你的樣子，好像心裡有數。不錯，年輕小姐們對這些事情似乎都非常敏感。但是就算你聰明絕頂，你也猜不出來這封信究竟是誰寫來的。我告訴你，這封信是柯林斯先生寄來的。」

「柯林斯先生？他寫信來做什麼？」

「當然是有話可說了。信的一開頭，他就熱切地恭喜我的大女兒將要出嫁。我想這個消息肯定是盧卡斯爵士告訴他。不過，這件事情跟你沒有關係，就讓我們忽略它吧。我們來看看跟你有關係的部分是怎麼寫的……『在我們夫婦對您的大女兒這門婚事表示祝賀之後，還要再提一提另外一件事情。這個消息的來源跟上一消息的來源相同，說除了您的大女兒珍的婚事之外，最近您二女兒伊莉莎白小姐也將要訂婚。而且，我們聽說這位女婿，無論從身分還是從地位上來說，都是一等的貴人。』麗茲，你知道這位貴人是誰嗎？……『這位貴人年輕有爲，不但門第高貴、家財萬貫，而且有權有勢。但是，雖然他的條件十分優越，但是假如他向伊莉莎白求婚的話，千萬不要草率答應。』麗茲，你還沒猜出來是誰嗎？下面馬上就要提到了……『請原諒我的直率，但是我很清楚，這位貴人的姨母凱薩琳·德·包爾夫人對這門婚姻，肯定是不會贊成的。』明白了吧，這個人就是達西先生！麗茲，你不覺得奇怪嗎？我倒是覺得很奇怪呢！你想，我們有這麼多的熟人，爲什麼盧卡斯一家和柯林斯偏偏要挑出這麼最不可能一個人來撒謊呢？這不是太荒謬不過的謊言嗎？誰都知道，達西先生根本就沒有看上這裡的任何女人，他可能連你長什麼模樣都記不清楚，怎麼會傳出你跟他訂婚的謠言來？我眞佩服這些人的想像力！」

伊莉莎白勉強微笑著，她從來沒有任何時候像現在這樣，對父親的幽默感深感厭煩。

「恩？你不覺得很有趣嗎？」班奈特先生問道。

「啊，當然有趣，你接著讀吧！」

「『前幾天晚上我把這個消息告訴了凱薩琳夫人，夫人十分不高興，明確表示她絕對不會同意這門婚事，因爲她認爲伊莉莎白小姐門戶低微，如果達西先生跟她結婚的話，實在是有失體統，而且也有辱家門。我聽了夫人的話，覺得自己有責任把夫人的意見轉告給你們，也讓伊莉莎白表妹及早另做打算。』柯林斯先生還說：『莉蒂亞表妹私奔的事情得到圓滿地解決，讓我深感到欣慰，但是這件事情畢竟已經弄得人盡皆知，敗壞了家庭的名聲。既然如此，他們結婚之後，您就不應該將他們接到家裡來住。但我卻十分吃驚地聽說，他們結婚之後竟然大搖大擺地回了浪博恩，而且還受到了家裡人的熱情接待，實在讓人難以理解。』很好，這就是我們這位偉大的牧師所謂的寬恕精神。信的後半部分都是寫他親愛的夏綠蒂的一些情形，他們快要生小孩了。麗茲，怎麼，你好像不願意聽？我想，你應該不會像那些小姐一樣假裝正經，一聽到這些廢話就要感到生氣吧？要是我們不能時常地被人家取笑取笑，同時也取笑取笑別人的話，那活著還有什麼意思呢？」

伊莉莎白大聲說：「我沒有不願意聽，相反，我聽得很有趣。不過，這件事情實在非常奇怪。」

「確實很奇怪，但這也正是有趣的地方。要是他們說的是另外一個人的話，還說得過去，可笑的是，他們偏偏要拿達西先生來開玩笑！我相信那位貴人根本沒有把你放在眼裡，而你對他也是厭惡至極。話說回來，柯林斯先生的信寫得實在有趣，雖然平時我最不喜歡的就是寫信，但是要讓我跟柯林斯先生斷絕書信往來的話，我可不願意。我每次讀到他的信，總覺得比韋翰更討我喜歡。雖然我那位女婿既冒失又虛偽，但是比起柯林斯先生來說，我覺得還是小巫見大巫。對了，我聽說凱薩琳夫人特地到我們這裡來過，她來做什麼？是來表示反對的嗎？」

伊莉莎白沒有回答。她的心裡覺得很難過，她想哭的慾望從來沒有像現在這樣強烈過。但是在表面上，她又不得不強顏歡笑，否則就會引起父親的疑心。她想起剛才父親說達西先生根本沒有把她放在眼裡，這話實在讓她覺得傷心。但是，她想了一想，覺得這不應該怪父親知道得太少，只能怪自己的幻想得太多。

58

伊莉莎白本以爲達西先生肯定會給他的朋友賓里寄來一封道歉信，說他不能按照之前的約定回來。但是，凱薩琳夫人來過之後沒有幾天，賓里就帶著達西先生一起到浪博恩來了。

珍見到達西先生，生怕母親把他的姨母來訪的消息告訴達西。幸好，班奈特太太還沒有來得及提到這件事，賓里就提議說想去散步，因爲他想跟珍單獨相處。大家都同意了他的建議，但是班奈特太太從來沒有散步的習慣，瑪莉又不願意浪費時間，因此出去散步的實際只有五個人：賓里、珍、伊莉莎白、達西和凱薩琳。

一出門，賓里和珍就馬上落在大家的後面，讓伊莉莎白、達西和凱薩琳三個人互相應酬。三個人並排走著，都沒怎麼說話。凱薩琳一直都很怕達西，因此不敢開口；伊莉莎白心事重重，正在下著最後的決心；達西也同樣想著自己的心事，也許跟伊莉莎白一樣，正在下決心。

他們路過盧卡斯家的時候，凱薩琳說她想順便去看看瑪莉亞。伊莉莎白覺得用不著三個人都去，因此就讓凱薩琳一個人進去，而她跟達西兩人就繼續往前走。她猶豫了很久，終於鼓起勇氣來，對達西說：「達西先生，我是個自私的人，只考慮自己，從來沒有考慮過你的感受。

但是當我知道你對我妹妹的慷慨幫助之後，我就再也不能保持沉默，不能不向你表達我的感激之情。我想，要是我家裡人都知道了這件事情的話，那麼感激你的人就不止是我一個人了。」

達西聽了伊莉莎白的話，感到十分驚訝，情緒有些激動地說：「我非常抱歉！這件事要是換個角度來看，也許會讓你感到難過。我沒有想到妳竟然會知道這件事情，我以爲嘉丁納太太非常可靠的。」

「這事不怪我舅媽，是莉蒂亞自己不小心先露出了口風，引起了我的好奇心，因此我非要打聽個清楚不可。我要代表我的全家人感謝你，感謝你爲了這件事費了那麼多心。要不是你從中張羅的話，我想他們還結不了婚。」

達西說：「我接受妳的感謝，但是卻不能接受你家人的感謝。當時我之所以那麼用心地去辦那件事，主要是爲了分擔你的憂慮。我必須承認，雖然我很尊敬你的家人，但當時我在做這件事情的時候，我心裡只想到你一個人。」

伊莉莎白聽了這話，不由自主地臉紅了，一句話也說不出來。達西先生也陷入了沉默之中。過了好一陣，他認眞地對伊莉莎白說：「我知道你的性格直爽，不會故意戲弄我。我的心願和感情還是跟四月的時候一樣，我想請問你一句，不知道你的決定有沒有改變。只要你告訴我你仍然拒絕，我從此以後就再也不會提起這件事情。」

伊莉莎白知道達西現在的心情一定非常焦慮不安，因此她不能再繼續沉默下去。她吞吞吐吐地告訴他說，從四月到現在的這段時間，她的心情已經有了很大的變化。現在，她願意非常愉快而感激地接受他的盛情。

達西聽到這個回答，立刻興奮不已。伊莉莎白從來沒有見他這麼快樂過。他現在的樣子，就跟任何熱戀中的人一樣，熱情而溫柔地對她傾訴衷腸。他英俊的臉因爲洋溢著幸福和喜悅，變得更加光彩奪目。可惜伊莉莎白不好意思抬頭看他的臉，只是低著頭聽他的聲音，聽他訴說著他對她的熱切情感，說她對他而言有多麼重要。

他們一直往前走，也沒留意究竟正往哪裡走。他們有說不完的話，有訴說不完的衷腸，有體會不完的濃情蜜意，根本分不出心思來注意別的事情。從達西的話中，伊莉莎白知道，他們兩人之所以能像現在這樣情意綿綿，還得歸功於他那位姨母。果然不出伊莉莎白所料，凱薩琳夫人確實去找過達西了，而且把她跟伊莉莎白的談話原原本本地對他講了一遍，尤其是她認爲那些最厚顏無恥的地方，著重地跟達西描繪了一番。她的意圖，是想讓達西聽到這些話之後，對伊莉莎白產生厭惡，從而打消跟伊莉莎白結婚的念頭。可惜事情的結果正好相反，達西不但沒有因此退縮，反而從那些話中看出了伊莉莎白對他的情意。

他對伊莉莎白說：「以前我一直以爲你是非常討厭我的，但是聽了姨母的話之後，我似乎看到了希望。以我對你的了解，假如你眞的那麼討厭我的話，你一定會對我姨母直說。」

伊莉莎白臉紅了。她笑著對達西說：「沒錯。你知道我這個人性格直爽，既然我能夠當著你的面毫不留情地罵你，那麼當著你姨母的面，或者任何親戚的面，我也一樣會罵你。可是我沒有罵你，也堅決不答應你姨母說我永遠不跟你訂婚，因此你就覺得我其實並不討厭你。」

「你罵我也是應該的。老實說，雖然你對我的指責都是沒有什麼根據的道聽塗說，但是有一點你卻說得很對，就是我傲慢、不可一世的態度。我想起那次向你求婚時我說的那些話，就覺得自己是不可原諒的。」

伊莉莎白說：「過去的事情就不要再提了。其實以前我們雙方態度都不好，但是從那次以後，我覺得我們都變得有禮貌多了。」

「過去的事情是不應該再提，但是我一想起那時候我的行爲、我的態度，還有我的表情，我就覺得實在對不起你。我永遠也忘記不了你當時說的那句話，你說：『要是你有禮貌一點的話就好了。』我當時聽了你這句話，覺得難以接受，但冷靜下來一想，我又覺得你說得很對。」

「沒想到我的那句話竟然讓你這麼難受，我絕不是故意要讓你難受的。」

「我知道。當時你認爲我對你並沒有眞正的感情，你當時是那麼想的嗎？我還記得那時候你說，不管我怎麼向你求婚，也不可能打動你的心。你說你絕對不會答應我的求婚的。」

「別再提那些話了吧，當時我的確說得有點過分。說眞的，不只是你難受，我一想起那時候的情形也難過得很呢！」

達西又問：「那麼，那封信……你在收到我的那封信之後，是否對我有好感一點了呢？我在信上所說的那些話，你相信嗎？」

伊莉莎白說，看了那封信之後，對他的看法確實有了很大的改觀。

達西說：「我在寫那封信的時候，我就想到你看信的時候一定會很難受，但是我沒有別的辦法。那封信你還留著嗎？我希望你早就已經把它毀掉了。我記得信裡面有些話，尤其是開頭那些話，一定會讓你非常恨我的。哦，我實在不願意想到這個。」

伊莉莎白笑著說：「要是你認為我不毀掉信，就隨時會變心的話，那麼我今天晚上就回去把它燒掉。不過話說回來，我再怎麼容易變心，也不會因為看了那封信就跟你翻臉的。」

「當時我寫那封信的時候，以為自己心平氣和，」達西說：「但是事情過了之後，我才知道我當時其實是出於一種怒氣。」

「信的開頭確實有幾分怒氣，但信的結尾卻是皆大歡喜。還是不要提這件事情了吧！不管是寫信的人也好，還是收信的人也好，現在的心情跟那時都已經完全不同了。我認為，一切不愉快的事情，都應該把它忘掉。如果要回憶過去，也應該只回憶那些讓人愉快的事情，這是我的人生觀，我認為你應該學一學。」

「我並不覺得這是你的人生觀，而是因為你天眞無邪。對你來說，過去的事情基本上都讓你感到滿意，因此你回憶起來都覺得愉快。但是對我來說就不是這樣，我的回憶裡免不了有一些痛苦的事情，但這些事情我又不能不去回憶。雖然我自認為我並不是一個自私的人，但是實際上我卻自私了一輩子。從很小的時候開始，大人們就教我應該如何為人處世，卻沒有告訴我該怎麼約束約束我的脾氣，讓我養成了傲慢自大的性格。你知道，從小我就是獨生子，父親雖然知書達理，卻免不了對我驕寵縱容，無形中讓我的自私和傲慢越來越嚴重。甚至，他們還鼓勵我傲慢，告訴我別人的見識都不如我，告訴我別人都沒有優點和長處。從八歲到二十八歲，我都是在這樣的教養中長大的。伊莉莎白，幸好你跟我說了那一番話，否則也許我到現在都還是這樣。你給我的那一頓教訓，當時雖然讓我覺得十分難受，但是事後想起來，我覺得你說的都有道理。我那時候還以爲你一定會答應我的求婚呢！你拒絕我，我才明白過來，要是一位小姐值得我愛，而我卻又對她輕視鄙薄，想贏得她的芳心是萬萬不可能的。」

「你當時眞的以爲我一定會答應你的求婚嗎？」

「是的。你一定會笑我太自負了吧！當時我還以爲你在等著我來向你求婚呢！」

「我當時的態度一定很可怕吧！我這個人就是這樣，常常一衝動起來就做些不顧後果的事情。我想，從那天下午開始，你一定非常恨我吧？」

「恨你？開頭或許有一點，但是一冷靜下來，我就明白眞正該恨的人是誰了。」

「還有一件事我想問你，但是不好意思問出口。那次我們在彭伯里見面，你是怎麼想的，你是不是覺得我很唐突？」

「唐突倒是不覺得，只是稍微有點吃驚而已。」

「你吃驚，我比你還要吃驚呢！我沒想到會受到你那麼殷勤周到的招待。老實說，我覺得自己實在不配你這麼款待我。」

達西說：「我當時是想盡量做到禮貌周全，讓你看到我的態度有所改變，讓你知道你的指責對我已經發生了作用，希望你能原諒我。我當時確實沒有要跟你重修舊好的意思，不過也許是在見到你半個小時之後，腦子裡又有了這樣的念頭。」

伊莉莎白紅著臉低頭不語。達西又說，喬治安娜非常想跟她做朋友，但是當時伊莉莎白匆忙離去，讓喬治安娜覺得十分難過和失望。說到這裡，他們自然就把話題扯到那件不幸的事情上。達西說，當時在旅館聽伊莉莎白說起那個消息的時候，他就已經下定決心，幫助她去找她的妹妹，還要盡量讓那對男女結婚。當時他一直沉默不語，其實就是在盤算這件事情。

他們就這樣一邊說話，一邊不停地往前走。過了很久，達西看了看錶，才知道時間已經很晚了。於是，他們便掉頭往家走去。

達西問道：「已經這麼晚了！賓里和珍到什麼地方去了？」

他們又聊起了這一對情侶的事情。達西已經知道了賓里跟珍訂婚的消息，衷心地為他們感到高興。

伊莉莎白說：「我想問問你，對於他們訂婚，你覺得意外嗎？」

「不，一點也不。我去倫敦之前，就知道這事肯定會成功的了。」

伊莉莎白笑著說：「這麼說，眞的是你早就默許他這麼做了。我眞的沒猜錯。」

達西聽了這話，趕緊否認。但是伊莉莎白堅持認為事實就是這樣。

達西只好說：「我到倫敦去的前一個晚上，向賓里坦白整件事情，告訴他我曾經力圖阻止他跟珍在一起，但現在我已經明白，這種做法眞是荒謬不堪。我還告訴他說，以前我覺得你姊姊並不愛他，是他自己一廂情願，但是現在我看出了珍其實對賓里是一往情深的，而且我也知道賓里一直都還愛著你姊姊。我相信他們結合的話一定會很幸福，因此就鼓勵他去向你姊姊求婚。」

伊莉莎白見他竟然能夠這麼輕易地指揮他的朋友，忍不住笑了起來。她問他：「你說你看出了我姊姊對賓里一往情深，這是你自己觀察出來的呢，還是受到我說的那些話的影響呢？」

「也許受了一點你的影響，不過主要還是我自己觀察出來的。最近我到你家裡去做了兩次客，特地留心觀察了你姊姊，看出她確實對賓里情意深切。」

「那賓里先生呢？我想，你一告訴他我姊姊愛他，他應該也立刻相信了吧？」

「沒錯。賓里這個人非常謙虛，而且還有些膽怯，所以當他遇到這種迫切問題的時候，常常自己拿不定主意，總喜歡來徵求我的意見。我還對他招認了一件事，就是去年冬天你姊姊進城去待了三個月，當時我明明知道這個消息，卻故意瞞著賓里。賓里聽了這件事情很生氣，但是我想他跟你姊姊終成眷屬，很快就會忘記一切不愉快的往事。現在，他已經真心真意地原諒了我。」

伊莉莎白覺得賓里這個人也太容易相信別人的話了。她心裡覺得好笑，忍不住想說一句，賓里先生真是個可愛的人。不過，她覺得現在自己還不應該跟達西開玩笑，現在就開他的玩笑未免還太早，因此就把這句已經到了嘴邊的話嚥了下去。

他們繼續說著話，繼續預言著賓里跟珍的幸福——當然，這種幸福比起他們自己的幸福來說，還差得很遠呢。一直走到家門口，他們才分開，先後走進屋子，以免讓人家覺得他們太過親密。

59

伊莉莎白剛一走進客廳一走進家門，她姊姊珍就問她：「親愛的麗茲，你們到什麼地方去了？」等她在沙發上坐下來之後，幾乎家裡所有的人都問了她同樣的問題，因爲他們兩人實在散步得太久了。伊莉莎白只能回答說，他們隨便走走，結果不知道走到什麼地方去了，好不容易才找到回來的路。她說話的時候神情慌亂，臉脹得通紅，但是幸好大家都沒有產生懷疑。

這個晚上就這樣過去了。公開了的那一對戀人情意綿綿、有說有笑，沒有公開的那一對沉默不語、眉目傳情。達西性格沉穩，因此他雖然十分喜悅，卻不喜形於色；伊莉莎白心慌意亂，她只知道自己很幸福，但又不知道具體是什麼樣的幸福滋味。她很清楚，雖然他跟達西已經達成了默契，但是還有許多困難和麻煩擺在後面。全家人除了珍之外，其餘沒有一個人喜歡達西先生，她不知道事情公開之後，父母是不是會同意。她甚至覺得，也許父母會激烈地反對，甚至以他的地位和財產都沒有辦法挽回。

客人們離開之後，伊莉莎白把這件事情告訴了珍。珍一直不是個多疑的人，但是她聽了伊莉莎白的話，卻根本不相信。

「你在開玩笑！麗茲。跟達西先生訂婚？哦，不，不，你在騙我對嗎？我知道這是不可能的。」

「天啦，我唯一的希望就寄託在你的身上，沒想到你的反應這麼糟糕。要是你不相信我的話，別人就更不會相信我了。我眞的沒有騙你，是眞的。今天散步的時候，我們已經說定了。」

珍半信半疑地看著伊莉莎白，說：「不會有這種事的，麗茲，我知道你非常討厭達西。」

「你不知道，這中間經歷了許多的曲折。不過，這些事情現在沒有必要再提了。雖然我以前對他有點偏見，但是我對他的看法已經大大地改觀了。以後，我一定要把從前我討厭過他的事情忘得一乾二淨。」

雖然伊莉莎白已經把事情說得很清楚了，但是珍還是不能完全相信，仍然疑惑地看著她。伊莉莎白不得不更加一本正經地再次聲明，她跟達西先生確實已經訂婚了。

珍抑制不住自己的驚訝，大聲地喊：「天啦！這是眞的嗎？現在我想我應該可以相信你了，我的好麗茲。恭喜你，我一定得恭喜你！不過，實在很掃興，但是我不得不問你一句，你確定嫁給了他會幸福嗎？」

「當然會，我跟達西先生都認爲我們將成爲世界上最幸福的一對。但是，珍，你聽到這個消息高興嗎？你願意要這樣一位妹夫嗎？」

「非常願意，我想賓里知道這個消息也會非常開心的。我跟他以前也談論過這件事情，但是我們都認爲不可能，完全沒有可能，沒想到現在居然成爲了事實。麗茲，你眞的非常愛他嗎？你知道，什麼事情都能夠隨便，但是婚姻絕對不能隨便。要是沒有愛情的話，那就一定不能結婚。你眞的愛他嗎？眞的覺得應該跟他結婚嗎？」

「是的，要是你知道了我跟他之間的事情，你就知道我這麼做是再正確也沒有了。」

「你這話是什麼意思？」

「要是我告訴你說，我愛他比愛賓里更多，我想你會生氣吧？」

「親愛的麗茲，你能不能嚴肅一點？你把能夠告訴我的話都跟我說一遍吧！你能不能老實告訴我，你愛上他有多久了？」

「這種感情是慢慢培養的，我也說不出來具體是從什麼時候開始的。也許是從看到他那彭伯里的美麗花園開始的吧！」

珍再次提醒她嚴肅一點，這次伊莉莎白總算不再調皮，認認眞眞地把自己愛上達西的經過詳細地說了一遍。珍知道伊莉莎白確實很愛達西先生，也就放心了。她高興地說：「現在我覺得更加幸福了，因爲你跟我一樣的幸福。我一向都很喜歡達西這個人，現在知道他愛你，那我就更加喜歡他了。我想，除了賓里之外，我最喜歡的人就是他啦。他本來跟賓里是朋友，現在又成了你的丈夫，這眞是再好也不過了。不過，麗茲，你也太狡猾了，你一點也沒跟我提起過這件事，也沒有對我透露一點蛛絲馬跡。我偶爾聽說到一點消息，都還是別人告訴我的，不是你親口告訴我的。當時，我還當是人家胡亂猜測呢！」

伊莉莎白告訴她說，以前她不想在珍的面前提起達西，是因爲怕珍聯想到賓里。而且，伊莉莎白自己也心緒不寧，因此就不想提到這個人。但是現在，一切不愉快都已經成爲過去，她再也沒有必要隱瞞了。她把達西幫助莉蒂亞和韋翰結婚的那件事情告訴了珍，兩姊妹一直談到深更半夜，才意猶未盡地回房睡覺。

第二天一大早，班奈特太太從窗子上看見賓里和達西朝這邊走來，就大聲地叫著：「天哪！那位討厭的達西先生又來了！他怎麼那麼不知趣，明知道人家不歡迎他，還老是到這兒來？我希望他出去打鳥，要不出去散步也行，只要別煩我們就行了。麗茲，看來你今天還得跟他出去散步，不然他會一直在這裡打擾賓里的。」

伊莉莎白正在想找什麼藉口才能跟達西單獨出去，現在聽到母親的這個提議，正是求之不得，忍不住微笑起來。不過，她聽到母親老是說討厭達西，又不免有點生氣。

賓里跟達西剛走進來，賓里便意味深長地望著伊莉莎白。伊莉莎白一見他那頗有深意的眼神，就知道達西已經把他們的事告訴賓里了。過了一會，賓里大聲地說：「班奈特太太，不知道這附近還有什麼複雜的小路，可以讓麗茲今天再去迷路嗎？」

班奈特太太說：「我建議達西先生、麗茲和凱蒂，今天上午到奧克漢山去散散步。那裡有一段非常美麗的山路，達西先生還沒有看過那裡的風景呢！」

賓里先生說：「這個建議不錯。不過，我想凱蒂恐怕不想走那麼遠的路吧？」

凱薩琳回答說，她寧願待在家裡。達西表示他非常想到那座山上去看看那裡的風景，伊莉莎白也默默表示同意。她準備上樓去換衣服，班奈特太太跟在她後面，對她說道：「麗茲，眞是對不起，又要讓你跟那個討厭的人一起出去，不過，這一切都是爲了珍，你千萬不要計較。反正你就隨便敷衍敷衍他就行了，用不著跟他說太多話。」

伊莉莎白跟達西先生散步的時候，兩人商量好當天下去就去向班奈特先生提親。至於班奈特太太那邊，就由伊莉莎白自己去說。伊莉莎白不知道母親是不是會贊成她跟達西的婚事，雖然達西有的是錢，有的是勢，但即使憑這些恐怕都挽回不了她母親的心。不過，伊莉莎白相信，不管她母親贊成也好、反對也好，她都說不出什麼動聽得體的話來。一想到這裡，伊莉莎白心裡就覺得難受。

下午，班奈特先生剛走進書房，達西便立刻站起來跟著他走進去。伊莉莎白知道他要趁現在就去請求父親的同意，心裡感到十分緊張。她倒不是怕父親反對，而是怕父親因此不愉快。她想，她是父親最寵愛的女兒，如果父親爲了她的終身大事而被弄得不開心的話，那她就太過意不去了。她忐忑不安地坐在客廳裡，急切地想知道事情的結果。過了一會，達西回來了，臉上帶著微微的笑容，伊莉莎白這才鬆了一口氣。又過了一會，達西走到伊莉莎白身邊，裝作欣賞她做針線活的樣子，趁別人不注意，悄悄地對她說：「你父親在書房裡等你，你快點到他那裡去。」

伊莉莎白來到書房，見父親正在房間裡焦急地踱來踱去。他一看到伊莉莎白，就對她說：「麗茲，你到底在做些什麼？你瘋了嗎？你怎麼會跟這個人結婚？你不是一向都很討厭他嗎？」

伊莉莎白開始後悔以前說的那些關於達西先生的話，要是當時她不是把他批評得那麼過火，她現在也不用面對這麼爲難的情況，不用這麼尷尬地去解釋了。可是，事到如今，她不得不面對一切的後果。她紅著臉告訴她父親說，她愛上了達西先生。

「你的意思是，你已經打定主意非要嫁給他不可啦？當然，他很有錢，可以讓你穿上比珍更昂貴的衣服，坐上更豪華的馬車。可是，難道這就能讓你感到幸福？」

伊莉莎白說：「除了你認爲我不是眞心愛他之外，你還有別的反對意見嗎？」

「沒有，一點也沒有。我們大家都知道他是個非常傲慢而難以接近的人，但是如果你是眞心喜歡他的話，這也算不上是缺點。」

伊莉莎白淚眼婆娑地說：「我的確是眞心喜歡他，眞心愛他。他是個非常可愛的人，你們大家都不了解他。我請求你不要再這樣批評他了，否則我會感到非常痛苦。」

班奈特先生說：「你不要著急，麗茲，我已經答應他了。像他那樣的人，不管對我們提出什麼要求，我們當然也只有答應。不過我還是要勸你仔細地考慮清楚，你眞的決定要嫁給他嗎？我了解你，麗茲，要是你不能眞正地敬重你的丈夫的話，不是眞心覺得他比你聰明、比你有見識的話，那麼你就不可能會覺得幸福。你知道嗎，要是結錯了一門婚姻，那是一件多麼悲慘的事情。好孩子，我可不希望以後看你因爲不能眞心愛你的終身伴侶而感到痛苦。這可不是鬧著玩的。」

伊莉莎白認眞嚴肅地回答說，達西確實是她選中的對象，確實是値得他尊敬和愛慕的人。她對他的感情，不是一朝一夕生長起來的，而是經過長時間的考驗磨練出來的。爲了讓她的父親信服，她列舉出了他的種種優點，直到他父親完全相信她是眞心愛他。

班奈特先生說道：「好孩子，要是他眞的像你說的那樣，那他確實配得上你。麗茲，原諒我這麼囉嗦，我是不願意看到你婚姻不幸。」

為了進一步加深父親對達西的好感，伊莉莎白又把達西先生幫助莉蒂亞的事情告訴了她的父親。班奈特先生聽了，感到十分吃驚：「什麼，原來這一切都是達西從中張羅！是他一手撮合了他們的婚姻，替那個傢伙還債，幫他找差事！很好，這的確給我省去了很多的麻煩，也幫我節省了不少錢。我昨天還在想，要盡快把錢還給你舅舅呢。可是，誰能想到這一切都應該歸功於這位熱戀中的年輕人呢？這些年輕人，什麼事情都喜歡自作主張，要是我提出要還他的錢，那他一定會大吹大擂，說他如何如何愛你，無論如何也不會讓我還錢的。」

班奈特先生想起前幾天給伊莉莎白讀柯林斯先生那封信的時候，伊莉莎白當時表現地那麼心神不定，現在他終於知道為什麼了。他提起這件事，取笑了她一陣，然後才讓她出去。伊莉莎白剛走到門口的時候，聽見班奈特先生說：「要是還有什麼年輕人要來向瑪莉和凱蒂求婚的話，就告訴他們我正閒著呢，讓他們趕快進來吧。」

伊莉莎白從書房出來之後，先到自己房間裡坐了半個小時，等自己完全鎮定下來之後，才到客廳裡去跟大家待在一起。這個下午過得十分愉快和自然，她覺得一切的重大問題都解決了，心裡只感到幸福和輕鬆。

晚上，當班奈特太太進化粧室去的時候，伊莉莎白也跟著她一起走進去，把這個消息告訴了她。班奈特太太聽到這個消息，並沒有像伊莉莎白想像的那樣欣喜若狂或氣憤填膺，只是靜靜地坐著，一句話也說不出來。過了好一會兒，她終於才弄清楚了伊莉莎白的意思，明白自己家裡又有一個女兒要出嫁了，而且還是嫁給一位非常有錢的先生。到最後，她終於完全明白了過來，於是馬上就開始坐立不安，在屋子裡走來走去，高聲叫說：「天啦，這是眞的嗎？我的老天，達西先生，誰能想到是達西先生呢！我的麗茲，我的心肝寶貝，你馬上就要成爲闊太太了。想想看，你將得到多少針線錢，你將會有多少珠寶首飾、多少馬車啊！珍跟你相比，那眞是差得太遠了——簡直就是一個天上，一個地下。太好了，這太好了，這麼可愛的丈夫，這麼英俊！這麼魁梧！這麼有錢！天啦，我以前那麼討厭他，你幫我去請求他的原諒吧！我希望他不會計較。麗茲，我的心肝寶貝，想想看，他在城裡的大房子，那麼多的漂亮傢俱！天啦，每年一萬磅的收入！我簡直就要發狂了！」

她的這番話足以證明她完全贊成這門婚姻。伊莉莎白感到鬆了一口氣，心裡想道，幸好她這些得意忘形的話只有她一個人聽見。

她回到自己的房間，還沒待到三分鐘，她母親就趕了過來，對她叫著：「我的心肝，我高興得要發狂了！一年一萬鎊的收入，也許還不止！天啦，他怎麼這麼有錢！而且還有特許結婚證！你當然要用特許結婚證。告訴我，我的寶貝，達西先生喜歡吃什麼菜，我得明天一大早就來準備！」

伊莉莎白心想，看來明天母親免不了又要在那位先生面前出醜了。雖然她現在已經博得了他的愛慕，也獲得了家裡的同意，一切似乎都沒有問題了，但是誰知道還會不會節外生枝呢？幸好，第二天班奈特太太表現得出乎意料地好，因爲她十分畏懼這位未來的女婿，不敢在他面前多說話，只是盡量地對他獻殷勤，或是在他講話的時候偶爾插幾句嘴，恭維一下他的高談闊論。

班奈特先生跟達西相處得很好，看得出來他對達西十分滿意。不久以後，班奈特先生對伊莉莎白說，他越來越喜歡達西先生了。他說：「我對我這三個女婿都非常滿意，當然，也許韋翰是我最寵愛的一個。不過，你的丈夫跟珍的丈夫一樣討人喜愛。」

60

伊莉莎白非要達西告訴她，他究竟是如何愛上她的。她問：「你是從什麼時候開始愛上我的。我知道，一旦開始愛上了，以後就一發不可收拾了。但是你究竟是從什麼時候走上這第一步的？」

達西回答說：「老實說，我也不知道是從什麼時候，在什麼地方，你的什麼言行舉止引起我的注意，讓我開始愛上你的。那應該是很久以前的事情了。當我發現自己愛上你的時候，其實我已經愛你很久了。」

「那你究竟愛我的什麼呢？我的美貌並沒有讓你動心，我對你態度也從來都不殷勤多禮。相反，隨時我都在揶揄你、嘲弄你。你老實說吧，你是不是愛上了我的唐突無禮呢？」

「我愛上了你的頭腦靈活。」

「與其說是靈活，還不如說是唐突，十足的唐突。眞正的原因是，你對於那些刻意去討好你的人已經感到了厭倦，尤其是那些女人，她們不管是說話、做事，目的都是爲了博得你的一聲讚美，博得你的歡心。你之所以會注意我，是因爲我跟她們不同，因此才打動了你的心，對嗎？假如你的感情不是這麼高尚，而是喜歡別人阿諛奉承你，那麼我的行爲一定會引起你的厭惡。但是幸好，不管你自己怎麼謙虛，你畢竟是個與眾不同的人，看不起卑躬屈膝的人。我分析得對嗎？我考慮了一下，你對我的愛情還算是合情合理的。老實說，你完全沒有想過我究竟有什麼優點，不過，這也很正常，因爲戀愛中的人大都頭腦發昏，根本不會去想這種事情。」

「當初珍在尼日斐花園生病的時候，你特地跑來看她，對她那麼溫柔體貼，不正是你的優點嗎？」

「像珍這麼好的人，誰能不好好地對她？不過，你就把這件事情當作是我的長處吧！你想怎麼誇獎我，你就怎麼誇獎我，我不會反對。但是，你可別以爲我也同樣會誇獎你，我會做的只是找一切機會來爲難你、嘲笑你，我馬上就要開始這麼做了。我問你，你第二次到這裡來吃飯的時候，爲什麼要表現得那麼冷淡呢？似乎完全沒有把我放在心上的樣子。」

「那是因爲你特別沉默，所以我不敢跟你交談。」

「我是因爲覺得難爲情啊！」

「我也一樣。」

「就算是吧，那爲什麼後來那一次，你也同樣不說話呢？」

「如果我愛你愛得少一點的話，我想我的話就會多一點了。」

「你的每個回答總是這麼有道理，而碰巧我又偏偏是個特別懂道理的人，所以我會同意你這個回答！我想，要不是我主動跟你交談的話，不知道你要拖到什麼時候才會再向我求婚，也許永遠都不會有那麼一天了。幸虧我提起你幫助莉蒂亞的那件事，才促使你說出了那些話吧。但我怕我促成的太厲害了。」

「一點也不。其實並不完全是你的促成，凱薩琳夫人蠻不講理，跑到我那裡來告訴你如何如何，反而讓我明白了你的心意，消除了我的種種疑慮。那時候，我就打算一定要當面向你問個清楚。因此說起來，我還是很主動地獲得了今天這份幸福。」

「這麼說來，凱薩琳夫人倒是幫了很大的忙啦！我想她應該感到很高興，因爲她自己說過她最喜歡幫助別人。我還得問問你，你回尼日斐花園來做什麼？別告訴我你是來騎騎馬的！」

「我到這裡來的眞正目的，是爲了來看看你，看看是不是還有機會讓你愛上我、嫁給我。當然，對別人，包括對我自己，我總是說我是來看看你姊姊是不是眞的喜歡賓里，要是她眞的喜歡他的話，我就把我當初拆散他們的事情告訴賓里，消除他們兩人之間的誤會。」

「你有沒有勇氣把我們要結婚的消息告訴凱薩琳夫人，讓她知道自己自食其果？」

「我不是沒有勇氣，而是沒有時間。當然，這件事遲早都得做的，不如現在動手吧。伊莉莎白，你給我拿一張信紙來，我馬上就開始寫信。」

「很好。不過，我恐怕不能像某位小姐一樣，坐在你的旁邊欣賞你那工整的書法了，因爲我自己還有一封信要寫。我不能不回信給我那可愛的舅媽了。」

在舅媽的上一封來信當中，她過分地高估了伊莉莎白和達西之間的關係，伊莉莎白不知道應該怎麼跟她解釋，因此就一直沒有回信。現在可不同了，伊莉莎白覺得應該讓舅舅和舅媽知道她跟達西訂婚的好消息。於是，她立刻坐在桌子前面寫道：

親愛的舅媽：

感謝你寫給我這麼親切而動人的長信，讓我知道了那件事情的種種細節。我本來應該早點給你回信的，但是我當時實在心情不佳，因此就一直沒有回信。你在信裡所想像的那些，實在有點言過其實。但是現在，你愛怎麼想就怎麼想吧，只要你別以爲我已經跟達西結婚了就行了。還有，你得馬上再寫一封信，好好地讚美達西一番，而且一定要比上一封信讚美得更加厲害。我還要感謝你當初沒有帶我到湖區去旅行，而是去了美麗的德比郡。

你說要弄幾匹小馬，以後好去遊覽彭伯里那美麗的莊園，這個想法實在很有意思，今後我們就可以隨心所欲地逛那個園子了。天啦，我現在成了天下最幸福的人。當然，以前別人也說過這樣的話，但是誰也不會像我這樣名副其實。我甚至比珍還要更加幸福，她不過只是抿嘴微笑，我卻要放聲大笑。最後，達西先生分一部分愛我的心問候你們，歡迎你們以後到彭伯里來作客。

達西寫給凱薩琳夫人的信就完全又是另外一種風格了。而班奈特先生寫給柯林斯先生的信，又跟達西和伊莉莎白的信都不相同：

「賢侄先生：我得麻煩你再恭喜我一次，因爲我的二女兒將要成爲達西夫人了。另外，請多花時間勸解勸解凱薩琳夫人，讓她不要暗自神傷。如果我是你的話，我一定會站在達西先生這一邊，因爲他比那位夫人能給人帶來更大的利益。」

賓里小姐得知哥哥要跟珍結婚的消息後，寫來了一封祝賀信。信寫得非常動人，但是卻顯得有點虛僞做作、缺乏誠意。她也寫了一封信給珍，把以前說的那些假惺惺的話又搬了出來，說得情深意切，讓珍感動不已。雖然她已經不再相信這位小姐的話，但是她還是給她回了一封信，而且措辭十分親切眞誠。

達西小姐也給哥哥寫來了一封祝賀信。她說她在接到哥哥跟伊莉莎白結婚的喜訊時，感到無比歡喜。她的信足足寫了四張信紙，但還是不足以表達她的喜悅，也不足以表達她怎樣熱切地盼望未來的嫂嫂會疼愛她。

伊莉莎白還沒有收到夏綠蒂的祝賀，這時候她聽到一個消息，說柯林斯夫婦馬上就要動身回哈福德郡來。原來，凱薩琳夫人收到達西的信以後，知道伊莉莎白跟達西結婚的事情已經成爲定局，忍不住大發雷霆。但夏綠蒂偏偏對這門婚事又極爲贊成，爲了避免跟凱薩琳夫人發生正面衝突，她決定暫時避開一下，等這場風暴過去了再回去。

伊莉莎白感到十分高興，在自己這麼幸福的時候，又能得到自己好朋友的當面祝福，實在是一件非常美妙的事情。可惜的是，一旦大家見了面以後，伊莉莎白看到柯林斯先生對達西極力討好和奉承，不免感到十分難受，開始認爲這種快樂的代價有點太高了。幸好，達西對柯林斯的奉承鎮定地容忍著。他的脾氣最近有了很大的改觀，不再像從前那樣冷漠傲慢，甚至當威廉·盧卡斯爵士恭維他娶到了當地最美麗的姑娘，還說希望以後自己能常常跟達西在宮中見面的時候，達西也沒有表現出明顯的不耐煩。直到威廉爵士走開之後，達西才無奈地對著伊莉莎白聳了聳肩。

讓人難以忍受的還有菲力浦太太。她爲人粗俗不堪，說出的話毫無見識。她看到賓里先生和顏悅色、容易相處，因此在他面前就很隨便。但是她卻不敢對達西放肆，因爲她跟她的姊姊班奈特太太一樣對這位先生敬而遠之，說話總是小心翼翼。即便是這樣，她說的話還是免不了不得體，舉止也仍然不文雅，讓人哭笑不得。爲了不讓達西受到這些不愉快的糾纏，伊莉莎白便盡量讓她跟自己說話，或是跟珍和賓里說話。

這麼多的不愉快當然讓戀愛的快樂大打折扣，但同時這也讓她對未來的幸福生活更加充滿了期待。伊莉莎白眞希望能快點離開這些討厭的人，早日到彭伯里去，在那美麗幽雅的地方過一輩子風趣自在的生活。

61

班奈特太太兩個大女兒出嫁的那一天，也是這位太太有生以來最高興的一天，因爲這兩個女兒的婚事都攀得再好不過了。以後，她常常在別人面前提起達西太太和賓里太太，那種得意忘形的樣子是不言而喻的。過了不久，她的另外兩個女兒也順利出嫁，她生平最大的心願終於了結。說來奇怪，在此之後，她竟然比以前要頭腦清楚一些、談吐舉止也顯得有見識一些。不過，有時候她還是會神經衰弱。這也許是她丈夫的幸運，否則他就不能從這種稀奇古怪的家庭中得到樂趣了。班奈特先生最捨不得的就是伊莉莎白。雖然他一向都不喜歡外出作客，但是伊莉莎白出嫁之後，他卻經常到彭伯里去看她。

賓里先生和珍雖然性情溫和、平易近人，但是他們也不願意住得離班奈特太太以及梅列敦的親友們太近。因此，他們只在尼日斐花園住了一年，然後就在德比郡鄰近買了一幢房子。這樣一來，珍和伊莉莎白相隔大約就只有三十英哩，她們姊妹倆又可以像從前一樣保持親密無間的來往和交情。

兩位姊姊結婚之後，凱薩琳大部分時間都在兩位姊姊那兒輪流居住。在那裡，她結交的人都比較高尚，讓她受益匪淺。她的個性本來就不像莉蒂亞那樣放縱，現在在一個比較好的環境裡，沒有從前那些瘋狂的朋友來影響她，她也就逐漸變得不像以前那樣輕狂無知和放縱不堪了。當然，這還要歸功於家裡對她的嚴格看管，堅決不要她跟莉蒂亞來往。雖然莉蒂亞常說想接凱薩琳到她那裡去住，說她那裡有多少舞會、多少軍官，但是班奈特先生從來沒讓凱薩琳去過。

不久之後，凱薩琳也出嫁了，只剩下瑪莉還待字閨中。班奈特太太怎能不著急，隨時都逼著瑪莉出去社交應酬，讓她這個女兒，沒有辦法專心研究學問。現在，瑪莉再也不需要爲了跟自己的姊妹們爭妍比美而操心了，因此也不再像從前那樣急於表現自己。雖然她的這種改變未必是出於心甘情願，但這種改變還是不錯的。

韋翰和莉蒂亞還是老樣子。韋翰知道伊莉莎白已經完全清楚了自己的爲人，也知道了自己是如何對達西先生忘恩負義的，但是他卻絲毫沒有覺得不自在，仍然像什麼事情都沒發生過的一樣，甚至還指望能從達西和伊莉莎白那裡得到一些好處。伊莉莎白結婚的時候，收到了莉蒂亞的一封祝賀信。從信上，伊莉莎白可以看出，就算韋翰本人沒有那種指望，她的太太也有這樣的意思。

信是這樣寫的：「祝你幸福。如果你愛達西先生有我愛韋翰的一半，那你就會感到非常幸福。你現在能夠這麼富有，眞是一件讓人開心的事情，希望你還沒有忘記我們。我相信韋翰非常希望能在宮裡找份差事，否則我們可能就難以維持生計了。隨便什麼差事都可以，每年只要有三四百鎊的收入就行了。不過，如果你不願意跟達西先生提起的話，那就不必提了。」

伊莉莎白當然不願意跟達西提起，她在回信中打消了莉蒂亞的這種指望。不過，她平時盡量在開銷上節省一點，把積攢下來的錢拿去接濟她那不幸的妹妹。那對年輕的夫婦收入那麼少，兩人卻一點也不知道省吃儉用，總是揮霍無度，過了今天就不管明天。他們經常搬家，總想找便宜的房子住，結果反而多花了不少錢。每次他們搬家，伊莉莎白和珍總會收到莉蒂亞的信，要求她們在經濟上幫助她一下。

韋翰很快便不再對莉蒂亞有什麼愛戀，莉蒂亞對他的感情要稍微持久一些。雖然她荒唐無知，但是謝天謝地，她還是顧全了她婚後應有的名譽。

達西仍然很看不起韋翰和莉蒂亞這對夫婦，不願意邀請他們到彭伯里來。但看在伊莉莎白的面子上，他還是熱心地幫助韋翰尋找差事。韋翰經常到倫敦或別的地方尋歡作樂，這時候莉蒂亞耐不住寂寞，就經常到伊莉莎白那裡作客，更是經常到珍那裡去，而且一住下來就不肯離開。連賓里性情那麼溫和的人，也難免因此而感到不高興。

達西結婚的時候，賓里小姐傷心欲絕。不過很快她就把一切的怨恨都打消了，還是經常到彭伯里來作客。她對達西依然一往情深，比以前更加喜歡喬治安娜，對伊莉莎白也比較有禮貌一些。她知道，畢竟現在伊莉莎白才是這裡的女主人。

喬治安娜常年住在彭伯里，她跟伊莉莎白感情融洽，互相尊崇和喜愛。一開始，喬治安娜看到伊莉莎白對哥哥說話的時候那麼活潑調皮，不由得感到萬分驚訝，甚至還有點擔心。她一向都非常尊敬和敬畏哥哥，無論如何也想像不到他現在竟然會被伊莉莎白公開打趣。後來，她終於明白，做妻子的可以對丈夫調皮、放縱，但是做妹妹地卻絕對不能不尊重哥哥。

至於凱薩琳夫人，她對這門婚事極爲氣憤，甚至毫不客氣地回信把達西大罵了一頓，對伊莉莎白罵得尤其厲害。雙方曾一度斷絕書信往來，後來在伊莉莎白的勸說之下，達西才不再計較那位夫人當初的無禮，親自上門去求和。凱薩琳夫人裝腔作勢地拒絕了一下之後也就接受談和了。她疼愛她的侄子，同時也對這門婚姻抱有好奇心，想看看他們夫婦兩人究竟過得怎樣，因此雖然她認爲彭伯里的門戶受到了玷污，但還是屈尊到彭伯里來拜訪過他們。

伊莉莎白夫婦一直跟嘉丁納夫婦保持著深厚而密切的交情。達西和伊莉莎白一直喜歡這對夫婦，而且還打從心裡感激他們。要不是他們當初帶伊莉莎白到德比郡去旅行，說不定也就沒有現在這門幸福美好的姻緣了。

延伸閱讀

一、珍·奧斯汀／《理性與感性》

《理性與感性》是珍·奧斯汀的另一部名作，也是奧斯汀的處女作。這本小說仍然立足於描寫十八世紀中產階級青年男女的感情和婚姻。女主角埃麗諾頭腦冷靜、非常理智，她在選擇對象的時候重視的不是儀表或浪漫，而是人品。她愛上了熱誠坦率、樸實無華的愛德華，當她發現愛德華定有婚約的時候，她冷靜地克制了自己的傷心，仍然若無其事地跟愛德華保持友情。最後愛德華遭到女友和母親的拋棄，埃麗諾依然對他一往情深，與他結爲終身伴侶，獲得了眞正的愛情。與埃麗諾形成鮮明對照的，是她的妹妹瑪麗安。瑪麗安是一位聰明伶俐的姑娘，但是她多愁善感，喜歡感情用事，對愛情抱著富有浪漫色彩的幻想，一心要嫁個「人品出眾，風度迷人」的丈夫。她愛上了風度翩翩、花言巧語的輕薄公子威洛比，當結果被對方拋棄。在悲痛之中，她開始反省，終於變得理智起來，最終嫁給了一直傾心於她而絲毫沒有浪漫氣息的布蘭登上校。

小說藉由對性格截然不同的兩姊妹不同命運的描寫，深刻地探討了應該用理性還感情去對待愛情婚姻的問題。在這部小說裡，奧斯汀仍然沿用了她一貫的犀利的文風，用細膩的筆觸描寫了一個又一個生動的人物，對人物的心理刻劃也細緻入微。作者在整部小說當中沒有任何一句嚴肅說教的語言，只是娓娓述說一個引人入勝的故事。但是讀完小說之後，當我們看到被威洛比拋棄後大病一場的瑪麗安，平靜地接受了布蘭登上校的愛情後，並終於理解了她的姊姊時，也許我們也能同樣明白，沒有理智的情感，就如同清晨海面上的一抹泡沫，即使美得目眩，也會轉瞬而逝。

二、珍・奧斯汀／《艾瑪》（一八一〇年）

小說主角艾瑪，是一位家境富裕、善良而任性的小姐。她在無聊之中，一次次地爲附近的一個孤女哈麗葉做媒，而且做媒的方式上可笑甚至荒誕，竭力想幫助地位低下的哈麗葉攀結上一位地位比較高、財產比較豐厚的配偶。在艾瑪的安排之下，哈麗葉也很隨和地一次又一次「愛」上了艾瑪給她選擇的求婚者。最後，她在艾瑪的不負責的慫恿下，竟自以爲愛上了本地的地方官奈特里先生。到了這個時候，艾瑪忽然發現其實眞正愛上奈特里先生的人是自己。最後，艾瑪跟奈特里先生幸福地結合，而哈麗葉也找到了跟自己更加相配的意中人。

《艾瑪》是奧斯汀的第五部小說。與奧斯汀的像其他作品一樣，《艾瑪》的情節也是圍繞著女主角的愛情和婚姻展開的。透過對女主角艾瑪擇偶過程的描寫，生動地再現了十八世紀的中產階級家庭重視門第、財富而忽視感情基礎的愛情觀和婚姻觀。然而作者所塑造的女性角色，卻始終堅持要求社會給予她們平等的權利和地位，追求感情上的溝通和交流。這充分地體現了奧斯汀個人的價值觀和人生觀。

從小說的內容上來看，《艾瑪》沒有驚險離奇的情節，也沒有聳人聽聞的描述，但是作者對性格和心理細緻入微的描寫，以及娓娓道來、層層展開的描述，向人們展示出一幅優美、細膩而又讓人忍俊不禁的畫卷。這部匠心獨具的天才之作，以毫不花俏、毫不矯揉造作的筆觸，從那些瑣碎而平淡的場景著墨，卻不偏不倚地正好觸及讀者心中最敏感的地方，讓人如癡如醉、不忍釋卷。

在寫作手法上，這本書充分地體現了作者爐火純青的寫作技巧。作者將本來簡單平常的情節，藉由謹慎的安排和佈置，將一些重要的線索隱藏起來，到需要的時候才揭露眞相，使整本小說如同一部精彩的偵探小說一樣，絲絲入扣、引人入勝。

三、夏綠蒂．勃朗特／《簡愛》（一八四七年）

簡．愛從小父母雙亡，被寄養在舅父母家裡，受盡了舅媽里德太太的虐待，終於忍不住反抗，結果被舅媽送進了孤兒院。從孤兒院畢業以後，她厭倦了這裡的生活，到桑恩費爾德莊園當家庭教師，負責管教一個不到十歲的小女孩。在一次散步當中，簡與莊園的男主人、剛從國外回來的羅切斯特邂逅，兩人逐漸相互產生了愛慕之情。不久，羅切斯特向簡求婚，簡答應了他。在舉行婚禮的時候，簡忽然得知羅切斯特先生十五年前已經結婚，他的妻子已經發瘋，現在被關在莊園三樓的密室裡。在痛苦之中，簡決定離開羅切斯特，到一間偏僻的小學任教。但是簡的心中一直對羅切斯特念念不忘，最終還是回到了桑恩費爾德莊園。這時，莊園已經被那個瘋女人燒毀，瘋女人放火後墜樓身亡，羅契斯特也在火中受傷失明。簡跟羅切斯特結婚，終於得到了自己理想的幸福生活。

《簡愛》是夏綠蒂．勃朗特的代表作，也是一部具有濃厚浪漫主義色彩的現實主義小說。小說塑造了一位不甘忍受社會壓迫、勇於追求個人幸福的女性形象，她在外形上是夏綠蒂的自畫像，在精神上是夏綠蒂的理想。作者對簡．愛那種無論在任何環境之下都敢於抗爭，努力追求人與人之間的平等，以及在任何時候都保持獨立人格和尊嚴的精神品質，做了細緻的刻劃和熱情的歌頌。

這是一部愛情小說，但是幾百年以來，人們對這本書中最津津樂道的，還是簡的自尊、自立、自強的精神。相信每個人都或多或少地能背誦出簡對羅切斯特說的那一段經典獨白：「你以爲我貧窮、卑微、不美，就沒有靈魂，沒有心靈了嗎？你錯了！我的靈魂跟你一樣豐富，我的心靈跟你一樣充實。如果上帝賜予我財富和美貌，我一定會使你難於離開我，就像現在我難於離開你。上帝雖然沒有給我這些，但我們的精神是同等的！就像每個人經過墳墓，都將同樣地站在上帝面前一樣！」也許正是由於簡這個堅強的女子帶給我們如此的震撼，才使這本小說至今仍然散發著獨特的魅力。

四、愛蜜莉·勃朗特《咆哮山莊》（一八四七年）

孤兒希克利被歐肖先生收養，但在歐肖先生去世之後，他受盡了虐待和折磨。唯一關心和愛護他的人，只有歐肖先生的女兒凱薩琳小姐。兩人自少年時代開始，便深深地相愛，但是迫於世俗和等級觀念，凱薩琳卻嫁給畫眉山莊的主人林敦。希克利受到強烈的刺激，帶著一腔憤恨毅然出走。三年以後，他回到咆哮山莊，開始了自己的復仇計畫，娶了林敦的妹妹伊莎貝拉，並百般虐待她；引誘曾經折磨和虐待他的凱薩琳的哥哥——亨德萊賭博，最後掠奪了他的財產，然後又繼續折磨亨德萊的兒子。復仇圓滿地進行著，然而希克利所深愛的凱薩琳卻在為林敦生下一個女兒後因憂傷而病逝。從這時開始，希克利的人生也已經終結了，他活在世上已經成為了一具行屍走肉，終於在凱薩琳死去二十年後，也在精神恍惚中去世。

這是一部充滿了強烈的愛情、仇恨和復仇的小說，在它出版以來的半個世紀裡都沒有得到人們的理解和認可，被稱為是一部「恐怖的、令人作嘔的」小說。直到二十世紀初，人們才開始重新審視這部小說，並認為它是「在十九世紀一位女作家能寫出的最好的作品」。此時，愛蜜莉．勃朗特，這位當初甚至連自己的姊姊——《簡愛》的作者夏綠蒂．勃朗特也無法理解的作家，她的才華終於得到了人家的認同。

相信任何一個讀過這本小說的人，都不會忘記那一幕幕讓人震撼不已又落淚不止的場面，如同是在觀賞一部精彩絕倫的電影一般。尤其是凱薩琳臨死之前和希克利見面的那一幕，當凱薩琳在彌留之際依然聲嘶力竭地說著那些讓人心碎的瘋話，希克利一聲聲地追問著：「既然你愛的是我，那你有什麼權利丟下我，去嫁給林敦？你有什麼權利？貧賤、羞辱、死亡，不管是上帝還是惡魔折磨人的那些手段，都不能把我們分開，但是你，你卻在你那可怕心靈的支配下，堅決地把我們分開了！」讀到這裡，相信再也沒有人會懷疑這本書的魅力了，也終於明白了爲什麼愛蜜莉．勃朗特僅憑一部小說，就確立了自己在世界文學史上的地位。

傲慢與偏見

經典版

Pride and Prejudice

無關對與錯的真摯情愛

文學菁選 11

作　　　者／珍・奧斯汀（Jane Austen）
發　行　人／詹慶和
總　編　輯／蔡麗玲
執 行 編 輯／蔡毓玲
編　　　輯／劉蕙寧・黃璟安・陳姿伶・陳昕儀
封 面 設 計／黃聖文
執 行 美 編／周盈汝
美 術 編 輯／陳麗娜・韓欣恬
出　版　者／雅書堂文化事業有限公司
郵政劃撥帳號／18225950
戶　　　名／雅書堂文化事業有限公司
地　　　址／新北市板橋區板新路 206 號 3 樓
電 子 信 箱／elegant.books@msa.hinet.net
電　　　話／(02)8952-4078
傳　　　真／(02)8952-4084

2019 年 11 月三版一刷　定價 300 元

經銷／易可數位行銷股份有限公司
地址／新北市新店區寶橋路 235 巷 6 弄 3 號 5 樓
電話／（02）8911-0825
傳真／（02）8911-0801

國家圖書館出版品預行編目 (CIP) 資料

傲慢與偏見 : 無關對與錯的真摯情愛 / 珍 ・ 奧斯汀 (Jane Austen) 作 .
-- 三版 . -- 新北市 : 雅書堂文化 , 2019.11
面 ;　公分 . -- (文學菁選 ; 11)
譯自 : Pride and prejudice
ISBN 978-986-302-511-5(精裝)

873.57　　108015294